国家社科基金重大招标项目

"十四五"国家重点出版物
出版规划项目

湖北省公益学术著作
Hubei Special Funds 出版专项资金
for Academic and Public-interest
Publications

民国时期中国文学史
著作整理丛刊

丛书主编　陈文新　余来明

中国文学史

刘大白　著　骆耀军　整理

中国纯文学史

金受申　著　李根亮　整理

长江出版传媒　崇文书局

图书在版编目（CIP）数据

中国文学史 / 刘大白著；骆耀军整理. 中国纯文学史 / 金受申著；李根亮整理. -- 武汉：崇文书局，2024.1

（民国时期中国文学史著作整理丛刊 / 陈文新，余来明主编）

ISBN 978-7-5403-6594-3

Ⅰ. ①中… ②中… Ⅱ. ①刘… ②金… ③骆… ④李… Ⅲ. ①中国文学－文学史 Ⅳ. ① I209

中国国家版本馆 CIP 数据核字 (2023) 第 198189 号

出 品 人　韩　敏
项目统筹　程可嘉
责任编辑　何　丹　陈真真
责任校对　董　颖
装帧设计　甘淑媛
责任印制　李佳超

中国文学史　中国纯文学史
ZHONGGUO WENXUESHI　ZHONGGUO CHUN WENXUESHI

出版发行　长江出版传媒｜崇文书局

地　　址　武汉市雄楚大街 268 号 C 座 11 层
电　　话　(027)87677133　邮政编码　430070
印　　刷　湖北新华印务有限公司
开　　本　880 mm × 1230 mm　1/32
印　　张　12.25
字　　数　265 千
版　　次　2024 年 1 月第 1 版
印　　次　2024 年 1 月第 1 次印刷
定　　价　49.00 元

（如发现印装质量问题，影响阅读，由本社负责调换）

总目录

中国文学史

刘大白 著　骆耀军 整理

前　言

　　《中国文学史》，1933年1月大江书铺初版，1934年10月开明书店再版。本书是刘大白未完成的一部文学史著作。全书自上古至唐，共六篇，分别是"引论"、"第一期　上古至商"、"第二期　周至秦"、"第三期　汉至隋"（分为"两汉""三国至隋"两篇）、"第四期　唐"。据"引论"所言，是书拟定中国文学史为七期，"第五期　五代至元""第六期　明至清""第七期　民国纪元以后"皆未见成书。全书视中国古代的文学为名胜区域，以"游览指南"的笔法叙述不同时代各种文学样式的起源、发展及流变，并从文学鉴赏的角度做出了相应的艺术评判，语言清新活泼，有着浓厚的讲稿色彩。刘大白认同"纯文学"的文学史观，因而全书界定的"文学"的范围是诗篇、小说、戏剧三种，相较于同时期"杂文学""大文学"的文学史观而言，自有其历史意义。是书计划将民国纪元以后的文学纳入中国文学史的长河之中，并以世界文学的眼光来看待其价值，也体现了刘氏独到的视野。刘氏在论述各时代文学的"语体文"时，不厌其详，对草野文学、平民文学报以极大热情，与当时倡导白话文学史的观念一致。另外，全书征引的文学作品十分丰富，刘氏本人又是杰出的诗人，于新诗、旧诗皆有深厚的学殖，在评定众多作家、作品时，往往能有较为中肯的见地。刘氏虽并不以文学史研究见长，加之此书亦未能完璧，五代以后的部分未见存稿，但就现存的晚唐以前的文学史论述看，特别是涉及文学史争论的内容（如《木兰诗》的考证、李白两首词的疏证），也还是能窥见一定的学术史研究功力的。同时期的赵景深曾提到："他的不曾出版的《中国文学史草创》听说是一部好书，里面颇多创见，即就《文学周报》所刊载的论戏剧一节看来，亦已不凡。"（《刘大白的诗》，1934 年）而曹聚仁也称此书是"有所见的著作，和坊间的教本式文学史，绝不相同"（《白屋诗人刘大白》，1981 年）。

刘大白（1880—1932），原名金庆棪，字伯贞。后改姓刘，名靖裔，字大白，一署汉胄，别号白屋，浙江绍兴人。1913 年留学日本，加入同盟会。1918 年任浙江省立第一师范学校国文教员，1924 年受聘上海复旦大学大学部文科教授、国文系主任，同时又在上海大学任教。1928 年弃教从政，历任浙江省教育厅秘书、南京教育部政务次长等职。"五四"时期参加新文化运动，提倡白话文，新诗集《旧梦》列入"文学研究会丛书"，另著有《白屋说诗》《旧诗新话》《白屋文话》《文字学概论》及《中国文学史》等。

本次整理，以大江书铺 1933 年 1 月初版为底本，参以 1934 年 10 月开明书店再版本。需要说明的是：一、总体上以保持原书风貌为宗旨。在将繁体字转换为简体字、竖行排印改为横排排版的过程中，原书偶有所称"如左"改成"如下"；原书"著""着"混用，依据文意表"着"的"著"字统一为通行的

"着"。其余如旧时惯用语"底"、专有名词及译名等不影响文意理解的地方，一仍其旧。二、引文从其旧。原书援引诗歌、辞赋等甚多，作者一一编序，或因所见之本有异，例文偶有与今之通行文本不同，多为异文、别字，并不影响整体文意的把握。为忠于原书，除个别明显讹误且影响阅读之处酌情校改并加注说明外，其余皆从其旧，不作改动。三、标点符号遵循现代汉语使用规范。原书使用破折号、省略号较多，根据上下文和现代汉语标点使用规范酌情处理。对于排印误刻之处，均径改，不另出校记。因学识有限，虽勉力为之，然书中乖漏之处难免，恳请方家教正。

目　录

第一篇　引论

假如咱们有一个不曾到过的地方，而又风闻这个地方，是富有佳妙的山水，壮阔的原野，雄丽的都市，幽雅的乡村，以及种种美好的风景的，那么，无论是谁，总都会起一种身亲领略的渴望吧。要慰偿这一种渴望，最好的办法，自然无过于筹足资斧，整理行装，立刻起程，前去游览。但是如果不幸而有种种障碍，不能脱身前去，满足咱们底游览欲，那便怎么办呢？咱们不得已而思其次，还有一个"虽不得肉，亦足快意"的办法，便是细读别人曾经游览过这些美好风景者底游记。要是咱们果然去请教这些"识途老马"底游记，它一定能告诉咱们，某地有某山某水，某地有某原某野，某地有某都某市某乡某村；它又一定能告诉咱们，某山某水如何佳妙，某原某野如何壮阔，某都某市如何雄丽，某乡某村如何幽雅。倘然那部游记是较好一点的，它一定更能告诉咱们：从某地到某地的里程若干，某地和某地之间的景物如何转变，以及某山底干脉如何，某水的源流如何，某原某野底成因如何，某都某市某乡某村底盛衰底由来和趋势如何。并且，那著者在这部游记中间，或许更有种种写生画、摄影片插印着，使咱们读者从这些断片的景物中，摹拟揣测那某山某水某原某野某都某市某乡某村底全体，仿佛身亲领略一般。果然能够这样，咱们底游览欲，虽然依旧不能真实地满足，但是也尽可算是"过屠门而大嚼"也似的"慰情聊胜于无"，相当于古人所谓"卧游"了。诚然，咱们细读过这些较好的游记，有时候不但不能满足游览欲，而且多半不免格外引起强度的游览欲来。要知道引起强度的游览欲来，本来是游记底另一方面的作用。它一方面给与你以身亲领略的渴望底不得已的慰偿，另一方面，当然更给与你以身亲领略的渴望底不能已的诱惑。咱们要是有排除种种障碍的能力，那么，接受了它底诱惑，决心地筹足了资斧，整备了行装，立刻起程，前去作那身亲领略的游览，那不是更美满的事吗？你前去游览的时候，一面把读过的游记当作你底游览指南，一面更把游记中所叙述、所描写的去实地印证一番，将来也许能成一部更好的游记，加倍地能给与一切好游之徒以身亲领略的渴望底不得已的慰偿和不能已的诱惑，也是未可定的事呵。况且，你别以为游览只不过是游览罢了。假使你有伟大的创造能力的话，你在游览的途中，一面欣赏了那些山水底佳妙、原野底壮阔、都市底雄丽、乡村底幽雅，一面还可以禽受那些山水原野都市乡村底感染，来镕铸成你意象中佳妙的山水、壮阔的原野、雄丽的都市、幽雅的乡村，在你底所居住的国土中，一试你"制作侔造化"的创造手段呢。

我已经告诉一切好游之徒以横的方面的游览欲，怎样地勉作不得已的慰偿，怎样地欢迎不能已的诱惑了。然而人们不但有横的方面的游览欲，而且也有竖的方面的游览欲的。咱们虽然生长于现代，但是也常常风闻古代有种种有价值的文化，也跟横的方面的佳妙的山水、壮阔的原野、雄丽的都市、幽雅的乡村一般，在那里歆动咱们，使咱们起一种身亲领略的渴望。不过，时间这件东西，现在虽然被相对论者拉作空间底第四度，而它底性质，毕竟有点跟长阔厚三度不同。不信吗？咱们在空间中，任何人都能有上下前后左右底可能，而在时间底轨道上，却只能向前进而不能往后退；除非有比光底速率更快的物质，作成能追上光浪的飞行机，坐在这种飞行机上，才能看到倒摇影戏片也似的过去文化逆流的痕迹。那么，这种竖的方面的游览欲，不是绝对地无法满足吗？然而这是不妨的。咱们虽然不能在时间轨道上开着倒车，去作真正的古代旅行，却也不妨设法把竖垂的横陈起来，作一番近似的古代旅行。例如咱们可以从地质学者所发现的各种地层中，去窥见古代生物和文化一斑，又可以从人类学者社会学者所指示的各种未开化民族中，去考察和推想古代人类社会底一斑，这些都是以横作竖的游览方法。虽然前者已经是没有生命的，而且不是完全无缺的，后者更不过是以横陈的作竖垂的底代用品，然而也未始不可称为近似的古代旅行，略略满足咱们竖的方面的游览欲了。其实在过去的时间上竖垂着的文化，也有至今还可以把它横陈着，而且依然不曾失掉它活泼泼的生命的，例如古人遗留下来的文学作品，便是其中之一了。生长于现代的咱们，受了力能垂著久远的文明第一利器——文字——底恩赐，如果要作文学上的竖的方面的游览，只消到图书馆里去把横陈着的种种古代文学作品细读一番，就可以慰偿咱们身亲领略底渴望。虽然也不能完全无缺，但是它底活泼泼的生命，却依旧不曾失掉，跟地层中的化石不同，更不是把别的横陈着的，作竖垂着的底代用。这种文学上的游览，能使咱们知道古人创作的能力如何，内容的思想情感如何，外形的体裁音节如何，以及如是种种底流变如何，而且可以翕受了它们底感染，来镕铸成自己底思想情感、体裁音节，一试自己底创作手段。咱们如果要做一个文学创作者，这种古代文学上的游览，实在是不可少的呵。然而这种古代文学上的游览，有时候也会碰到种种障碍，而不能慰偿咱们身亲领略的渴望的。那么咱们不得已而思其次，也只有细读古代文学上的游记的一法了。这所谓古代文学上的游记，就是所谓文学史。

咱们中国古代的文学，因为有四千多年的蓄积，放倒了竖垂的直线而横陈于现在的，正跟一个名胜的区域一般，其中富有佳妙的山水、壮阔的原野、雄丽的都市、幽雅的乡村，以及种种美好的风景，值得咱们起一种身亲领略的渴望。如果有些好游之徒，一时碰到种种障碍，不能立即慰偿身亲领略的渴望的话，那么，这种中国古代文学上的游记底供给，确是必要的了。基于这个供给底必要，所以有这一编游记也似的《中国文学史》底草创。然而这不过是一个草创罢了。这草创的《中国文学史》，一面固然企图可以暂时权作游览中国古代文学领域者底游览指南，一面更希望有别的身亲领略者底更好的游记出来！

别的身亲领略者底中国古代文学上的游记，现在也并非没有了。这在中国从前，除所谓正史的各种史书中，间或载有文苑传以外，向来没有有系统的文学史。不过最近几十年来，因为中等以上各学校课程中，往往列有中国文学史一门，于是有些人从事编述，排印的，写印的，陆续出现，据我所看到的，也有十几种之多。然而咱们试把这十几种的中国文学史仔细观察一番，除极少数的例外外，都觉得有不能认为满意的地方。如果严格地讲起来，那些似乎都不能称为真正的中国文学史。因为那些编者，不是误认文学底范围，便是误认历史底任务。其中有把中国古来的学术都叙述在里面的，仿佛是一部中国学术史；有把中国一切的著述都包括在里面的，仿佛是一部中国著述史。这都是误认文学底范围的。还有误认历史底任务的，它们底内容，不是钞录作品加以笼统的批评，好像批评的研究法，而实在不过是史料底堆积；就是把古来著述者底传记充实其中，好像传记式的研究法，而实在不过是点鬼簿和流水帐一类的东西。前者底弊病，在乎以非文学跟文学并为一谈；后者底弊病，在乎误认历史底任务，不过是堆垛式的记录。这些定义和方法底不合，都是咱们所认为不能满意的。至于他们底根本观念，差不多都以为文运是昔盛而今衰的，这种退化论的历史观，也是咱们所不敢赞同的。所以这些中国古代文学上的游记，所记的既并非全是佳妙的山水、壮阔的原野、雄丽的都市、幽雅的乡村，以及种种美好的风景，而又不能告诉咱们以里程和景物底转变，以及山底干脉、水底源流、原野底成因、都市乡村底盛衰底由来和趋势，自然不能认为较好的游记了。

那些中国古代文学上的游记，所以不是较好的游记，因为他们先把文学底范围弄错了。所谓文学底范围，是有关于"文学是什么"问题的。近人章炳麟氏说：

> 文学者，以有文字著于竹帛，故谓之文；论其法式，谓之文学。
>
> ——《国故论衡·文学总略》

这句话实在可以代表中国大多数人底文学观念。所以中国人底所谓文学，不是指纯文学而言。它底范围极广。凡是非文学的作品，只消用文字写在纸上的，都可认为文学作品，于是中国文学史，往往成为中国学术史、中国著述史了。要免除这个弊病，应该说明文学是什么。但是给文学下一个抽象的定义，本来不是编文学史者底任务；而且历来文学底定义，往往言人人殊，几乎没有一个被一般人所认为满意的；所以咱们与其说明它抽象的是什么，不如说明它具体的是什么。咱们现在只消认明：文学底具体的分类，就是诗篇、小说、戏剧三种，是跟绘画、音乐、雕刻、建筑、舞蹈等并列，而同为艺术底一部分就够了。既然知道只有诗篇、小说、戏剧才可称为文学，自然不至于把这三种以外的非文学的作品，混入文学范围以内；而知道咱们所要讲的中国文学史，实在是中国诗篇、小说、戏剧底历史。

其次，编历史的方法，应该怎样，这是一个很切要的问题。我以为历史是应该就群化演进的历程，作系统的记载，而并非只像堆沙包样子，作人物传志底积叠。文学是群化之一，它底演进，跟各种群化一样，所以编文学史者底任务，在乎就文学演进的历程：

一、说明它底怎么样演进。大家知道文学是以创造为贵的。但是这所谓创造，只是指文学作家能从种种因袭中创造出新生命来。其实，新生命底产生，毕竟离不了因袭。例如一切生物，没有不从母体产出的。所产出的虽然是一个跟母体不同的新生命，是创造的，但是他底生命之源，毕竟是母体所给与的。所以一个时代的新文学底勃兴，决不是破空而来，而依然是从过去时代旧文学中孕育出来的新生命。历史上一个新时代的文学，对于旧时代的文学，无论怎样取反抗的态度，而它底生命，终是旧时代的文学底血系上的绵延，而且有时还是祖先隔代遗传的类似的复现。赫胥黎所谓"物各肖其所先，而代趋于微异"，肖是因袭，而异却就是所谓创造了。无论异到怎样，总逃不了一个肖，所以天演论者所谓演进历程中的创造，决不是《旧约圣书·创世记》中的所谓创造。一切生物底创造如此，文学底创造也是如此。所以文学在历史上是演进的，是有系统相衔接的，而编文学史者底任务之一，是在乎说明它怎样演进。

二、说明它底为什么这样演进。群化底所以演进，是因为人类有两种欲望：（一）要有较久的生活，（二）要有较好的生活。惟其要有较久的生活，所以要演；惟其要有较好的生活，所以要进。一切的人类，无时无刻不被这两种欲望支配着。既然被这两种欲望所支配，所以人类底生活无时无刻不在那里变迁着。所谓变迁，就是要求较好的生活。不论它底变迁怎样，总是从人们向主观上以为较好的一方面有所要求而起。所以生活变迁底结果怎样，是好是坏，是另一个问题；而根本的动机，总是较好的生活底要求。文学是群化之一，是人类生活普遍的条件之一；所以文学底演进，是跟着人类底生活而演进。换句话说，人类底生活变迁了，文学也跟着变迁；而变迁底趋势，总是向着较好的一方面。能使文学变迁的，分析起来，有时代底变迁，地域底变迁，个人才性的变迁，以及材料工具等等底变迁，总之不外乎人类生活底变迁。因为有这种种变迁，文学上受到影响，也就跟着变迁，而演进为一种新的文学。同时，文学变迁了，自然也能影响到人类生活，而使它变迁；但是这因为文学也是人类生活普遍的条件之一，所以文学底变迁，也就是人类生活底变迁，而影响人类生活的文学底变迁，还是起于人类想有较好的生活底要求。所以人类生活底演进，就是文学演进的原因。

三、估定它们底时代价值和生命价值。文学既能影响于人类生活，那么，一定有它所影响的结果。这种结果如何，便是所谓价值。但是所谓价值，也有跟着人类生活底变迁而变迁的。例如夏天的风扇，是有招凉的价值的，但是到了秋凉的时候，它底价值便减少了；冬天的火炉，是有取暖的价值的，但是到了春暖的时候，它底价值也减少了。这就是人类生活变迁而事物价值也跟着变迁的明证。文学的价值，也是这样。有些古物的文学，在那个时代，应那时候人类生活底需要而产出，在那时候是有它底相当的价值的；但是到了现代，人类生活变迁而演进了，它底价值也就跟着变迁，或是减低，或是丧失了。它这种在当时所有的价值，咱们可以叫他做当时价值；而它在现代已经减低了的价值，或已经丧失了价值的无价值的价值，咱们可以叫它做现代价值。估定文学底现代价值，自然应该从现代的立足点上去评判它；而估定它底当时价值，却应该把立足点移到那个时代，就它在当时所发生的影响上去评判它，而还它一个相当的价值。除这两种时代价值以外，还有一种价值，就是它本身底艺术生命上的价值。因为文学是有生命的东西。它的生命，是作者用他底艺术手段努力创造的成果。凡是真的文学作品，都有这种艺术生命。这种艺术生命，是依着人类而同在的。只消人类底生存绵延一日，而它又不遭不幸的毁灭，那么，它底生命，也一定存在一日。这艺术生命底永在，是超乎人类生活变迁关系的真价值。这种价值，咱们可以叫它做生命价值。它不比时代价值，跟着生活底变迁而变迁。古代的文学作品，所以至今还能歆动咱们，使咱们去欣赏它，就是因为它有这种生命价值的缘故。不过它们底生命，也有高下强弱的程度之差，所以也得给它们下一个评判而估定一下。

现在所编的，既是中国文学史，所以应该就中国古代文学作品，而实行上面所举的三种任务。

文学的范围和文学史底任务，既如上面所说，但是还有一个问题，就是中国文学底范围里面，应该包涵些什么东西呢？这在小说和戏剧两方面，是没有什么问题的；而在诗篇方面，却不能不发生某种作品是诗非诗的问题了。

要解决是诗非诗的问题，应该先大略地说明律声（Rhythm），才可以用它来作为判别是诗非诗的标准。因为律声这件东西，是诗篇必备的要素。但是普通所谓律声，只指那外形的律声（简称外形律）而言。其实，律声决不止外形的方面，而还有内容的方面。并且外形律不过是诗篇底形式，而内容律却是诗篇底生命。换句话说，就是内容律是诗篇所必要的，而外形律却是可有可无的。所以判别作品底是诗非诗，应该以内容律为主要的标准，而外形律底有无，却是没有什么关系。

内容律是诗人内心底律动，表现于作品上面的，必须从具体的作品上去领略它，而很不容易作抽象的说明。例如：

> 李白乘舟将欲行，忽闻岸上踏歌声；桃花潭水深千
>
> 尺，不及汪伦送我情。
>
> ——唐李白《赠汪伦》（例一）

前两行是寻常的叙事语，它底内容律很弱，不能使读者有什么感动；后面两行却很能感动读者，使读者底内心跟作者底内心作同样的律动。因为我们读了这两行，仿佛也站在水深千尺的桃花潭畔，而觉得有一个汪伦也似的友人正在送我，而且他那送我的深情，也比千尺的桃花潭水还深。这就是作者内心底律动，感动咱们读者底内心，跟他作同样的律动的现象，也就是内容律底表现很强的地方。又如：

有如许的泪，

纵使浑身都是眼，

也流不及呵！（十一）

凭你是怎样秘密的隐痛，

总瞒不过泪神，

轻轻地给你随意泄漏了。（十七）

即使用微笑掩住了泪，

这一笑里，

早吐露了泪底秘密了。（十九）

夜来多少孤眠泪，

枕头是知道的，

但知道的也只有枕头哩！（二十六）

吐泪不得，

咽泪不能，

在眼轮中旋转时，

比利锥刺眼还痛呵！（二十九）

——刘大白《秋之泪》（例二）

　　第一例是有外形律的诗，但同是有外形律的诗，而前两行跟后两行底感动读者的力量不同，就因为内容律底强弱不同。内容律底为诗篇底要素，即此已经可见了。第二例是完全不用外形律的诗，但是它底内容律很强，也很能感动读者底内心，更足见诗篇底要素，不在外形律而在内容律了。

外形律虽然不是判别作品是诗非诗的主要的标准，但是要说明中国旧诗篇这个名词下面所包涵的作品，就得用它来作标准了。外形律底种类，如下列第一表。

第一表

要说明外形律，必须先说明诗篇底外形。诗篇外形底解剖，如下列第二表。

第二表

音是最小的单位，就是一个字，就是五言诗、七言诗底所谓言。

步是最小的音群，有单音步和两音步两种。

停就是从前所谓句，是一个步群。

组、联和排是骈俪的诗篇中所独有，而非骈俪的诗篇中所无。组是一个停群，用它来组成一联或一排的。用两停或两组相对就是联，用相类的两停或两停以上，或用相类的两组或两组以上并列就是排。

均和协是有纽和韵的诗篇中所独有，而无纽和韵的诗篇中所无。均就是一纽或一韵；而合同用一纽或同用一韵的各均，就是一协。

节就是从前的所谓章或解（乐府）或叠（词曲），有有均节和无均节两种：有均节是一个均群或一个协群，无均节只是一个停群。

篇是诗形底全体。

所谓外形，就是诗篇底形体，而外形律就是种种形式，用来修饰这些形体的。

齐差律就是各个篇群各篇各节各协各均各排各联各组各停各步中，所包含的篇数节数协数均数排数联数组数停数步数音数，或整齐，或参差，都有一定的规律。

次第律就是各个篇群各篇各节各协各均各排各联各组各停各步中，所排列的篇位节位协位均位排位联位组位停位步位音位，或顺序，或颠倒，都有一定的规律。

抑扬律就是以平声为扬，仄声（上去入三声）为抑，抑和扬的两种音腔相间或相重的规律。

反复律就是以相同或相类的音，相连或相隔若干音、若干步、若干停而使它再现的规律，有语反复律、腔反复律、纽反复律、韵反复律四种。语反复律，有语分反复、语式反复两种。语分反复，又分同分相缀、同分相应两项：同分相缀，是以复字或复词在诗篇中相连着再说；同分相应，是以复字或复词在诗篇中相隔着再现。语式反复，也分同式相缀、同式相应两项：同式相缀，是以型式相同的语，在诗篇中相连着再现；同式相应，是以型式相同的语，在诗篇中相隔着再现。这两项又各分为两式。同式相缀，分为同式同词的相缀、同式异词的相缀两式：同式同词的相缀，是以相同的型式，相同的词，在诗篇中相连着再现；同式异词的相缀，是以相同的型式，不同的词，在诗篇中相连着再现。同式相应，也分为同式同词的相应、同式异词的相应两式：同式同词的相应，是以相同的型式，相同的词，在诗篇中相隔着再现；同式异词的相应，是以相同的型式，不同的词，在诗篇中相隔着再现。腔反复律，是以相同的抑扬，在诗篇中相连或相隔着再现。纽反复律，是以同纽的字（发音相同的字），在诗篇中相连或相隔着再现；相连的叫做同纽相缀，相隔的叫做同纽相和。同纽相和，又分三式：同纽的字用在一停之首的，叫做停头纽；在一停之中的，叫做停身纽；在一停之末的，叫做停尾纽。韵反复律，是以同韵的字（收音相同的字），在诗篇中相连或相隔着再现；相连的叫做同韵相缀，相隔的叫做同韵相协。同韵相协，又分三式：同韵的字在一停之首的，叫做停头韵；在一停之中的，叫做停身韵；在一停之末的，叫做停尾韵。

　　俦偶律就是以声音和意义相同或相类或相异的字各为一停或一组而构成一联或一排的规律，有音底俦偶、义底俦偶两方面。音底俦偶，有齐差底俦偶、次第底俦偶、抑扬底俦偶、反复底俦偶四种：齐差的俦偶，是以音数底多少相同或相类为俦偶；次第底俦偶，是以音位底先后相同或相异为俦偶；抑扬底俦偶，是以音腔底平曲相异或相同为俦偶；反复底俦偶，是以音质底重复相类或相同或相异，又兼以音腔底平曲相异或相同为俦偶。义底俦偶，是伴附于音底俦偶而以意义相同或相类或相异的字为俦偶。

中国底旧诗篇，就是使用这五项外形律的，所以咱们就可以用五项外形律来说明中国旧诗篇所包涵的作品。

如果以韵律为标准，来判别作品底是诗非诗，本来可以包括文学作品底全部，而作下列第三表的分类。

第三表

第一类是备具外形律而又配合乐谱，可以歌唱的诗篇。例如《毛诗》，《楚辞》中的《九歌》，汉以后的乐府，唐宋以后的词和曲，都属于这一类。第二类是只备具外形律而不配合乐谱，只可吟诵而不可歌唱的诗篇。例如《楚辞》（除《九歌》），汉以后的五七言诗，辞赋，骈俪文，四六文和联语等，都属于这一类。第三类是既不配合乐谱，也不备具外形律，不但不可歌唱，而且不可吟诵，只可讲读的诗篇。例如散文诗，小品文，小说和散文的戏剧等，都属于这一类。这三类在配合乐谱与否和备具外形律与否的两方面，虽有差异，而在备具内容律方面，却是相同。配合乐谱与否，向来不把它作为判别是诗非诗的标准，所以不成什么问题。备具外形律与否，却为争辨是诗非诗的焦点了。所以如果以外形律为标准，来判别作品底是诗非诗，那么，不备具外形律的第三类，自然要说成不是诗篇了。然而我们应该知道，原始的文学，本来只有诗篇一种；一切抒情、叙事和戏剧底表现，都由诗篇来包办，而分为抒情诗、叙事诗和剧诗三类。所以原始的文学底领域，就是诗篇底领域，而并列着抒情诗、叙事诗和剧诗的三个联邦。但是后来散文的文学作品渐渐起来，侵略到诗篇底领域里面来了。第一步是用散文来叙事，取叙事诗而代之，使它成为小说；第二步是用散文来作剧本，取剧诗而代之，使它成为散文的戏剧；于是叙事诗和剧诗的两个联邦，都被大启封疆的散文割取而据为己有了。到了最近，连孤立的抒情诗的一邦中，也不免被散文底势力范围所侵入，而有所谓散文的抒情诗了。但这是站在外形律的方面看，好像诗篇底领土，渐渐轶出外形律底范围以外，而诗篇有"日蹙国百里"的现象。其实，如果站在内容律的方面看，这些轶出外形律范围以外的小说、戏剧和散文诗等，它们固有的民族性——内容律——依然不曾丧失。所以与其说是诗篇割让领土，不如说是诗篇扩张殖民地于散文界内。

那么，咱们既知道小说源出有外形律的叙事诗，戏剧源出有外形律的剧诗，散文的抒情诗源出有外形律的抒情诗，都是诗国中移植于散文界内的移民，便不能不承认第三类是广义的诗篇了。

中国文学发生的次序，以诗篇为最早，小说次之，戏剧最后；而近代式的散文剧本底出现，更属最近的事情。从这发生的次序，就可看出诗国中的民族，渐渐向散文界内移殖的形势。更因为发生有先后不同的关系，所以作品也以诗篇为最多，小说次之，戏剧最少。至于中国小说从叙事诗演进的痕迹，虽然因为叙事诗较少的缘故，不很分明；而戏剧从近似剧诗的乐府和南北曲演进，却是痕迹显然的。

以上是以内容律为标准，来判别作品底是诗非诗；现在更以外形律来说明中国旧诗篇所包涵的作品。

四言诗，五言诗，七言诗，以及兼含三、四、五、六、七、八、九……言的各种杂言诗，向来被承认为诗篇，是没有问题的；但是此外还有许多备具外形律的——当然须是备具内容律的——作品，是向来不称为诗篇的。例如词和曲是向来不被称为诗篇的，而实在都是古近体以外的变格诗篇。古近体诗，到了唐代，格式完备，几乎穷了，所以一变而为词；词到了宋元，格式完备，也几乎穷了，所以再变而为曲。这都是跟着时代底要求而自然演进，正跟近年来从诗、词和曲演进而为语体的自由诗、散文诗相类。所以词虽不被称为诗，而本被称为诗余；曲虽不被称为诗和词，而本被称为词余；正因为它们都是变格的诗篇的缘故。余就是支流的意思。从前的人，根据传统的观念，只认古近体诗为正宗的诗篇，而词不过是支流，曲尤其是支流底支流，所以称它们为诗余和词余，而不称它们为诗；但是咱们现在应该打破这种传统观念，从它们跟古近体诗同样备具外形律的这一点上，正式承认它们都是诗篇底一种。又如辞赋，也是向来不被称为诗篇的。但是汉代班固曾说"赋者，古诗之流也"，又说"不歌而诵谓之赋"，那么，他明明说赋是从诗篇演进的了。其实，辞赋是从《楚辞》演进的；而《楚辞》本是咱们所认为诗篇底别派，跟《毛诗》并峙，为中国文学底两大河源的。辞赋的体裁，虽然好像跟向来被称为诗篇的稍有不同，但它在备具外形律的方面，都跟被称为诗篇的相同，不能不承认它是诗篇。并且中国底古近体诗，可称为叙事诗的很少；而辞赋却因为便于敷陈，所以叙事的颇多；即使说中国底叙事诗，存在辞赋里面，也没有什么不可。因此咱们应该正式承认辞赋也是诗篇底一种。又如骈俪的文体，虽然导源于古昔骈散错综的文章，如《周易·文言》《系辞》之类，但后来又跟辞赋合流，演而为四六的文体。骈体文和四六文中，有等差律，有次第律，有抑扬律，有反复律，有俦偶律，都跟辞赋大同；所不同的，只是多数不用同纽相和和同韵相协的反复罢了。所以骈体文和四六文，也不得不认为诗篇底一种。又如联语，虽然多数不用同纽相和和同韵相协的反复，而其余各律都能备具，是骈俪文底支流，所以也应该承认它为诗篇底一种。

以上所举，中国旧文学作品，凡是备具外形律而可称为诗篇的，大约没有什么遗漏了。

至于语体的诗篇，似乎是最近新兴的，所以常常被守旧者所排斥。其实中国底文字和语言，虽然秦、汉以后，就渐趋于分离，而语言底不甘雌伏，常常侵入文学作品中，历代都有痕迹可寻。到了词曲起来，于诗篇中另辟新境界，给此种工具——语言——以充分使用的机会，它底发展，更是显然。同时小说底领域中，一部分也被语言所占领。到了最近，语体文学，成为有意识的一种力争正统的运动，不过如伏流的江河，一泻千里而入于海罢了。这是中国文学史上应该注意的一件事。

以上所举，是游览中国古代文学上名胜区域者，所应该预备的游览标准和方法，以及应该携带着作测量用的仪表和针尺。游记底编者，应该在卷首把这些先告诉读者，使读者得到一个概念，不致茫无头绪。但是在这里还有一件事应该告诉读者，完成那游览指南底职务的，就是游览历程底分段。这游览历程底分段，就是文学史上的分期。中国文学史中，本来没有什么古典主义、罗曼主义和自然主义、写实主义等迭兴递禅的痕迹可寻，所以势不能用主义底迁变分期。近来编述者，有以上世、中世、近世分的，有以上古、中古、近古、近世分的，有以某朝某代分的，有以序数分期，如以第一期、第二期……第五期分的，其间时代底区画，各各不同。但是某朝某代的政治上的区画，有时不能跟文学上的区画相一致；而现在可称为近古和近世的，在将来便不是近古和近世；所以我觉得还是以序数分期的方法为较妥。至于区画，暂定如下。

第一期，上古至夏商。约自公元前二七○○年，民元前四六一一年起，至公元前一一二二年，民元前三○三三年止，约占一千五百年。其间遗留下来的作品很少，鳞爪仅存，真伪参半，只能就其中比较可信的作大略的问津。这正如这个区域内，曾经经过一次大地震，把一切的山川陵谷、城郭楼台都破毁得改变了原型，遗下些残邱剩壑、败壁颓垣，几乎不可辨认一般，所以咱们在这里只好作依稀仿佛的探索检寻和感慨苍凉的流连凭吊而已。

第二期，周至秦。自公元前一一二一年，民元前三○三二年起，至公元前二○七年，民元前二一一八年止，占九百十四年。代表这个时代的文学的作品，经前人结集而存留着的，就是《毛诗》和《楚辞》这两部总集。这两部总集中的作品，在当时各各代表南北两派来源不同的一种文学，为后来一切诗篇、辞赋底祖先。这正如星宿海为北方黄河之源，犁牛石为南方长江之源，是中国两大河流底发源地。咱们读《毛诗》和《楚辞》，应该把它们当作中国文学上两大河流底星宿海和犁牛石看，不容轻易忽略过的。

第三期，汉至隋。自公元前二〇六年，民元前二一一七年起，至公元六一七年，民元前一二九四年止，占八百二十三年。但因为作品较多而历时较久的缘故，又可以就文学演进的变迁痕迹上，划成两个段落，分为前后两半期。前半期就是两汉，自公元前二〇六年，民元前二一一七年起，至公元一九五年，民元前一七一六年（汉献帝兴平二年）止，占四百零一年；后半期就是三国六朝，自公元一九五年，民元前一七一六年（汉献帝建安元年）起，至公元六一七年，民元前一二九四年止，占四百二十二年。前半期的文学，上承第二期南北两派文学底巨流，交汇错衍产出了五七言诗和辞赋来。但是《毛诗》底四言，虽然演进而为五言，而七言诗还不及五言诗底盛行；辞赋也还跟《楚辞》底型式不很相远。后半期辞赋演进而为骈俪，诗篇也受到影响，渐渐形成律体；而四声底确定，外形律底比较繁复，更是一件最有关系的事。其间因为南北分裂，又发生南北两派色彩不同的文学，为第四期文学底两源，也是应该注意的。至于小说，前半期略具雏形，却已经没有遗迹可寻；而后半期中，便留下了许多草创的作品。戏剧虽然于后半期中抽苗出一点萌芽，但是也仅仅是一点萌芽罢了。不过咱们在这个区域中，即使只就诗篇领域内游览起来，也已经觉得名胜络绎，很够供咱们欣赏，有如行山阴道上，应接不暇之势了。

第四期，唐。自公元六一七年，民元前一二九四年起，至公元九〇六年，民元前一〇〇五年止，占二百八十九年。这一期是中国诗篇的王国中极盛的时期。胚胎于第三期中齐梁时代的新律声，到此完全成熟，充分地使用于诗篇中，所以五七言古近体诗，既美且富，成为洋洋大观。但是千里来龙，虽然到此结穴，却并非截然而止的，它一定还能于过脉之后，突起奇峰，引人入胜。五七言诗，到了唐代，算是极盛了。然而一面是盛境，一面也就是穷途。中晚以后，在整齐的五七言的范围里面，变不出什么花样来了，于是峰回路转，另外开出一个境界来，供人们欣赏，这就是长短停的律体诗篇——词——底产生了。同时小说盛行，而且颇有好的作品，戏剧也渐具雏形，咱们在游览底历程中，也值得纤道一顾的。

第五期，五代至元。自公元九〇六年，民元前一〇〇五年起，至公元一三六七年，民元前五四四年止，占四百六十一年。这一期中，创始于第四期的词，经五代底盛行，到宋代而美备；于是构成剧诗的曲体萌芽，到元代而也达到美备的一境。这在咱们底游览历程中，真有"山重水复疑无路，柳暗花明又一村"的妙境。并且，自宋代以后，语体侵入文学领域中，词底一部，曲底全部，都被它所占领；而语体小说底勃兴，更是一种特征。这好像大海潮流，冲入鳖子亹，在钱塘江上逆流着，跟富春江上奔流下来的山水争雄了。

第六期，明至清。自公元一三六七年，民元前五四四年起，至公元一九一一年，民元前一年止，占五百四十四年。这一期的诗篇词曲辞赋等，因为受科举制度底功令所定的制艺、试帖，以及馆阁式的"官样文章殿体书"底束缚的影响，没有什么创造之可言。只有语体小说，颇有佳构；而介乎叙事诗和小说之间的弹词极多，并且传奇杂剧以外的皮黄、秦腔等戏剧盛行，也是可注意的一件事。咱们在这个区域中，仿佛参观了两座假古董底制造所陈列馆。虽然他们底技术，也有足使咱们作相当的赞美的，但是没有什么新鲜的景物，使咱们一开倦眼。能使咱们值得欣赏的，还是他们所屏诸门外的那些闲花野草、歌鸟吟虫。然而到了清末，输入许多欧、美、日本底小说、剧本，却早给现在的新文学升起了一道曙光。咱们在游览历程中，见了这道曙光，便知道前途一定有一个被新的光明所充满的新境界了。

第七期，民国纪元以后。这一期为时很短，不过十多年。但是语体文学，崛起而争文学底正统。虽然还难免幼稚，而方兴未艾；并且能尽量接受西洋文艺思潮，以为发扬光大的助力。如此向前猛进，必能于中国文学史上放一异彩，演进而为世界的文学。说者比之于欧洲底文艺复兴，却也颇有类似之点。这仿佛长江大河，吞入海潮，而挟着潮流同归于海。咱们到了这儿，要看它们底入海波澜如何汹涌，而更作海外胜游了。

向来中国论文的人，往往爱作文运盛衰之论，以为文运是古盛而今衰的，后人应该力追古昔，以挽颓风。我却以为文学是群化底一种，它底演进，就大体看起来，本来无所谓盛衰，不过其间不能无穷变罢了。由穷而变，由变而通，而文运于是日新了。本编底区画，只说明它底穷变，没有什么盛衰之见存于其中。换句话说，就是先指示给读者以中国文学在某时期如何转变，而跟前一个时期如何不同的一个粗略的印象，不是说前一时期的文学胜过于后一时期的文学。读了这一个中国古代文学上名胜区域游览历程底分段单子，再读起那中国古代文学上的游记来，自然不至于茫无头绪；就是将来去作身亲领略的实地游览的时候，有了这个单子作向导，也不至于误入迷途了。

第二篇　第一期　上古至商

文学区域，本来伴附于竖垂的时间轨道上的。但是因为各时代的作家，幸而多少有一点作品遗留下来，居然横陈在图书馆里，仿佛把时间轨道也跟着放平了，所以咱们不妨备足资斧，办起行装，前去实行游览。

不过当出发之前，还得踌躇一下。因为仿佛环游地球，可以向西出发，也可以向东出发，而殊途同归一般，在这儿也有两条道：其一，是以近代为起点，而归宿于古代；其二，是以古代为起点，而归宿于近代。咱们还是走第一条道呢，还是走第二条道？时间的轨道，虽然勉强放平了，但是如果走第一条道，所瞧见的毕竟是后退的现象，是感不到什么兴趣的，所以咱们还是走第二条道呢。方向决定了，便可以依着前面所开的单子，出发游览了。

这条道上，首先收入咱们眼底的，便是所谓"上古至商"的第一期。可是这个区域，就是仿佛曾经经过大地震一般的残毁区域，流传下来的作品实在太少了，而且有些还不免是后人追纪或伪托的赝作，咱们在此，大约只能略略探寻一番，凭吊一番罢了。不过咱们应该知道，这个区域，是以后各区域中群山万壑底发脉起源之地，所以咱们不妨于探寻凭吊之余，谈谈这个区域底如何构成和它跟后来的关系。

中国的民族，大约是从西方来的。有人说是从巴比伦来的，有人说是从帕米尔高原来的，但是也不见得有十分显明的证据。并且这件事情底详细的研究，是民族史上的事情。我们现在不编中国民族史，不必作精确的考证，只消知道本非土著的民族，而最初散布于黄河流域罢了。这几千年来，虽然中间曾经吸收若干的异族，几经同化，混为一族，而主体的民族，却毕竟是现在所称的汉族。当时汉族移住到非固有的黄河流域来，当然跟这片土上的固有民族作过很剧烈的斗争。在这斗争中，那些民族，有些被驱逐了，有些被征服而渐渐同化了，汉族才得在这片土上安住。虽然安住了，可是四周围环绕着的异民族，所谓蛮夷戎狄的，还是很多。所以在这时期中，我们汉族，依然继续不断地做那吸收和排拒的工夫。吸收就是用我们底文化，去同化他们，换句话说，就是用汉族文学上的力量，去镕铸他们，使他们跟我们并为一族。排拒就是用我们的武力，去攻击他们，而当战争的时候，出征和凯旋，当然有许多关于战争的文学作品（例如黄帝使岐伯作《短箫铙歌》，以建扬武德，风劝战士；杀蚩尤于青丘以后，作《㧖鼓之曲》十章之类）。这些关于吸收和排拒异族的文学作品，可惜或因文字未兴，或因记载不详，都不得见了。这是我们研究中国文学史者底一件憾事。

对于异族，有的吸收，有的排拒，固然是汉族文学发扬光大的机会；而同时异族的文学，当然也有一部分被汉族所吸收，融入汉族底文学中，为发扬光大的资料。我们应该知道：中国历史上所谓三皇、五帝以及有巢氏、燧人氏等，有些并非同民族底代嬗，而是异民族底迭兴。所以有人以为盘古就是苗族底盘瓠，而被后来的汉族认为人类始祖的。我们现在从古来的传说上，听到许多盘古开天辟地以及关于古代帝皇的种种神话，并非都是我们汉族本有的原始文学。不过既经我们汉族吸收而传说着，其中又经过我们汉族底增删润色，装点变化，认为汉族底原始文学，也没有什么说不过去罢了。

文字，是文学底工具，当然是和文学有很密切的关系的。中国底文字，相传是仓颉所作。或者说仓颉是黄帝时代底人，也有说是在伏羲时代的，现在也无从确定了。《荀子》说"古之作书者众，而仓颉独传"，据现在推想，也许其余的作书者，都是些非汉族的人。因为异族之中，如苗族之类，原是有文字的，而且不止一种。现在调查云南、贵州等处地方各苗族的，都曾发现他们底文字，有些连他们本族也已经不能使用，有些却还在使用着。现在散布在马来半岛以及南洋群岛的马来民族，也是有文字的（马来族，汉代称为马流，现在也别称为巫来由，而"巫"读作古音"模"，有人说他们就是《尚书》上跟着武王伐纣的髳人。因为"马流"和"巫来由"底合音，都是髳音。其实，苗、蛮、髳、闽，都是一音之转，也许从前都是同出一源的民族，而散布在中国南部的。后来被我们汉族所排拒，一部分"日蹙国百里"地挤往云南、贵州等处边远地方，一部分却流徙到马来半岛和南洋群岛去别辟新天地了）。这些文字既非汉族所作，所以不传于汉族中，而所传的独有仓颉底文字。仓颉底文字，是衍形而单音的。这在当初创造的时代，原无足奇，因为世界底文字，原始时代，本来都是象形而单音的。但是后来他族多有从象形而进为衍音，从单音而进为多音的，而中国底文字，却专从衍形和单音的方面发展，所以大体地说来，现在还滞在这个历程中，而不能全体改变。因此中国底文字，用在文学作品上头，发生一种特殊的现象，就是骈俪的作用。例如《礼记》所载的：

> 土反其宅，水归其壑，昆虫毋作，草木归其宅！

——伊耆氏《蜡辞》（例三）

前两句就是骈俪的。至于《尸子》所载：

> 南风之薰兮，可以解吾民之愠兮，南风之时兮，可以阜吾民之财兮。

——虞舜《南风之歌》（例四）

如果把四个"兮"字去掉，简直跟后世的四六文相仿佛了。排比的句子，虽然为各种文字所同有，而音数底整齐对称，却是中国文学作品中的特殊现象。后世律诗和骈体四六的文字，在第一期文学中，也已经有了萌芽了。

古代的诗歌，是和乐章相附丽而不分离的。所以作乐的一定同时作歌，作歌的也一定同时作乐（例如《庄子》称黄帝张《咸池》之乐，而有焱氏作颂；《路史·后记》说"帝尧制七弦，徽《大唐之歌》，而民事得；制《咸池》之舞，而为《经首》之诗，以享上帝，命之曰《大咸》；帝舜作《大唐之歌》，以声帝美，声成而綵凤至"之类）。相传古代有东西南北四音：《北音》为契底母亲有娀氏之女简狄所作，它底文字，只传"燕燕往飞"一句；《南音》为夏禹底妃涂山氏之女女娇所作，也只传"候人兮猗"一句；而夏孔甲作《破斧之歌》，实始为《东音》，殷整甲徙宅西河，犹思故处，实始作为《西音》，却都文字不传了。虽然《吕览》所说，是否真确，是不可尽信的，可是古来诗乐合一，是无可疑的了。

原始的文学，本来导源于宗教底颂歌。颂歌所以颂神道底功德：从叙述神道底神奇伟大的一点看，是叙事诗底起源；从表示作者信仰的情感的一点看，是抒情诗底形式；而于祭祀祈祷的时候，把颂歌配合乐章，按着音节而随歌随舞，借此娱乐神道，又仿佛是后世剧诗底萌芽。但颂歌究以叙述为主，它所叙述的，就是当时宗教上的神话。可是从中国古代诗歌中，要找出纯粹叙述神话的颂歌来，现在已经不可能了。前面所引的伊耆氏《蜡辞》，似乎是颂歌底一类；但是辞句简短，并不作神话底叙述，而只表示祈祷的意思，究不能算是真正的颂歌。《商颂》十二篇，现在有五篇附存于《毛诗》后面，其中像《玄鸟》篇底"天命玄鸟，降而生商"，似乎是神话了。然而这不过叙商代祖先底由来，用意重在叙述高宗武丁底功德，跟祀成汤的《那》篇，祀中宗太戊的《烈祖》篇，祀高宗的《殷武》篇，以及大禘的《长发》篇用意一样。所以这五篇都是商人赞颂祖先的颂歌，好像史诗，而又不是史诗。它底内容，不是叙述神话，而好像是取材于传说的。诗歌方面，既是如此；而散文的神话和传说底记录，在古代简册中，也找不出什么来，我们现在只能从周代以后的各种记载中，东鳞西爪地找得一些。我们推究所以这样的缘故，大约有下列的几层：一、汉族当时住在黄河流域。黄河两岸底土壤并不肥美，又时遭河水泛滥的祸患，非胼手胝足、终岁勤动，不能丰收。因为得到天然的恩惠的地方很少，所以注重实际的生活，缺乏虚玄的宗教思想；除最切近的祖先以外，不很重视人鬼以外的天神地祇。二、既不重视神祇，所以虽然把天神、地祇、人鬼分为三类，而对于这三类的观念，往往混淆而不分明。试看嫦娥可以奔月而为月神，傅说可以骑箕而为星神，鲧可以化为黄能入于羽渊而为羽山之神，就是人鬼也可以为天神地祇的明证。而所谓神道设教，不过是祖先教底类推。三、儒家以为"天道远，人道迩"，专研究修齐治平的人事；而所谓《诗》《书》两经，都是经主张"敬鬼神而远之"、不语怪神的孔子删定过的。他老先生大约把《诗》《书》里面关于古来神话的作品都删掉了，所以我们现在从《诗》《书》上找不出多大的古代神话来。至于《山海经》一书，其中包含着许多的神话，相传以为夏禹和伯益两人所作。但是其中有长沙、零陵、桂阳、诸暨等郡县名，并且《海外南经》说起文王葬所，《海内西经》说起夏后启底事情，都可以证明不是夏禹和伯益所作。即使因为汉代人都说是夏禹和伯益所作，而作退一步的承认，也一定经过后人底搀杂附益了。

第一期的文学作品，流传下来的很少，而且可信的尤少。除《商颂》附存于《毛诗》以外，其余如《尚书·虞书·益稷》篇所载的帝舜"敕天之命，惟时惟几"之歌，以及帝舜和皋陶唱和的"明良喜起"之歌，《礼记·大学》篇所载的汤之《盘铭》，《郊特牲》篇所载的伊耆氏《蜡辞》之类，都算是可信的。其次如《尸子》所载的帝舜《南风之歌》，《尚书大传》所载的帝舜《卿云之歌》，《列子》所载的帝尧时《康衢之谣》，《高士传》所载的帝尧时《击壤之歌》，《荀子》和《说苑》所载的成汤《大旱》《祝辞》，也都算是比较可信的。至于如《拾遗记》所载的少昊之母皇娥之歌，显然是王嘉所伪造，凡是这一类的作品，都是不可信的了。

然而我们在第一期之末，却得到比较可信的两首抒情的诗歌，现在把它举出来，作为这一期文学作品底殿军。案《史记》："箕子朝周，过故殷墟，感宫室坏毁，生禾黍。箕子伤之，欲哭则不可，欲泣为其近妇人，乃作《麦秀》之诗，以歌咏之。"其诗曰：

> 麦秀渐渐兮，禾黍油油；彼狡童兮，不与我好兮！

（例五）

又，《史记》载伯夷、叔齐饿且死而作歌。其辞曰：

> 登彼西山兮，采其薇矣；以暴易暴兮，不知其非矣；神农虞夏，忽焉没兮，我安适归矣？于嗟徂兮，命之衰矣！

（例六）

大凡抒情的作品，都是所谓苦闷的喊声，是很显明的。箕子底歌词，一方面发抒亡国底悲思，一方面又很迫切地责备故主底不从他底谏诤。至于伯夷、叔齐底歌词，却又并不发抒商朝一姓兴亡底悲感；他一方面对于兴朝故国，双方都很迫切地责备，一方面怀念可恋慕的古代底不可追，而自伤其身世底无可依归，非死不可。他底情操，真是非常高尚的了！所以前者底背景，还是亡国；而后者底背景，却不在亡国而在亡道了。

最后，我们还可以引《尚书·虞书·舜典》篇所载的帝舜命夔的话，所谓"诗言志，歌永言，声依永，律和声"，以见古代诗歌底定义，而更可以见得古代底诗歌跟乐章是相附丽而不分离的。

第三篇　第二期　周至秦

　　第一期的文学区域，既然徒费咱们底探寻，供咱们底凭吊，咱们底游览欲当然不能满足，而且从不满足而更引起满足底要求了，于是咱们开始向第二期的文学区域进行。

　　第一期的文学作品很少，第二期却多了。所以多的缘故，大概有下列三种：一、时代比较地晚一点，作者既然繁多，作品也因而繁多，这是进化的现象；二、周代设有太史一官，使他巡行采风，所以搜集得颇多，而王室既经以此提倡，民间也自然成为风气，这是尚文的结果；三、虽然曾经孔子删削，秦火燔烧（专就《毛诗》说），而毕竟因为孔子曾经选成定本，把它教授弟子的缘故，传播较广，所以秦火以后，还能复出，这是结集流通的好处。但是这一期里面，剧本当然没有；小说虽有，也已经不传，现在我们只能从周秦诸子中，披沙拣金似地去挑选得一些近似小说的作品来补充；所以独有诗歌最多。

　　这一期的诗歌，可以用两部集子来代表，就是《毛诗》和《楚辞》；而荀卿底《赋篇》和《成相》，却编在他个人底集子当中。以地域论，《毛诗》中的十五国风，十五国（实止有九国）都在北方，《周颂》《鲁颂》底周和鲁，也在北方，所以

38

《毛诗》可以说是北方文学底代表；《楚辞》底楚，却在南方，所以《楚辞》可以说是南方文学底代表；而荀卿本是北方的赵人，后来在楚国做官，死在楚国，他底《赋》和《佹诗》，也像《毛诗》，也像《楚辞》，而《成相》又是他独创的格调，所以可说是南北文学合流的代表。以时代论，《毛诗》是春秋以前及春秋时代的作品，可以说是前期文学底代表；《楚辞》和荀卿底作品，都是战国时代的作品，可以说是后期文学底代表。以民族论，《毛诗》十五国风及《鲁颂》底产生地周、卫等十国，都是汉族；而楚国被称为蛮荆，不齿于汉族的上国，虽然那时候已经渐渐被周底文化所渐染而趋于同化，究竟还是非汉族的蛮族：所以《毛诗》可以说是汉族文学底代表，《楚辞》可以说是非汉族的文学底代表，而荀卿的作品可以说是蛮汉两族文学合流底代表。以作者论，《毛诗》除少数几篇诗中自述作者姓名外，其余都不著作者姓名（《小序》中虽然颇有举出作者姓名的，但是不可尽信），所以可以称为无名诗人底总集；《楚辞》是屈原、宋玉、景差等所作，都有作者姓名，所以可以称为屈原等底合集；而荀卿底作品，更明明有类于后世所谓别集了。以作品论，《毛诗》和《楚辞》底格调，固然绝不相同，而它们底词采，既是《毛诗》质朴，《楚辞》绮艳，它们底内容，也是《毛诗》多写实际的生活，《楚辞》多含虚玄的神话；至于荀卿底作品，却适居其中：所以地域和民族底不同，都可以从作品上看出。

　　《毛诗》分《风》《雅》《颂》三类；《风》分十五国（《周南》《召南》《邶风》《鄘风》《卫风》《王风》《郑风》《齐风》《魏风》《唐风》《秦风》《陈风》《桧风》《曹风》《豳风》），而《周南》《召南》《王风》《豳风》同属周室之风，《邶风》《鄘风》《卫风》同属卫国之风，《魏风》《唐风》同属晋国（魏后并于晋）之风，所以实在只有九国。《雅》分《小雅》《大雅》，《大序》说，"言天下之事，形四方之风谓之雅；雅者，正也，言王政之所由废兴也；政有小大，故有《小雅》焉，有《大雅》焉"。这话后来很有人驳它。近来有人说，东迁以前的周地，就是后来的秦地，所以雅音就是所谓秦声底"乌乌"；而雅底大小，只由于音乐上的大小而分，并不由于政治上的大小而分。这也似乎新颖而可信。但是我们现在不作精密的考证，也不必论列它底是非。《颂》分《周颂》《鲁颂》《商颂》，除《商颂》为第一期作品外，其余都是春秋以前和春秋时代的作品。汉代司马迁曾说，"孔子语鲁太师，'吾自卫反鲁，《雅》《颂》各得其所'，古者诗三千余篇，及至孔子，去其重，取可施于礼义……三百五篇，孔子皆弦歌之，以求合《韶武》《雅》《颂》之音……"这是最早的孔子删《诗》说。后人对于此说，颇有怀疑的，以为孔子未尝自说删《诗》的话，且孔子常常说"《诗》三百，一言以蔽之，曰'思无邪'""诵《诗》三百，授之以政，不达；使于四方，不能专对；虽多，亦奚以为"的话，足为《诗》只有三百篇的明证。其实不然，我以为周代特设采《诗》的专官，所采的自然不止三百篇。这三百篇的诗，是孔子所选的诗歌读本，把它来教授弟子的。所以"虽多亦奚以为"的这个"多"字，正是指三百篇以外的诗而言；而"诵《诗》三百"，就是指自己底选本而言。不过其中有一个大疑问，就是《颂》里面虽然有《商颂》《鲁颂》，何以《风》里面没有宋风、鲁风？楚风可以说因为是异族的蛮荆之风，所以被摈而不采；宋是前代后裔，鲁又是周公封地，都是公侯上国，难道反不如桧、曹底有风可采吗？即使果如郑康成所说"周尊鲁，巡守述职，不陈其诗""问者曰：'列国政衰，则变风作，宋何独无乎？'曰：'有焉，乃不录之。王者之后，时王所客也，巡守述职，不陈其诗；亦示无贬黜客之义也'"的话，对于宋风底没有，或许说得过去，而对于没有鲁风底解释，却有点不可通。鲁是孔子所住的国家，难道不能就近采集？难道不能像《鲁春秋》一样，就鲁史所采而选入读本中吗？但是这个疑问，我们虽然不满意于郑氏底臆说，现在也无从考证了。

《毛诗》三百十一篇，除《小雅》中有笙诗（《南陔》《白华》《华黍》《由庚》《崇丘》《由仪》）六篇，是有声无辞的以外，实只存三百五篇；又除《商颂》五篇，是第一期作品外，属于周代的实只有三百篇。这三百篇中，大约抒情的作品居多，而叙事诗一类的作品，也间或有之，不过不是纯粹的叙事诗罢了。如果用阶级来分，《国风》和《小雅》底一部分，都是平民的草野文学；《大雅》《周颂》《鲁颂》和《小雅》底一部分，都是贵族的庙堂文学。大约前者抒情的居多，而后者间有叙事的。

《毛诗》底时代，大约从周代初年起，到春秋陈灵公时为止，经过五百年光景。其间文、武、成、康时代，总算是个盛世；到了经过幽、厉之乱，平王东迁以后，就是王室陵夷的衰世了。所以《黍离》一诗，就无异乎箕子《麦秀》之歌；而《小雅》自《节南山》《正月》诸篇以后，《大雅》自《民劳》《板》《荡》诸篇以后，有许多都是忧伤哀怨之音。现在把《王风·黍离》《小雅·节南山》《大雅·荡》等篇节录如下：

　　　　彼黍离离，彼稷之苗，行迈靡靡，中心摇摇。知我者谓我心忧，不知我者谓我何求；悠悠苍天，此何人哉！

——《王风·黍离》首章（例七）

有兔爰爰，雉离于罗。我生之初，尚无为；我生之后，逢此百罹，尚寐无吪！

——《王风·兔爰》首章（例八）

不吊昊天，乱靡有定；式月斯生，俾民不宁。忧心如酲，谁秉国成？不自为政，卒劳百姓！

——《小雅·节南山》六章（例九）

驾彼四牡，四牡项领；我瞻四方，蹙蹙靡所骋！

——同上七章（例十）

谓天盖高，不敢不局；谓地盖厚，不敢不蹐；维号斯言，有伦有脊；哀今之人，胡为虺蜴！

——《小雅·正月》六章（例十一）

佌佌彼有屋，蔌蔌方有穀；民今之无禄，天天是椓。哿矣富人，哀此茕独！

——同上十三章（例十二）

踧踧周道，鞠为茂草；我心忧伤，惄焉如捣；假寐永叹，维忧用老；心之忧矣，疢如疾首。

——《小雅·小弁》二章（例十三）

荡荡上帝，下民之辟，疾威上帝，其命多辟。

——《大雅·荡》首章（例十四）

人有土田，女反有之；人有民人，女覆夺之；此宜无罪，女反收之；彼宜有罪，女覆说之。

——《大雅·瞻卬》二章（例十五）

哲夫成城，哲妇倾城。懿厥哲妇，为枭为鸱。妇有长舌，维厉之阶。乱匪降自天，生自妇人。匪教匪诲，时维妇寺！

——同上三章①（例十六）

昔先王受命，有如召公，日辟国百里，今也日蹙国百里。於乎哀哉，维今之人，不尚有旧！

——《大雅·召旻》七章（例十七）

这些都是伤宗社底颠覆、愤政治底紊乱、恨社会状况底不良的抒情诗。比起盛世时代诗人所作的《七月》《鹿鸣》《文王》诸篇来，真有不堪回首的感慨了。

风有正变的话，我们不能相信它。然而据史传所说，武王伐商的时候，不期而会者八百国；灭商以后，又加封了数百国，其中跟周室同姓的，就有五十五国；那么，那时候并列的国家是很多的了。可是到了春秋时代，著名而强盛点的国家，已经不过十几国了；即使连那些小国算进去，也不过数十国。可见这二三百年间，诸侯互相吞并的行为是不曾断绝的。就是《春秋》所载，诸侯互相侵伐，争城夺地，灭国执君，也是差不多成为常事。所以那个时代，实在是一个长期战争的时代。在这长期战争的时代中，各国君臣底亡国破家，人民底死亡劳苦、困顿流离，是可想而知的。这些景象，我们可以从《风》《雅》中看出一些。例如：

击鼓其镗，踊跃用兵；土国城漕，我独南行。

从孙子仲，平陈与宋；不我以归，忧心有忡！

……

---

① 三章：底本作"七章"。

死生契阔，与子成说；执子之手，与子偕老。

于嗟阔兮，不我活兮；于嗟洵兮，不我信兮！

        ——《邶风·击鼓》（例十八）

式微式微，胡不归！微君之故，胡为乎中露！

        ——《邶风·式微》（例十九）

伯兮朅兮，邦之桀兮；伯也执殳，为王前驱。

自伯之东，首如飞蓬；岂无膏沐，谁适为容！

……

焉得谖草，言树之背？愿言思伯，使我心痗？

        ——《卫风·伯兮》（例二十）

君子于役，不知其期，曷至哉？鸡栖于埘，日之夕矣，羊牛下来；君子于役，如之何勿思！

        ——《王风·君子于役》（例二十一）

扬之水，不流束薪；彼其之子，不与我戍申。怀哉怀哉，曷月予还归哉！

        ——《王风·扬之水》（例二十二）

无田甫田，维莠骄骄；无思远人，劳心忉忉！

        ——《齐风·甫田》（例二十三）

陟彼岵兮，瞻望父兮。父曰"嗟！予子行役，夙夜无已；上慎旃哉，犹来无止"！

        ——《魏风·陟岵》（例二十四）

肃肃鸨羽，集于苞栩；王事靡盬，不能艺稷黍，父母何怙！悠悠苍天，曷其有所！

        ——《唐风·鸨羽》（例二十五）

岂曰无衣？与子同袍。王于兴师，修我戈矛，与子同仇。

——《秦风·无衣》（例二十六）

采薇采薇，薇亦柔止；曰归曰归，心亦忧止。忧心烈烈，载饥载渴；我戍未定，靡使归聘。

……

昔我往矣，杨柳依依；今我来思，雨雪霏霏。行道迟迟，载渴载饥；我心伤悲，莫知我哀！

——《小雅·采薇》（例二十七）

昔我往矣，黍稷方华；今我来思，雨雪载涂。王事多难，不遑启居；岂不怀归？畏此简书！

——《小雅·出车》（例二十八）

陟彼北山，言采其杞；偕偕士子，朝夕从事；王事靡盬，忧我父母！

——《小雅·北山》（例二十九）

苕之华，其叶青青；知我如此，不如无生！

牂羊坟首，三星在罶；人可以食，鲜可以饱！

——《小雅·苕之华》（例三十）

何草不黄！何日不行！何人不将，经营四方！

何草不玄！何人不矜！哀我征夫，独为匪民！

——《小雅·何草不黄》（例三十一）

四牡骙骙，旟旐有翩；乱生不夷，靡国不泯。民靡有黎，具祸以烬；於乎有哀，国步斯频！

——《大雅·桑柔》（例三十二）

其中《式微》是黎侯被狄人所逐，亡国之后流落在卫国，他底臣子劝他回去恢复国土的诗；其余都是人民被兵役饥馑所苦的抒情诗。说到"何人不矜""民靡有黎，具祸以烬"，足见当时人死如麻了！

至于那时候的国家和社会底状况如何呢？试看《邶风·北门》是说做官的人很劳苦而又很贫窭；《鄘风·鹑之奔奔》是说无良之人不堪为君；《王风·兔爰》是说政治不良，刑罚不中，狡猾的漏网，忠厚的遭殃；《齐风·南山》《敝笱》《载驱》是说齐襄公和他底妹子鲁文姜淫乱；《魏风·伐檀》是说贪鄙的官僚无功受禄，而贤者反不得做官；《硕鼠》是说君主贪婪，赋税很重，人民想逃到别的好地方去；《秦风·黄鸟》是说秦穆公以三良殉葬；《陈风·株林》是说陈灵公与夏姬淫乱：各国政治底不良，即此可见一斑了。说周室底政治不良的，如《小雅》底《节南山》《正月》《小弁》等篇，《大雅》底《民劳》《板》《荡》《召旻》等篇，前边大略说过，不再举了。朝廷底政治既然不良，社会底状况自然也不会好。所以如《鄘风·相鼠》说无礼的人，还不如死了的好；《王风·中谷有蓷》说女子遇人不淑；《小雅·谷风》说朋友相弃，忘大德而思小怨：都是说那时候底风俗不良。又如《魏风》底《葛屦》《伐檀》，《小雅》底《正月》《大东》，都说及那时候富贵的人可以坐食，而贫贱的人劳苦而不得食的现状，可见社会生计底不平均了。那些诗人，处在这种乱世虐政、道德沦丧、贫富悬殊的时代，所以厌世的也有，如《王风》诗人说：

> 我生之后，逢此百罹，尚寐无吪！
>
> ——《兔爰》（例三十三）

《小雅》诗人说：

知我如此，不如无生！

　　　　——《苕之华》（例三十四）

听天由命的也有，如《邶风》诗人说：

已焉哉！天实为之，谓之何哉！

　　　　——《北门》（例三十五）

至于忧伤和愤懑不平的，更是随处可见了。所以那个时代的思潮，都是对于那时候不良的国家社会状况底反动。

诗是文学中的花；抒情诗是诗中的花；关于男女恋爱间的抒情诗，尤其是抒情诗中的花。《国风》当中，差不多全是抒情诗，而其中关于男女恋爱间的抒情诗颇多。不过有些向来被一班腐儒不是指为淫奔之诗，就是指为托男女以寓君臣，把它们埋没在荆棘丛中罢了。试看劈头第一篇《关雎》，就是一首恋歌。但是好好的一首恋歌，《小序》却说是什么"后妃之德也，风之始也，所以风天下而正夫妇也"，真是可笑得很！后来朱熹集解，又因为误解《论语》"郑声淫"为郑风淫，把《郑风》里面的许多恋歌都说成淫奔之诗。试想郑声是孔子所恶而要放的，如果就是《郑风》里面的恋歌，为什么不把它删了呢？最奇的是把《卫风》里面的《有狐》，说成"有寡妇见鳏夫而欲见之"，真是异想天开了！现在且把《国风》里好的恋歌，节录如下：

关关雎鸠，在河之洲；窈窕淑女，君子好逑。

参差荇菜，左右流之；窈窕淑女，寤寐求之。

求之不得，寤寐思服；悠哉悠哉，辗转反侧！

　　　　——《周南·关雎》（例三十六）

采采卷耳，不盈顷筐；嗟我怀人，置彼周行！

　　　　——《周南·卷耳》（例三十七）

静女其姝，俟我于城隅；爱而不见，搔首踟蹰！

——《邶风·静女》（例三十八）

泛彼柏舟，在彼中河；髧彼两髦，实维我仪，之死矢靡它！母也天只，不谅人只！

——《鄘风·柏舟》（例三十九）

自伯之东，首如飞蓬；岂无膏沐，谁适为容！

其雨其雨，杲杲出日；愿言思伯，甘心首疾！

焉得谖草，言树之背；愿言思伯，使我心痗！

——《卫风·伯兮》（例四十）

东门之墠，茹藘在阪；其室则迩，其人甚远！

东门之栗，有践家室；岂不尔思？子不我即！

——《郑风·东门之墠》（例四十一）

青青子衿，悠悠我心；纵我不往，子宁不嗣音！

青青子佩，悠悠我思；纵我不往，子宁不来！

挑兮达兮，在城阙兮；一日不见，如三月兮！

——《郑风·子衿》（例四十二）

出其东门，有女如云；虽则如云，匪我思存！缟衣綦巾，聊乐我员！

出其闉阇，有女如荼；虽则如荼，匪我思且！缟衣茹藘，聊可与娱！

——《郑风·出其东门》（例四十三）

野有蔓草，零露漙兮；有美一人，清扬婉兮；邂逅相遇，适我愿兮！

野有蔓草，零露瀼瀼；有美一人，婉如清扬；邂逅相遇，与子偕臧！

———《郑风·野有蔓草》（例四十四）

鸡既鸣矣，朝既盈矣；匪鸡则鸣，苍蝇之声。

东方明矣，朝既昌矣；匪东方则明，月出之光。

虫飞薨薨，甘与子同梦！会且归矣，无庶予子憎！

———《齐风·鸡鸣》（例四十五）

绸缪束薪，三星在天；今夕何夕，见此良人！子兮子兮，如此良人何！

———《唐风·绸缪》（例四十六）

蒹葭苍苍，白露为霜；所谓伊人，在水一方；溯洄从之，道阻且长；溯游从之，宛在水中央。

———《秦风·蒹葭》（例四十七）

《关雎》底诗人，因为要求得淑女，甚至于寤寐思服，甚至于辗转反侧；《静女》底诗人，因为不见恋人，所以搔首踟蹰；《东门之墠》底诗人，《子衿》底诗人，因为不见恋人，说其室则迩，其人甚远，说一日不见，如三秋兮；《绸缪》底诗人，因为见了美人而不能得，说如此良人何；《蒹葭》底诗人，因为跟恋人隔着一水，要溯洄从之，溯游从之：这是恋爱未能如愿的一类。《野有蔓草》底诗人，邂逅相遇了美人，就跟她适愿偕臧：这是恋爱能如愿的一类。《卷耳》底诗人，因为怀思恋人，不高兴再采卷耳而置彼周行；《伯兮》底诗人，因为恋人远出，弄到首如飞蓬，不愿膏沐；《鸡鸣》底诗人，因为盼望恋人归来同梦，弄得神魂颠倒，把苍蝇声当作鸡鸣，月光当作日出东方：这

49

是别后思念恋人的一类。《柏舟》底诗人，因为恋爱的婚姻不能遂愿，说之死矢靡他，而怨恨她母亲底作梗；《出其东门》底诗人，因为已有恋人而不再思那如云如荼的女郎：这是实行贞操的恋爱的一类。大约那时候礼教底束缚，本来不很严密，男女恋爱的事，不妨昌言，所以《郑风·褰裳》底诗人，甚至很大胆地敢说"子不我思，岂无他人"的愤语，用反激手段去要挟恋人。用现代的眼光看起来，那些恋歌，实在使一部《毛诗》生色不少哩！

《国风》里面，差不多全是抒情诗，只有《鄘风·定之方中》《秦风·驷驖》《豳风·七月》似乎是叙事诗。《小雅》中如《六月》《采芑》《车攻》《吉日》等篇，《大雅》中如《大明》《绵》《生民》《笃公刘》《崧高》《烝民》《韩弈》《江汉》《常武》等篇，都含着叙事诗的意味。然而这些又不能认为原始的史诗，只有《生民》篇说姜嫄"履帝武敏歆"而生后稷，生下来以后，又有许多奇迹，有点像根于传说的史诗罢了。现在把它节录如下：

> 厥初生民，时维姜嫄。生民如何？克禋克祀，以弗无子。履帝武敏歆，攸介攸止。载震载夙，载生载育，时维后稷。

> 诞弥厥月，先生如达。不坼不副，无灾无害，以赫厥灵，上帝不宁，不康禋祀，居然生子。

> 诞置之隘巷，牛羊腓字之；诞置之平林，会伐平林；诞置之寒冰，鸟覆翼之。鸟乃去矣，后稷呱矣；实覃实讦，厥声载路。

> ——《大雅·生民》（例四十八）

这《生民》篇底首三章所叙述，便仿佛《新约圣书》中基督降生的灵迹了。但是《毛诗》里面，除《商颂》中的"天命玄鸟，降而生商"是指简狄吞燕卵而生契的灵迹以外，这一类的话便不多见了。

《颂》本来是祀神用的颂歌，应该是叙述神话的叙事诗了。可是《周颂》只有《有客》一篇略带叙事性质，但也并不叙述神话；《鲁颂》只有《閟宫》一篇是叙事的，但也只是略叙大王翦商、周公封鲁、僖公复周公之土宇的事迹，虽然首章也叙述姜嫄为上帝所依而生后稷的事，却比《生民》篇还略：所以都不是神话的颂歌。这大约因为：一、汉族本来缺乏虚玄的宗教思想；二、时代较晚，原始的神话已经多数被淘汰了；三、散文早经发达，叙事多不用诗篇的形式。所以《周颂》《鲁颂》，不过是配合乐章的祈祷赞美的诗篇，于祀天祭祖时唱着，聊以娱神罢了。

《毛诗》底音数，大体地说，是四音的，所以古来都称《毛诗》为四言诗。然而其中从一音起，乃至八音都有。现在举例如下：

> 缁衣之宜兮，敝，予又改为兮；适子之馆兮，还，予授子之粲兮。
>
> ——《郑风·缁衣》（例四十九）
>
> 鱼丽于罶，鲿鲨。
>
> ——《小雅·鱼丽》（例五十）
>
> 祈父，予王之爪牙。
>
> ——《小雅·祈父》（例五十一）

螽斯羽，诜诜兮；宜尔子孙，振振兮。

——《周南·螽斯》（例五十二）

麟之趾，振振公子。

——《周南·麟趾》（例五十三）

我姑酌彼金罍，维以不永怀。

——《周南·卷耳》（例五十四）

谁谓雀无角，何以穿我屋？谁谓女无家，何以速我狱？

——《召南·行露》（例五十五）

王事适我，政事一埤益我；我入自外，室人交遍谪我。

——《邶风·北门》（例五十六）

期我乎桑中，要我乎上宫，送我乎淇之上矣。

——《鄘风·桑中》（例五十七）

知我者谓我心忧，不知我者谓我何求。

——《王风·黍离》（例五十八）

坎坎伐檀兮，置之河之干兮，河水清且涟猗。不稼不穑，胡取禾三百廛兮？不狩不猎，胡瞻尔庭有县貆兮。

——《魏风·伐檀》（例五十九）

五月斯螽动股，六月莎鸡振羽，七月在野，八月在宇，九月在户，十月蟋蟀入我床下。

二之日凿冰冲冲，三之日纳于凌阴，四之日其蚤，献羔祭韭。

——《豳风·七月》（例六十）

天命不彻，我不敢效我友自逸。

　　　　——《小雅·十月之交》（例六十一）

　　看这些例，可见《毛诗》底音数无定，不过大体是四音的罢了。至于从音数扩张的停数、均数、协数等，是以后唐的律诗和词曲中才有，《毛诗》中当然没有。

　　四声起于齐、梁之间，所以以平声为平，上、去、入三声为仄，构成诗篇底抑扬律，是后起的抑扬律。据《公羊传》所说，那时候只有所谓长言、短言，长言大约就是现在的平、上、去三声，短言就是现在的入声。又据清代古音学家底考证，周秦古音，只有平、入两声，没有上、去两声，所以《毛诗》里面没有平仄相间的抑扬律，而只有长短音相间的抑扬律，正跟希腊、拉丁底抑扬律相类，我们不能用后起的平仄相间的抑扬律去读它。

　　语底反复，《毛诗》中是极多的。语调相同，只换几个字的反复如：

　　　　参差荇菜，左右流之；窈窕淑女，寤寐求之。

　　　　参差荇菜，左右采之；窈窕淑女，琴瑟友之。

　　　　参差荇菜，左右芼之；窈窕淑女，钟鼓乐之。

　　　　——《周南·关雎》（例六十二）

的一类，固然很多；而一字不易的反复，如《召南·殷其靁》三章，每章之末都用"振振君子，归哉归哉"，《邶风·北门》三章，每章之末都用"已焉哉，天实为之，谓之何哉"的一类，也是不少。律诗一类的腔底反复，当然没有；而语底反复中，也含有腔底反复。至于同韵相协，在《毛诗》中要算最完备，而为后来所没有的；同纽相和，也是《毛诗》中为较多，《楚辞》中不过一见，而汉以后的作品中更很少了。《毛诗》中种种用韵的例，清代孔广森底《诗声分例》、丁以此底《毛诗正韵》中，是说得很详明的。现在所要说的，是停头韵、停身韵、停尾韵和同纽相和（就是双声为韵）。停尾韵是人人知道的，不必再举例。停头韵、停身韵和同纽相和的例如：

求之不得，寤寐思服；悠哉悠哉，辗转反侧。（求、悠为韵，之、哉为韵。）

——《周南·关雎》（例六十三）

肃肃兔罝，椓之丁丁；赳赳武夫，公侯干城。（肃、赳为韵，兔、武为韵，罝、夫为韵，赳、公为纽。）

——《周南·兔罝》（例六十四）

翘翘错薪，言刈其楚；之子于归，言秣其马。（错、于为韵，刈、秣为韵。）

——《周南·汉广》（例六十五）

麟之趾，振振公子，于嗟麟兮。（麟、振、麟为韵。）

——《周南·麟之^①趾》（例六十六）

喓喓草虫，趯趯阜螽。（喓、趯为韵，草、阜为韵。）

——《召南·草虫》（例六十七）

殷其靁，在南山之阳；何斯违斯，莫敢或遑；振振

---

① 之：底本无此字，今补。

君子，归哉归哉。（殷、振为韵，靁、违、归为韵，何、违为纽，君、归为纽。）

　　　　　　　——《召南·殷其靁》（例六十八）

有弥济盈，有鷕雉鸣。济盈不濡軌，雉鸣求其牡。（弥、鷕为韵，济、雉为韵，盈、鸣为韵。）

　　　　　　　——《邶风·匏有苦叶》（例六十九）

就其深矣，方之舟之；就其浅矣，泳之游之。（方、泳为韵。）

　　　　　　　——《邶风·谷风》（例七十）

知子之来之，杂佩以赠之。（子、来、佩为韵，子、赠为纽。）

　　　　　　　——《郑风·女曰鸡鸣》（例七十一）

子惠思我，褰裳涉溱；子不我思，岂无他人？狂童之狂也且。（裳、狂为韵。）

　　　　　　　——《郑风·褰裳》（例七十二）

中心好之，曷饮食之。（心、饮为韵。）

　　　　　　　——《唐风·有杕之杜》（例七十三）

角枕粲兮，锦衾烂兮。（角、锦为纽，枕、衾为韵，粲、烂为韵。）

　　　　　　　——《唐风·葛生》（例七十四）

鴥彼晨风，郁彼北林。（鴥、郁为韵，风、林为韵。）

　　　　　　　——《秦风·晨风》（例七十五）

鸿飞遵渚，公归无所，于女信处。（鸿、公为韵，飞、归为韵，遵、信为韵。）

——《豳风·九罭》（例七十六）

决拾既佽，弓矢既调，射夫既同，助我举柴。
（佽、柴为韵，调、同为纽。）

——《小雅·车攻》（例七十七）

凤凰于飞，翙翙其羽，亦集爰止。蔼蔼王多吉士，
惟君子使，媚于天子。（翙、蔼、媚为韵。）

凤凰鸣矣，于彼高冈；梧桐生矣，于彼朝阳：菶菶
萋萋，雍雍喈喈。（凤、桐、菶、雍为韵，凰、冈、
阳为韵，鸣、生为韵，于、梧、于为韵，高、朝为韵，
萋、喈为韵。）

——《大雅·卷阿》（例七十八）

如彼岁旱，草不溃茂，如彼栖苴；我相此邦，无不
溃止。（岁、溃、栖、此、溃为韵。）

——《大雅·召旻》（例七十九）

停头韵和停身韵，《毛诗》以后，都渐渐被淘汰了；同纽相
和，《离骚》中还有用此律的，但也只是停尾纽而没有停头纽和
停身纽了。其中如《葛生》《九罭》以及《卷阿》底第二例，我
们不能不说它组织很工致的了。

古代语言中，多含复字和联绵的双声叠韵字；《毛诗》里面
用得很多，颇能增加律声和修辞上的美。例如《周南·关雎》
篇：关关是复字，窈窕、辗转是叠韵，参差是双声。《卷耳》
篇：采采是复字，顷筐、高冈、玄黄都是双声，崔嵬、虺隤都是
叠韵。《邶风·击鼓》篇：踊跃、死生、契阔都是双声。《谷
风》篇：黾勉、匍匐都是双声。《静女》篇：搔首、踟蹰都是双

声。《新台》篇：弥弥、浼浼都是复字，燕婉是双声，籧篨是叠韵。其余连用六组复字的，有：

> 河水洋洋，北流活活；施罛濊濊，鳣鲔发发；葭菼揭揭，庶姜孽孽。
>
> ——《卫风·硕人》（例八十）

连用四组复字的，有：

> 临冲闲闲，崇墉言言；执讯连连，攸馘安安。
>
> ——《大雅·皇矣》（例八十一）

连用五组双声叠韵字的，有：

> 果臝之实，亦施于宇；伊威在室，蟏蛸在户；町畽鹿场，熠耀宵行。（果臝叠韵，伊威叠韵兼双声，蟏蛸叠韵兼双声，町畽双声，熠耀双声。）
>
> ——《豳风·东山》（例八十二）

这些都是字底反复，和同纽相缀、同韵相缀是属于外形律上语底反复、纽底反复和韵底反复的。后来《楚辞》里面也多用这种外形律，汉代以后，连用复字的有《古诗十九首》中的《青青河畔草》，多用双声叠韵字的只有唐代杜甫。

四言诗毕竟地小不足以回旋，所以《毛诗》是四言诗底极盛，也就是四言诗底穷途。穷则必变，所以汉代就从四言而变为五言了。至于《楚辞》，因为地域、民族底不同，别有渊源，并非《毛诗》所变。后人惯说三百篇一变而为《楚辞》，三百篇亡而后有骚赋的话，其实都说错了。

楚国在南方，楚底民族，又是非汉族的蛮族，所以《楚辞》是南方的蛮族文学，跟《毛诗》底渊源不同，并非从《毛诗》一变而出。试看《毛诗》中叙述周宣王南征楚国的叙事诗说：

蠢尔蛮荆，大邦为仇……显允方叔，征伐猃狁，蛮
荆来威。

——《小雅·采芑》（例八十三）

荆字上加一个蛮字，又把它跟北方非汉族的猃狁对举。叙述
鲁僖公武功的叙事诗说：

戎狄是膺，荆舒是惩。

——《鲁颂·閟宫》（例八十四）

把在南方的荆和舒，跟在北方的非汉族的戎和狄对举。又，
《史记·楚世家》所载：

熊绎当周成王之时，举文武勤劳之后嗣，而封熊绎
于楚蛮，封以子男之田。

熊渠曰："我，蛮夷也，不与中国之号谥。"乃立
其长子康为句亶王，中子红为鄂王，少子执疵为越章
王，皆在江上楚蛮之地。

楚伐随，随曰："我无罪。"楚曰："我，蛮夷
也。今诸侯皆为叛，相侵或相杀；我有敝甲，欲以观中
国之政，请王室尊吾号。"……王室不听。……楚熊通
怒曰："吾先鬻熊，文王之师也。早终，成王举吾先
公，乃以子男田令居楚，蛮夷皆率服，而王不加位，我
自尊耳。"乃自立为武王，与随人盟而去。

成王恽元年，初即位，布德施惠，结旧好于诸侯，
使人献天子；天子赐胙曰："镇尔南方夷越之乱，无侵
中国。"于是楚地千里。

这些都足为楚底民族是南方蛮族的明证。或者说，"《史
记·楚世家》说，'楚之先祖，出自帝颛顼高阳。高阳者，黄帝

之孙，昌意之子也'；屈原《离骚》中自叙家世，也说是'帝高阳之苗裔'：那么，楚底民族虽是蛮族，而楚底王族却是汉族。屈原既是楚之同姓，当然也是汉族了，为什么说《楚辞》是蛮族文学呢"？不知楚底王族虽是汉族，而自从熊绎被封于蛮族所在地的荆楚以后，即使不像吴太伯、仲雍二人奔到荆蛮，便断发文身而完全蛮族化，也一定渐染了所在地民族底风气，所以熊渠、熊通都有"我蛮夷也"的话。《左传·昭十二年传》及《史记·楚世家》都载楚大夫析父对楚灵王说"昔我先王熊绎，辟在荆山，筚路蓝缕，以处草莽，跋涉山林，以事天子，惟是桃弧棘矢，以共御王事"的话，可见楚底王族底不免蛮族化了。不过虽然蛮族化，而他们所用的文字，却因为受周代"书同文"的影响的缘故，还是跟北方各国所用的文字相同，所以《楚辞》并不像《说苑》所载的越人歌辞，全用越语，必须翻译一度，才能懂得。

人人知道文学是贵乎创造的。然而无论那一个大文学家，当创造的时候，谁也废不了因袭的摹仿。所以一种文学底勃兴，一定有它底渊源，决不是突然发生。正跟人类不是突然发生，而是从猿类进化，再推上去，猿类也是从别的动物进化，而一切动植物都是从原始生物进化一样。《毛诗》以前，有《麦秀》《采薇》等诗歌做它底先河，所以它不是突然发生，《楚辞》应该也是这样。那么，《楚辞》底先河是什么呢？保存这一类原始诗歌的古代书籍，经过秦火燔烧，不幸大都亡失了，所以要作这个问题的答案，颇感困难。近来胡适氏底《读楚辞》和陆侃如氏底《屈原评传》，都讨论到这个问题。胡氏说，"《九歌》与屈原的传说绝无关系，细看内容，这九篇大概是最古之作，是当时湘江民族底宗教舞歌"；陆氏也说《九歌》是屈原以前的作品，而且把它分成三类：

一、挽歌：《国殇》，是楚国北部的作品；

二、祭歌：《东皇太一》《云中君》《东君》《礼魂》，是楚国中部——郢都——的作品；

三、恋歌：《湘君》《湘夫人》《大司命》《少司命》《河伯》《山鬼》，是楚国南部的作品。

他又找出《子文之族》《薪乎莱乎》《孙叔敖歌》《越歌谣》《渔父歌》《越人歌》《庚癸歌》《接舆歌》《沧浪歌》《吴夫差时童谣》等十种古诗歌，作为《九歌》以前的《楚辞》底远祖。考《子文之族》和《薪乎莱乎》，都见于刘向《说苑》。但是《子文之族》，绝不像汉以前的诗歌，决为后人伪托；《薪乎莱乎》，是楚人因诸御己能谏阻楚庄王，使他罢筑层台而作，但是诸御己底谏辞里面，有"吴不用子胥而越并之"的话，也可决定它是后人伪托。《孙叔敖歌》，载在《史记》的，跟《孙叔敖碑》所载不很同，陆氏说它"……虽名不副实，但这也许是司马迁底疏忽，当时总真正有一首的"。我们或许可以承认"当时真正有一首的"这句话，但是这两首总不是原来的那一首。因为它底用韵，不合周、秦古韵；它底语调，也不足为《楚辞》底远祖。《越歌谣》见《风土记》，它底语调，颇像荀子《成相》篇，但措辞又不像汉代以前的人底口吻，所以也不可靠。至于《吴越春秋》底《渔父歌》，所用的韵，跟周、秦古韵也不很合，所以也靠不住；而《述异记》底《吴夫差时童谣》，更不可靠了。因此陆氏所举的，只有《庚癸歌》《接舆歌》《沧浪歌》是可靠的。《越人歌》虽然也出于《说苑》，但是它有绝不可解的越语原文，一同记着，或许不是伪托的了。现在把《越人歌》《庚癸歌》《接舆歌》《沧浪歌》录在下面：

　　滥兮抃草滥予昌擅泽予昌州州鐉州焉乎秦胥胥缦予乎昭澶秦逾澡堤随河湖。

　　　　　　　　——《越人歌》原文（例八十五）

　　今夕何夕兮，搴中洲流；今日何日兮，得与王子同舟！蒙羞被好兮，不訾诟耻；心几顽而不绝兮，得知王子。山有木兮木有枝，心说君兮君不知。

　　　　　　　　——《越人歌》楚译（例八十六）

　　佩玉累兮，余无所系之；旨酒一盛兮，余与褐之父睨之。

　　　　　　　　——《庚癸歌》（例八十七）

　　凤兮凤兮，何德之衰！往者不可谏，来者犹可追！已而已而，今之从政者殆而！

　　　　　　　　——《接舆歌》（例八十八）

　　沧浪之水清兮，可以濯我缨；沧浪之水浊兮，可以濯我足！

　　　　　　　　——《沧浪歌》（例八十九）

这些似乎都可以承认它是《楚辞》底远祖的。我以为《楚辞》最远的远祖，要算涂山氏之女所作的《南音》，就是“候人兮猗”的《涂山歌》了，如果《吕览·音初篇》所载是可靠的话。

《楚辞》经陆侃如氏整理了一下，考定屈原底作品共十一篇：

　　一《橘颂》　二《离骚》

三《抽思》　四《悲回风》

五《惜诵》

以上五篇作于怀王朝。

六《思美人》　七《哀郢》

八《涉江》　九《怀沙》

十《惜往日》　十一《天问》

以上六篇作于顷襄王朝。还有十六篇，有人认为屈原作的，他却以为不是：

一《九歌》（十一篇）　十二《远游》

十三《卜居》　　　　十四《渔父》

十五《招魂》　　　　十六《大招》

这个考定，我们可以承认他大致不错。因为《远游》抄袭司马相如底《大人赋》，并且思想跟屈原其他的作品中的思想不合，所以决定是后人伪作。《卜居》《渔父》两篇，开首都说"屈原既放"，明明是后人的话。《招魂》假定是宋玉所作，《大招》假定是景差或后人仿《招魂》而作，也都说得过去。独有《九歌》，陆氏和胡适氏都认它为最古之作，是《离骚》等篇底近祖，我却以为还有可以研究的余地。胡氏底理由是：

一、若《九歌》也是屈原作的，则《楚辞》底来源便找不出，文学史便变成神异记了。

二、《九歌》显然是《离骚》等篇底前驱。我们与其把这种进化归于屈原一人，宁可归于《楚辞》本身。

这两个理由都不很充足。因为《楚辞》底来源，陆氏既然找得一些，不能说是没有。《九歌》跟《离骚》的进化关系，何以不可归于屈原一人？陆氏底理由，更是似是而非了。他说，"我们……虽已考出了《楚辞》底远祖，但那些楚语古诗，大都产生于前六七世纪。自此时至宋玉底《九辩》，尚有一百多年，竟无可靠的诗歌留传下来。若说是年久失传，则为何前后都有，而独少此时期内的？我们若把《九歌》填补在内，则《楚辞》进化史上自然更易解释了"。不知这一百多年内的作品失传，并非不会有的事；何必一定要拉出《九歌》来，把它底时代提前了，去填补这个空缺？即使退一步承认这话，幸而《楚辞》里还保存着它，可以让他拉出来去填补空缺；万一没有《九歌》这一类的作品，便怎么办呢？所以我们对于《九歌》是《离骚》等篇底前驱的话，我们可以作相对的承认，但也可说是《离骚》等篇底别调。因为宋玉底《九辩》里面，和《招魂》篇底《乱辞》，也有此种格调，所以可认为《离骚》等篇底别调。胡氏说"《九歌》与屈原底传说绝无关系"；但是一个诗人的作品，并非一定要篇篇跟他底身世有关系的。或者真像王逸所说的，"昔楚国南郢之邑，沅湘之间，其俗信鬼而好祠，其祠必作歌乐鼓舞，以乐诸神。屈原放逐，窜伏其域，怀忧苦毒，愁思沸郁，出见俗人祭祀之礼，歌舞之乐，其词鄙陋，因为作《九歌》之曲，上陈事神之敬，下见己之冤结，托之以风谏，故其文意不同，章句杂错，而广异义焉"。所以它底格调，也许就是那时候俗乐底格调，而词句却是屈原所作。

《离骚》是屈原底自叙传，是一首二千五百字的叙事的长抒情诗。它底本事，详载于《史记·屈贾列传》。大致是屈原在楚怀王的时候，以同姓的贵族，做左徒的官。当初怀王很信任他，后来因为被同列的上官大夫所谗，怀王把他疏远了，所以他疾王听之不聪，谗谄之蔽明，邪曲之害公，方正之不容，忧愁幽思而作《离骚》——"离骚"就是"遭忧"的意思。陆侃如氏把它分作两段，他说，"这篇可分为两段：第一段至记女嬃底话为止，于真的事实中夹些抒情的话；自陈辞重华以下为第二段，借理想的事实来表情"。这分法分得很对。篇中用自传式的体裁，固然是他底创造，而多用拟人格、隐喻格的修辞法，也足见他艺术手段之高。总之这篇是中国文学史上创格的作品，称为后世一切词赋不祧之祖，实在当得起。如果没有屈原那样的天才，固然作不出；有了他那样的天才，而没有他那样的遭遇，也许不会有这样的作品。所以他底身世固然可怜，而因为他身世可怜，却给中国文坛留下这样伟大的创作，又是中国文学史上的光荣了！

据陆侃如氏底考定，屈原于少年时先作了《橘颂》一篇；于作《离骚》以后，被谗而放于汉北，作《抽思》和《悲回风》两篇；召回以后，任三闾大夫，因为楚国背了齐国底纵约，和秦国连横，力谏不听，作《惜诵》一篇；到顷襄王的时候，被谗再放，作《思美人》《哀郢》《涉江》《天问》等篇；后来自沉于汨罗以前，作《怀沙》和《惜往日》两篇。虽然其间时期底前后，不免凿空，而且《天问》一篇，又把它分割开来，定为六年间分部作成的作品，不免支离，但是我们也可作大体的承认。

《九歌》底格调，固然跟《离骚》等篇有异；《天问》底格调，尤其特别。但是像屈原那样的一个大诗人，当然不会只用单纯的一种格调，所以这几篇都可以说是他底别调的作品。《九歌》中有几篇，陆侃如氏说它是恋歌，而胡适氏更说《天问》是后人杂凑的，因为"文理不通，见解卑陋"。关于后者，陆侃如氏已经略有辨证，说其中有许多很深刻的疑问，如"登立为帝，孰道尚之"之类，不是后代腐儒所能伪造，而是屈原于经历种种逆境之后，思想变迁，怀疑到君主底来路的疑问。关于前者，我以为《湘君》《湘夫人》等六篇，虽然好像恋歌，但其中仍包含着神话，而它们底篇名，又明明都是神名，所以王逸说是乐神之歌，并没有错。其实，诗人当情感切挚、思想超妙的时候，往往跟情人疯人相一致。我们可以说屈原作《九歌》中《湘君》等篇时，有跟情人一致的情感；作《天问》篇时，有跟疯人一致的思想。至于《天问》底文义晦涩、文理错乱，正因为他那时候失望灰心，差不多已经成为疯人了的缘故。

《楚辞》除《远游》是伪作，《卜居》和《渔父》都是后人追纪屈原底逸事的作品以外，就是宋玉底《九辩》《招魂》和景差底（？）《大招》了。《九辩》明明是摹仿《离骚》等篇而不及的，其中除一、三、七诸篇只是悲时序的话外，其余说它是"闵惜其师，忠而放逐……以述其志"（王逸底话）也还可通。《招魂》《大招》，有人说是招屈原底魂的；也有人说"其中杂陈宫室饮食女色珍宝之盛，皆非诸侯之礼不足以当之"，所以所招的不是屈原底魂，而是怀王底魂。然而既然托之神话，何所不可。难道《离骚》篇说"屯余车其千乘兮，齐玉轪而并驰，驾八龙之蜿蜿兮，载云旗之委移"，屈原底车马，真能有这样的盛况吗？这种说法，未免以辞害意了。但是我们看起来，《招魂》底文章，却比《九辩》做得好；这大约因为《九辩》是摹仿的作品，而《招魂》却是创造的作品的缘故。至于《大招》，又是摹仿《招魂》底作品，所以又不很工了。

我们把《楚辞》和《毛诗》拿来并看，觉得它们底格调固然绝不相同，而它们底内容思想也是不同。《毛诗》中"人之无良，我以为兄""人而无仪，不死何为""子不我思，岂无他人"一类很质直的话，《楚辞》中是没有的；大不了也不过说"已矣哉！国无人莫我知兮，又何怀乎故都？既莫足与为美政兮，吾将从彭咸之所居"一类比较委宛的话，这可见艺术手段底不同。《离骚》《九歌》《天问》《招魂》《大招》，都包含着许多神话；这种宗教思想，大约是南方的蛮族所有，而为北方的汉族所无，所以《毛诗》中绝对没有。至于多用复字和双声叠韵字的修辞法，都是跟《毛诗》相同的；不过《毛诗》中停头、停身用韵的方法，却为它们所不备，而所用的只是停尾韵罢了。只有双声为韵，还有：

> 日勉升降以上下兮，求矩矱之所同；汤禹严而求合兮，挚皋陶而能调。
>
> ——《离骚》（例九十）

《楚辞》各篇中的佳句，如：

> 纷吾既有此内美兮，又重之以修能；扈江离与辟芷兮，纫秋兰以为佩。
>
> 日月忽其不淹兮，春与秋其代序；惟草木之零落兮，恐美人之迟暮。
>
> 老冉冉其将至兮，恐修名之不立。
>
> 朝饮木兰之坠露兮，夕餐秋菊之落英。
>
> 亦余心之所善兮，虽九死其犹未悔。
>
> 制芰荷以为衣兮，集芙蓉以为裳；不吾知其亦已兮，苟余情其信芳。
>
> 及年岁之未晏兮，时亦犹其未央；恐鹈鴂之先鸣兮，使夫百草为之不芳。
>
> ——《离骚》（例九十一）

望夫君兮未来，吹参差兮谁思。

横流涕兮潺湲，隐思君兮陫侧。

采薜荔兮水中，搴芙蓉兮木末；心不同兮媒劳，恩不甚兮轻绝。

石濑兮浅浅，飞龙兮翩翩；交不忠兮怨长，期不信兮告余以不闲。

采芳洲兮杜若，将以遗兮下女；时不可兮再得，聊逍遥兮容与。

——《九歌·湘君》（例九十二）

帝子降兮北渚，目眇眇兮愁予；袅袅兮秋风，洞庭波兮木叶下。

沅有芷兮澧有兰，思公子兮未敢言。

九嶷缤兮并迎，灵之来兮如云。捐余袂兮江中，遗余褋兮澧浦；搴汀洲兮杜若，将以遗兮远者；时不可兮骤得，聊逍遥兮容与。

——《九歌·湘夫人》（例九十三）

秋兰兮青青，绿叶兮紫茎；满堂兮美人，忽独与余兮目成。入不言兮出不辞，乘回风兮载云旗；悲莫悲兮生别离，乐莫乐兮新相知。荷衣兮蕙带，倏而来兮忽而逝；夕宿兮帝郊，君谁须兮云之际。

——《九歌·少司命》（例九十四）

青云衣兮白霓裳，举长矢兮射天狼；操余弧兮反沦降，援北斗兮酌桂浆。

——《九歌·东君》（例九十五）

灵何为兮水中，乘白鼋兮逐文鱼；与女游兮河之渚，流澌纷兮将来下；子交手兮东行，送美人兮南浦；波滔滔兮来迎，鱼邻邻兮媵予。

——《九歌·河伯》（例九十六）

若有人兮山之阿，被薜荔兮带女罗；既含睇兮又宜笑，子慕予兮善窈窕。乘赤豹兮从文狸，辛夷车兮结桂旗；被石兰兮带杜衡，折芳馨兮遗所思；余处幽篁兮终不见天，路险难兮独后来。表独立兮山之上，云容容兮而在下；杳冥冥兮羌昼晦，东风飘兮神灵雨。

靁填填兮雨冥冥，猿啾啾兮又夜鸣；风飒飒兮木萧萧，思公子兮徒离忧。

——《九歌·山鬼》（例九十七）

翡翠珠被，烂齐光些；蒻阿拂壁，罗帱张些……姱容修态，絙洞房些；蛾眉曼睩，目腾光些；靡颜腻理，遗视矊些；离榭修幕，侍君之闲些……坐堂伏槛，临曲池些；芙蓉始发，杂芰荷些；紫茎屏风，文缘波些……美人既醉，朱颜酡些；娭光眇视，目曾波些；被文服纤，丽而不奇些；长发曼鬋，艳陆离些……目极千里兮伤春心，魂兮归来哀江南。

——《招魂》（例九十八）

从这些句子里，它们修辞的美妙，足见一斑。梁代刘勰说《离骚》"惊才风逸，壮志烟高……金相玉式，艳溢锱毫"，实在并非溢美之谈。并且《九歌》中佳句独多，也可以证明非屈原底天才，不能作此；而从"思公子兮徒离忧"一语，更可见"离忧"两字跟《离骚》篇名相应，《九歌》为屈原所作，似乎更无

68

疑义了。

宋玉底作品，除见于《楚辞》者以外，还有《高唐赋》《神女赋》《登徒子好色赋》《讽赋》《风赋》《笛赋》《舞赋》《钓赋》《大言赋》《小言赋》等十篇，似乎都不很可靠，而是后人托古的作品。试看《高唐赋》开首用"昔者楚襄王"五字起，如果真是宋玉底作品，决不会说"昔者"，也决不会于"襄王"之上，加以楚字。这种托古的作法，是后世文人底习惯，谢惠连《雪赋》托之司马相如，谢庄《月赋》托之王粲，就是很显著的实例。所以我们不能承认这十篇是宋玉底作品。

后世所传的《宋玉赋》，既不很靠得住，那么，继承《毛诗》和《楚辞》两派文学底余绪，而衍为合流的文学的，自然要推荀卿底《赋篇》和《成相篇》了。荀卿名况，因为荀和孙同音，也被称为孙卿子。他是北方的赵国人，曾经在齐国做官，后来因为被齐人谗谮，便离开齐国，往楚国去。那时候正值春申君黄歇做楚国考烈王底相国，他便叫荀卿做兰陵令的官。直到春申君被李园所杀，荀卿便不做官了，却仍旧住在兰陵，在那里著成了《荀子》这一部书。到他死后，就葬在兰陵。这是《史记·孟子荀卿列传》里所载的话。但是据《战国策·楚策》所载，似乎他做兰陵令以后，因为被春申君所疑，曾经一度离开楚国，回到赵国去做过上卿。春申君虽然悔悟了，去请他回来，他曾作书谢绝。究竟他何时重到楚国，还是并不死在楚国，现在也无从考证了。

《汉书·艺文志》列孙卿赋十篇，而现在《荀子》里的《赋篇》中，只有《礼赋》《知赋》《云赋》《蚕赋》《箴赋》五篇，和《佹诗》二篇。《艺文志》又列《成相杂辞》十一篇，不著作者姓名，而现在《荀子》里《成相篇》有《成相》三篇，大约《成相杂辞》十一篇中，总包含有荀卿底《成相》三篇的。又《战国策·楚策》中所载孙子从赵国作书谢绝春申君，书中附有《赋》一篇，内容大略跟《佹诗》第二篇相同。我们现在所看得见的荀卿底文学作品，就是这十篇了。

荀卿的《赋》和《佹诗》，跟《毛诗》和《楚辞》都有点类似；而《谢春申君书》中的《赋》，跟《佹诗》第二篇词句略有不同，更能显出它底类似之点了。现在把它底《云赋》、《佹诗》第一篇，和《谢春申君书》中的《赋》，录在下面：

> 有物于此，居则周静致下，动则慕高以钜；圆者中规，方者中矩；大参天地，德厚尧禹；精微乎毫毛，而大盈乎大寓；忽兮其极之远也，攭兮其相逐而反也，卬卬兮天下之咸蹇也；德厚而不捐，五采备而成文；往来惛惫，通于大神；出入甚亟，莫知其门。天下失之则灭，得之则存。弟子不敏，此之愿陈。君子设辞，请测意之，曰：此夫大而不塞者与！充盈宇宙而不窕，入郄穴而不逼者与！行远疾速而不可托讯者与！往来惛惫而不可为固塞者与！暴至杀伤而不亿忌者与！功被天下而不私置者与！托地而游宇，友风而子雨；冬日作寒，夏日作暑。广大精神，请归之云！

> ——《云赋》（例九十九）

> 天下不治，请陈佹诗：天地易位，四时易乡；列星殒坠，旦暮晦盲；幽晦登昭，日月下藏；公正无私，反见纵横；志爱公利，重楼疏堂；无私罪人，憼革贰兵；道德纯备，谗口将将；仁人绌约，敖暴擅强；天下幽

险，恐失世英；螭龙为蝘蜓，鸱枭为凤皇；比干见刳，
孔子拘匡。昭昭乎其知之明也，郁郁乎其遇时之不祥
也，拂乎其欲礼义之大行也，暗乎天下之晦盲也。皓天
不复，忧无疆也；千岁必反，古之常也。弟子勉学，天
不忘也；圣人共手，时几将矣；与愚以疑，愿闻反辞！
其小歌曰：念彼远方，何其塞矣！仁人绌约，暴人衍
矣！忠臣危殆，谗人服矣！

　　　　　　　　——《佹诗》之一（例一百）

　　宝珍隋珠，不知佩兮！袆布与丝，不知异兮！闾娵
子奢，莫知媒兮！嫫母求之，又甚喜之兮！以瞽为明，
以聋为聪，以是为非，以吉为凶；呜呼上天，曷维其
同！诗曰："上天甚神，无自瘵也！"

　　　　——《谢春申君书》中的《赋》（例一百零一）

　　他底作品，所以跟《毛诗》和《楚辞》都有点类似的缘故，
因为他是孔门再传弟子，于《诗》很有研究——他底著作里面，
引《诗》的地方很多的，当然受《诗》底感染；他又在楚国做
官，后来死在楚国，那时候正当屈原、宋玉之后，自然受他们作
品底影响了。

　　《成相》底内容，都是对于人主箴规的话，跟《佹诗》底用
意相仿。《汉书·艺文志》把《成相杂辞》列于杂赋类，可见它
也是赋底一体。它底体裁，与后来所称为赋的不同。汉代以后，
也没有人再去摹仿它。不过它底调子，却有点跟近代的弹词想
像，所以有人说它就是弹词的祖先。现在节录它底首篇前三节
如下：

　　请成相，世之殃，愚暗愚暗堕贤良，人主无贤如瞽

71

无相何伥伥！

请布基，慎圣人，愚而自专事不治，主苟忌胜群臣

莫谏必逢灾！

论臣过，反其施，尊主安国尚贤义，拒谏饰非愚而

上同国必祸！

——《成相》前三节（例一百零二）

三节的调子，差不多都是如此。这种调子，还是荀卿所创，还是向来所有，而荀卿不过用旧调填新词，现在都无从证明了。但《逸周书》中有一篇《周祝解》，全篇都是韵文；《成相》底调子，颇有跟它类似的地方，大约可以说《周祝解》是《成相》底先河了。因为其中如：

天为盖，地为轸，善用道者终无尽；地为轸，天为

盖，善用道者终无害；天地之间有沧热，善用道者终不

竭。

天为高，地为下，察汝躬奚为喜怒；天为古，地为

久，察彼万物名于始；左名左，右名右，视彼万物数为

纪。

用其则，必有群，加诸物则为之君；举其修，则有

理，加诸物则为天子。

——《逸周书·周祝解》（例一百零三）

这都是跟《成相》类似的。

然而荀卿实在不过是个哲学家，他底学问是很渊博的；他底心理学、论理学的学说，都是很有可观的；他底论天，更有独到的地方：所以他在哲学方面的成就，实在远过于文学方面。他本是个北方的儒家，很注重实际的人事，而不看重虚玄的天道。所

以他底文学作品，在形式方面虽然受了南方的《楚辞》底影响；而在内容方面，所表现的还是儒家思想。他底艺术手段，并不高妙；我们把他底作品跟《楚辞》比较起来，觉得不如远甚。所以我们可以说他实在没有多大的文学的天才；不过因为他既然承受了《毛诗》和《楚辞》底文学底流风，衍为南北两方蛮汉两族合流的文学，而且为秦代李斯刻石文学底先河，后世赋体不祧之宗，所以不能不承认他在中国文学史上占有很重要的位置罢了。

秦代年数很短，而且燔烧诗书，严禁人民偶语诗书，所以民间的文学作品完全没有，我们所看得见的，就是李斯底几篇刻石文罢了。李斯是楚国上蔡人，上蔡本为周代的蔡国，后为楚国所有。李斯曾经从荀卿学帝王之术，是荀卿底弟子，所以他底学问文章，都受荀卿底影响。他是一个南方的楚国人，却做北方秦国的官，所以荀卿是由北而南的，他却是由南而北的。《史记·秦始皇本纪》中所载的《泰山刻石》《琅玡台刻石》《之罘刻石》《东观刻石》《碣石刻石》《会稽刻石》，以及《史记》所未载的《绎山刻石》，共计七篇，相传都是李斯底作品。这七篇刻石文都是四言的，除《琅玡台刻石》是两句一韵外，其余六篇都是三句一韵。它底应用反复律底韵底反复，比《毛诗》《楚辞》和荀卿底诗赋都来得整齐。至于内容，不过称颂秦始皇功德罢了，在艺术上无甚价值；但是嬴秦一代文学作品，只有这一点点，而且也为南北两方蛮汉两族文学合流所衍，而开后世铭刻文学底先河，所以在中国文学史上，也占有相当的位置。

据《史记·秦始皇本纪》所载，始皇曾经"使博士为《仙真人诗》，及《行所游天下传》，令乐人歌弦之"，这《仙真人诗》，大约是一种叙述虚玄的理想的罗曼作品，可惜不曾传下来！

至于其余属于这一期的作品，如《吴越春秋》《越绝书》《说苑》等书所载，有些都是我们认为不很可靠的。比较可信的，有《穆天子传》底《西王母谣》和《周穆王答辞》；《仪礼》底《士冠礼辞》；《左传》底辛甲《虞箴》，《齐人责稽首歌》，晋《舆人诵》，郑舆人《子产诵》，宋《城者讴》《泽门之哲讴》；《礼记》底原壤《登木歌》，《成人歌》，孔子将殁时《山颓木坏歌》；《国语》底晋优施《暇豫歌》；《国策》底荆轲《易水歌》，冯煖《弹铗歌》，齐人《松柏歌》；《史记》底孔子去鲁时《彼妇歌》，赵武灵王《梦处女歌》之类。现在把荆轲《易水歌》、齐人《松柏歌》、赵武灵王《梦处女歌》录在下面：

> 风萧萧兮易水寒，壮士一去兮不复还！
>
> ——荆轲《易水歌》（例一百零四）
>
> 松耶柏耶，住建共者客耶！
>
> ——齐人《松柏歌》（例一百零五）
>
> 美人荧荧兮，颜若苕之荣；命乎命乎，曾无我赢！
>
> ——赵武灵王《梦处女歌》（例一百零六）

《梦处女歌》是恋歌；《易水歌》是很悲壮的离别歌；《松柏歌》是齐人于王建亡国之后的悲歌，跟《麦秀》《黍离》之诗一样：都是很有文学的价值的。还有三篇歌辞：一是鲁寡妇陶婴《黄鹄歌》，出于《古列女传》；一是宋韩凭妻何氏《乌鹊歌》，出于《彤管集》；一是秦姬人《琴声》，出于《燕丹子》。虽然不很可靠，但是前二者是两篇很好的恋歌，后者和荆轲刺秦皇事有关，所以附录在后面：

　　黄鹄之早寡兮，七年不双，宛颈独宿兮，不与众
同；夜半悲鸣兮，想其故雄；天命早寡兮，独宿何伤；
寡妇念此兮，泣下数行；呜呼哀哉兮，死者不可忘；飞
鸟尚然兮，况于贞良；虽有贤四兮，终不重行！

　　　　　　——陶婴《黄鹄歌》（例一百零七）

　　南山有鸟，北山张罗；鸟自高飞，罗当奈何！

　　乌鹊双飞，不乐凤凰；妾是庶人，不乐宋王。

　　　　　——宋韩凭妻何氏《乌鹊歌》（例一百零八）

　　罗縠单衣，可掣而绝；八尺屏风，可超而越；鹿卢
之剑，可负而拔！

　　　　　　——秦姬人《琴声》（例一百零九）

　　从《易水歌》《松柏歌》《梦处女歌》等作品中，我们可以
看出，《楚辞》底流风在那时候已经推行到北方了，所以后来汉
初的文学作品，都带着楚声。

　　这一期的诗歌，所用的都是周、秦古韵，跟汉代所用的韵不
同。那时候虽然并无韵书，可是因为所用的文字都是篆文（凡是
篆文谐声字底音读，一定跟声母相同，声母在某韵，从这一个声
的字，都跟它同韵），形体分明，不曾变易，声母底认识，很是
容易，所以没有乱用的韵。因此，我们要辨明这一期的作品是否
汉代以后的人所伪托，可以从它底用韵处观察它。

　　周代小说一类的作品，现在存留的，只有《穆天子传》六
卷。此书是晋代咸宁五年，汲县民人不准盗发战国时魏襄王（或
说是魏安釐王）冢所得，其中颇有残缺。前五卷是记周穆王驾着
八骏，领着七萃之士，向西方巡游的事情；后一卷记穆王所宠的
盛姬死在路上，回来办理丧葬的事情；是一种叙述传说的小说。

除此以外，《汉书·艺文志》小说家，虽然列有《鬻子说》十九篇、《周考》七十六篇、《师旷》六篇、《宋子》十八篇等，似乎是周代的小说，但是现在都亡佚了，内容如何，无从知道，不知它们是否现代的所谓小说，所以无从说起。不过《战国策》、《庄子》、《列子》（此书虽系后人伪托，但颇抄撮古书）、《韩非子》、《吕览》等书中，所记的寓言、神话、传说，颇有类似现代所谓小说的；虽然他们不过借此证明他底学说，或是借此作游说的资料，并非有意作小说。还有《山海经》一书，有人以为其中一部分是周秦间人所作，那么，这书内包含的许多神话，也有一部分是周秦人底作品了。总之，这一期中，武断一句，说是没有小说，也未始不可。因为《穆天子传》一类的作品，称为小说，毕竟也是勉强的。

第一期的文学，正如黄河、长江，发源于昆仑、岷山，分途而同归于海，所以为后世文学底源泉；而《毛诗》和《楚辞》，同为中国文学史上不祧之祖。本来两种异派的文学合流，正如异族为婚，必能产生优良的佳种。可惜荀卿底文学天才不高，不能担负这个责任，而纲缊化醇，发扬光大，不能不让汉代以后的文学家了。

第四篇　第三期上　两汉

　　第三期前半，是辞赋和五言诗的领域；后半是五七言诗和骈体文底领域。其间干派源流底变迁，都是很足供咱们探讨玩味的。现在且先向前半期中游目骋怀吧。

　　两汉底文学，是上承周代南北两派文学底流风而演进的。所以汉代辞赋，是周代南方文学《楚辞》底嫡胤；五七言诗，是周代北方文学《毛诗》底产儿；而乐府却是兼桃的嗣子。但这不过从它们底外形上讲；至于内容，却是两派交流，缊缊化醇，三者都兼含南北两异性底血系的。所以班固说，"赋者古诗之流也"；而梁代钟嵘说，"……汉李陵始著五言之目"，又说，"其源出于《楚辞》文多凄怨者之流"。不过汉代凭藉故楚底余愤，起来反抗暴秦底淫威，所以开国的高祖，就是很爱作楚声的；而武帝爱好辞赋，尤其喜读《楚辞》。因此，辞赋底盛行，远胜于五七言诗；直到东汉末叶的建安年间，诗歌才和辞赋并盛。综计两汉的文学作品，辞赋实为大宗，乐府和五七言诗次之，而小说则不过附庸罢了。

　　古诗都是可以合乐的，所以诗乐不分，诗就是歌；而《毛诗》三百篇，实在是周代底乐府诗集，其中不但《雅》《颂》可歌，就是《国风》也是可歌的作品；所以司马迁说"三百五篇，孔子皆弦歌之，以求合韶武雅颂之音"。《楚辞》中《离骚》《九章》《九辩》等篇，已经是"不歌而诵"的赋底祖先，所以后人就称它为赋；而只有《九歌》因为合乐可歌的缘故，独称为歌，跟《毛诗》中的《颂》一样，而且其中含有神话，比《颂》更含有颂歌底性质。然而《离骚》《九章》《九辩》等篇，虽不可歌，而毕竟跟《毛诗》中的《风》《雅》异体同质；并且因为它底体裁，便于敷叙，有合于六义中的所谓"赋"，所以后来就演而为赋。经过嬴政、项羽两度燔烧，《毛诗》底乐谱，完全亡失；而楚声却因为民间流传颇广，所以当时草泽之雄，都能作此。例如：

> 力拔山兮气盖世，时不利兮骓不逝；骓不逝兮可奈何！虞兮虞兮奈若何！
>
> ——楚项羽《垓下歌》（例一百十）
>
> 大风起兮云飞扬，威加海内兮归故乡，安得猛士兮守四方！
>
> ——汉刘邦《大风歌》（例一百十一）

这明明都是楚声，都仿佛《楚辞》中《九歌》底格调。《大风歌》后来称为《三侯之章》；因为当时曾发沛中儿百二十人和习此歌，所以后来惠帝以沛宫为原庙，仍使歌儿吹习此歌，以百二十人为常员，这实在是汉代乐歌底首唱。高祖又使唐山夫人作《房中之歌》，惠帝二年，使乐府令夏侯宽配合箫管，更名为《安世乐》，共十七章。《汉书·礼乐志》说：

> 凡乐乐其所生，礼不忘本，高祖乐楚声，故《房中乐》，楚声也。

　　所以《房中乐》也是楚声。但乐是楚声，内容也颇像《楚辞》，而诗底形式，却像《毛诗》，这又足为汉代乐府兼承周代南北两派流风底明证。后来武帝的时候，又增《练时日》等十九章，为《郊祀歌》，以李延年为协律都尉，立起乐府底官署来，专管乐歌，并采集代赵之讴、秦楚之风的歌谣，配以乐曲。于是乐府底范围确定，而古诗和乐府所掌的乐歌，从此分为两途了。

　　辞赋和诗歌，本来都是跟纵横家有关系的，而辞赋底关系更深。《汉书·艺文志》说：

　　　　从横家者流，盖出于行人之官。孔子曰，"诵《诗》三百，使于四方，不能颛对，虽多，亦奚以为"；又曰，"使乎使乎"。言其当权事制宜，受命而不受辞，此其所长也。

　　　　传曰，"不歌而诵谓之赋"；"登高能赋，可以为大夫"。言感物造耑，材知深美，可与图事，故可以为列大夫也。古者诸侯卿大夫交接邻国，以微言相感，当揖让之时，必称《诗》以喻其志，盖以别贤不肖而观盛衰焉。故孔子曰"不学《诗》，无以言"也。春秋之后，周道浸坏，聘问歌咏不行于列国，学《诗》之士逸在布衣，而贤人失志之赋作矣。及楚臣屈原离谗忧国，皆作赋以风，咸有恻隐古诗之义。

　　我们从《春秋左传》中，可以看见古代行人于聘问时以赋诗为应对的辞令的事情。战国时，聘问不行，而纵横家游说之风大盛。那时候即使不是纵横家，也都带着几分纵横气。他们以布衣之士，去游说万乘的人主，要使他自己底话，可以见信。于是他们觉得"微言相感"，"称《诗》以喻其志"的方法，是不很适用的了；只有扩充"称《诗》喻志"的意义，作雄辩术、修辞法底简练揣摩。所以《战国策》所载的那些策士底说辞，都是巧于修辞的，有几篇更是颇有赋底意味；而辞赋底始祖屈原，也就是娴于辞令，能接遇宾客、应对诸侯的：可见辞赋跟纵横家很有关系了。秦灭六国以后，纵横家一时无所施其技，于是一部分人充了秦底博士，后来被秦皇坑了许多。汉兴以后，陆贾、邹阳、枚乘、严忌之流，都以纵横家而兼辞赋家。当时高祖曾叫陆贾去游说南越王赵佗，而《汉书·艺文志》载陆贾赋三篇。汉初诸王，如楚元王交、吴王濞、梁孝王武、河间献王德、淮南王安，都模仿战国养士的风气，招致游客；其间以吴、梁、淮南三国底游客，多纵横家而兼擅辞赋的人。邹阳、枚乘、严忌，都是始游吴而后游梁的。《汉志》纵横家有邹阳七篇，而《西京杂记》称邹阳曾为《几赋》《酒赋》。《汉志》有庄夫子（即严忌）赋二十四篇，枚乘赋九篇，而这两人却也跟邹阳相仿，都是有纵横气的。淮南王曾为《离骚》作传，《汉志》有淮南王赋八十二篇，淮南王群臣赋四十四篇，而他所招致的诸客如伍被之流，也是纵横家一流人物。所以辞赋虽从《楚辞》、荀卿赋而出，而实在是纵横家说辞底变相。汉代底辞赋家，不是借辞赋以隐讽人主，就是用辞赋来献媚人主；像枚皋、东方朔之流，甚至被人主当作倡优看待，辞赋家底人格卑下至于如此，这也是屈原、荀卿所不及料的。所以当时的辞赋，大体地说，不过是娱乐贵族的文学罢了。

汉代最早的辞赋家，自然要推贾谊了。贾谊是洛阳人，文帝时由博士迁为大中大夫，被周勃、灌婴、冯敬等所谗，谪为长沙王太傅，又迁为梁怀王太傅。怀王堕马而死，谊自伤为傅无状，哭泣岁余，也就死了，只活了三十三岁。他曾作《吊屈原赋》和《鵩鸟赋》[①]，都是学《楚辞》的。又有《惜誓》一篇，本传不载，相传也是他所作。但是开口就说"惜余年老而日衰兮，岁忽忽而不反"，决不是三十壮年的人底口吻，所以王逸说"《惜誓》者，不知谁所作也？或曰贾谊，疑不能明"。他底两赋，只是自伤不遇的抒情诗，并非献媚人主，所以没有倡优的陋习。

其次便是枚乘、严忌了。严忌本姓庄，避明帝讳，《汉书》亦称严忌，又称庄夫子，由拳人，他底赋不传，只传《哀时命》一篇。枚乘，字叔，淮阴人，曾为吴王濞中郎。吴王将反，谏阻不听，去而游梁。景帝时七国既平，拜为弘农都尉，托病辞官，又到梁国去。后来武帝慕他底文名，又用安车蒲轮征召他，不幸他因为年老的缘故，半路上死了。他底作品有《柳赋》《梁王菟园赋》，都是在梁时所作。又曾作《七发》，托为楚太子有病，吴客用种种说辞去疗治他，终于告以妙语要道而太子底病就好了。这是骚赋底变体，纵横底遗术，而为后来"七体"底创始。《古诗十九首》中《西北有高楼》《东城高且长》《行行重行行》《涉江采芙蓉》《青青河畔草》《庭中有奇树》《迢迢牵牛星》《明月何皎皎》等八首，和古诗《兰若生春阳》一首，《玉台新咏》指为枚乘《杂诗》；那么，他又是汉代五言诗底元祖了。至于跟枚乘同时赋鹤的路乔如、赋文鹿的公孙诡、赋酒的邹阳、赋月的公孙乘、赋屏风的羊胜、作《几赋》不成而由邹阳代作的韩安国，都是梁国游士，但也有说这些赋都是后人所伪托的。

---

① 鵩鸟赋：底本作"服赋"。

　　冠绝汉代的辞赋家，为后来扬雄所倾服的，不得不推武帝时的司马相如。相如，字长卿，是蜀郡成都人。少年时爱读书，学击剑，本名犬子，因慕战国时蔺相如底为人，改名相如。景帝时曾做武骑常侍的官，因为景帝不爱辞赋，他无所见长，所以托病辞官，到梁国去作游士。在梁国的时候，作了一篇《子虚赋》，说齐楚诸侯游猎的事情。后来这篇赋被武帝看见，说他很好，但误认为古人所作，恨不得跟他同时。当时有一个狗监杨得意，也是蜀人，对武帝说，这是臣底同乡司马相如所作，于是武帝召了相如去，叫他作赋。他说《子虚赋》不过说诸侯游猎的事情，还不足观，请作天子游猎之赋。于是续成《上林赋》一篇，末章说到应该节俭的话，隐讽武帝，武帝就叫他为郎。后来拜为孝文园令，因为武帝爱慕神仙，他又作了一篇《大人赋》，想借此讽谏；但武帝读了，反觉得飘飘然有凌云之意。他又曾做《哀二世赋》《美人赋》二篇，但《美人赋》未必真是他底作品，因为格调跟宋玉《好色赋》差不多，也许是后人托古的作品。当时武帝陈皇后因妒失宠，用黄金百斤求相如作《长门赋》一篇，感悟武帝，仍得宠幸。其余如《喻巴蜀檄》《难蜀父老文》等篇，都是用赋笔为文。死后又有《封禅文》一篇上奏，后来武帝果然实行封禅了。可见他底辞赋很能感动当时的人主。他曾有一段答友人盛览问作赋的话说：

　　　　合纂组以成文，列锦绣而为质，一经一纬，一宫一商，此作赋之迹也。赋家之心，包括宇宙，总览人物，斯乃得之于内，不可得其传者也。

　　这话正是他说明赋底外形律和内容律处，颇能道出他自己作赋的本领。所以扬雄赞美他说，"长卿之赋，非自人间来，其神化之所至耶"！又说"如孔氏之门用赋也，则贾谊升堂，相如入室矣"。大概贾谊是学屈原、宋玉的，相如是学荀卿的。但是贾谊还不过是模仿而已，相如却能从模仿而创造了。这因为他底天才胜于贾谊的缘故；而他底辞赋所以能冠绝汉代，也在乎此。

同时龙门司马迁，字子长，是一位能创造的历史家。他也能作赋，所以《汉志》也列有司马迁赋八篇，不过现在都不传了，只有《艺文类聚》里面载着他底《悲士不遇赋》一篇，有点跟荀卿《赋篇》中的作品相像。他底史才，为后来历史家底模范；他所作《本纪》《世家》《列传》，都能运用文学的手段，为后来模仿者所不及；所以他底赋虽不尽传，从他底散文中，也可窥见一斑了。

严助、枚皋、东方朔、朱买臣、庄葱奇、吾丘寿王，都是跟相如同时的辞赋家；但其余的都不传，有作品传下来的，只有东方朔。枚皋是枚乘底孽子，字少孺，武帝召他为郎，跟东方朔、司马相如等，同被宠幸。他作文很敏疾，所以作品很多，《汉志》列有枚皋赋百二十篇。但是他虽跟相如齐名，而所作不及相如。相如作文虽慢，而作品比他好得多。他又不通经术，不比相如长于文字学，所以所作不过滑稽诙谐之类，只是献媚人主，等于倡优而已。扬雄曾说，"军旅之际，戎马之间，飞书驰檄，则用枚皋；廊庙之下，朝廷之中，高文典册，则用相如"，这是就他们两人作文快慢底比较而言。其实他不能像相如还能于辞赋中略寓讽谏底微意，而一味嫚戏；武帝也不过把他跟东方朔等，同看作倡优罢了。

东方朔，字曼倩，平原厌次人，曾在武帝朝为大中大夫，又曾为郎。他底作品，至今存在的，有《七谏》七章，是模仿《楚辞》中的《九章》《九辩》等篇的。又有《非有先生论》《答客难》二篇，都是以赋笔为文的；《汉书·东方朔传》曾说，"朔之文辞，此二篇最善"。其余辞赋，现在多不传了。他虽然诙谐滑稽，跟枚皋相类，同被武帝看作倡优，不得大用；然而他有时颇能揣摩武帝心理，直言正谏，得武帝采纳，而《七谏》等篇，也并无嫚戏的话，所以他毕竟高出枚皋一筹。

当时又有广川董仲舒，景帝时曾为博士，武帝时以贤良对策，拜为江都相，后又迁为胶西相。他本是个经术家，但也有《士不遇赋》一篇，半仿《毛诗》，半仿《楚辞》，无甚出色。不过因此足见那时候的文学，是兼承周代南北两派的；而董氏所作，只是因袭的模仿罢了。

武帝时因为在上者爱好辞赋，开了风气，所以那时候出了许多擅长辞赋的人，可算是汉代辞赋文学极盛时期，为昭、宣以后所不及。昭帝、宣帝两朝，霍光秉政，他是一个不学无术的人，所以不重文士，而文学因此中衰了。宣帝虽然也曾修武帝故事，征辟能为《楚辞》的九江被公，召见诵读，并召高材的刘向、张子侨、华龙、柳褒等，待诏金马门；他自己又颇作歌诗，要兴复武帝时协律的事情，召见知音而善鼓雅琴的渤海赵定、梁国龚德，也使他们一并待诏；又因益州刺史王襄底奏荐，征召蜀人王褒，叫他做了一篇《圣主得贤臣颂》，使他跟张子侨等一同待诏。然而他主观上看待辞赋，不过胜于倡优博弈罢了。所以《汉书·王褒传》中，有这么一段话：

> 上……数从褒等放猎，所幸宫馆，辄为歌颂，第其高下，以差赐帛。议者多以淫靡不急。上曰："不有博弈者乎？为之犹贤乎已！辞赋，大者与古诗同义，小者

辩丽可喜。辟如女工有绮縠，音乐有郑、卫，今世俗犹
皆以此虞说耳目；辞赋比之，尚有仁义风谕，鸟兽草木
多闻之观，贤于倡优博弈远矣！"

可见他看待辞赋，无非比女工底绮縠，音乐底郑、卫，和倡
优博弈略胜一筹而已。

当时底辞赋家，有作品传下来的，就是王褒。褒字子渊，宣
帝时曾为谏议大夫。他底作品，有《洞箫赋》《圣主得贤臣颂》
《甘泉宫颂》《移金马碧鸡文》《四子讲德论》《九怀》《责髯
奴文》等篇。其中《洞箫赋》《移金马碧鸡文》和《九怀》，都
是模仿《楚辞》的；《责髯奴文》是一篇游戏文章，也有人说不
是他所作，而是黄香作的。除模仿《楚辞》的作品以外，多用排
偶句子，已经开后来骈俪文学之端了。当时太子（即元帝）有
病，宣帝使他和别的辞赋家都到太子宫里去虞侍太子，朝夕诵读
奇文和他们自己底作品，后来太子底病果然好了。太子很喜欢褒
所作的《甘泉宫颂》和《洞箫赋》，使后宫贵人左右都诵读它。
从这件事看来，他真是跟倡优相去无几了；虽然他底《圣主得贤
臣颂》后面，因为宣帝颇好神仙，有排斥彭祖、乔松的话，借以
讽谏，跟相如底《子虚赋》《上林赋》用意相似。总之上面所举
的他底作品，都是贵族文学；但是他却有一篇平民文学的作品，
叫做《僮约》，大约是用当时的白话做的韵文。现在把它录在下
面，以见汉代辞赋家白话文学底一斑。

　　蜀郡王子渊，以事到湔，止寡妇杨惠舍。惠有夫时
奴名便了，子渊倩奴行酤酒。便了拽大杖上夫冢巅曰：
"大夫买便了时，但要守冢，不要为他人男子酤酒。"
子渊大怒曰："奴宁欲卖耶？"惠曰："奴大忤人，人

无欲者。"子渊即决买，券云云。奴复曰："欲使，皆上券！不上券，便了不能为也。"子渊曰："诺。"券文曰："神爵三年正月十五日，资中男子王子渊，从成都安志里女子杨惠买亡夫时户下髯奴便了，决买万五千；奴当从百役使，不得有二言！晨起早扫，食了洗涤！居当穿臼缚帚，裁盂凿斗；浚渠缚落，锄园斫陌；杜埤地，刻大枷；屈竹作杷，削治鹿卢！出入不得骑马载车，蹍坐大呶！下床振头，捶钩刈刍；结苇腊纼；汲水酪，佐酤醿；织履作粗，黏雀张乌；结网捕鱼，缴雁弹凫；登山射鹿，入水捕龟；后园纵养，雁鹜百余；驱逐鸱乌，持捎牧猪；种姜养芋，长育豚驹；粪除堂庑，喂食马牛，鼓四起坐，夜半益刍！二月春分，被堤杜疆，落桑皮棕，种瓜作瓠，别茄披葱；焚槎发芋，垄集破封；日中早舂（音复），鸡鸣起春；调治马户，兼落三重！舍中有客，提壶行酤，汲水作铺；涤杯整按，园中拔蒜，断苏切脯，筑肉臛芋；脍鱼炰鳖，烹茶尽具！已而盖藏，关门塞窦；喂猪纵犬，勿与邻里争斗！奴但当饭豆饮水，不得嗜酒；欲饮美酒，唯得沾唇渍口，不得倾盂覆斗！不得辰出夜入，交关伴偶！舍后有树，当裁作船；上至江州下到湔，主为府掾求用钱！推访垩，贩棕索；绵亭买席，往来都洛，当为妇女求脂泽！贩于小市，归都担枲；转出旁蹉，牵犬贩鹅；武都买茶，杨氏担荷；往来市聚，慎护奸偷！入市不得夷蹲旁卧，恶言丑骂！多作刀矛，持入益州，货易羊牛！奴自教精慧，不得痴愚！持斧入山，断辕裁辕；若有余残，当作俎几木屐及瓷盘！焚薪作炭，礨石薄岸；治舍盖屋，削书伐牍；日暮欲归，当送干薪两三束！四月当披，九月当获，十月收豆，抢麦窖芋！南安拾栗采橘，持车载辕！多取蒲芏，益作绳索；雨堕无所为，当编蒋织薄！种植桃李，梨柿柘桑；三丈一树，八树为行；果类相从，纵横相当；果熟收敛，不得吮尝！犬吠当起，惊告邻里；桪门柱户，上楼击鼓；荷盾曳矛，还落三周；勤心疾作，不得遨游！奴老力索，种莞织席；事讫休息，当舂一石；夜半无事，浣衣当白！若有私钱，主给宾客；奴不得有奸私，事事当关白；奴不听教，当笞一百！"读券文适讫，词穷诈索；佗佗叩头，两手自搏，目泪下落，鼻涕长一尺：审如王大夫言，不如早归黄土陌，丘蚓钻额！早知当尔，为王大夫酤酒，真不敢作恶！

　　　　　　　　　　——《僮约》（例一百十二）

　　这篇文章，可以算是二千多年来第一篇白话文，所以把它全引了。我们看了其中"目泪下落，鼻涕长一尺"等句，觉得它跟

　　……是以圣主不遍窥望而视已明，不殚倾耳而听已聪。恩从祥风翱，德与和气游，太平之责塞，优游之望得。遵游自然之势，恬淡无为之场，休征自至，寿考无疆，雍容垂拱，永永万年。何必偃仰诎信若彭祖，呴嘘呼吸如乔松，眇然绝俗离世哉……

　　　　　　　　——《圣主得贤臣颂》（例一百十三）

的排偶调子，完全是两副笔墨了。所以《僮约》不但在王褒集中是一篇特异的文字，就是两汉诸家辞赋中，也找不出第二篇来。

王褒以后，从元帝朝直到王莽篡汉，其间辞赋家可以称述的，只有刘向、刘歆和扬雄三人，而扬雄实为西汉一代辞赋家底殿军。

刘向，字子政，本名更生，宣帝时曾献赋颂数十篇，后来历元帝、成帝两朝，终于中垒校尉一官。其间屡次以忠鲠遭谗谮，而仍以当时外戚王氏擅权，自念身为宗室遗老，不忍刘氏危亡，而直言极谏，希望成帝能够振作。他底人格，跟他儿子刘歆底阿附王莽，以图富贵，终于自杀，以及扬雄底《剧秦美新》，难免投阁的结局，真有天渊之别。他底辞赋，现在存在的，只有《九叹》一篇；虽然只是模仿《楚辞》而不能企及的作品，但是他却是借此抒写他底离谗忧国之思的。因为他底所遭，虽然没有屈原那么惨酷，而当时底国势岌岌，实和楚怀王时相类似，所以司马迁于《屈原传》中说"屈原既死之后……楚日以削，数十年竟为秦所灭"，而班固也于《刘向传》中说"向……卒后十三岁，而王氏代汉"，可见《九叹》底并非无病呻吟，并非只是"追念屈原忠信之节"而作了。

刘歆，字子骏，是刘向少子，经术文章，都能继承家学；可是他后来竟做王莽国师，帮他篡汉，又因怨惧，密谋诛莽，事泄自杀，以致家风扫地，可谓有文无行了。他底作品，全篇存在的，只有《遂初赋》一篇。虽然也是摹仿《楚辞》，但不过是不得为河内太守的怨愤之作罢了。

扬雄，字子云，蜀郡成都人，跟司马相如、王褒同郡。他跟相如，颇有类似之点：相如产于成都，他也产于成都；相如口吃，他也口吃；相如长于文字学，他也长于文字学；相如辞赋冠绝汉代，他底辞赋也大略可跟相如比肩。他生平倾服相如底辞赋，所以他底《长杨》《河东》《羽猎》《甘泉》四赋，都是模拟相如底《子虚赋》《上林赋》的；而《剧秦美新》一文，也模仿相如底《封禅文》。他又以为屈原文过相如，也须模仿，所以摭取《离骚》的文字，反用它底意思，作《反离骚》以吊屈原；又仿《离骚》，作重一篇，名曰《广骚》；又仿《惜诵》以下至《怀沙》一卷，名曰《畔牢愁》：这些模仿《楚辞》的作品，现在存的，只有《反离骚》了。其余，《蜀都赋》也仿相如，《太玄赋》也仿《楚辞》，而《逐贫赋》《酒赋》和《赵充国颂》都有点模仿《毛诗》的意味。至于所作各箴，是模仿《虞箴》的；而《解嘲》《解难》两篇，也是模仿东方朔底《答客难》的。

他不但在辞赋方面模仿古人，而且于哲学方面，作《太玄》以仿《周易》，作《法言》以仿《论语》；于文字学方面，作《训纂篇》以仿《仓颉篇》《凡将篇》，作《方言》以仿《尔雅》；于历史方面，作《蜀王本纪》以仿《项羽本纪》，作《自序传》以仿《太史公自序》；而《连珠》底体裁，也是模仿《韩非子·内储说》等篇而作：总计他底著作，几乎无一不是规模前人的。不过他天才还高，一方面虽然似乎以模仿生活埋没了他底天才，一方面却也还能于模仿之中运用他底天才，所以他底模仿，总算比较地能够成功的。后来的人，跟着他干那模仿生活，就每下愈况了。至于他底模仿主义，可以从他《答桓谭论赋书》中看出。他说：

> 长卿赋不似从人间来，其神化所至耶！大谛能读千赋，则能为之。谚云："习伏众神，巧者不过习者之门。"

他所谓"巧"，就是天才；他所谓"习"，就是模仿。其实司马相如未必读过千赋，那时候也未必有千赋可读；而且追溯上去，屈原又何尝读过千骚，才作出《离骚》来？所以任何天才，必须经过模仿时期，这是我们可以承认的；所谓一种文学，不是突然发生，必有它底渊源，就是这个缘故。但是像他底终身从事于模仿生活，虽有天才，也难免被模仿所掩盖了。

大抵前汉这些辞赋家，或兼长政论，或兼治经术，或兼攻历史、校勘和谶纬；而纯粹以辞赋名家的，就是司马相如、枚皋、东方朔、王褒、扬雄这几人，其中尤以司马相如和扬雄为最有盛名。扬雄也曾兼作哲学底研究；但虽然同是模仿，而他在哲学方面的成就，毕竟还是辞赋方面的成就为多。所以后人论起他底哲学来，把他跟荀卿并称，而其实不及荀卿；论起他底辞赋来，把他跟司马相如并称，而他底辞赋确是胜于荀卿，差足跟相如比肩。至于这一代辞赋性质底变迁，就是从讽谏而渐渐变成献媚，从纵横文学而渐渐变成倡优文学。因为严格地说起来，像相如底《封禅文》，扬雄底《剧秦美新》文，原也是倡优文学；所以《剧秦美新》文，固然被后世所诟病，而《封禅文》也被后人讥为启武帝封禅底侈心。

在这种倡优文学底波流中，不致随波逐流，而称得起中流砥柱的，只有一个刘向。所以到了王莽篡汉，颂莽功德的，甚至有四十八万人之多；说这是武帝、宣帝奖励倡优文学的结果，也不算过分。但是到了东汉，却略有不同了。光武本以儒生而成帝业，跟高祖底性不好儒的不同，所以光复旧物以后，觉得前汉末年，士习大坏，非矫正不可，于是提倡儒术，砥砺名节，以挽颓风。这种设施，影响于政治学术方面的，固然很大；而文学方面，也不无影响。所以虽有依附窦宪的班固，依附邓骘、梁冀的马融，依附董卓的蔡邕，但是《后汉书·文苑传》中，毕竟气节之士颇多，这也足见东汉底辞赋家，渐渐有脱离倡优文学底倾向，而光武底力挽狂澜，不为无益了。

《汉书》有《艺文志》一卷，而《后汉书》没有《艺文志》；《汉书》没有《文苑传》，而《后汉书》有《文苑传》一卷。但是东汉著名的辞赋家，如冯衍、班固、崔骃、张衡、马融、蔡邕之流，都不在《文苑传》中；这因为他们大都别有事业，不单是辞赋家的缘故。

东汉著名的辞赋家，最早的算冯衍、杜笃。冯衍，字敬通，京兆杜陵人。王莽时，有许多人荐举他，他不肯做王莽的官。后来王莽使更始将军廉丹往山东抗拒讨莽的兵，廉丹召他去做掾属，他屡次劝丹弃莽就汉，廉丹不能听他的话，终于被赤眉所杀。廉丹死后，他就去归附更始部下的鲍永，鲍永叫他做立汉将军。到了光武即位，更始已经败亡，他还疑心更始没有死，不肯投降光武。后来知道更始确已死了，才和鲍永一同降了。但是光武嫌他降得迟了，不去任用他，所以他终身不得志。他因为不得志，曾模仿《离骚》作《显志赋》一篇，是他现在仅存的作品。其中多用排偶的句调，骈俪底程度更过于前汉底王褒。他不但韵文如此，就是散文也是这样，所以有人说开六朝骈体底风气的，前有王褒，后有冯衍。

杜笃，字季雅，也是京兆杜陵人。他曾住在美阳地方，因为美阳令跟他有嫌隙，把他诬陷了，逮捕了他，送往京师，下在狱里。恰值大司马吴汉死了，光武叫一班儒生做诔辞，杜笃在狱里也做了一篇，光武说他做得最好，就赐帛免刑。他后来在车骑将军马防幕下，做从事中郎，跟马防去攻打西羌，战死于射姑山。当时光武因为西京残破，改都洛阳。笃不以为然，以为关中表里山河，先帝旧京，不宜改营洛邑；曾仿司马相如《子虚》《上林》，扬雄《羽猎》《长杨》底体裁，作《论都赋》一篇，以讽光武。他底辞赋，传下来的，也只有这一篇了。他所以有此主张，大约因为他是京兆人的缘故。从他以后，崔骃有《反都赋》，班固有《两都赋》，张衡有《两京赋》，都是讨论这个问题，而主张却跟他相反的。大约前汉底辞赋家以游猎为重要题目，而东汉底辞赋家却以京都为重要题目，这就是从他起的。

稍后于冯杜两人的，便是班固、崔骃、傅毅。班固，字孟坚，是扶风安陵人，班彪底长子。班彪次子班超，以武功著名；女儿班昭，就是称为曹大家的，也有文才。他们一门父子兄妹四人，都是有盛名的人。现在所传的《汉书》，虽然称为班固所著，然而其中一部分是班彪底手笔；班固死后，八《表》和《天文志》都没有完篇，又经班昭续成：所以班固、班昭，都是以历史家而兼辞赋家的。班固当明帝时，曾作兰台令史；章帝时，在大将军窦宪幕下，作中护军；后来窦宪被诛，他也连坐免官；又被洛阳令种兢所捕，死于狱中。他底《汉书》，固然有一部分是剿袭司马迁《史记》的；而他底辞赋，也大抵有所模仿。《两都赋》是模仿司马相如底《子虚》《上林》的；《幽通赋》是模仿屈原底《离骚》的；《典引》是模仿司马相如底《封禅》和扬雄底《剧秦美新》的；《答宾戏》是模仿东方朔底《答客难》和扬雄底《解嘲》的；《拟连珠》是模仿扬雄底《连珠》的；《十八侯铭》是模仿扬雄底《百官箴》的；而《明堂》《辟雍》《灵台》《宝鼎》《白雉》五诗底模仿《毛诗》和《楚辞》，更不消说了。所以他底模仿主义，实在跟扬雄差不多；而他底能于模仿生活中运用他底天才，也跟扬雄差不多。

班昭也能作赋颂，但是现在所传的只有《东征赋》一篇，和不全的《大雀赋》《针缕赋》《蝉赋》而已。

崔骃，字亭伯，涿郡安平人。章帝时曾献《四巡颂》，为帝所赏，对窦宪说，"公爱班固而忽崔骃，此叶公之好龙也"。于是窦宪引骃为上客，后来窦宪为车骑将军，辟他为掾属，出击匈奴时，又以他为主簿。宪以贵戚擅权，骄恣不法，骃屡次谏诫，并指斥他，宪不能容，就渐渐疏远他，叫他去做长岑长，他不到任而归。他曾作《反都赋》《大将军西征赋》《大将军临洛观赋》《七依》等篇，但现在所传的都不是全豹，《四巡颂》也不全了，完全的只有模仿《答客难》和《解嘲》的《达旨》一篇，和《太尉箴》《司徒箴》《大理箴》。他底入窦宪幕下，是天子所荐，后来又能对宪谏净，不跟宪同败。虽然他底辞赋究竟胜于班固与否，我们不能据章帝一言为定论，然而他底人格，毕竟高出班固之上了。

傅毅，字武仲，扶风茂陵人，章帝时为兰台令史，又拜郎中。后来曾在车骑将军马防幕下为军司马，又曾在车骑将军窦宪幕下为主记室和司马。他少时曾作《迪志诗》，是模仿《毛诗》的四言诗；又模仿枚乘底《七发》，作《七激》以讽明帝底求贤不笃；在章帝时，又模仿《周颂·清庙》，作《显宗颂》十篇，但《显宗颂》现在不传。他跟班固、崔骃，都为窦宪宾客，当时窦宪府中，文章称盛，就因为有他们三人的缘故。

前汉有齐名的枚、马，东汉有并称的班、张。但枚、马只工辞赋，而班、张却都是辞赋家而兼长历史的。张衡在安帝时，曾屡次上书，求准他补改班固《汉书》，不蒙采纳；然而看他底持论，史识却有胜于班固的地方。衡字平子，南阳西鄂人，安帝时召拜郎中，迁为太史令；顺帝时出为河间相，后来召拜尚书，卒于永和四年。他曾拒绝大将军邓骘底辟召，是他底气节高出于他人处。他又不信图纬，指为虚妄，上疏力诤，又足见他底卓识高出于汉代诸儒。他又兼长天文历算机巧之学：曾作《历议》《浑仪》《灵宪》《算罔论》，以明天文历算；又作浑天仪以明天象，候风地动仪以候地动，而地动仪尤为精妙。所以他实在又是当时的一个大科学家。崔瑗说他"数术穷天地，制作侔造化"，在当时真不是溢美之谈。不过他在辞赋方面，却又难免模仿。《两京赋》模仿班固底《两都》，《南都赋》模仿扬雄底《蜀都》，《思玄赋》模仿班固底《幽通》，《七辩》模仿枚乘底《七发》，《应闲》模仿东方朔底《答客难》，这大约因为那时候辞赋家习惯如此的缘故。至于其余《温泉赋》等篇，现在所传，都已残缺；而《周天大象赋》，又是唐李播所作，而误题他底姓名的。总之他底辞赋，虽有盛名，我以为还不及他底诗歌。

同时有李尤、崔瑗、马融：李尤略先；而崔瑗、马融，是跟张衡相友好的。李尤，字伯仁，广汉雒人，和帝时，侍中贾逵荐他有相如、扬雄之风，被召到东观，受诏作赋，拜兰台令史。安帝时为谏议大夫，帝废太子为济阴王，尤曾上书谏诤，顺帝既立，迁为乐安相。他底作品，以铭为最多，有《函谷关铭》等八十多篇，大抵从扬雄《百官箴》、班固《十八侯铭》而出。《后汉书·文苑传》说他曾作《七叹》，现在不传，只有不全的《七款》，或许"款"字就是"叹"字之误。至于赋，存者只有《函谷关赋》等五篇，但都非全豹，而且跟相如、扬雄比较，也觉得相差很远，不知贾逵当时何以有这话。

崔瑗是崔骃底儿子，作品不传。他颇有清操直节，曾为汲令，迁济北相。

马融是以经学大师而兼辞赋家的，涿郡卢植、北海郑玄都是他底门下弟子。但是他底节操，却被热中所误，出入于邓氏、梁氏之门，为梁冀作《诬奏太尉李固书》，又作《大将军西第颂》，既为正直所羞，而仍不免被抑于邓氏，被辱于梁氏。东汉辞赋家中，要算他最没有气节了。融字季长，扶风茂陵人，曾从京兆挚恂游学，博通经籍。安帝永初二年，大将军邓骘召他为舍人，辞不应命；后来因为饥困的缘故，懊悔起来，又去应邓骘底辟召，拜为校书郎中，在东观典校秘书。元初二年，他以为文武之道不可偏废，上《广成颂》以讽谏，因此忤了邓氏，十年不得调，托故自劾而归。邓太后以为他羞薄诏除，下令禁锢他。安帝亲政后，召还郎署，又出为河间王厩长史，因上《东巡颂》，召拜郎中，后来经大将军梁商表为从事中郎，转武都太守；桓帝时又为南郡太守，因为忤了大将军梁冀意旨，令有司奏他在郡贪浊，有诏免官，髡徙朔方，自杀不死。得赦放还，又拜议郎。他因为当初为邓氏所抑，不敢违忤势家，所以有为梁冀草奏李固和作《西第颂》的事情，但是终不免为梁冀所陷，真可谓患得患失的鄙夫了！他底作品，完全存在的，有《长笛赋》一篇；其余《围棋赋》《樗蒲赋》《琴赋》《广成颂》《东巡颂》，大约都不全了。他底《广成颂》，文辞富丽，意在炫露才华，竟为邓氏所怒；《东巡颂》较为古质，却被安帝所赏：可见文章底遇合，非可逆料了。

又有崔琦，是崔瑗底族人，曾举孝廉为郎。梁冀听说他有文才，请与交好。冀行为不法，琦屡次引述古今成败之迹，去劝戒他，冀不能受；乃作《外戚箴》一篇，以危言动冀，冀又不从；遂作《白鹄赋》一篇以为讽谏，冀终不悟，而且恨他，终于把他捕杀了：所以他也是一个有节操的人。

安帝时有南郡宜城人王逸，字叔师；元初中举上计吏，为校书郎；顺帝时为侍中。他曾结集《楚辞》，编为《楚辞章句》，而把自己所作的模仿《九章》的《九思》，附在后面。其余《机赋》《荔支赋》，现在都不全了；而所作《汉诗》百二十三篇，也不曾传下来。他底儿子延寿，字文考，曾作《鲁灵光殿赋》，为蔡邕所奇。又有《梦赋》《王孙赋》两篇，但《王孙赋》是不全的。

又有赵壹，字元叔，汉阳西县人；恃才倨傲，为乡党所摈，曾作《解摈》一篇。后来屡次犯罪几死，为友人所救，乃作《穷鸟赋》以示感激，作《刺世疾邪赋》以舒怨愤。他底赋体，跟西京以来的赋体不很相同；有人说它是辞赋之靡，但我们也可说它没有因袭模仿的陋习。当时因为他狂傲异于流俗，司徒袁逢、河南尹羊陟、弘农太守皇甫规都很推重他；名动京师，士大夫都想望他底风采，州郡争致礼命，公府十次辟召，但是他都不就，终于郡计吏。现在把他底《刺世疾邪赋》录在下面，以见赋体变迁底一斑。

> 伊五帝之不同礼，三王亦又不同乐；数极自然，变化非是，故相反驳。德政不能救世溷乱，赏罚岂足惩时清浊？春秋时祸败之始，战国愈增其茶毒；秦汉无以相逾越，乃更加其怨酷：宁计生民之命，唯利己而自足。于兹迄今，情伪万方；佞谄日炽，刚克消亡；舐痔结

驷，正色徒行；姁媮名世，抚拍豪强；偃蹇反俗，立致咎殃；捷慑逐物，日富月昌；浑然同感，孰温孰凉？邪夫显进，直士幽藏。原斯瘼之攸兴，实执政之匪贤；女谒掩其视听兮，近习秉其威权；所好则钻皮出其毛羽，所恶则洗垢求其瘢痕；虽欲竭诚而尽忠，路绝险而靡缘；九重既不可启，又群吠之狺狺；安危亡于旦夕，肆嗜欲于目前；奚异涉海之失柂，积薪而待燃？荣纳由于闪榆，孰知辨其蚩妍？故法禁屈挠于势族，恩泽不逮于单门；宁饥寒于尧舜之荒岁兮，不饱暖于当今之丰年；乘理虽死而非亡，违义虽生而匪存。有秦客者，乃为诗曰："河清不可俟，人命不可延；顺风激靡草，富贵者称贤；文籍虽满腹，不如一囊钱；伊优北堂上，抗脏倚门边！"鲁生闻此辞，系而作歌曰："势家多所宜，咳唾自成珠；被褐怀金玉，兰蕙化为刍；贤者虽独悟，所困在群愚；且各守尔分，勿复空驰驱！哀哉复哀哉，此是命矣夫！"

——《刺世疾邪赋》（例一百十四）

他底狂傲，他底愤世疾俗，都可从这篇赋里看出来；而当时政治底混乱，官僚底腐败，人情底势利，风俗底败坏，也于此可见一斑。我觉得与其读那些歌功颂德的赋千百篇，倒不如读这种愤世疾俗的赋一篇，反能观察一点那时候国家社会底真相哩！

扬雄为前汉辞赋家底殿军，而为东汉辞赋家底殿军的，却是蔡邕。蔡邕，字伯喈，陈留圉人。他爱好辞章、数术、天文，而且擅长音律。桓帝时，中常侍徐璜、左悺等，听说他善于鼓琴，敕陈留太守督促发遣，他不得已，行到偃师，托病而归。灵帝建

97

宁三年，为司徒桥玄所辟召，很被桥玄所敬。后来出补河平长，召拜郎中，校书东观，迁为议郎。光和间，被中常侍曹节等诬陷下狱，赖中常侍吕强力救，减死一等，髡钳徙朔方，被赦放还。又因触忤五原太守王智，密告他谤讪朝廷，遂亡命江海，远遁于吴会间。灵帝既崩，董卓为司空，迫他就辟，补侍御史，转侍书御史，迁尚书，三日之间，周历三台；又迁巴郡太守，留为侍中。献帝初年，拜中郎将，封高阳侯。后来董卓被司徒王允所诛，他在王允坐中，说及董卓，不觉叹息，有动于色，王允疑他左袒董卓，将他下狱治罪。同时士大夫都竭力营救，王允不听；后来王允虽然悔悟，但他已经死在狱里了。他是一个辞赋家而兼经术家、历史家的，而尤长于历史。他校书东观的时候，曾和堂溪、杨赐、马日磾、张驯、韩说、单飏等奏准正定六经文字，刻为石经；又曾于灵帝时根据经术，指陈政要：这是他经术底表现。在东观时，曾和卢植、韩说等，撰补《后汉纪》；被髡徙后，奏上他所著《汉书·十志》，因此得赦。最后下狱治罪，又陈辞于王允，要求准他不死，情愿黥首刖足，继成汉史。当时太尉马日磾对王允说：“伯喈旷代逸才，多识汉事，当使续成后史，为一代大典；且忠孝素著，而所坐无名，诛之，无乃失人望乎？”他死后，北海郑玄叹道：“汉世之事，谁与正之？”从这两人底话里，可见他在历史方面的价值了。但是他历史底著作，都湮没不存，所存的只有用辞赋之笔所作的各种碑铭。碑铭底体裁，虽然非蔡邕所创，但是汉代各辞赋家中，只有他底文集里始多存碑铭文字；而他底作品，也以碑铭为特长。其余赋颂，除因拒绝徐璜、左悺等鼓琴底敕召而作的《述行赋》和《祖德颂》等以外，大都不全了。至于《释诲》模仿扬雄《解嘲》，《广连珠》模仿扬雄《连珠》，又都是模拟的作品。刘勰说"蔡邕铭思，独冠古今"，又说"后汉以来，碑碣云起，才锋所断，莫高蔡邕"，可见他是以碑铭名家，可以说是历史的辞赋家了。

后世诽议蔡邕的，对于他嗟叹董卓底诛死，倒还宽恕他；对于表荐董卓的事，却攻击得很利害。但是这篇表究竟是他所作与否，还是一个疑问；而且他曾经屡次规谏董卓，后来知道他"性刚而遂非，终难济也"，想要东奔兖州，可见他并非十分阿媚董卓的了。

跟蔡邕同时而为蔡邕所敬的，有一个边让，字文礼，陈留浚仪人，曾作《章华赋》一篇，假托伍举讽楚灵王的话，以讽当代，是一篇托古的作品。因此可见那时候的辞赋家，原有托古的作法，而宋玉《赋》十篇，也就是这一类的作品了。

后于蔡邕而以《鹦鹉赋》得名的祢衡，可算是汉代辞赋家最后的一人。祢衡，字正平，平原般人，是一个狂士，终因为刚傲的缘故，被曹操逐于刘表，见杀于黄祖。《鹦鹉赋》是在黄祖幕下时所作，范晔说它"辞采甚丽"，赋中颇有感慨身世，托物抒情的话。

纵横家底说辞，本来是一种论辨诱导的文字，所以说动当时七国底君相的。但那时候因为七国并列，互争雄长，一班君相还都肯招贤纳士，虚心下气，采纳那些说辞，所以纵横家虽然也讲究心理底揣摩，有时候用那些具体的譬喻法去感动他们，而慷慨激昂、直陈利害的话，还是很多。秦始皇灭六国以后，厉行专制，君主底架子摆得十足，一言不合就要杀人。那些纵横家，一则因为并列的国家已亡，没有用武之地；二则因为被杀怕了，所以只好不说，或另换一种隐讽的方法来说，甚至只说些献媚的话。于是有颂始皇威德的周青臣之流，又有以滑稽隐讽始皇二世的优旃之流。汉代继承秦代底专制，纵横家自然也因袭了秦代隐讽或献媚的遗习，而形式上又采取了骚赋的体裁；于是纵横家变而为辞赋家，辞赋也含有隐讽和献媚的两种，而慷慨激昂、直陈利害的作品很少。不过赋底本义本是敷陈，而《离骚》又原属抒情的作品，所以流风所被，用辞赋来叙事抒情的，也间或还有罢了。

汉代的文学作品，虽然以辞赋为大宗，但差不多都是些庙堂文学、贵族文学的作品。如果要找得些草野文学、平民文学的作品，却不能不向乐府和五七言的诗篇中去找。乐府中如《郊祀歌》十九首，《灵芝歌》一首，《武德舞歌诗》一首，《安世房中歌》十七首等，都是模仿《毛诗》三《颂》、《楚辞·九歌》的；如高帝《大风歌》《楚歌》，赵幽王《饿死歌》，武帝《秋风辞》《瓠子歌》《李夫人歌》，昭帝《黄鹄歌》《淋池歌》，灵帝《招商歌》等，也都是《楚辞》底嫡派。这些自然也都是贵族文学的作品；但除这些以外，有许多却都是草野文学、平民文学了。这因为武帝所立的乐府，也跟周代采诗的太史相类，是兼采代、赵之讴，秦、楚之风一类的歌谣，而配以乐曲的；所以像《铙歌》十八首，虽然为庙堂上的贵族所用，而其中多数是民间的抒情诗。例如《战城南》是骑士苦战的喊声，《巫山高》是游客思归的悲叹，《上陵》是祷祝长生的神话，《君马黄》是思慕美人的恋歌，《芳树》《有所思》都是失恋者底怨词，而《上邪》一篇更明明是两性间贞操不变的誓言。只有《上之回》《圣人出》《临高台》《远如期》等篇，是颂祝帝王的，但大约也是民间的颂词。其中有几篇多有讹误缺佚，差不多不可句读；但有些也许是那时候的方言俗语，而又夹杂着"收中吾"（见《临高台》）、"妃呼稀"（见《有所思》）等写声的文字，所以格外难懂了。只看《芳树》篇有"妒人之子愁杀人"的话，这"愁杀人"便是古代俗语而现代还通用着的。从这含有方言俗语的一点上，便可知道它是采自民间的草野文学、平民文学了。现在把乐府中的庙堂文学、贵族文学和草野文学、平民文学，各举数例，以作对比如下。

帝临中坛，四方承宇；绳绳意变，备得其所；清和六合，制数以五；海内安宁，兴文匽武。后土富媪，昭明三光；穆穆优游，嘉服上黄。

——汉《郊祀歌·帝临》（例一百十五）

齐房产草，九茎连叶；宫童效异，披图案谍。玄气之精，回复此都；蔓蔓日茂，芝成灵华。

——汉《郊祀歌·齐房》（例一百十六）

秋风起兮白云飞，草木黄落兮雁南归。兰有秀兮菊有芳，怀佳人兮不能忘。泛楼船兮济汾河，横中流兮扬素波，箫鼓鸣兮发棹歌；欢乐极兮哀情多，少壮几时兮奈老何！

——汉武帝《秋风辞》（例一百十七）

秋素景兮泛洪波，挥纤手兮折芰荷，凉风凄凄扬棹歌，云光开曙月低河，万岁为乐岂云多！

——汉昭帝《淋池歌》（例一百十八）

日出东南隅，照我秦氏楼；秦氏有好女，自名为罗敷。罗敷喜蚕桑，采桑城南隅；青丝为笼系，桂枝为笼钩；头上倭堕髻，耳中明月珠；缃绮为下裙，紫绮为上襦。行者见罗敷，下担捋髭须；少年见罗敷，脱帽著帩头；耕者忘其犁，锄者忘其锄；来归相怨怒，但坐观罗敷。使君从南来，五马立踟蹰；使君遣吏往，问是谁家姝？"秦氏有好女，自名为罗敷。""罗敷年几何？""二十尚不足，十五颇有余。"使君谢罗敷："宁可共载不？"罗敷前致辞："使君一何愚！使君自有妇，罗敷自有夫。东方千余骑，夫婿居上头。何用识夫婿？白马从骊驹：青丝系马尾，黄金络马头。腰中鹿卢剑，可值千万余。十五府小史，二十朝大夫，三十侍中郎，四十专城居。为人洁白皙，鬑鬑颇有须；盈盈公府步，冉冉府中趋。坐中数千人，皆言夫婿殊！"

——汉古辞《陌上桑》（例一百十九）

天上何所有？历历种白榆；桂树夹道生，青龙对道隅；凤皇鸣啾啾，一母将九雏；顾视人间人，为乐甚独殊！

好妇出迎客，颜色正敷愉；伸腰再拜跪，问客"平安不"？请客北堂上，坐客毡氍毹；清白各异樽，酒上正华疏；酌酒持与客，客言"主人持"！却略再拜跪，然后持一杯。谈笑未及竟，左顾敕中厨；促令办粗饭，慎莫使稽留！

废礼送客出，盈盈府中趋；送客亦不远，足不过门枢。取妇得如此，齐姜亦不如！健妇持门户，亦胜一丈夫！

　　　　　　——汉古辞《陇西行》（例一百二十）

　　妇病连年累岁，传呼丈人前一言。当言未及得言，不知泪下一何翩翩！"属累君两三孤子，莫我儿饥且寒！有过慎莫笪笞！行当折摇，思复念之！"

　　乱曰："抱时无衣，襦复无里；闭门塞牖，舍孤儿到市。道逢亲交，泣坐不能起，从乞求与孤买饵；对交啼泣，泪不可止。我欲不伤悲不能已，探怀中钱持授。交入门，见孤儿啼，索其母抱；徘徊空舍中，行复尔耳，弃置勿复道！"

　　　　　　——汉古辞《妇病行》（例一百二十一）

　　孤儿生，孤子遇生命独当苦："父母在时，乘坚车，驾驷马。父母已去，兄嫂令我行贾。南到九江，东到齐与鲁。腊月来归，不敢自言苦：头多虮虱，面目多尘土。大兄言办饭，大嫂言视马。"上高堂行取殿；下堂孤儿泪下如雨："使我朝行汲，暮得水来归；手为错，足下无菲；怆怆履霜，中多蒺藜；拔断蒺藜，肠肉中怆欲悲；泪下渫渫，清涕累累。冬无复襦，夏无单衣。居生不乐，不如早去，下从地下黄泉！春气动，草萌芽；三月蚕桑，六月收瓜；将是瓜车，来到还家。瓜车反覆，助我者少，啖瓜者多。'愿还我蒂！兄与嫂严，独且急归，当兴校计。'"

　　乱曰："里中一何谯谯！愿欲寄尺书，将与地下父母，兄嫂难与久居。"

　　　　　　——汉古辞《孤儿行》（例一百二十二）

103

我们试将以上所引八例，分作四类比看：第一百十五、第一百十六两例为一类，据说是善作高文典册的司马相如等所作，是完全模仿《毛诗》三《颂》的，是最道地的庙堂文学。第一百十七、第一百十八两例为一类，是模仿《楚辞·九歌》的；庙堂色彩虽然已经比较地不很浓厚，而是流连光景、发抒怀抱的抒情诗，但毕竟是贵族文学。第一百十九、第一百二十两例为一类，用些通俗的话，描写两个天真烂漫、落落大方的女性，前者使我们于委宛中看出她底决绝来，后者使我们于刚健中看出她底婀娜来；但是它还用从《毛诗》产出的五言的型式，所以还是那时候的文士所作，还有被外形律所拘束的地方。第一百二十一、第一百二十二两例为一类，是用音数参差无定的长短停，如果再去掉同韵相协的韵底反复，便完全是两篇散文的抒情诗；而所写的悲痛的情感，因为所用的是那时候的语言，所以使我们觉得非常朴实而真挚；这确是道地的草野文学、平民文学了。从这四类底比较，很可以看出汉代文学上的阶级来。

汉代乐府中，还有一篇最有价值的叙事诗，就是《孔雀东南飞》一篇。它所叙的是汉末建安年间庐江府小吏焦仲卿妻刘兰芝，被恶姑所逐，立誓不嫁，母亲和兄长逼她改嫁，于是投江而死，仲卿也因此吊死的悲剧。全诗共三百五十三句，一千七百六十五字，要算二千年来最长的一首写实的叙事诗。有人说它就是后世弹词底元祖，却也可以说得。它虽然也用整齐的五音数，而其中所写的都是那时候家庭、社会、婚姻、礼俗底实况，所用的差不多都是那时候的语言，所以到现在还是光景常新，价值不变。二千年来，除金代董解元底《弦索西厢》略可跟它比拟外，颇难找出有同等价值的作品。这不但可说是汉代草野文学、平民文学作品中最伟大的杰作，也可说是中国文学史上最伟大的杰作了。

至于所传蔡琰底《胡笳十八拍》，也是一首一千二百余字的长抒情诗，跟《乌孙公主歌》《李陵歌》是一类的作品。但其中所用的格调，颇有不像汉代人的；跟她底《幽愤诗》第二篇，也不相类。例如：

城头烽火不曾灭，疆场征战何时歇？杀气朝朝冲塞门，胡笳夜夜吹边月。（第十拍）

胡笳本自出胡中，绿琴翻出音律同。（第十八拍）

这简直是唐人的格调了。试看唐刘商《胡笳曲序》（刘商有拟《胡笳十八拍》）说：

胡人思慕文姬，乃卷芦叶为吹笳，奏哀怨之音。后董生以琴写胡笳声为十八拍，今之《胡笳弄》是也。

又《蔡琰别传》说：

汉末大乱，琰为胡骑所获，在右贤王部伍中，春月登胡殿，感笳之音，作诗言志曰："胡笳动兮边乌鸣，孤雁归兮声嘤嘤。"（见《悲愤诗》第二篇中）

又唐李颀有《听董大弹胡笳兼寄语弄房给事》（唐董庭兰善鼓琴，为房琯门客；天宝五载，琯摄给事中）诗。唐李肇《国史补》说：

唐有董庭兰，善沈声祝声，盖大小胡笳云。

据《蔡琰别传》所说，文姬原诗，本不跟现在所传的相同。刘商所说的董生，也许就是董庭兰；那么，明明是唐人托古的作品了。有人说，文姬归汉以后，重嫁陈留董祀，刘商所说，也许是指董祀而言。但诗底格调不类汉人，更不类她底《幽愤诗》第二篇，毕竟是一个大漏洞；也许写箫声为琴声的是董祀，而蔡琰原作曲辞不传，现在所传的是唐人所补，所以我们不敢相信这篇诗是汉代的文学作品。

四音数的诗格，《毛诗》中已经达到完备的一境，而入于穷途了。穷则必变，所以汉代虽然也还有韦孟《讽谏诗》等少数的四言诗，但毕竟寥寥无几，其势不能不变而为五言了。五言诗相传起于苏武、李陵；但是《古诗十九首》中，《西北有高楼》等八首，和古诗《兰若生春阳》一首，梁代徐陵底《玉台新咏》中，题作枚乘《杂诗》，跟同时齐昭明太子萧统底《文选》所载不同，那么，五言诗底首唱，似乎又不能属于苏李了。并且现传的苏李五言诗，还有人疑它是后人伪托的。不过这两个问题，在现在已经是勘不破的疑案。历来选本，既大多数都从萧说而不从徐说；而梁代钟嵘《诗品》，于古诗以后，就列汉都尉李陵为汉代第一家，以第二家汉婕妤班姬底《怨歌行》为"其源出于李陵"，上卷《自序》中又说：

> ……汉李陵始著五言之目矣。……自王、扬、枚、马之徒，词赋竞爽，而吟咏靡闻。从李都尉迄班婕妤，将百年间，有妇人焉，一人而已。

那么，他也以为五言诗始于李陵；而且得此旁证，可见即使现传的《与苏武诗》三首非李陵所作，而大约李陵确曾作过五言诗了。所以我们即使退一步而不承认苏李是五言诗底元祖，除《玉台新咏》以外，却也没法再找得确据，去推戴枚乘，给他上五言诗元祖的徽号；而且也没法证明苏李不曾作过五言诗。

《古诗十九首》，是《毛诗》以后无名诗人作品底总汇。钟嵘《诗品》说它源出于《国风》，足见它是上承《毛诗》底正统的。《诗品》所称，有四十五首；而现在连十九首以外称为古诗的总计起来，也不满四十五首，可知又有散失了。但其中如《驱车上东门》和《冉冉孤生竹》两篇，宋郭茂倩《乐府诗集》又指为《杂曲歌辞》，那么，大约当时这两篇又曾采入乐府，配合乐谱了。这十九篇中如《行行重行行》《青青河畔草》《涉江采芙蓉》《庭中有奇树》《迢迢牵牛星》《客从远方来》等篇，我们觉得它确是源出《国风》，而又觉得它跟《国风》不同，另有一种异样的精采。大约这种精采，确是四言的格调里面所显不出的；所以从四言变到五言，是诗篇底一种进化。

此外还有古诗若干首，有有作者姓名的，有没有作者姓名的，其中跟《古诗十九首》有同等的精采的或更精采的颇多。现在略举数篇如下。

> 翩翩堂前燕，冬藏夏来见；兄弟两三人，流宕在他县。故衣谁当补，新衣谁当绽？赖得贤主人，揽取为吾绽。夫婿从门来，斜倚西北眄。语卿"且勿眄，水清石自见"！石见何累累，远行不如归！
>
> ——无名氏《艳歌行》（例一百二十三）

> 上山采蘼芜，下山逢故夫；长跪问故夫："新人复何如？""新人虽言好，未若故人姝；颜色虽云好，手爪不相如。新人从门入，故人从阁去；新人工织缣，故人工织素。织缣日一匹，织素五丈余；将缣来比素，新人不如故！"
>
> ——无名氏《古诗》（例一百二十四）

> 十五从军征，八十始得归，道逢乡里人："家中有阿谁？""遥望是君家，松柏冢累累。"兔从狗窦入，

雉从梁上飞；中庭生旅穀，井上生旅葵。烹穀持作饭，
采葵持作羹；羹饭一时熟，不知贻阿谁。出门东向望，
泪落沾我衣。

——无名氏《古诗》（例一百二十五）

昔有霍家奴，姓冯名子都；依倚将军势，调笑酒家
胡。胡姬年十五，春日独当垆；长裾连理带，广袖合欢
襦；头上蓝田玉，耳后大秦珠；两鬟何窈窕，一世良所
无；一鬟五百万，两鬟千万余。不意金吾子，娉婷过我
庐；银鞍何煜爚，翠盖空踟蹰。就我求清酒，丝绳提玉
壶；就我求珍肴，金盘脍鲤鱼；遗我青铜镜，结我红罗
襦。不惜红罗裂，何论轻贱躯！男儿爱后妇，女子重前
夫；人生有新故，贵贱不相逾；多谢金吾子，私爱徒区
区！

——辛延年《羽林郎》（例一百二十六）

第一百二十三例（这虽是《乐府诗集》中《相和歌辞·瑟调
曲》之一，但那时候的乐府，本有制诗协乐和采诗入乐的两种。
前者如《郊祀歌》等，作诗的时候，同时配合乐谱，本为乐府而
作，是道地的乐府，跟《毛诗》底三《颂》一样；后者如《铙
歌》及其余歌行等，本是民间流传的诗篇，被采入乐府而配以乐
谱的，跟《毛诗》底《国风》一样，所以后者仍可看作古诗）
写一旅客在逆旅中请主妇缝补衣服，主人回来看见了，疑他们
有苟且的行为，而旅客自白之后，忽动归思，写得情景逼真；
而旅客底苦况，也异常透澈，使人读了，也要作"不如归"的
慨叹。第一百二十四例写一弃妇从山上下来，碰到故夫，匆匆
间一问一答，把故夫从前弃旧怜新的背景，现在又眷恋故人的转

念，都给表现出来，弃妇自身不露一丝一毫的哀怨，而哀怨自在言外，真是精采极了，可以说是用极经济的文学手段写成的一篇有外形律的短篇小说。第一百二十五例写一久于兵役的老军人归家而已无家可归的凄凉状况，把那时候穷兵黩武、战祸遍地的背景，老兵久戍、家破人亡的惨象，写得淋漓尽致，非常痛切；后来一切非战的文学作品，要推它为巨擘了。第一百二十六例跟前引《陌上桑》相类，但写得更决绝；而"男儿爱后妇，女子重前夫"两停，不但表现女性贞操，而且包含着多少古代男女问题的感慨。这四例都是抒情的叙事诗，其中以第一百二十四例和第一百二十五例为最精采，也是四言的格调中所不能有的。其余如蔡琰底《悲愤诗》第一篇，是一篇较长的叙事的抒情诗，也很切挚动人。它跟《孔雀东南飞》都出现于汉末，足见五言诗底进步，到这时候，正向长的方面发展了。但它底价值，却没有《孔雀东南飞》那么大。至于如：

枯鱼过河泣，何时悔复及！作书与鲂鲤，相教慎出入！

——无名氏《枯鱼过河泣》（例一百二十七）

稿砧今何在？山上复有山；何当大刀头，破镜飞上天！

日暮秋云阴，江水深且深；何用通音信？莲花玳瑁簪。

南山一树桂，上有双鸳央；千年长交颈，欢庆不相忘。

——无名氏《古歌》（例一百二十八）

却又构成短的型式，跟六朝时的《子夜歌》差不多，而为后来五言绝句底祖先了。

武帝时《柏梁台诗》，是七言诗底权舆，也是联句底肇始。但当时每人硬凑一停，仿佛自背履历、自述脚色，有些非常拙劣，而且意义并不十分联贯，简直不好算诗。此外纯粹的七言诗并不多见，只有张衡底《四愁诗》是兼学《楚辞》和《毛诗》的七言诗。至于蔡琰底《悲愤诗》第二篇，更是全仿《楚辞》的。所以七言诗在汉代，实在不过是略具雏形罢了。

四言诗作者不多，好的更少；而那些庙堂文学、贵族文学的四言诗，尤其糟得很。要举几个较好的例，还须从草野文学、平民文学中去找。例如：

> 公无渡河！公竟渡河！堕河而死，当奈公何！
> ——无名氏《箜篌引》（例一百二十九）

> 陇头流水，流离四下；念我行役，飘然旷野；登高望远，涕零双堕。

> 陇头流水，鸣声幽咽；遥望秦川，肝肠断绝。
> ——无名氏《陇头歌》（例一百三十）

这些都是很好的。试问跟那：

> 王侯秉德，其邻翼翼，显明昭式；清明鬯矣，皇帝孝德；竟全大功，抚安四极。
> ——唐山夫人《安世房中歌》（例一百三十一）

之类比较起来，究竟哪一种能感动我们呢？

还有一篇特别的诗，就是苏伯玉妻底《盘中诗》。它底音数，多数是三音的，而后半杂有几个七音停，并且于篇末用"当从中央周四角"一停，说明读法。相传是伯玉出使在蜀，久不回家，他底妻子作诗寄夫，写在盘中，屈曲成文，从中央以周四角，含宛转回环的意思。伯玉看了以后，就感悟而回来了。这篇诗虽然不是回文，写的形式却为后来苏蕙回文诗底先导。

大约汉代古诗，虽然有些都是文士阶级的作品，所用的都是文言；而除《郊祀歌》和《安世房中歌》等以外，毕竟跟高文典册式的辞赋不同，说它文字上带些贵族气则可，而终不能算是庙堂文学。至于其中用那时候的方言俗语所做的，自然更不能说是庙堂文学、贵族文学了。

原来中国底文言文，二千年来，在中国文学界里，独占着正统的位置，压住了时时昂头而起的语体文，使它虽然有时候也能分得尺疆寸土，作个附庸小国，而毕竟不许它对于文言文独占的宝座稍有摇撼。它底势力，究竟如何养成？它底威权，究竟谁给它弄得如此巩固的呢？那么，我们不能不认汉代是一个大关键了。在汉代以前，当周代、春秋、战国的时候，因为地域民族底不同，各国底方言已经有不能统一的趋势。试看《左传》说"楚人谓乳、榖（案《说文解字·子部》作瀫），谓虎、於菟"；《榖梁传》说"吴谓善、伊，谓稻、缓（案《说文解字·禾部》，'沛国谓稻曰稴'，段玉裁说稴即缓，古音缓也读暖）"，又"狄人谓贲泉，矢胎（案矢胎今作失台，从段玉裁校正）"：足见春秋时候各国方言不同的一斑。又如《韩非子》说"郑人谓玉未理者璞，周人谓鼠未腊者璞"；而孟轲称楚人为南蛮鴃舌之人，并且曾设为楚大夫欲其子齐语，与其使一齐人传之，不如引而置之庄岳之间的譬喻：又足见战国时候各国方言不同的一斑。然而我们试把《毛诗》中十五国风底用语来相比较，还觉不出有什么大不同的地方；又把《楚辞》来跟十五国风相比较，虽然《楚辞》中间或有夹杂着楚国方言（如"扈江离与辟芷兮"以扈为被之类）的地方，但也还觉不出有什么大不同的地方；而且《楚辞》中所用的韵，跟十五国风中所用的韵，也是大致相同：可见那时候各国方言虽有不同，而毕竟仗着周代"书同文"的制度，把纸面上统一的局面维持住了。虽然维持住了，但是文言跟语体分离的罅隙，也毕竟于此见端了。所以秦始皇混一六国以后，有"同文书"的必要。当时所谓"同书文字"（《琅邪刻石》）、"同文书"（《李斯传》）、"书同文字"（《秦始皇本纪》），不但是厉行字体上的统一，大约同时也厉行文体上的统一。这种政策，就是不从口头上去统一语言，而只从纸面上统一文字。汉代继承了秦代混一的帝业，自然也沿袭了这种政策。试看《史记》里面虽然有时候因为描写人物要使他口吻毕肖的缘故，保存着几句方言，如《陈涉世家》中陈涉乡人所说"夥颐（案这夥字就是《说文解字·无部》底㸌字。《无部》㸌字下说：'㸌，㗅恶惊词也；从无，咼声，读若楚人名多夥。'所以夥是惊词，颐是助声之词。《史记》因楚人谓多为夥，所以以多释夥，实有不合)，涉之为王沈沈者"之类；但如高祖《大风歌》，大约因为用楚声所歌，原文是用三个侯字的，所以也称为《三侯之章》，而《高祖本纪》中，也改去方言而用三个兮字了。这改侯为兮，就是实行文体统一政策的一证。当时武帝下了一道令礼官劝学讲议洽闻举遗兴礼的诏书；而丞相公孙弘给学官虑到出路底郁滞，于是奏道：

> ……古者政教未洽，不备其礼，请因旧官而兴焉。
> 为博士官置弟子五十人，复其身。太常择民年十八已上，仪状端正者，补博士弟子。郡国县道邑有好文学、敬长上、肃政教、顺乡里、出入不悖所闻者，令相长丞

上属所二千石；二千石谨察可者，当与计偕诣太常，得受业如弟子。一岁，皆辄试，能通一艺以上，补文学掌故缺；其高第可以为郎中者，太常籍奏；即有秀才异等，辄以名闻；其不事学，若下材，及不能通一艺，辄罢之，而请诸不称者罚。臣谨案诏书律令下者，明天人分际，通古今之义，文章尔雅，训辞深厚，恩施甚美；小吏浅闻，不能究宣，无以明布谕下。以治礼掌故，以文学礼义为官，迁留滞，请选择其秩比二百石以上及吏百石，通一艺以上，补左右内史，大行卒史；比百石以上，补郡太守卒史，皆各二人，边郡一人。先用诵多者。若不足，乃择掌故补中二千石属；文学掌故补郡属，备员。请著功令！它如律令。

——《史记》《汉书》《儒林传》参引

他底用意，是一面愁学官底出路郁滞；一面看到文章尔雅、训辞深厚的诏书律令，不但一般的人民不能懂得，而且郡国小吏也不能明白：都不是一种好现象。所以主张一面添置博士官底受业弟子，免掉他底徭役，读书一年，加以考试，考取的得补文学掌故的缺，优等的并且可以补郎中的缺；一面把那些文学掌故选择一番，以内史、卒史、属等官补用，使文学之士既有出路，而又散布在州郡之间，成为懂得文章尔雅、训辞深厚的诏书律令的小吏。这种办法，实在是后来科举制度底嚆矢。但那时候还仿佛先开了学校，招生肄业，经过毕业考试以后，才给他们一个出身。到了后来，便变了科举制度。政府连学校也不必开，只消下一道命令，立一种读文言书，做文言文可以应考，可以取得出身而做官的科举程式，一班热心于功名富贵的人们，自然会设起私塾来，请了教师，教子弟们读应举的文言书，做应举的文言文。自从这个制度一行，二千年来，就把文言文底势力给养成了，文言文底威权给巩固了。这在当时，因为受了中国文字非拼音而不能用来作统一语言的工具的障碍，所以只能抛却语言不管，而用那文言来作那统一的工夫，也是不得已的一种办法。然而语体文毕竟被它压住了二千年了。直到最近，科举废了，语体文才能正式地大张旗鼓作力争正统的运动。并且因为抛却语言不管，所以那时候的方言异常纷歧，只让它凭仗着交通底力量，去慢慢地自然变成几种"通语""凡语"。只消看成帝时的扬雄，从"天下上计孝廉，及内郡卫卒会者"底口头，访问得许多各地的异语，而做成十三卷《方言》，便可见那时候方言底纷歧了。不过《方言》中常常说起"通语"——某地某地之间通语，或四方之通语——或"通言"，或"通名"，或"凡语"，而第一卷第十二条有"……皆古今语也，初别国不相往来之言也，今或同"的话，第十三条又有"……皆古雅之别语也，今则或同"的话，可见其初别国不相往来之言，和古雅之别语，那时候也有因为交通渐繁而成为"通语"的趋势。但是这究竟是很少数的一部分；他所谓"通语""通言""通名""凡语"等，在全部《方言》中，真是算不了什么。所以现在二千年后的我们，还吃着语言不统一的亏，而直到现在，才做那国语统一的运动。（这段参采胡适之先生《国语文学史》第一章的意见）

　　《汉书·艺文志》载小说十五家，千三百八十篇，其中有许多大约是汉代人托古的著作。但这些著作，到隋代已经完全亡佚了；究竟是否现代的所谓小说，有没有文学上的位置，现代也无从考见了。至于现代所传汉人小说，如《神异经》一卷，《十洲记》一卷，《汉武帝故事》一卷，《汉武帝内传》一卷，《汉武洞冥记》四卷，《西京杂记》六卷，《飞燕外传》一卷，《杂事秘辛》一卷，这些实在都是后人伪托的作品。不过其中除《杂事秘辛》出于明代杨慎之手外，其余大约是六朝时人所作。所以虽不是汉人所作，总是第三期中的作品。

《山海经》一书，清代毕沅以为自《大荒东经》以下五篇是汉代刘秀所增，其实，也许大部分是汉代方士所伪托。所以这部书中所记的神怪，倒可以认为汉代的神话了。其中所记关于西王母的神话，如：

> 玉山，是西王母所居也。豹尾虎齿而善啸，蓬发戴胜，是司天之厉及五残。
>
> ——《西山经》（例一百三十二）

> 西王母梯几而戴胜杖，其南有青鸟，为西王母取食，在昆仑墟北。
>
> ——《海内北经》（例一百三十三）

> 有人戴胜虎齿，有豹尾，穴处，名曰西王母。
>
> ——《大荒西经》（例一百三十四）

这所谓西王母，已从《穆天子传》中不说起有什么异相，而能作歌谣，能再拜而受穆天子底礼物，能跟穆天子宴会，大约是一个西方酋长的西王母，而变成奇形怪状的神道了，不过还没有变成《汉武帝故事》和《汉武帝内传》所称的：

> ……乘紫车，玉女夹驭；戴七胜；青气如云；有二青鸟，夹侍母傍。
>
> ——《汉武帝故事》（例一百三十五）

> ……乘紫云之辇，驾九色斑龙，……著黄金褡襦，

> 文采鲜明，光仪淑穆，带灵飞大绶，腰佩分景之剑，头
> 上太华髻，戴太真晨婴之冠，履玄璃凤文之舄，视之可
> 三十许，修短得中，天姿掩蔼，容颜绝世，真灵人也。
>
> ——《汉武帝内传》（例一百三十六）

的仙母罢了。有人认《山海经》在《穆天子传》以前，所以以为
西王母是由怪神而近于人王的。但与其说由怪神而人王，再由人
王而仙母，不如说由人王而怪神，更由怪神而仙母，他底变化的
历程，比较地衔接一点。

《淮南鸿烈解》是淮南王刘安底幕客所作，其中也包含着好
些神话，所以要研究中国古代神话，这部书也能供给我们以若干
的材料，跟《山海经》差不多。

第五篇　第三期下　三国至隋

　　咱们从第三期前半中，知道辞赋所占的领域最大，而五言诗底领域，不过是一个附庸。到了第三期后半，却是五七言诗和骈体文底领域，差不多是并大了。但是咱们游览底主要着眼点，却要注重于诗。

　　东汉末年，中国就分裂了。这一次的分裂，从汉末到隋初，足足有四百年，是中国历史上最长期的分裂。中间虽然经晋代统一了三十年，但不过是一个极短期的统一；而且东晋时代五胡十六国的大分裂，就伏线于这短期的统一中。所以这三十年的统一，实在是西晋末年和东晋时代一百多年的大分裂底源泉；而统一底效力，不但等于零，而且难免是一个负数。在这长期的分裂中，政治底紊乱，战争底剧烈，社会底黑暗，人民底死亡穷饿、颠沛流离、非常困苦，自然可想而知了。然而于中国文化底提高和普及的事业上，却也不能说没有发扬光大的好处。所以这时期中跟文学有关系的特征，至少有下列两点：

　　（一）新民族的吸收。两汉四百年间，虽然如匈奴、西域、朝鲜、东夷、乌桓、鲜卑、西羌、西南夷、南蛮、南粤、闽粤、交趾等异族的国土，或开为郡县，或收为附庸，声威所播，远达四裔；然而不是战斗的征服，就是和亲的羁縻，不曾做那用中国文化去同化他们的工作。就是扬子江上游，和钱塘江流域、闽江流域、粤江流域，除蜀郡经太守文翁倡教布化，后来颇出了几个有名的文学家，如司马相如、王褒、扬雄等以外，其余还不能有文化提高和普及的现象。这大约因为两汉都城偏于北部，所以不能由政治中心，把文化推行到西南、东南两部。到了三国，便不同了。蜀以成都为政治中心，把文化向西南方面推行；吴以建业为政治中心，把文化向东南方面推行。这两部分工的工作，都能使这两方面的若干异族，渐染了中国文化而渐趋于同化。其中吴底工作，尤其重要。因为它在东南方面，立了一个文化的基础，使后来的东晋和宋、齐、梁、陈，可以把中原文化全部迁移过来；在东南半壁保存着，成一个文化偏安的局面，而不致被五胡异族蹂躏得罄尽。至于五胡十六国，虽然扰乱了中国底西北，跟宋、齐、梁、陈四朝对抗而称为北朝的拓跋魏，虽然占据了中国底中原，然而毕竟都禁不住中国文化底渐染涵濡，后来一齐受了同化，而被融解于汉族中了。所以拓跋魏和北齐、北周的二百年间，在政治上是异族征服汉族的时代，而在文化上却是汉族征服异族的时代。北朝文化，虽然毕竟不及南朝；融解入异族底民族性的文化，虽然毕竟跟纯粹汉族性的文化略有不同；而且因为地域底不同，所承袭的中国古代文化底遗产，也有南北底不同；然而南北两方，总同归于汉族的文化。所以隋代并陈以后，不过三十年间，文化也跟着政治而统一了。这些新民族，既被吸收，而把他们异族底民族性，渗入于汉族底文化里面；于是中国底北方文学就受了影响，而带有异族的色彩。同时，中原一部分的汉族，从北方迁移到南方来，一方面固然把东南半壁的文化提高而且普及了，一方面也受了东南民族旧文化底感染，而于文学上表现了一种新的色彩。

（二）佛教思潮底东渐。佛教于东汉明帝时，早入中国。但当时输入的，只是小乘佛教。并且汉代治术，虽然间或参用黄老，而究以儒术为宗。东汉二百年间，谈政治的大都援引经术，尤其是儒术全盛的时期。所以对于外来的小乘佛教，还觉得格格不相入。当时只准西域人立寺于都邑，汉人并不出家；曹魏时沿袭汉代制度，也是如此；而上流的士大夫，信奉的更是很少。到了汉末，儒术由盛而衰，训诂之学多数穿凿附会，拘牵文义，无补实用。曹操执政，想矫正它底弊窦，于是"掣申商之法术，该韩白之奇策"，以成就他底霸业；而蜀底方面，诸葛亮也以申韩之术佐刘备，以振起刘璋时代懈弛的人心。这些都是晋代老庄思潮风靡一世的先驱者，而晋代底老庄思潮，又为南北朝佛教思潮底领港人。晋室东迁以后，割据北方的五胡中，羯种的石勒、石虎，尊信佛图澄，氐种的苻坚、吕光，羌种的姚兴，迎奉鸠摩罗什，他们都因为本非汉族，不曾有传统的儒术思想，所以很容易接受佛教思潮；而且氐、羌所据，地接西域，更容易就近罗致龟兹沙门。当时鸠摩罗什翻译了许多大乘的经论，又传授了几个有名的门徒，立了北方传播大乘佛教的始基。跟佛图澄、鸠摩罗什同时，而曾被佛图澄所惊异、被鸠摩罗什所敬为东方圣人的道安，分遣他底门徒向南方流布佛教，也树了南方传播大乘佛教的先声。于是南朝的宋、齐两代，使沙门参预政务；梁、陈两代，甚至帝王入寺舍身。北朝的魏，虽然中间拓跋焘（太武帝）曾经毁灭佛法，屠灭沙门，而前有拓跋嗣（明元帝）底封沙门法果为子爵，后有拓跋濬（文成帝）底兴复佛法，拓跋宏、拓跋恪（孝文、宣武两帝）更竭力尊崇，招致西域沙门，广翻经论。其间来从天竺的法性宗（即三论宗，《百论》《中论》《十二门论》，都是鸠摩罗什所译），早经输入；而法相宗（即唯识宗）也于陈代（陈代称摄论宗）传过来了。此外如涅槃、禅、律、净土、地论、天台、华严，俱合大小乘各宗，也都输入的输入，创立的创立，佛教思潮底东渐，真可谓盛极一时了！这一度佛教思潮狂热的迎受，中国底艺术上都受到了影响。例如佛寺、佛塔底建造，是影响于建筑的艺术的；梵呗铙钹钟磬底唱和，是影响于音乐的艺术的；佛像底塑画织绣，是影响于雕刻、绘画、纺织、刺绣的艺术的；而影响于文学方面的，更有修辞上、文法上、内容的思想上和外形的律声的四点。那时候的文学作品，修辞上既常常采取佛典底辞藻，文法上也常常有梵文化的句子，都是很显明的。至于内容的思想上，因为一般文士往往流览佛典，所以也很容易把禅意禅机运入诗篇中。但是外形的律声上所受的影响，却比较地更大了。这件事又可分为消极的和积极的两方面。消极的方面，就是于翻译的诗篇中废止了用韵。诗篇底翻译，本来很难不失真相，如果再要迁就韵脚，便难免于失真了。所以当时翻译佛典上的偈颂，虽然音数仍用整齐的五音或七音，而韵脚却废去不用，成为一种无韵的诗篇（虽然严格地说起来其中有许多只是说理的律文，不能称为诗篇，但有些也有诗意，而且在外形律方面看，毕竟是一种破坏）。积极的方面，是因反切底发明，而有四声底分别、八病底禁忌和双声叠韵底盛行。反切底发明者，是汉魏之间的孙炎。中国古代，早有以二音合为一字的，如何不为盍、之乎为诸之类，但究竟不能就指为正式的反切。大约反切底起源，总跟梵文多少有一点关系。东汉时佛经底翻译，是中国民族第一次跟拼音文字相接触。从这个接触里，悟到以两音切作一音的反切法，也是很自然的事。反切既经发明，渐渐把字音确定了，于是从长言之中（古代只有长言短言，长言就是平声，短言就是入声，没有上去两声），又分出上去两声来，连着原有的短言，而成为四声。四声既分，同时就有八病底禁忌，而外形律因此加严。并且从反切中纽韵底分别，对于双声叠韵有更明晰的认识，于是双声叠韵字有意识地用入诗篇中，甚至有全篇双声全篇叠韵的诗。

从前的历史家，往往拘拘于帝王一姓底兴亡，给蜀汉力争政治上的正统。其实他们所争的，只是血统上的正统罢了，何尝是政治上的正统？现在我们在文学史上于三国中选举起正统来，却不能不使曹魏当选。照前面所说，吴蜀两国，在东南、西南两方面做了些文化提高和普及的工作，我们自然很看重它们。然而一则它们底作品流传下来的实在太少；二则曹魏方面，因为建国中原的缘故，它毕竟上承汉代文学底流风：所以我们尽可扫除了历史家政治上血统上的传统的成见，而承认曹魏为继承汉代文学的正统。那么，南北朝时代，应该以拓跋魏继承中原文学底正统了。这又不然。曹魏受之于汉的文学正统，传之于晋，后来跟着晋室而东迁，自成一系。至于拓跋魏以异族而据有中原，把他们异族的民族性，渗入于中原的旧文化中，成立了含有异族底色彩的北方文学，这又另成一系。所以南北朝时代的中国文学，实在是两系对立，而无所谓正统非正统的分别。到了隋代统一南北，这对立的两系才交流而融合起来，成为第四期唐代文学底先河。

曹魏文学，盛于建安。建安是汉献帝底年号，依历史家断代的惯例，应该属于汉代。但是那时候政由曹氏，献帝毫无实权；

而文学底魁杰，又属于曹氏父子三人。就是所谓邺下七子，虽然大都死于建安年间，而除孔融外，其余多属曹氏幕客。所以建安文学，不能属之于汉。

曹魏文学作者，不过寥寥十几人，而曹氏父子兄弟祖孙，占了四席。这四人中，曹操、曹丕、曹叡，号称三祖，而都不及曹植。所以那时候政治上的帝位，是武帝、文帝、明帝一统相传，而文学上的帝位，却不能不让给陈思王。曹操，字孟德，沛国谯人，为汉献帝丞相，称魏王，曹丕篡汉以后，追尊为帝。少年时机警有权数，任侠放荡，所以他底作品，都含有沉鸷雄杰的气息。曹丕，字子桓，曹操长子，继承曹操底霸业，篡汉而称帝。博闻强识，很爱文学，曾撰《典论》五卷，其中《论文》一篇，载在《文选》，批评当时文士，颇多中肯的话；所谓邺下七子，就是篇中所举的七人。他底雄武，不及乃父，所以作品偏于柔靡。曹植，字子建，曹操第三子，封为陈王。富于才华，能下笔成章。曾遭夺嫡的嫌忌，一生处于危疑悲痛的环境中；所以他底作品，既不像乃父底廉悍，也不像乃兄底娟媚，伉爽温婉，兼而有之。大约曹操偏于气势，曹丕偏于情致，而曹植却是以气运情，以情驭气，所以能凌驾父兄，称为当时独步。曹叡，字元仲，曹丕太子，继父称帝。《魏志》虽称他沉毅断识，而才略不但不及乃祖，而且不及乃父。他在文学上的位置，也正和政治上的位置相同。现在把他们四人底作品，举例如下。

关东有义士，兴兵讨群凶；初期会盟津，乃心在咸阳。军合力不齐，踌躇而雁行；势利使人争，嗣还自相戕。淮南弟称号，刻玺于北方；铠甲生虮虱，万姓以死亡。白骨露于野，千里无鸡鸣；生民百遗一，念之断人肠。

　　——曹操《蒿里行》（例一百三十七）

　　漫漫秋夜长，烈烈北风凉；展转不能寐，披衣起彷徨。彷徨忽已久，白露沾我裳；俯视清水波，仰看明月光。天汉回西流，三五正纵横；草虫鸣何悲，孤雁独南翔。郁郁多悲思，绵绵思故乡；愿飞安得翼？欲济河无梁；向风长叹息，断绝我中肠。

　　——曹丕《杂诗》（例一百三十八）

　　秋风萧瑟天气凉，草木摇落露为霜，群燕辞归雁南翔，念君客游思断肠。慊慊思归恋故乡，君何淹留寄他方？贱妾茕茕守空房，忧来思君不可忘，不觉泪下沾衣裳。援琴鸣弦发清商，短歌微吟不能长。明月皎皎照我床，星汉西流夜未央，牵牛织女遥相望，尔独何辜限河梁！

　　——曹丕《燕歌行》（例一百三十九）

　　谒帝承明庐，逝将归旧疆；清晨发皇邑，日夕过首阳。伊洛广且深，欲济川无梁；泛舟越洪涛，怨彼东路长；顾瞻恋城阙，引领情内伤！太谷何寥廓，山树郁苍苍；霖雨泥我涂，流潦浩纵横！中途绝无轨，改辙登高冈；修坂造云日，我马玄以黄。

　　玄黄犹能进，我思郁以纾；郁纡将何念，亲爱在离居；本图相与偕，中更不克俱。鸱枭鸣衡轭，豺狼当路衢；苍蝇间白黑，谗巧反亲疏；欲还绝无蹊，揽辔止踟蹰。

　　踟蹰亦何留，相思无终极；秋风发微凉，寒蝉鸣我侧；原野何萧条，白日忽西匿；归鸟赴乔林，翩翩厉羽翼；孤兽走索群，衔草不遑食；感物伤我怀，抚心长太息！

太息将何为？天命与我违。奈何念同生，一往形不归？孤魂翔故域，灵柩寄京师。存者忽复过，亡没身自衰；人生处一世，去若朝露晞；年在桑榆间，影响不能追；自顾非金石，咄唶令心悲！

心悲动我神，弃置莫复陈！丈夫志四海，万里犹比邻；恩爱苟不亏，在远分日亲；何必同衾帱，然后展殷勤？忧思成疾疢，无乃儿女仁！仓卒骨肉情，能不怀苦辛！

苦辛何虑思，天命信可疑；虚无求列仙，松子久吾欺；变故在斯须，百年谁能持？离别永无会，执手将何时？王其爱玉体，俱享黄发期！收泪即长路，援笔从此辞。

————曹植《赠白马王彪》（例一百四十）

明月照高楼，流光正徘徊；上有愁思妇，悲叹有余哀。借问"叹者谁"？言是"宕子妻"；君行逾十年，孤妾常独栖。君若清路尘，妾若浊水泥；浮沉各异势，会合何时谐？愿为西南风，长逝入君怀！君怀时不开，贱妾当何依！

————曹植《七哀诗》（例一百四十一）

白日晼晼忽西倾，霜露惨凄涂阶庭，秋草卷叶摧枝茎，翩翩飞蓬常独征，有似游子不安宁。

————曹叡《燕歌行》（例一百四十二）

以上所引诸例，曹氏四人底文学，可见一斑；而其中以曹植底《赠白马王彪》一篇为最上等的作品。它底本事，见于此篇底自序：

> 黄初四年正月，白马王、任城王与余俱朝京师，会节气。到洛阳，任城王薨。至七月，与白马王还国。后有司以二王归藩，道路宜异宿止，意毒恨之。盖以大别在数日，是用自剖，与王辞焉，愤而成篇。

所以此篇是一篇悲愤的抒情诗，所写是当时的实感，不同无病呻吟，而内容律底表现是很强的，远出饰词献媚的《责躬诗》以上。有这一篇，自然可以压倒父兄，而并足为他全集中的冠冕了。

七言诗在汉代不过略具雏形，所以纯粹的七言诗，要算曹丕父子底《燕歌行》为倡始。虽然步武《柏梁台诗》，仍是每停用韵，而毕竟跟《柏梁台诗》底由许多人硬凑一停，不能算诗的不同了。

曹操、曹丕、曹植，都有辞赋的作品，曹植所作，更比较地多。但大都残缺讹错，只有曹植《洛神赋》一篇，全文载在《文选》。它底本事，相传跟曹丕底甄后有关。这虽然并无确证，但总是一篇假托神话的恋歌。此赋排偶较多，跟汉赋不同，已经为南北朝骈俪四六的先声了。

邺下七子，是鲁国人孔融、广陵人陈琳、山阳高平人王粲、北海人徐幹、陈留人阮瑀、汝南人应场、东平人刘桢七人。孔融，字文举，幼年时就有异才，性好学，博涉多该览，而且很有气节。后来曾为北海相，建安中，拜大中大夫，为曹操所忌，使祭酒路粹诬奉罪状，把他杀了。他并非曹氏幕客，但曹丕很喜欢他底文辞，比之扬班；称帝以后，更悬赏募购他底文章，所以后世把他列入邺下七子中。他底诗现存的很少，也无甚可观。陈琳，字孔璋；王粲，字仲宣；徐幹，字伟长；阮瑀，字元瑜；应场，字德琏；刘桢，字公幹：都是曹氏掾属，为曹丕、曹植兄弟所友善。曹丕《典论·论文》中，曾有批评七子的话：

> ……斯七子者，于学无所遗，于辞无所假，咸以自骋骥騄于千里，仰齐足而并驰……王粲长于辞赋；徐幹时有逸气，然粲之匹也。如粲之《初征》《登楼》《槐赋》《征思》，幹之《玄猿》《漏卮》《圆扇》《橘赋》，虽张蔡不过也；然于他文，未能称是。陈琳、阮瑀之章表书记，今之隽也。应场和而不壮，刘桢壮而不密。孔融气体高妙，有过人者；然不能持论，理不胜词，以至乎杂以嘲戏；及其时有所善，扬班俦也。

这虽是指他们底文章辞赋而言，但他们底优劣，即此可见。曹丕所称许的诸赋，现在全存的只有《登楼》一篇，载在《文选》，也不过摹仿《楚辞》而发抒羁旅之感罢了。现在把王粲、刘桢底诗，各举一篇，以见七子文学底一斑。

> 西京乱无象，豺虎方遘患；复弃中国去，委身适荆蛮；亲戚对我悲，朋友相追攀。出门无所见，白骨蔽平原；路有饥妇人，抱子弃草间；顾闻号泣声，挥涕独不还："未知身死处，何能两相完？"驱马弃之去，不忍听此言；南登霸陵岸，回首望长安；悟彼下泉人，喟然伤心肝！
>
> ——王粲《七哀诗》（例一百四十三）

秋日多悲怀，感慨以长叹；终夜不能寐，叙意于濡

翰。明灯耀闺中，清风凄已寒；白露涂前庭，应门重其
关。四节相推斥，岁月忽欲殚；壮士远出征，戎事将独
难；涕泣洒衣裳，能不怀所欢！

　　——刘桢《赠五官中郎将》（例一百四十四）

　　同时还有邯郸淳、繁钦、路粹、杨修、荀纬、丁仪、丁廙、
应璩诸人，也都有文采，跟曹丕、曹植和七子等同作邺
下之游，但都不及七子。只有繁钦所作的《定情诗》，多用排叠，是一篇
格调特异的诗。

　　三曹、七子，树了曹魏文学底前茅；而作曹魏文学底后劲
的，有嵇康、阮籍两人。嵇康，字叔夜，谯国铚人，曾为中散大
夫，后被司马昭所杀。所作颇多四言，以《幽愤诗》为较佳。阮
籍，字嗣宗，是阮瑀底儿子，曾拜东平相，后为步兵校尉。他虽
死于晋代，然而心不忘魏。所作《咏怀诗》八十二篇，托词幽
隐，寄慨深微，意在讥刺晋室，而却用隐避的辞语，所以梁代钟
嵘《诗品》说它"言在耳目之内，情寄八荒之表"。但《诗品》
说它源出《小雅》，却不如说它源出《离骚》。向来嵇阮并称，
但把他们底作品比较起来，嵇虽托论清远，而难免峻切，阮却壮
劲渊深，并擅其胜，所以可说阮胜于嵇。然而他们两人都是笃好
老庄的，所以诗篇中都含有虚玄旷达的老庄思想。曹氏以刑名综
核的术数，矫汉末儒术底颓弊；流风所煽，到正始中又由申商而
变为老庄。王弼、何晏，始唱玄论；嵇阮等继起，跟山涛、向
秀、阮咸、王戎、刘伶，并称竹林七贤。他们底行为，以狂放任
达相尚，不顾礼法，而把老庄思想运化入文学作品中。这种风气
既开，到了晋代，便成为清谈误国的局面。本来这一点反抗礼法
的精神，颇跟欧洲文艺复兴时代的反抗精神相像，但效果竟跟他

们相反，似乎是不可解的。然而要知道欧洲底文艺复兴，是从灵的变到肉的，从虚玄的变到实际的，从出世的变到入世的，从非人生的变到人生的；而中国正始时代的反抗礼法，却一一都跟他们相反，所以结果便不同了。

嵇阮并有辞赋，嵇底《琴赋》，虽被萧统认为他底代表的作品，而发挥他底老庄思想的，却在模仿《卜居》的《卜疑》一篇；至于阮底发挥老庄思想而可算他代表的作品的，有《大人先生传》一篇。

吴蜀两国底文学作品，流传绝少。试看二陆入晋大显才华，蜀在汉代早出了几个辞赋家，便知这两国不是没有文学作品，不过多数不传罢了。现在所传的：在吴有韦昭底《吴鼓吹曲》十二曲，不过是假古董的庙堂文学，虽然模仿汉代《铙歌》，而跟汉《铙歌》底从民间采来的不同；在蜀有诸葛亮底《梁父吟》和秦宓底《远游》各一篇，但《梁父吟》不过是咏史的诗，《远游》也远不及魏国诸作者底作品。但是孙皓入晋以后，却有一篇侮弄司马炎的作品，是后来许多吴声歌曲底先声。现在把它和《梁父吟》并录于下。

昔与汝为邻，今与汝为臣；上汝一杯酒，令汝寿万春！

——吴孙皓《尔汝歌》（例一百四十五）

步出齐城门，遥望荡阴里；里中有三坟，累累正相似。问是"谁家墓"？"田疆古冶子"。力能排南山，文能绝地纪；一朝被谗言，二桃杀三士。"谁能为此谋"？"国相齐晏子"。

——蜀诸葛亮《梁父吟》（例一百四十六）

孙皓，字元宗，孙权底孙子，继孙休称帝。后来吴国被晋所灭，封归命侯。《世说新语》载：

晋武帝问孙皓："闻南人好作《尔汝歌》，颇能为不？"皓正饮酒，因举觞劝帝（云云），帝悔之。

"尔汝"两字，在战国时已经成为相轻贱的称呼了，所以孟子要人"充无受尔汝之实"。孙皓把《尔汝歌》侮弄司马炎，所以司马炎听了要懊悔，而《尔汝歌》正是吴人底平民文学。

司马氏灭蜀篡魏吞吴，从东汉末年以来，七十年的分裂局面，到这时候总算暂告中止，而入于短期的统一时代了。但这个短期的统一时代中，如司马炎不听司马攸底话，故纵匈奴质子刘渊；不听郭钦底话，不肯迁内郡杂胡于边地：早经埋伏下后来五胡十六国大分裂的导线。并且继统的是一个昏愚绝顶的司马衷（惠帝），十七年间，内则贾后煽乱，外则八王（汝南王亮、楚王玮、赵王伦、齐王同、成都王颖、长沙王乂、河间王颙[①]、东海王越）构兵，自相鱼肉，几乎没有平安的日子；更加以老庄思潮弥漫于上流阶级，正始时代的名理玄论演而为王衍、乐广辈底清谈，以致政治废弛，纲纪荡然：都足为后来怀（司马炽）、愍（司马邺）亡国的厉阶。所以这区区三十年间，实在比不统一还不好；而只有太康时代，略见小康的景象。因此晋代文学，也以太康时代为较盛。

太康年间著名的文学家，有三张、二陆、两潘、一左，梁代钟嵘《诗品》曾指为文章之中兴。三张或以为指张载、张协、张亢兄弟三人；但《诗品》中不列张亢，而张华列于中品，可知三

---

① 颙：底本作"禺"。

张之一，实指张华而言。张华，字茂先，范阳人，曾为侍中，被赵王伦所杀。《诗品》说他：

> 其体浮艳，兴托不奇，巧用文字，务为妍冶……儿
> 女情多，风云气少。

所以他虽负盛名，比张载略高，而两人都不及张协。张载，字孟阳，曾拜中书侍郎，领著作；张协，字景阳，曾为河间内史，征为黄门侍郎，不就：兄弟齐名，都是安平人。《诗品》说"孟阳诗远惭厥弟"，而称张协为"旷代高手"；所以张协实为三张中的冠冕。

二陆指吴郡陆机、陆云兄弟，两人齐名，而其实弟不及兄。陆机，字士衡，曾为晋平原相；陆云，字士龙，曾为晋清河守：都是吴大司马陆抗底儿子。吴亡以后，兄弟同往洛阳，去见张华；张华早闻二陆底声名，见面以后，跟旧相识一样，曾说"克吴之利，不如获二俊"，足见名重当时了。后来两人都被成都王颖所杀。陆机作品很多，诗赋以外，更有《演连珠》五十篇。《诗品》把他底诗列入上品，说他：

> 其源出于陈思，才高辞赡，举体华美……尚规矩，
> 不贵绮错，有伤直致之奇。然其咀嚼英华，厌饫膏泽，
> 文章之渊泉也。

然而他底作品，不但不及陈思，而且跟邺下七子和嵇阮二人又有不同。所谓"才高辞赡，举体华美"，长处在此，短处也就在此了。大约两汉文人，诗不多作，而作诗注重内容。建安正始，文人篇什渐多，辞华渐富，但仍以内容为重，还有两汉遗风。入晋以后，风会所趋，便成偏重辞华的倾向，而陆机和潘岳，就是那个时代的代表。所以陆机所拟的汉代乐府和古诗，都

不像原诗底质朴。其中如《日出东南隅行》一篇，多用联排，更
绝非汉人面目了。陆云所作，存者以四言为多，虽然才不及兄，
而偏重辞华，也跟乃兄相似。论理，二陆是吴名将后裔，家邦
颠覆，身为降虏，应该有《麦秀》《黍离》一类的忧伤哀怨之
音；但集中除《与弟清河云》和《答兄平原》两篇以外，说起
破国亡家之痛的绝少，比起作《咏怀诗》的阮籍来，真是相去
太远了。

　　两潘指安阳潘岳、潘尼叔侄。潘岳，字安仁，曾为给事黄门
侍郎，被赵王伦所杀。他在《诗品》中，跟陆机同列上品。钟嵘
底评语说：

　　　　其源出于仲宣，《翰林》叹其翩翩；然如翔禽之有
　　羽毛，衣服之有绡縠，犹浅于陆机。谢混云："潘诗烂
　　若舒锦，无处不佳；陆文如披沙简金，往往见宝。"嵘
　　谓益寿轻华，故以潘胜；《翰林》笃论，故叹陆为深。
　　余常言陆才如海，潘才如江。

　　即此，可见他底偏重辞华，更过于陆机了。然而他毕竟是富
于情绪的，所以长于抒情，而抒情的作品中，又以《悼亡诗》三
篇为最佳，他在这一点上，却胜似陆机了。潘尼，字正叔，曾为
太常卿。他少年时就跟从父潘岳同以文章知名，但虽然文彩高
丽，而终不及乃叔。

　　三张、二陆、两潘，大概都以辞华相尚，而陆机、潘岳，更
是七人中的魁杰。但跟他们并称的一左，却是别标异帜，而不跟
他们同调的。左氏名思，字太冲，齐国临淄人，曾为秘书郎，齐
王冏召为记室，辞疾不就。他底诗现存的不多，但以挺拔见长，
不同潘陆，已经可见一斑。所以钟嵘《诗品》说他：

131

文典以怨，颇为精切，得讽谕之致；虽野于陆机，而深于潘岳。

所谓怨，所谓讽谕之致，可于《咏史》八首、《招隐》二首中看出。至所谓"野于陆机"，正足见他底不尚辞华了。他有妹子左芬，也是擅长诗文的；司马炎爱重她底文才，纳为贵嫔，所以左思是一个当时贵戚。但他虽为贵戚，而不曾得到高官显爵，所以作品不免有怨辞流露了。现在把他底作品，跟张协、陆机、潘岳底作品，各举一篇如下，以见张、陆、潘、左底异同。

朝霞迎白日，丹气临旸谷；翳翳结繁云，森森散雨足；轻风摧劲草，凝霜竦高木；密叶日夜疏，丛林森如束；畴昔叹时迟，晚节悲年促；岁暮怀百忧，将从季主卜。

——张协《杂诗》（例一百四十七）

牵世婴时网，驾言远徂征；饮饯岂异族？亲戚弟与兄。婉娈居人思，纡郁游子情；明发遗安寐，晤言涕交缨；分途长林侧，挥袂万始亭；仁眄要遐景，倾耳玩余声；南归憩永安，北迈顿承明。永安有昨轨，承明子弃予；俯仰悲林薄，慷慨含辛楚；怀往欢绝端，悼来忧成绪；感别惨舒翮，思归乐遵渚。

——陆机《于承明作与弟士龙》（例一百四十八）

荏苒冬春谢，寒暑忽流易；之子归穷泉，重壤永幽隔；私怀谁克从？淹留亦何益？僶俛恭朝命，回心返初役；望庐思其人，入室想所历；帏屏无仿佛，翰墨有余迹；流芳未及歇，遗挂犹在壁；怅恍如或存，回惶惊惝惕。如彼翰林鸟，双栖一朝只；如彼游川鱼，比目中路

折。春风缘隙来，晨溜依檐滴；寝兴何时忘？沉忧日盈
积；庶几有时衰，庄缶犹可击。

　　　　　　——潘岳《悼亡诗》之一（例一百四十九）

　　郁郁涧底松，离离山上苗；以彼径寸茎，荫此百尺
条。世胄蹑高位，英俊沉下僚；地势使之然，由来非一
朝。金张藉旧业，七叶珥汉貂；冯公岂不伟，白首不见
招。

　　　　　　——左思《咏史》之一（例一百五十）

　　从上举诸例，可见陆机丰于辞，潘岳富于情，而左思却于精
切之中，流露怨悱之旨了。至于张协底辞华，也颇跟陆机相类。
所以钟嵘《诗品》说他：

　　雄于潘岳，靡于太冲……词彩葱蒨，音韵铿锵，使
人味之，亹亹不倦。

　　我们如果把这四人底作品比较起来，张、陆、潘三人，都是
词浮于意；潘虽较胜，而终以左为最高。

　　陆、潘、左三人，诗篇以外，并以辞赋著名。陆机底赋，跟
诗篇相类，也是偏重辞华，多用排偶的。如《文赋》和《演连
珠》，不过说理的律文罢了，不能认为诗篇；而且《演连珠》居
然四六，实为后世四六文体底首唱。只有《叹逝》一赋，能于抒
情之中，用具体的写法发挥哲理，颇有可取之点。如：

　　悲夫！川阅水以成川，水滔滔而日度；世阅人而为
世，人冉冉而行暮。人何世而弗新？世何人之能故？野
每春其必华，草无朝而遗露；经终古而常然，率品物其
如素；譬日及之在条，恒虽尽而弗悟。

　　　　　　——陆机《叹逝赋》（例一百五十一）

133

潘岳底赋，偏重辞华，跟陆机大同。但他是富于情的，所以如《怀旧》《寡妇》《悼亡》诸篇抒情的赋，固然情致缠绵；而《西征赋》于纪行的形式中，也能发抒他怀古的情感。至于左思纸贵洛阳的《三都赋》，模仿班固底《两都》、张衡底《两京》；虽然辞义瑰玮，却不过一部印刷术不曾发明时的类书辞典罢了。比起他底诗篇来，价值相去实在远得很哩。

其余如北地傅玄、傅咸父子，颍川荀勖，太原孙楚，谯国夏侯湛之流，也都有诗名，但不及上述八人。

傅玄、荀勖曾和张华同造《郊庙歌辞》《燕射歌辞》《鼓吹曲辞》《舞曲歌辞》，不过都是些假古董罢了。傅咸曾集《孝经》《论语》《毛诗》《周易》《周官》《左传》中句子成诗，虽然不过箴铭之流，不能称为诗篇，却是后来一切集句诗底开祖。

西晋末年，中国北部已经分裂；到了怀、愍被虏，司马睿（元帝）迁都建康，一时中原底知识阶级多数都跟着避到江东来，而把北部完全让给五胡异族。于是中原文化，一部分随着晋室东迁，移植到亡吴底旧国土中，跟东南旧文化相结合；而中原文化却被五胡异族摧毁了许多，所以这时代的北方文学，除留在北方的晋人刘琨以外，没有什么可说。至于东晋百余年间的文学家，著名的不过刘琨、郭璞、陶潜三人：刘琨在前，正当中原扰攘，西晋已亡的时候；陶潜在后，恰值帝室陵夷，东晋被篡的期间。这两个诗人，终始一代，也非偶然。郭璞遭逢患难，避地东南，终于被祸；遭际虽不跟刘琨完全相同，而结果却有点相类，也是一个不幸的诗人。

刘琨，字越石，中山人；永嘉时，为并州刺史；晋室东迁以后，加太尉，封广武侯；后为段匹禅所杀。他少年时就以雄豪著名，后来遭逢丧乱，孤立北方，还想兴复晋室，而终不得如愿，所以发而为诗，以清拔雄深之笔，写悲凉凄戾之音，不同无病呻吟。他底品格，实在太康时代三张、二陆、两潘之上；只有左思，略相仿佛。钟嵘《诗品》把他列入中品，实有未当。

郭璞，字景纯，河东人，曾为尚书郎；王敦谋反的时候，把他杀了，后来追赠弘农太守。他曾注《尔雅》《方言》《三苍》《穆天子传》《山海经》《水经》《楚辞》等书，是一个训诂家，而又是一个诗人。他虽然迷信阴阳卜筮的方术，但《游仙诗》辞多慷慨，却并非真是游心方外之谈，而是一种象征的抒情诗，正跟阮籍《咏怀诗》相类。虽然辞华较富，不及刘琨底清刚，而豪俊之风，实足相亚。试看下面并举的两例：

朝发广莫门，暮宿丹水山；左手弯繁弱，右手挥龙渊；顾瞻望宫阙，俯仰御飞轩；据鞍长叹息，泪下如流泉。系马长松下，发鞍高岳头；烈烈悲风起，泠泠涧水流。挥手长相谢，哽咽不能言；浮云为我结，归鸟为我旋。去家日已远，安知存与亡？慷慨穷林中，抱膝独据藏。麋鹿游我前，猿猴戏我侧；资粮既乏尽，薇蕨安可食？揽辔命徒侣，吟啸绝岩中；君子道微矣，夫子故有穷。惟昔李骞期，寄在匈奴庭；忠信反获罪，汉武不见明。我欲竟此曲，此曲悲且长；弃置勿重陈，重陈令心伤！

——刘琨《扶风歌》（例一百五十二）

逸翮思拂霄，迅足美远游；清源无增澜，安得运吞舟？圭璋虽特达，明月难暗投；潜颖怨清阳，陵苕哀素秋；悲来恻丹心，零泪缘缨流！

　　　　　——郭璞《游仙诗》之一（例一百五十三）

便可见内容一愤一悲，而风格也不相上下了。

　　郭璞底《江赋》，虽然有人说它沈博绝丽，其实不过跟左思《三都赋》一样，是类书辞典之类罢了。

　　陶潜是一个空前的特异的诗人。他不但为晋代诗人底殿军，而且高出于晋代诸诗人之上；不但高出于晋代诸诗人之上，而晋以前、晋以后的诗人，没有一个可以跟他相比并的。他所以能成为特异的诗人，因为他有特异的人格；他所以能养成这特异的人格，因为他有特异的人生观。其实，这所谓特异，本来只是极平常的。不过世间极平常的事，往往反极难做到，而能做到的便变成特异了。《文选》所载宋玉《登徒子好色赋》中有几句形容美人的话说得好：

　　　　增之一分则太长，减之一分则太短，著粉则太白，

　　施朱则太赤。

　　这所形容的，正是一个极平常的美人。但是这种极平常的美人，却极难找得。陶潜以极平常的人生观，养成极平常的人格；所以他不是英雄，他不是豪杰，他不是圣人，他不是贤者，他不是忠臣，他不是节士，他不是名士，他不是狂生，他不是高人，他不是隐者，他不是厌世者，不是玩世者，也不是恋世者，而只是一个极平常的人。于是发而为诗，也只是极平常的诗；而后来的诗人，却极难学到。正因为它跟《好色赋》中所形容的极平常的美人一样，是不可增、不可减、不能著粉、不能施朱的，所以极平常的，却变成特异的了。他本名渊明，字元亮，浔阳人，是晋大司马陶侃底曾孙；曾为州祭酒和彭泽令，都不久就自行解职

回家。入宋以后，改名为潜，不愿再出；饮酒赋诗，躬耕自给，过他极平常的生活，如此终身。他底人生观，可从他底诗文中看出：

先生不知何许人也，亦不详其姓氏；宅边有五柳树，因以为号焉。闲静少言，不慕荣利。好读书，不求甚解，每有会意，便欣然忘食。性嗜酒，家贫不能常得；亲旧知其如此，或置酒而招之。造饮辄尽，期在必醉；既醉而退，曾不吝情去留。环堵萧然，不蔽风日；短褐穿结，箪瓢屡空：晏如也。常著文章自娱，颇示己志，忘怀得失，以此自终。

赞曰："黔娄有言，'不戚戚于贫贱，不汲汲于富贵'，极乎其言，兹若人之俦乎！酣觞赋诗，以乐其志，无怀氏之民欤？葛天氏之民欤？"

——《五柳先生传》（例一百五十四）

归去来兮，田园将芜胡不归？既自以心为形役，奚惆怅而独悲？……木欣欣以向荣，泉涓涓而始流；善万物之得时，感吾生之行休。已矣乎！寓形宇内复几时？曷不委心任去留？胡为乎遑遑兮欲何之？富贵非吾愿，帝乡不可期。……聊乘化以归尽，乐夫天命复奚疑！

——《归去来兮辞》（例一百五十五）

天地赋命，生必有死；自古贤圣，谁能独免？子夏有言："死生有命，富贵在天"……发斯谈者，将非穷达不可妄求，寿夭永无外请故耶？

——《与子俨等疏》（例一百五十六）

茫茫大块，悠悠高旻，是生万物，余得为人。……

勤靡余劳，心有常闲；乐天委分，以致百年。……识运知命，畴能罔眷？余今斯化，可以无恨。

——《自祭文》（例一百五十七）

……所以贵我身，岂不在一生？一生复能几？倏如流电惊；鼎鼎百年内，持此欲何成？

……宇宙一何悠，人生少至百；岁月相催逼，鬓边早已白；若不委穷达，素抱深可惜！

——《饮酒》（例一百五十八）

……万化相寻绎，人生岂不劳！从古皆有没，念之中心焦！何以称我情？浊酒且自陶！千载非所知，聊以永今朝。

——《己酉岁九月九日》（例一百五十九）

今日天气佳，清吹与鸣弹；感彼柏下人，安得不为欢？清歌散新声，绿酒开芳颜；未知明日事，余襟良已殚。

——《诸人共游周家墓柏下》（例一百六十）

……未知从今去，当复如此不？中觞纵遥情，忘彼千载忧；且极今朝乐，明日非所求。

——《游斜川》（例一百六十一）

……甚念伤吾生，正宜委运去！纵浪大化中，不喜亦不惧；应尽便须尽，无复独多虑！

——《形影神·神释》（例一百六十二）

从这些诗文里，可见他是一个乐天委分的乐生主义者。他看破了生死，觉得死无可怕，生却足乐。活一天便乐一天，但是活一天却工作一天；所以他虽然"勤靡余劳"，而却"心有常

138

闲"。魏晋以来，老庄思潮风靡一世，而他虽然旷达，却不是老庄一流。东晋时大乘佛教思潮已经输入南方，慧远结白莲社于庐山，宣扬净土宗风，一时入社的很众。他虽然跟慧远交好，慧远曾经竭力招致他，而终不愿入社，所以他看破生死，而又不是浮屠一派。他底诗文里面，也毫无老庄浮屠底意味，勉强比拟起来，颇有点跟孔门的颜回相像。他又是一个极爱自由的自由主义者，所以要做官就做官，不耐烦做了就丢官不做；而且要喝酒就喝酒，要做诗就做诗，要种田就种田；甚至要乞食就乞食：都是纯任自然，无所容心。他底"身慕肥遁"，实在是他底个性如此，并非有意以隐逸鸣高。试看他说：

> 少无适俗韵，性本爱丘山；误落尘网中，一去三十年；羁鸟恋旧林，池鱼思故渊；开荒南野际，守拙归园田。……户庭无尘杂，虚室有余闲：久在樊笼里，复得返自然。
>
> ——《归园田居》（例一百六十三）

他只是要摆脱尘网的樊笼，而返乎自然，做一个极平常的人罢了。所以钟嵘称他为"古今隐逸诗人之宗"，实在不对。他既极爱自由，要返乎自然，所以他又是一个无政府思想家。他底《桃花源诗》和《序》，都是他发表乌托邦的无政府思想的作品，所以有"……不知有汉，无论魏晋""黄发垂髫，并怡然自乐"和"秋熟靡王税"的话。《五柳先生传》赞中自命为"无怀氏之民，葛天氏之民"，《与子俨等疏》中有"自谓是羲皇上人"的话，也都是想回复到原始的无政府状态的思想。《桃花源诗序》发端处说"晋太元中"，自然是入宋以后的作品。篇中说"无论魏晋"，可见他不但对于宋不满意，就是对于晋也不满意，而要做一个羲皇以上的无怀氏之民、葛天氏之民，是很显然的。这实在比伯夷、叔齐底仅仅恋慕"神农、虞、夏"，还要更进一筹了。所以萧统说他"自以曾祖晋世宰辅，耻复屈身后代；自宋高祖王业渐隆，不复肯仕"，仅仅把他当作晋代遗臣、宋室顽民看，也是错了。他有这样绝高而又极平常的人格，所以他底诗也是极高而又极平常的诗。例如：

> 结庐在人境，而无车马喧；问君何能尔？心远地自偏。采菊东篱下，悠然见南山；山气日夕佳，飞鸟相与还。此中有真意，欲辨已忘言。
>
> ——《饮酒》（例一百六十四）

> 日暮天无云，春风扇微和；佳人美清夜，达曙酣且歌；歌竟长叹息，持此感人多。皎皎云间月，灼灼叶中华；岂无一时好？不久当如何！
>
> ——《拟古》（例一百六十五）

> 孟夏草木长，绕屋树扶疏；众鸟欣有托，吾亦爱吾庐。既耕亦已种，时还读我书；穷巷隔深辙，颇回故人车。欢言酌春酒，摘我园中蔬；微雨从东来，好风与之俱。泛览《周王传》，流观《山海图》；俯仰终宇宙，不乐复何如！
>
> ——《读山海经》（例一百六十六）

正是冲澹深粹，风华清靡，兼而有之；不但压倒晋以前的作者，就是晋以后的作者，也是百学不到的。至于《拟古》第八篇《少时壮且厉》和《述酒》《咏荆轲》诸篇，诚然是含有寄托的；但也只是愤刘裕底暴行，而未曾有赞美晋室的话，所以跟他底无政府思想依然无碍。

他底辞赋，有《归去来兮辞》一篇，《感士不遇赋》《闲情赋》各一篇，又《祭程氏妹文》《祭从弟敬远文》《自祭文》各一篇。从《归去来兮辞》和《自祭文》里，都可看出他底人生观；而《祭程氏妹文》和《祭从弟敬远文》，都是发抒他对于弟妹死亡的很悲戚、很真挚的情绪的。《感士不遇赋》，似乎有不遇之感，而其实是说"真风告逝，大伪斯兴"的时候，还不如不遇的好。所以前边说：

> 密网裁而鱼骇，宏罗制而鸟惊；彼达人之善觉，乃逃禄而归耕……望轩唐而永叹，甘贫贱以辞荣。

后边又说：

> 宁固穷以济意，不委曲而累己；既轩冕之非荣，岂缊袍之足耻？诚谬会以取拙，且欣然而归止；拥孤襟以毕岁，谢良价于朝市。
>
> ——《感士不遇赋》（例一百六十七）

须知这不是牢骚话，而依然归宿于他做一个平常人的人生观。至于《闲情赋》，据《自序》所说，"将以抑流宕之邪心，谅有助于讽谏"，大约是一种象征的作品；但是善于写恋，工于抒情，我们当它一种恋歌底范作，也是不妨。试看：

> ……激清音以感余，愿接膝以交言；欲自往以结誓，惧冒礼之为愆；待凤鸟以致辞，恐他人之我先；意惶惑而靡宁，魂须臾而九迁。愿在衣而为领，承华首之余芳；悲罗襟之宵离，怨秋夜之未央。愿在裳而为带，束窈窕之纤身；嗟温凉之异气，或脱故而服新。愿在发而为泽，刷玄鬓于颓肩；悲佳人之屡沐，从白水以枯煎。愿在眉而为黛，随瞻视以闲扬；悲脂粉之尚鲜，或

取毁于华妆。愿在莞而为席，安弱体于三秋；悲文茵之代御，方经年而见求。愿在丝而为履，附素足以周旋；悲行止之有节，空委弃于床前。愿在昼而为影，常依形而西东；悲高树之多荫，慨有时而不同。愿在夜而为烛，照玉容于两楹；悲扶桑之舒光，奄灭景而藏明。愿在竹而为扇，含凄飙于柔握；悲白露之晨零，顾襟袖以缅邈。愿在木而为桐，作膝上之鸣琴；悲乐极以哀来，终推我而辍音。考所愿而必违，徒契阔而苦心；拥劳情而罔诉，步容与于南林；栖木兰之遗露，翳青松之余阴。倘行行之有觌，交欣惧于中襟；竟寂寞而无见，独悄想以空寻。

——《闲情赋》（例一百六十八）

这真不愧为风华清靡的呵！此赋是继张衡《定情赋》、蔡邕《静情赋》而作。闲情底闲，是防闲底闲，跟定情底定、静情底静同意，所谓"始则荡以思虑，而终归闲正"；所以结处说"徒勤思以自悲，终阻山而带河；迎清风以却累，寄弱志于归波。……坦万虑以存诚，憩遥情于入遐"。萧统说他"白璧微瑕，惟在《闲情》一赋"，不但腐气，实在不解闲字底意义。

陶潜在中国文学史上，是一个特异的诗人，不能把时代去限定他；不过因为他生当晋末，所以把他位置在这里。其实我们读了他底作品，不能没有"前不见古人，后不见来者"的感慨呢。

此外东晋诗人，可以使我们注意的，是孙绰、王献之两人。孙绰有《情人碧玉歌》二首，王献之有《桃叶歌》二首，都是关于恋爱的抒情诗。它们底格调，跟《子夜歌》《欢闻歌》等相似，可见也是吴声歌曲，不过不是无名氏底作品罢了。现在把它们和桃叶《答王团扇歌》、谢芳姿《团扇歌》各选一篇，并录于下。

　　碧玉破瓜时，郎为情颠倒；感郎不羞郎，回身就郎抱。

　　　　　　——孙绰《情人碧玉歌》（例一百六十九）

　　桃叶复桃叶，渡江不用楫；但渡无所苦，我自迎接汝。

　　　　　　　——王献之《桃叶歌》（例一百七十）

　　团扇复团扇，持许自障面；憔悴无复理，羞与郎相见。

　　　　　　——桃叶《答王团扇歌》（例一百七十一）

　　白围扇，憔悴非昔容，羞与郎相见。

　　　　　　——谢芳姿《团扇歌》（例一百七十二）

这种吴声歌曲，是当时南方的平民文学，善写儿女之情；而所谓上流社会，也受了它底感染，当写儿女之情的时候，就不能不用这种格调。这就是所谓中原一部分的汉族，从北方迁移到南方来，受了东南民族旧文化的感染，而于文学上表现一种新的色彩的。其实，自从孙皓入晋以后，把《尔汝歌》底格调输入洛阳，那时候北方人总也多少受一点感染的。所以在西晋时候，如石崇妾绿珠底《懊侬歌》：

　　丝布涩难缝，令侬十指穿；黄牛细犊车，游戏出孟津。

　　　　　　——绿珠《懊侬歌》（例一百七十三）

已经是这一类的作品，不过只出于儿女子之手罢了。所可怪的，二陆是从吴入洛的，却并无这一类的作品，而只干那假古董的营生；但即此可见这确是贵族的士大夫所不屑为的平民文学了。

东晋时代，中国北部被五胡十六国所蹂躏，中原旧文化自然被他们摧残了不少。但是他们同时受了汉族文化底征服，也不是绝无文学底表现的；并且汉族遗民，留在北方的，还是大多数；其中优秀的，当然也有，不过作品流传下来的很少罢了。所以如张骏、苻朗、王嘉、马岌、赵整之流，也颇有诗篇；而著名的苏蕙回文诗，却产生于前秦苻坚的时候。

前边曾说苏伯玉妻《盘中诗》，是苏蕙回文诗底先导。有人以为《盘中诗》在《玉台新咏》中列于傅玄之后、张载之前，而且宋刻本连苏伯玉妻底名也不题明，好像就是傅玄底作品。所以即使不是傅玄所作，苏伯玉妻也一定是晋代人。但是明嘉靖间徐学谟所刻《玉台新咏》，此诗却列在《汉成帝时童谣》之前，或许是有所据的。它底本事，是"伯玉被使在蜀，久而不归；其妻居长安，思念之，因作此诗"，也跟汉代建都长安相合；虽然出使的苏伯玉，并不一定把家室住在都城。并且我们看她底诗，也不像晋以后的格调，所以我们只认苏伯玉妻为汉代人，而《盘中诗》是苏蕙回文诗底先导。苏蕙，字若兰，始平人，前秦苻坚时秦州刺史扶风人窦滔之妻。所作《璇玑图诗》，以八百四十一字制成一图，回环反复地读起来，可得诗三千七百五十二首。它底本事，跟《盘中诗》相类。据唐武曌《序》中所说：苏氏因嫉妒被绝于窦滔，悔恨自伤，因织锦为回文，五彩相宣，莹心辉目，纵横反复，皆为文章，名为《璇玑图》。这时候窦滔正留镇襄阳，苏氏把《璇玑图》送往襄阳，滔看了，非常感叹，于是把苏氏接到任上去，恩爱越密了。现在举图中一例如下：

仁智怀德圣虞唐，真志笃终誓穹苍，钦所感想忘淫荒，心忧增慕怀惨伤。

伤惨怀慕增忧心，荒淫忘想感所钦，苍穹誓终笃志真，唐虞圣德怀智仁。

——苏蕙《璇玑图诗》（例一百七十四）

回文只是一种技巧，于诗篇底内容上，不但没有什么益处，而且难免受它底斫丧，实在是不足贵的。但是这种体裁，是中国所独有，而为世界各国底文字所做不到。苏蕙以前，虽然或许也有这一类的作品，但都是很简单的。这样繁复的巨制，实在以此为第一。就是苏蕙以后，技巧进步，回文诗词层见叠出，但毕竟不能有这样繁复的巨制。所以这《璇玑图诗》，不妨说是空前绝后的制作，而在中国文学史上，也该让它占一个位置。

当时南北两方，因为佛教思潮底输入，有些诗人都受了它底影响，于作品中带些禅意；而佛教徒如支遁、惠远、竺僧度一辈，也都能作诗。甚至鸠摩罗什，本是外国沙门，而也渐染了华风，以中诗底形式作偈颂。他所译经论中的偈颂，有时也能以具体的话写出哲理，不过不用韵罢了。例如：

总持之园苑，无漏法林树；觉意净妙华，解脱智慧果。八解之浴池，定水湛然满；布以七净华，浴此无垢人。象马五通驰，大乘以为车；调御以一心，游于八正路。相具以严容，众好饰其姿；惭愧之上服，深心为华鬘。

——《维摩诘所说经·佛道品偈》（例一百七十五）

这实在是有音数的无韵诗。而他自作的：

心山育明德，流薰万由延；哀鸾孤桐上，清音彻九天。

——《赠沙门法和》（例一百七十六）

比较地更是饶有诗意了。

东晋末年，鲜卑族拓跋氏起于北方，建立北魏帝国，到宋元嘉年间，统一了中国北部，于是五胡十六国大分裂的局面告终，而跟南朝底宋，成为南北对峙的局面。当晋室东迁以后，虽然偷安半壁，不能恢复中原；但还有谢玄大败苻坚于淝水，桓温收降李势于成都，刘裕远破姚泓于长安，是差强人意的事。不料刘裕既虏姚泓，关中仍旧失陷于赫连勃勃；而他反凭藉武功，实行篡弑。称帝以后，不再做那恢复中原的事业，于是宋、齐、梁、陈四代南部的偏安，就此定局了。在这种偏安的局面中，朝野上下只知以声色自娱；又因为处于江南富丽繁华的地域，很容易酿成吟风弄月、玩日愒时的习惯；所以南朝的文学，便成了"儿女情多，风云气少"的文学。一方面又因为沿袭了魏晋老庄思潮底余波，迎受了大乘佛教思潮底奔浪，文学内容既倾向于虚玄，于是都从外形的妆饰上求工，而太康文学偏重辞华底流风变本加厉，诗文中抑扬反复骈偶诸律，渐渐加严了。

宋、齐、梁、陈四代，国祚不长，其间文学家多有经历两代或三代以上的，往往不能把他专属于那一代，所以有时候不便依代划分。但如宋底元嘉文学，齐底永明文学，梁底宫体文学，陈底狎客文学，以及梁、陈间的《文选》《玉台》《文心》《诗品》，也各有它底特点可说。

元嘉文学作者，有何承天、颜延之、谢庄、谢灵运、谢惠连、谢晦、谢瞻、鲍照、范晔、何长瑜、荀雍、羊璿之[①]、袁淑一班人。其中以颜延之、谢灵运、鲍照三人为巨擘，而谢庄、谢惠连等，也颇能肩随其间。

谢灵运，陈郡阳夏人，晋谢玄之孙。在晋代，袭世爵，为康乐公。入宋以后，曾为永嘉太守，后来因为谋反而被杀。他底作品，在外形方面，多用骈偶，是那时候的风会所趋；而内容方面，却有特异的地方，就是游览的诗篇独多；而且因为信佛的缘故，对于浮屠教义，颇有发挥。《晋书》本传说：

　　……出为永嘉太守，郡有名山水，灵运素所爱好；出守既不得志，遂肆意游遨，遍历诸县，动逾旬朔；民间听讼，不复关怀；所至辄为诗咏，以致其意焉。……移籍会稽，修营别业，傍山带江，尽幽居之美；与隐士王弘之、孔淳之等，纵放为娱，有终焉之志。……作《山居赋》，并自注以言其事。……征为秘书监……称疾不朝……出郭游行，或一日百六七十里，经旬不归。……以疾东归，而游娱宴集，以夜续昼。……既东还，与族弟惠连、东海何长瑜、颍川荀雍、泰山羊璿之以文章赏会，共为山泽之游，时人谓之四友。……灵运因父祖之资，生业甚厚；奴僮既众，义故门生数百，凿山浚湖，功役无已；寻山陟岭，必造幽峻，岩嶂千重，莫不备尽。登蹑常著木屐，上山则去前齿，下山去其后齿。尝自始宁南山伐木开径，直至临海，从者数百人。临海太守王琇惊骇，谓为山贼；徐知是灵运，乃安。又

---

① 羊璿之：底本作"羊璿"。

要琇更进；琇不肯。灵运赠琇诗曰："邦君难地险，旅
客易山行。"……

可见他是一个很爱游览山水的人，而且是能把自然美景写入
诗咏文章中的人。所以他在《游名山志·自序》中说：

夫衣食，人生之所资，山水，性分之所适。……

而集中如《山居》《归涂》《罗浮山》《岭表》《长溪》诸
赋，都能描写自然景物，诗篇中更多纪游写景的作品。这爱好自
然的一点，颇有点跟陶潜相类。但陶潜是把人格融合于自然之
中，写自然的地方，就表现他底人生观；而灵运却偏于客观的描
写。所以我们读灵运纪游写景的作品，只能赏鉴它底工丽清俊罢
了，跟他底人格无涉。就是以风格而论，也觉得陶诗浑厚，而谢
诗难免纤媚。然而他底刻画山水，毕竟为后世所宗；而品格实在
颜延之上。至于他虽然爱谈禅理，却仍无补于偏激的性情，可
见也不过借佛典作口头禅罢了。

颜延之，字延年，琅琊临沂人，曾为光禄大夫。他跟谢灵运
齐名，江左以颜谢并称，比于太康时代的潘陆。但鲍照曾对他说
"谢诗自然可爱，君诗雕绘满眼"，汤惠休也批评他说"谢诗如
芙蓉出水，颜诗如错彩缕金"，可见颜谢优劣，当时已有定评。
他因为喜用古事，巧于雕镂，所以品格不及灵运，而开后来缉事
比类、非对不发之风。但如借《五君咏》以抒写怨愤，也是左
思《咏史》的一流；不过艺术手段不高，不但不能如阮籍《咏
怀》、郭璞《游仙》之幽隐深微，而且不能如左思《咏史》底比
较蕴藉，所以不免触犯时忌了。

鲍照，字明远，东海人，曾为中书舍人。后在临海王子顼幕
下，为前军参军；子顼败，为乱兵所杀。他文辞赡逸，擅长古乐

府，如《拟行路难》诸篇，颇能就古题而创新调；而《芜城赋》和《登大雷岸与妹书》，都是工于描写自然景物的，这就是钟嵘《诗品》所谓善制形状写物之词了。他虽然巧于雕镂，跟颜延之相类，而延之却没有他那清矫豪健的笔力。所以他在当时，实足压倒延之，而跟"启心闲绎，托辞华旷"的灵运并驾；不过因为本非贵族，名位不高，以致"才秀人微，取湮当代"罢了。但他虽不见重于当时，却为后来齐梁诗体所从出。所以《齐书·文学传》说：

发唱惊挺，操调险急，雕藻淫艳，倾炫心魄，亦犹五色之有红紫，八音之有郑、卫，斯鲍照之遗烈也。

现在把这三家的诗，举例如下：

潜虬媚幽姿，飞鸿响远音；薄霄愧云浮，栖川怍渊沉；进德智所拙，退耕力不任；徇禄返穷海，卧疴对空林；衾枕昧节候，褰开暂窥临；倾耳聆波澜，举目眺岖嵚；初景革绪风，新阳改故阴；池塘生春草，园柳变鸣禽；祁祁伤豳歌，萋萋感楚吟；索居易永久，离群难处心；持操岂独古，无闷徵在今。

——谢灵运《登池上楼》（例一百七十七）

昏旦变气候，山水含清晖；清晖能娱人，游子憺忘归。出谷日尚早，入舟阳已微；林壑敛暝色，云霞收夕霏；芰荷迭映蔚，蒲稗相因依。披拂趋南径，愉悦偃东扉；虑澹物自轻，意惬理无违；寄言摄生客，试用此道推！

——谢灵运《石壁精舍还湖中作》（例一百七十八）

阮公虽沦迹，识密鉴亦洞；沉醉似埋照，寓辞类托

149

讽；长啸若怀人，越礼自惊众；物故不可论，途穷能无恸！——《阮步兵》

中散不偶世，本自餐霞人；形解验默仙，吐论知凝神；立俗迕流议，寻山洽隐沦；鸾翮有时铩，龙性谁能驯？——《嵇中散》

——颜延之《五君咏》（例一百七十九）

奉君金厄之美酒，玳瑁玉匣之雕琴，七采芙蓉之羽帐，九华蒲萄之锦衾；红颜零落岁将暮，寒花宛转时欲沉；愿君裁悲且减思，听我抵节行路吟；不见柏梁铜雀上，宁闻古诗清吹音！

——鲍照《拟行路难》（例一百八十）

鹭舻驰桂浦，息棹偃椒潭；箫弄澄湘北，菱歌清汉南。

——鲍照《采菱歌》（例一百八十一）

钟嵘《诗品》批评这三人底诗，都有"尚巧似"的话。"巧"是从雕饰中求工，"似"是从模拟中求肖，都是从外形上做工夫；所以他们上承魏晋，下开齐梁，为六代文章内容外形消长间的一大关键。

谢庄，字希逸，也是陈郡阳夏人，曾为光禄大夫。谢惠连，就是灵运族弟，被灵运所称赏，为四友之一，曾为法曹行参军。这两个人底诗，也并无何种特色。钟嵘《诗品》说惠连"《秋怀》《捣衣》之作，虽复灵运锐思，亦何以加焉"，那么，也不过等于灵运罢了。谢庄《月赋》，谢惠连《雪赋》，都颇长于描写自然；但《月赋》托之王粲，《雪赋》托之司马相如，正足见那时候辞赋家托古的作法，跟汉代边让《章华赋》托之伍举相同。

宋代皇族，如刘义隆（文帝）、刘骏（孝武帝）、刘义庆（临川王）、刘义恭（江夏王）等，也都有文采。其中刘义庆以《世说》得名；而刘骏底《丁督护歌》，实为吴声歌曲之一。现在录其中两首如下：

闻欢去北征，相送直渎浦；只有泪可出，无复情可吐。

督护上征去，侬亦恶闻许；愿作石尤风，四面断行旅。

——刘骏《丁督护歌》（例一百八十二）

这可以算是帝王的平民文学，所以也值得一说。

鲍照有一个妹子，名令晖，是一个女诗人；鲍照曾把她比作左芬。钟嵘《诗品》说她：

歌诗往往斳绝清巧，《拟古》犹胜；唯《百愿》淫矣。

她底《拟古》诗现存两首，毕竟不及汉人；而《百愿》诗已经亡佚，无从判别它底淫否了。

南齐一代，不过二十余年；然而永明十一年间，却是上承元嘉文学，下开唐代律体的一个重要时期。周秦古音，只有所谓长言短言，长言大约就是后来所谓平声，短言就是所谓入声。所以那时候只有平入两声，而无所谓四声。汉魏以后，时代迁流，声音变异，于是平声中一大部分变为上声和去声，入声中一小部分——《广韵》中祭泰夬废四韵——变为去声。但唇吻之间，虽然有此音读，而不曾立为专名（注一），制成定谱。到了永明年间，体语——就是反切——盛行，汝南周颙分别切字的声纽，吴兴沈约谱定四声的音韵，而陈郡谢朓、琅琊王融之流，鼓扇附和，互相仿效，他们所作诗文，务求谐协宫商（注二），于是四声有别，八病有禁，而有所谓永明体的文章。所谓八病如下：

一、平头　指第一、第二字跟第六、第七字同声的病。如：

今日良宴会，欢乐难具陈。

今和欢都是平声，日和乐都是入声。

二、上尾　指第五字跟第十字同声的病。如：

青青河畔草，郁郁园中柳。

草和柳都是上声。

三、蜂腰　指第二字跟第五字同声的病。如：

闻君爱我甘，窃欲自修饰。

君和甘都是平声，欲和饰都是入声。

四、鹤膝　指第五字跟第十五字同声的病。如：

客从远方来，遗我一书札；上言长相思，下言久离别。

来和思都是平声。

五、大韵　指上九字中有一字或二字跟第十字同韵的病。如：

胡姬年十五，春日独当炉。

胡和炉同是虞韵。

六、小韵　指除大韵一字外，上九字中有两字相互同韵的病。如：

薄帷鉴明月，清风吹我襟。

明和清同是庚韵。

七、旁纽　指十字中有两字系旁纽双声的病。如：

令德唱高言，识曲听其真。

德和听、高和其，都是旁纽双声。

八、正纽　指十字中有两字系正纽双声的病。如：

舟舟孤生竹，结根太山阿。

孤和结和根，都是正纽双声。

这八病中，前四病底禁忌，已经嫌太苛了；至于后四病，更属无谓。所以后来的诗人，并不遵守这种规律；就是他们自己底作品，也不见得都能避去此病。当时钟嵘《诗品》中已经讥评他们，说是"文多拘忌，伤其真美"。可见他们想创造一种新的外形律，而毕竟失败了。然而八病虽然失败，而四声却为造成中国旧诗篇中抑扬律的造端，所以可说永明文学是下开唐代律体的一个重要时期。

（注一）徐景安《乐书》引刘歆云，"凡宫为上平声，商为下平声（此所谓上下平声，就是阳平阴平，不是后代韵书所谓上下平），徵为上声，羽为去声，角为入声"，所以有人说字分四声，是起于汉代的。案刘歆此说，不曾见于它书，不知徐氏何所依据？但曹魏李登曾作《声类》一书，而《魏书·江式传》说"晋世……吕忱……弟静……放故左校令李登《声类》之法，作《韵集》五卷，宫商録（即角）徵羽，各为一篇"；隋代潘徽为秦王俊作《韵纂序》，也说"《三苍》《急就》之流，微存章句；《说文》《字林》之属，唯别体形；至于寻声推韵，良为疑混。末有李登《声类》、吕静《韵集》，始判清浊，才分宫羽"：那么，魏晋的时候，已经有清浊宫羽底判分了。不过那时候大约只称为宫商角徵羽，还没有平上去入四声之名；而且只是以此分韵，不曾如永明时代的诗人，作"宫羽相变，低昂互节，若前有浮声，则后须切响，一简之内，音韵尽殊，两句之中，轻重悉异"的应用罢了。到了永明年间，周颙作《四声切韵》，沈约作《四声谱》，才有四声的名称，而同时应用于作品中，创为八病的禁忌。所以萧衍（梁武帝）曾发"何谓四声"的疑问；而沈约说"自骚人以来，此秘未睹"；范云也说"古今文人，多不全了斯处，纵有会此者，不必从根本中来"。如果刘歆时已经有四声底名称，萧衍也何至于不知道呢？所以把字调分为四类或五类，大约起于魏晋之间，而确定平上去入四声的名称，却起于永明时周颙、沈约。徐氏所引刘歆的话，也许未必可靠。

（注二）沈约《答陆厥书》中说"宫商之声有五"，又说"宫羽之殊，商徵之别"，这所谓宫商、宫羽、商徵，就是阳平、阴平、上、去、入等底原名，就是吕静所用以分篇的，不是音乐上的宫商角徵羽。

永明文学，既然有积极的四声底分别和消极的八病底禁忌，于是诗篇底韵律渐渐形成，而他们底作品，便别成一种新面目了。这种新体诗篇底特征，就是趋向于形式上的技巧，较之宋代的颜谢鲍三家，更进一步；而所谓"雕藻淫艳，倾炫心魄"的鲍照的流风，竟愈煽愈烈了。

永明时代负盛名的，是竟陵八友，跟邺下七子底游于曹氏之门相类。竟陵王萧子良，字云英，齐萧赜（武帝）第二子，性爱文学，礼才好士，一时文学之士，都聚于他底门下；而以谢朓、王融、任昉、沈约、陆倕、范云、萧琛、萧衍八人为当时冠冕，就是所称为八友的。谢王二人，都在齐代被杀，萧衍后来篡齐称帝，其余都由齐入梁。

谢朓，字玄晖，曾为宣城太守。他善作五言诗，沈约曾赞美他说，"二百年来无此诗也"。萧衍也很推重他底诗，以为"三日不读，即觉口臭"。他底辞赋，以《齐敬皇后哀策文》一篇为最有名。钟嵘评他底诗说：

奇章秀句，往往警遒，善自发诗端，而末篇多踬，
此意锐而才弱也。

诚然，他诗中如：

兹山亘百里，合沓与云齐。

——《游敬亭山》（例一百八十三）

大江流日夜，客心悲未央。

——《暂使下都夜发新林至京邑赠西府同僚》

（例一百八十四）

朔风吹飞雨，萧条江上来。

——《观朝雨》（例一百八十五）

浮云西北起，飞来下高堂。

——《奉和隋王殿下》十六首之十二（例一百八十六）

春夜别清樽，江潭复为客。

——《答沈右率诸君饯别》（例一百八十七）

玉绳隐高树，斜汉耿层台。

——《离夜同江丞①王常侍作》（例一百八十八）

都是发端很工的。

王融，字元长，曾为宁朔将军。他底笺启颇工，而《曲水诗序》最有名于当时，北魏使者，至比之相如《封禅文》。但他底诗却不及谢朓，所以钟嵘把他列在下品，说他"……五言之作，

---

① 丞：底本作"烝"。

几乎尺有所短"。

现在把他们两人作品，近乎唐代律体的各举一例如下：

年华豫已涤，夜艾赏方融；新萍时合水，弱草未胜风；闺幽瑟易响，台回月难中；春物广余照，兰萱佩未穷。

——谢朓《奉和隋王殿下》十六首之十五

（例一百八十九）

抱月如可明，怀风殊复清；丝中传意绪，花里寄春情；掩抑如有思，凄锵多好声；芳袖幸时拂，龙门空自生。

——王融《琵琶》（例一百九十）

竟陵八友，虽然仿佛邺下七子；但萧子良自己的作品，却远不及曹丕、曹植。所以能媲美曹氏父子的，竟不在齐代的萧氏，而在梁代的萧氏。

梁代萧氏父子四人，都能擅长文学，颇跟曹氏父子三人相仿。虽然两家风格完全不同，而论现存作品底数量，前者竟远过于后者。萧衍（梁武帝），字叔达，本竟陵八友之一；称帝以后，又历年颇长，所以著述很多，有集六十多卷，而诗赋占三分之一有奇。他兼信儒道释三教（曾自说"少时学周孔……中复观道书……晚年开释卷……会三教"），而晚年尤笃信浮屠。但他底诗文中，虽然发挥佛教思想的作品颇多，而多数的诗篇，仍不免因袭"雕藻淫艳"的流风。所以萧纲（简文帝）、萧绎（元帝），都是艳曲连篇；所谓宫体文学，就说是父唱子和，也不为过。

萧统（昭明太子），字德施，萧衍长子。他底作品，流传较少，大约因为不永年的缘故。但所辑《文选》三十卷，却为后来总集之祖；所谓专摹选体的文学家，至今奉为圭臬，所以影响于后来文学上的，实在不浅。他底诗，风格不遒；虽然很爱陶潜底诗文，给他作传，给他编集作序，而丝毫不受他底影响。不过在父子四人中，艳体诗却是比较地算是最少的。

萧纲，字世缵，萧衍第三子，有集八十五卷；萧绎，字世诚，萧衍第七子，有集六十二卷：都是著述很富的。萧纲爱作艳曲，江左方面，一时成为风气，于是有宫体的名称。萧绎步武父兄，诗赋也多绮艳。

萧氏父子四人中，除萧统早夭外，其余三人都遭亡国杀身的惨祸。不但萧衍武功远逊曹操，就是萧纲、萧绎也不能像曹丕、曹植底令终。他们诗文中都含有亡国靡靡之音，也许不无关系。

萧衍底乐府中，有《江南弄》七篇，萧纲也有《江南弄》三篇，都是七音的三停、三音的四停的长短停体；而第一个三音停，就是第三个七音停末三音底反复；并且都另有一个三音停和一个五音停的和辞。虽然没有严格的抑扬律，而却已经有一定的等差律了。沈约也有相类的《江南弄》四首，可见这是那时候的定体，而为后代词体底权舆。现在各录萧氏父子底《龙笛曲》一首如下：

> 和云，"江南音，一唱值千金"。
> 美人绵眇在云堂，雕金镂竹眠玉床，婉爱寥亮绕虹梁。绕虹梁，流月台；驻狂风，都徘徊。
> ——梁萧衍《江南弄·龙笛曲》（例一百九十一）
> 和云，"江南弄，真能下翔凤"。
> 金门玉堂临水居，一唱一笑千万余，游子去还愿莫

疏。愿莫疏，意何极；双鸳鸯，两相忆。

————梁萧纲《江南弄·龙笛曲》（例一百九十二）

任昉，字彦昇；沈约，字休文：在竟陵八友中，声誉跟谢朓相并。谢朓工诗，任昉能文，而沈约诗文并擅。当时对于这两人，有任笔沈诗的定评。任昉很以此种定评为耻，晚年作诗刻意求工，想压倒沈约，但终于不能如愿。他做御史中丞时，有奏弹刘整的弹事文一篇，首尾都是骈体，而中间一大段，却用语体散文夹叙原告刘寅妻范氏、被告刘整和各证人底口供，这是汉代王褒《僮约》以后的第二篇古白话文。沈约虽然诗文并擅，但在当代，也并不能凌驾谢朓、任昉。钟嵘《诗品》说他底诗"宪章鲍明远"；又说他词密于范（云），意浅于江（淹）。他曾撰《四声谱》，自以为入神之作。虽然当时萧衍、陆厥都表示反对和怀疑的态度，但后世诗篇中的抑扬律，实从此构成，可见他在中国韵律进化史上，是占很重要的位置的。

此外如陆倕文笔，比肩任昉；范云诗篇，亚于沈约；何逊、刘孝绰、王筠、张率、周兴嗣、吴均、丘迟、到溉、到洽之流，都被当时所推重；而徐摛、庾肩吾二人，更都是名子之父，却不仅依子而得名。

其间有一个身历三朝，起于宋而没于梁的江淹，是一个善于摹拟的诗人。他底作品，如《遂古篇》《杂词》《山中楚辞》等，摹拟《楚辞》；杂体三十首，摹拟汉以后诸家的诗；又有《学魏文帝》一首、《效阮公诗》十五首。虽然有些都不及原作，但也颇能各各相肖。并且他因为常常拟古的缘故，所以不受永明体底影响，可称为齐梁间的老成典型。他有《恨赋》《别赋》各一篇，音节体裁自成一派，为后来赋家模范，至今脍炙人口。

沈约、范云、何逊、江淹底诗，各录一篇如下：

缘阶已漠漠，泛水复绵绵；微根如欲断，轻丝似更联；长风隐细草，深堂没绮钱；郁郁无人赠，葳蕤徒可怜。

——梁沈约《咏青苔》（例一百九十三）

巫山高不极，白日隐光辉；霭霭朝云去，溟溟暮雨归；岩悬兽无迹，林暗鸟疑飞；枕席竟谁荐？相望空依依。

——梁范云《巫山高》（例一百九十四）

客心愁日暮，徙倚空望归；山烟满树色，江水映霞辉；独鹤凌空逝，双凫出浪飞；故乡千余里，兹夕寒无衣。

——梁何逊《日夕出富阳浦口和朗公》（例一百九十五）

种苗在东皋，苗生满阡陌；虽有荷锄倦，浊酒聊自适；日暮巾柴车，路暗光已夕；归人望烟火，稚子候檐隙。问君亦何为？百年会有役；但愿桑麻成，蚕月得纺绩；素心正如此，开径望三益。

——梁江淹《陶征君潜田居》（例一百九十六）

从前引四例中，可见前三例已经跟唐代律体相差不远，而第四例却迥然不同。

梁代文学，在六朝中可算极盛。创作方面不消说了，就是批评和选辑的工作，也都肇始于这个时期。魏有曹丕底《典论·论文》，晋有挚虞底《文章流别》，都是文学批评底胚胎。但现存

159

而较有系统，能明流变的，却要算梁代刘勰《文心雕龙》和钟嵘底《诗品》。挚虞曾撰《古文章类聚》，区分为三十卷，名为《流别集》，但现在已经不传。所以后来诗文总集底元祖，又不得不推萧统底《文选》、徐陵底《玉台新咏》。那么，梁代跟后来文学底关系，不但在抑扬律萌芽的这一点上了。

梁代宫体文学底流风，到陈代而变本加厉，就是所谓狎客文学了。陈叔宝（后主）酣歌恒舞，流连荒亡，是一个颓废派的天子。《玉树后庭花》诸曲，不但词华浮靡，而且音律哀艳；于是上行下效，又有颓废派的诸臣，做他底狎客；而江左偏安的局面，就从陈代灭亡而告终了。其实此等人如果只叫他们生在政治清明的时代，居文学侍从之臣的地位，做一个娱乐贵族的倡优之流，也许不至于亡国破家。

不幸使他们做了帝王卿相，把帝王卿相应做的事业抛掉了，去做那帝王卿相所不应做的，哪得不把政治弄得一塌糊涂，而被敌国外患所乘呢？叔宝以前的萧纲、萧绎，叔宝以后的杨广（隋炀帝），都是这一流人。所以清代郑燮《南朝》诗说："风流不是君王派，请入鸡林谢翠华。"赵庆熺《金陵杂诗》也说："南朝才子都无福，不作词臣作帝王。"

当时被称为狎客的，有江总、陈瑄、孔范、王瑷等十余人，而江总是其中的魁首。江总，字总持，济阳考城人，在梁代已有诗名，被萧衍所嗟赏。陈后主时，身为宰辅，而不管政务；但天天和陈瑄等诸狎客，跟着叔宝在后庭游宴，因此纲纪不立，国政颓荒，君臣昏乱，以至灭亡。但是他还自称"归心释教"；释教禁欲，而他却纵欲如此，不是很矛盾的吗？可见六朝时候，虽然佛教思潮很是普及，而在他们名士派的贵族，无非借此作妆点品罢了。

> 丽宇芳林对高阁，新妆艳质本倾城；映户凝娇乍不进，出帷含态笑相迎；妖姬脸似花含露，玉树流光照后庭。
>
> ——陈叔宝《玉树后庭花》（例一百九十七）

> 南飞乌鹊北飞鸿，弄玉兰香时会同；谁家可怜出窗牖，春心百媚胜杨柳；银床金屋挂流苏，宝镜玉钗横珊瑚；年时二八新红脸，宜笑宜歌羞更敛；风花一去沓不归，只为无双惜舞衣。
>
> ——江总《东飞伯劳歌》（例一百九十八）

以上二例，是狎客文学底一斑，足见"雕藻淫艳"之极了。

徐庾并称，在梁代大通间已被称为双俊。庾信，字子山，为庾肩吾之子，后来流寓北周，以南人而为北朝生色；徐陵，字孝穆，为徐摛之子，由梁入陈，禅代之间，一切诏策玺书之类都出于他底手笔，和齐梁禅代之间的任昉一样。不过任昉不长于诗，而他却诗文并工。他底诗文，虽然跟后来的狎客文学略有不同，而和庾信都属绮艳一流，所以被后世称为徐庾体。

此外如阴铿、张正见，并工五言；沈炯能文，善作表启：也都有名于当时的。

陈代的诗篇，更跟唐律相近，竟有完全无异于唐律的。例如：

> 袅袅河堤树，依依魏主营；江陵有旧曲，洛下作新声；妾对长杨苑，君登高柳城；春还应共见，荡子太无

情。

　　　　　　——徐陵《折杨柳》（例一百九十九）

　　新宫实壮哉，云里望楼台；迢递翔鹍仰，连翩贺燕
来；重檐寒雾宿，丹井夏莲开；砌石披新井，梁花画早
梅；欲知安乐盛，歌管杂尘埃。

　　　　　　——阴铿《新成安乐宫》（例二百）

　　岩间度月华，流彩映山斜；晕逐连城璧，轮随出塞
车；唐蒙遥合影，秦桂远分花；欲验盈虚理，方知道路
赊。

　　　　　　——张正见《关山月》（例二百零一）

　　试看，上引三例，都完全跟唐律相同；不过第二百例比唐代
五言律诗多一联罢了。

　　有名的南朝金粉，作成了"儿女情多，风云气少"的南朝文
学。这种文学的倾向，经过宋、齐、梁、陈四代而达于极点；它
底气运，也仿佛跟着陈代偏安的王气，黯然而收了。但是含有异
族色彩的北朝文学，又怎样呢？

　　东晋百余年间，中国北部有五胡之乱，所以文学作品流传下
来的很少；但是跟宋、齐、梁、陈对立的北魏和北齐、北周，经
过了二百年，文学作品底数量也远不及南朝。不但数量不及，就
是把内容方面品题起来，也不能跟南朝比拟；而除温子昇、邢
邵、魏收三人，号称三才以外，还仗着南人庾信、王褒给北朝撑
持门面。不但庾信、王褒自南徂北，就是三才中的邢邵、魏收，

也是模仿南人的。难道拓跋宏①（孝文帝）底提倡，不能振起文学底颓风吗？还是北方尚武而不宜文，以致文学上有北风不竞的现象呢？

温子昇，字鹏举，晋代温峤之后，本居江左，祖父恭之，才北迁济阴，所以他虽是北人，实出南族。他底文笔，曾被萧衍所称，以为曹植、陆机复生；而拓跋晖业（济阴王）更以为"陵颜（延之）轹谢（灵运），含任（昉）吐沈（约）"。其实这种批评也未免溢美，不过他确是北魏文学家中的秀出者罢了。

邢邵，字子才，河间人。他底文笔，模仿沈约，见重当时，跟温子昇并称温邢。每作一文，远近钞录诵读，洛阳因而纸贵，他底被时流所推重，即此可以想见了。

温邢不但有文，兼有德行，为杨遵彦《文德论》所称道；而号为"惊蛱蝶"的轻薄魏收，却是"负才遗行"，有伤文德了。魏收，字伯起，巨鹿人，跟邢邵都是由魏入齐的。他底文笔，模拟任昉，当时有胜于温邢的评语，而他也常常跟邢邵争名。但是他虽然下笔捷速，辞藻富逸，文过温邢，而才高行鄙，当时已经被人诟病。至于所修《魏书》，更有"秽史"之名。他曾以为非能作赋不能算大才士，要把赋去压倒不作赋的温子昇和不长于作赋的邢邵；但是所作诸赋，现在都不传了。

温出南族，邢、魏都师法南人，这三个北朝文学的魁首，都是虽系北人而实跟南朝有关系的。至于北周的庾信、王褒，更都是以南人而流寓北方的了。庾信，南阳人，在梁时，跟徐陵并

_____

① 拓跋宏：底本误作"拓跋弘"。《魏书》帝纪第七载："高祖孝文皇帝讳宏，显祖献文皇帝之长子。"

为东宫抄撰学士，以有盛才，并蒙恩礼。后来为萧绎出使于西魏，被留不遣，遂称臣于北周，备受宇文氏诸贵族底推重。宇文迪（滕王）说他"妙擅文词，尤工诗赋，谋夺安仁（潘岳）之美，碑有伯喈（蔡邕）之情，箴似扬雄，书同阮籍"；虽然跟潘、蔡、扬、阮风格因时会而不同，势难比拟，而文章风采实足独步北方。他有集二十卷，大都是流寓北方以后的作品，在梁时的文集十七卷，都因离乱而亡失了。但是现在所存，又不过十分之一。唐代杜甫曾说"庾信文章独老成"，又说"清新庾开府"，而《北周书》本传却说"子山之文，发源于宋末，盛行于梁季，其体以淫放为本，其词以轻险为宗，故能夸目侈于红紫，荡心逾于郑卫。昔扬子云有言，'诗人之赋丽以则，词人之赋丽以淫'；若以庾氏方之，斯又词赋之罪人也"。其实说他底诗文"发源于宋末，盛行于梁季"，是不错的；但是他因为流转北方，既受地域改变的影响，又有羁栖飘泊的悲感，所以于绮艳之中，常含有清健凄怨的音节，这是徐陵所不及的。并且唐代诗文，实在可说是源出徐庾，又何至贬斥他为词赋罪人呢？所以我们毕竟要以杜甫清新老成的话为定论。试看他底《哀江南赋》，眷念乡关，自伤沦落，是一篇沧凉哀感的叙事的长抒情诗，简直可说是上接屈原，跟《离骚》异曲同工。至于他底五言诗，自然近乎唐律的更多了。

王褒，字子渊，琅邪人。梁亡入北，跟庾信并事北周，同见推重，但才名不及庾信。在梁时，曾作《燕歌行》，极写关塞寒苦之状，竟为后来北迁的先兆。

……若江陵之中否，乃金陵之祸始；虽借人之外力，实萧墙之内起；拨乱之主忽焉，中兴之宗不祀；伯兮叔兮，同见戮于犹子；荆山鹊飞而玉碎，随岸蛇生而珠死；鬼火乱于平林，殇魂游于新市。梁故丰徙，楚实秦亡；不有所废，其何以昌？有妫之后，将育于姜；输我神器，居为让王。天地之大德曰生，圣人之大宝曰位；用无赖之子弟，举江东而全弃；惜天下之一家，遭东南之反气；以鹑首而赐秦，天何为而此醉？且夫天道回旋，生民预焉；余烈祖于西晋，始流播于东川；洎余身而七叶，又遭时而北迁；提挈老幼，关河累年；死生契阔，不可问天；况复零落将尽，灵光岿然。……

　　　　　——庾信《哀江南赋》（例二百零二）

　　初春丽景莺欲娇，桃花流水没河桥；蔷薇花开百重叶，杨柳拂地数千条；陇西将军号都护，楼兰校尉称嫖姚。自从惜别春燕分，经年一去不相闻；无复汉地关山月，唯有汉北蓟城云；淮南桂中明月影，流黄机上织成文。充国行军屡筑营，阳史讨虏陷平城；城下风多能却阵，沙中雪浅诳停兵；属国小妇犹年少，羽林轻骑数征行；遥闻陌头采桑曲，犹胜边外胡笳声。胡笳向暮使人泣，长望闺中空伫立；桃花落地杏花舒，桐生井底寒叶疏；试为来看上林雁，应有遥寄陇头书。

　　　　　——王褒《燕歌行》（例二百零三）

　　《哀江南赋》是故国沦陷的追怀，《燕歌行》是异域飘零的预谶；而庾信底清新老成，王褒底丽而不淫，即此可见。

　　南朝文学"雕藻淫艳"的流风，到陈代而达于极点，于是又到了穷的一境，不能不变了。庾信、王褒以南人入北，因为地域底转移，感受了北方清健贞刚之气，已经把南派文学底面目，略加变更了。到了隋代平陈，统一南北，于是南北两派交流互感，为产出唐代文学的胚胎。所以有隋一代，一面为第四期文学底结穴，一面又为第五期文学底先河，正是文运转变间承先启后的一个大关键。

世人往往爱把隋代跟秦代相比，却也颇有类似之点。秦代嬴政吞灭六国，收拾了周末二百年间战国分裂之局；而隋代杨坚（文帝）灭齐篡周并陈，收拾了东晋以来三百年间南北分裂之局。秦代统一以后，不过十五年，又有陈涉、项籍等短期的分裂；而隋代统一以后，不过三十年，又有王充、李密等短期的分裂。秦代两世短期闰位，作汉代底前驱；而隋代两世短期闰位，作唐代底前驱。这些都是相类的。不过杨坚底横暴，不及嬴政；而杨广（炀帝）底淫荒，过于胡亥（秦二世）罢了。此外还有相类的一件事，就是嬴政、杨坚两人底复古运动。嬴政因为周末诸子百家学派蜂出，大家都根据了他们底私学相与非议朝廷底法教政令，不便于专制政体，所以下令：（一）"史官非秦纪，皆烧之"；（二）"非博士官所职，天下敢有藏诗书百家语者，悉诣守尉杂烧之"；（三）"有敢偶语诗书者弃市，以古非今者族，吏见知不举者与同罪"；（四）"所不去者，医药卜筮种树之书"；（五）"若欲有学，法令以吏为师"。这个运动，一面是禁止人民以古非今，一面却是要恢复周初学掌于官的制度，是一个禁止诸子百家底私学，恢复古代官学制度的复古运动。只消看他禁令第二条和第五条，可见博士官所职的诗书百家语是不烧的，依法以吏为师，是可以有学的了。所以嬴政底烧书，是一个学术制度的复古运动；而杨坚开皇年间，也有一个文体的复古运动。在杨坚以前，西魏末年，宇文泰（北周文帝）专政的时候，这种文体的复古运动已经有过一次。那时候宇文泰因为从晋末以来，文章都尚浮华，成为风俗，要革除这个弊端，便叫苏绰做了一篇模仿《尚书》的假古董的文章，名为《大诰》，以作模范，使从此以后，文笔都依此体。可是这个命令，当时也不见得十分有效。试看周代诸诏，并非都是这一类"点窜《尧典》《舜典》字"的文章，而骈四俪六之风，依然不绝。《周书·王褒庾信传论》中，也已经说"……绰建言务存质朴，遂糠粃魏晋，宪章虞夏，虽属词有师古之美，矫枉非适时之用，故莫能常行焉"了。到了杨坚代周，又因为不喜词华，强迫天下公私文翰都从实录；又把文表华艳的泗洲刺史司马幼之，付所司治罪；而治书侍御史李谔，更上书请矫正文体轻薄的弊风。他说：

> 臣闻古先哲王之化民也，必变其视听，防其嗜欲，塞其邪放之心，示以淳和之路……其有上书献赋，制诔镌铭，皆以褒德序贤，明勋证理，苟非征劝，义不徒然。降及后代，风教渐落，魏之三祖，更尚文词，忽君人之大道，好雕虫之小艺；下之从上，有同影响，竞骋文华，遂成风俗。江左齐梁，其弊弥甚，贵贱贤愚，唯务吟咏。遂复遗理存异，寻虚逐微：竞一韵之奇，争一字之巧；连篇累牍，不出月露之形，积案盈箱，唯是风云之状；世俗以此相高，朝廷据兹擢士；禄利之路既开，爱尚之情愈笃。于是间里童昏，贵游总丱，未窥六甲，先制五言。至如羲皇舜禹之典，伊傅周孔之说，不复关心，何尝入耳；以傲延为清虚，以缘情为勋绩；指儒素为古拙，用词赋为君子；故文笔日繁，其政日乱。……及大隋受命，圣道聿兴，屏出轻浮，遏止

华伪。……自是公卿大臣，咸知正路，莫不钻仰坟集，
弃绝华绮……如闻外州远县，仍踵敝风，选吏举人，未
遵典则……学不稽古，逐俗随时，作轻薄之篇章，结朋
党而求誉，则选充吏职，举送天朝。盖由县令刺史，未
行风教，犹挟私情，不存公道。……请勒诸司，普加搜
访；有如此者，具状送台！

——节录《隋书·李谔传》（卷六十六）

于是杨坚把此奏颁示天下，以期转移当时文学底倾向。这篇
文字，正跟李斯请禁私学、复官学的奏议相似，是魏晋以来文
学倾向的反动，不过没有焚书坑儒那么的辣手罢了。但是《隋
书·文学传》首说"高祖初统万机，每念斫雕为朴，发号施令，
咸去浮华；然时俗词藻，犹多淫丽，故宪台执法，屡飞霜简"，
可见当时积重难返，文体复古的不容易了。其实这种文学倾向，
虽然托始于魏晋，而自从晋室东迁以后，把建安太康底流风，移
植于江左，更受了地域上的影响，以致愈演而愈进，一往不返，
这也是自然的趋势。拓跋宏迁都洛阳，地域跟江左相接近，于
是南风北渐，一时文士都受了南派文学底影响；宇文氏吞并梁
荆，又有王庾之流移南就北，于是南风更播扇于关右，而这种
文学倾向的潮流，便蔓延于南北两方了。宇文泰、杨坚对于这种
文学倾向，都以为跟北人尚质朴、重实际的习惯不同，都想加以
矫正，力挽狂澜，于是有上述两番的复古运动。但是这种自然演
进的文学倾向，是浸淫三四百年而成的，绝非一朝一夕之间所能
变革；而且更不是仗着剿袭《尚书》字句的一篇假古董的文章，
和帝王底诏令、御史底纠察、所司底搜访，所能立刻奏移风易俗
之效的。文学上极端的复古，除产出几篇少数的假古董以外，是

不可能的。至于朝廷官吏法禁底威力，也只能强制一时，影响及于少数。所以这种强迫的复古运动，难免失败。只有如《隋书》所说：

> ……江左宫商发越，贵于清绮；河朔词义贞刚，重乎气质。气质则理胜其词，清绮则文过其意；理深者便于时用，文华者宜于咏歌：此其南北词人得失之大较也。若能掇彼清音，简兹累句，各去所短，合其两长，则文质彬彬，尽善尽美……
>
> ——节录《隋书·文学传》（卷七十六）

这种不违反自然的趋势，只是汇合两派，弃短取长的方法，自然比强迫的复古运动好得多。隋代统一南北以后，正可利用区宇不分的机会，做这种工作。可惜当时杨坚见不及此，偏偏误用了高压手段，去干那违反自然趋势的、行不通的复古运动，所以毕竟没甚成绩；而调和融合，演进而成新的文学倾向，不能不让唐代来负这责任了。

平陈一役，杨广以行军元帅，亲受陈叔宝之降，似乎应该以叔宝为前车之鉴了。然而即位以后，淫荒无度，竟蹈了叔宝颓废的覆辙，而且骄暴险诈，更什佰倍于叔宝，所以终于被宇文化及所杀，而结果更惨于叔宝。《隋书》说：

> 炀帝初习艺文，有非轻侧之论；暨乎即位，一变其风。其《与越公（杨素）书》《建东都诏》《冬至受朝诗》，及《拟饮马长城窟》，并存雅体，归于典制。虽意在骄淫，而词无浮荡，故当时缀文之士，遂得依而取正焉。
>
> ——节录《隋书·文学传》（卷七十六）

现在看他流传下来的作品，似乎这种批评并无不合。但是他底为人，是最善于矫饰的。当他做晋王的时候，阴谋夺嫡，曾有种种矫情饰貌的作伪的行为。所以他底非轻侧之论，安知不是一种借此迎合杨坚心理的诈术？就是即位以后的词无浮荡，也许只是涂饰臣民耳目的。现在所传的《持楫篇》《赠张丽华》《忆韩俊娥》诸诗，以及《望江南》八阕，诚然都是后人所伪托，但像《春江花月夜》《喜春游歌》《四时白纻歌》之类，也跟陈叔宝底《玉树后庭花》相差无几，可知也不见得绝对地词无浮荡了。况且《隋书》又曾说：

> 炀帝不解音律，略不关怀；后大制艳篇，辞极淫绮；令乐正白明达造新声，创《万岁乐》《藏钩乐》《七夕相逢乐》《投壶乐》《舞席同心髻》《玉女行觞》《神仙留客》《掷砖续命》《斗鸡子》《斗百草》《泛龙舟》《还旧宫》《长乐花》及《十二时》等曲，掩抑摧藏，哀音断绝；帝悦之无已。
>
> ——节录《隋书·音乐志》（卷十五）

一面说他"词无浮荡"，一面又说他"大制艳篇，辞极淫绮"，一书之中，自相矛盾，可见《文学传》中的话，并非信史，而所谓词无浮荡者，无非指《饮马长城窟》诸篇而言，无非杨广矫饰的诈术罢了。不过当时既有杨坚底文体复古运动在前，所以杨广有那些迎合心理、涂饰耳目的作品，而杨素也有"词气宏拔，风韵秀上"的《赠薛播州（道衡）》五言诗十四首，总算风会略有转移。可惜杨广矫饰的伎俩，终掩不住他颓废的本性；后来东西游幸，流连声伎，新声竞作，艳曲连篇，于是浮华淫靡的余焰重扬，终至于亡国杀身，而文运重新的事业，毕竟不属于隋代了。

杨广也是一个崇奉佛法的人，早年曾受菩萨戒，奉天台宗元祖释智颐为师。文集中书、令、文、疏，连篇累牍，盛谈禅理；诗中也有"于焉履妙道，超然登彼岸""抗迹禅枝地，发念菩提心"诸句。然而他禅理艳词，同出笔端，而且杀兄弑父，烝淫无度，不但为佛法所不许，并为世法所难容。于此益见六朝贵族底佞佛，并非真有虔信之心；而禁欲的佛教思潮，要使堕落的人性逆流，实无补于纵欲颓废倾向了。至于因为薛道衡文出其右，王胄《燕歌行》和作，过于他底原唱，惹起他底妒念，都把他们借端杀害；于他们死后，还要问他们更能作"空梁落燕泥"（薛诗佳句）、"庭草无人随意绿"（王诗佳句）否，忌刻如此，真是奇闻了。

当时诸臣中以文学著称的，有范阳卢思道、安平李德林、河东薛道衡、会稽虞世基、梁郡王胄等。他们底诗文，都是上承徐庾底流风，下开唐代底律体的；而卢薛诸体，更为唐人所宗尚。

卢思道字子行，李德林字公辅，薛道衡字玄卿，这三人都历仕齐、周、隋三朝，齐名而相友善。卢氏五七言兼长，如《听鸣蝉》《从军行》等篇，或为时人所推重，或为后代所传诵。李氏被魏收等所钦重延誉，而陈江总更称他为河朔英灵。薛氏才名，遍于南北，终以诗文得罪杨广，致遭冤杀。当他出使陈朝的时候，曾作一诗：

　　入春才七日，离家已二年；人归落雁后，思发在花前。

　　　　——《人日思归》（例二百零四）

南人初见此诗前半，就笑他道："这是什么话，谁说此虏解

171

作诗？"后来看到后半，不觉佩服他道："名下固无虚士。"虞世基字茂世，王胄字承基，都是由陈入隋的。徐陵曾以虞氏为今之潘陆，杨广曾说"气致高远，归之于胄；词清体润，其在世基"，两人被当时推重如此。

> 暮江平不动，春花满正开；流波将月去，潮水带星来。
>
> 夜露含花气，春潭漾月晖；汉水逢游女，湘川值两妃。
>
> ——杨广《春江花月夜》（例二百零五）

> 肃肃秋风起，悠悠行万里；万里何所行？横漠筑长城。岂台小子智？先圣之所营；树兹万世策，安此亿兆生；讵敢惮焦思，高枕于上京？两河秉武节，千里卷戎旌；山川互出没，原野穷超忽；拟金止行阵，鸣鼓兴士卒；千乘万骑动，饮马长城窟。秋昏塞外云，雾暗关山月；缘岩驿马上，乘空烟火发；借问长城候？单于入朝谒。浊气静天山，晨光照高阙；释兵仍振旅，要荒事方举；饮至告言旋，功归清庙前。
>
> ——杨广《饮马长城窟行》（例二百零六）

把这两例并看，便觉后者毕竟是矫饰，而前者却是他底本色了。

> 曲浦戏妖姬，轻盈不自持；擎荷爱圆水，折藕弄长丝；佩动裙风入，妆消粉汗滋；菱歌惜不唱，须待暝归时。
>
> ——卢思道《采莲曲》（例二百零七）

　　五里徘徊鹤，三声断绝猿；何言俱失路，相对泣离
樽；别意凄无已，当歌寂不喧；贫交欲有赠，掩涕竟无
言。

　　　　　　　　——王胄《别周记室》（例二百零八）

看这两例，便全是唐律了。

　　此外有琅邪颜之推，由梁奔齐，齐亡入周，周亡入隋，也是
以南人北迁，而辗转四朝的。曾作《观我生赋》，颇有清远之
致。现在所传，有《颜氏家训》二十篇；其中《文章》一篇，虽
不及《文心雕龙》底较有系统，但所论多切中当时文弊。他以为
文体应该今古两采，本末兼存，不主张极端的复古论，尤为中肯
之谈。

　　凡为文章，犹乘骐骥；虽有逸气，当以衔策制之，
勿使流乱轨躅，放意填坑岸也。文章当以理致为心肾，
气调为筋骨，事义为皮肤，华丽为冠冕。今世相承，趋
末弃本，率多浮艳：辞与理竞，辞胜而理伏；事与才
争，事繁而才损；放逸者流宕而忘归，穿凿者补缀而不
足：时俗如此，安能独违？但务去泰去甚尔。必有盛才
重誉，改革体裁者，实吾所希。古人之文，宏材逸气，
体度风格，去今实远；但缉缀疏朴，未为密致尔。今世
音律谐靡，章句偶对，讳避精详，贤于往昔多矣。宜
以古之制裁为本，今之辞调为末，并须两存，不可偏弃
也。

　　　　　　　　——节录《颜氏家训·文章》（篇九）

如此持论，不尚偏激，正跟前引《隋书·文学传》中"各
去所短，合其两长"的议论相类。后来唐代诗文，正是取此途

径的。所谓"时俗如此，安能独违"，比李谔底复古论明通得多了。

颜氏入隋以后，曾跟陆法言、刘臻、魏渊、卢思道、李若、萧该、辛德源、薛道衡等九人，同编《切韵》一书，这是跟唐宋诗篇很有关系的一件事。因为此书虽然经唐代孙愐增为《唐韵》，宋代陈彭年、邱雍等增为《广韵》，又由丁度等增为《集韵》，不过字数增加，而原定二百六部，都仍旧贯，为唐宋诗人所遵用者五百多年，于当时的四声确定，音韵统一，韵律形成上影响绝大。此书由陆法言主撰，其余八人参加撰集，从开皇初年至仁寿元年，凡经十余年而成。现在虽然原本已经亡佚，但《广韵》还存，就是《切韵》也随《广韵》而存了。此书因为要兼顾古今南北音韵底流变，所以分部很多。我们现在要考明古代韵纽，非从此书入手不可；所以它底影响，不但及于唐宋诗人，而且能作现代研究古韵古纽者底工具，是一部在中国音韵史上有绝大关系的书。

宇文泰、杨坚底复古运动，是要把月露风云、轻浮华伪、音律谐靡、章句偶对的今，回复到羲皇舜禹之典、伊傅周孔之说的古。但是这种今古之分，实在没有什么大区别。因为不论顺今和复古，他们所用的都是在口头上已经死了的工具——文言，而勉强使它活在纸面上的。它们大多数都是庙堂文学、贵族文学，而占住了那时候的文学底正统。然而这时候的文言文学，虽然占住了正统，但被压住了的语体的文学，也未尝不时时崛起，于文学界中扩张它底领土。试看晋代以后的乐府诗篇中所包含的草野文学、平民文学，便可知道。

晋代以后的乐府诗篇，如那些《郊庙歌辞》《燕射歌辞》

《鼓吹曲辞》《舞曲歌辞》，固然都是些特制的庙堂文学，差不多没有什么文学的价值；但是《横吹曲辞》《清商曲辞》之中，却有许多都是草野文学、平民文学，虽然也有出于贵族之手的。这些作品，因为当时南北分裂，所以很显明地有南北之分。大约南方文学，善于抒写儿女之情；北方文学，善于表现英雄之气。北方文学，当抒写儿女之情的时候，也都带着慷慨爽朗的英雄气息，不像南方文学底那么宛转缠绵。这固然由于南北地域底不同，但是一半也由于北方在分裂的四百年间，吸收了若干的新民族，把他们底民族性渗入于北方旧有的汉族文化中，而他们就给与北方文学以异族的色彩。至于南方，当晋室东迁以后，把中原文化搬到南方来，跟吴越荆楚方面的那些固有民族底文化相结合，于是也就产生了宛转缠绵的南方文学。所以我们可以说北方文学，是以中原旧民族为母，而侵入的北方新民族为父的；南方文学，是以南方旧民族为母，而迁来的中原新民族为父的。我们现在读南北两方的这些草野文学、平民文学的作品，觉得都有一种新鲜的趣味，不像前边所说的庙堂文学、贵族文学的那么沉闷。

南方的草野文学、平民文学，就是《清商曲辞》中的吴声歌曲和《西曲歌》。吴声歌曲，就是江南吴歌的文学；《西曲歌》就是荆楚西声的文学。吴声歌曲，大约是三国孙吴时代所固有的。司马炎灭吴以后，这种格调曾经流入北方，如孙皓戏弄司马炎的《尔汝歌》，就是这一类的格调。所以绿珠底《懊侬歌》，是当时北方的吴声歌曲。后来晋室东迁，建国于亡吴旧壤，于是那些南来的贵族，也渐染了吴风，而作起吴声歌曲来了。例如晋孙绰底《碧玉歌》，王献之底《桃叶歌》，宋刘骏底《丁督护歌》，鲍照底《吴歌》，梁萧衍底《子夜四时歌》，以及陈陈叔宝底《玉树后庭花》，都是贵族们所作的吴声歌曲。但是贵族们不过偶一为之，不认为正宗，所以作品不多；而且一经他们底手，就难免带些贵族色彩，陈叔宝底《玉树后庭花》就是一例。

吴声歌曲，有《子夜歌》《上声歌》《欢闻歌》《前溪歌》《阿子歌》《懊侬歌》《华山畿》《读曲歌》《神弦歌》等，而以《子夜歌》《读曲歌》底数量为最多。例如：

> 宿昔不梳头，丝发被两肩；婉伸郎膝上，何处不可怜。
>
> 始欲识郎时，两心望如一；理丝入残机，何悟不成匹！
>
> 郎为旁人取，负侬非一事；掎门不安横，无复相关意。
>
> 擎裙未结带，约眉出前窗；罗裳易飘扬，小开骂春风。
>
> 我念欢的的，子行由豫情；雾露隐芙蓉，见莲不分明。
>
> 侬作北辰星，千年无转移；欢行白日心，朝东莫还西。

——无名氏《子夜歌》（例二百零九）

> 歌谣数百种，《子夜》最可怜；慷慨吐清音，明转出自然。

——无名氏《大子夜歌》（例二百十）

《唐书·乐志》说：

> 《子夜歌》者，晋曲也。晋有女子名子夜，造此

声，声过哀苦。

这是《子夜歌》底起源；而前引《大子夜歌》，就是它们自身绝妙的评语。

当曙与未曙，百鸟啼窗前；独眠抱被叹，忆我怀中侬，单情何时双！

——包明月《前溪歌》（例二百十一）

我有一所欢，安在深阁里；桐树不结花，何由得梧子！

——无名氏《懊侬歌》（例二百十二）

未敢便相许；夜闻侬家论，不持侬与汝。

不能久长离；中夜忆欢时，抱被空中啼。

相送劳劳渚；长江不应满，是侬泪成许。

——无名氏《华山畿》（例二百十三）

千叶红芙蓉，照灼绿水边；余花任郎摘，慎莫罢侬莲！

思欢久；不爱独枝莲，只惜同心藕。

遣发不可料，憔悴为谁睹？欲知相忆时，但看裙带缓几许。

怜欢不唤名，念欢不唤字；连唤欢复欢，两誓不相弃。

打杀长鸣鸡，弹去乌臼鸟；愿得连冥不复曙，一年都一晓。

罢去四五年，相见论故情；杀荷不断藕，莲心已复生。

——无名氏《读曲歌》（例二百十四）

《读曲歌》底起源，传说不一。据《宋书·乐志》说：

> 《读曲歌》者，民间为彭城王义康作也。其歌云："死罪刘领军，误杀刘第四"是也。

据《古今乐录》说：

> 《读曲歌》者，元嘉十七年，袁后崩，百官不敢作声歌；或因酒宴，止窃声读曲细吟而已，以此为名。

但刘义康被徙，也是元嘉十七年。所以也许那时候盛行此调，民间就用此调为义康作歌。

又有《神弦歌》十一曲十八篇，其中如《宿阿曲》《道君曲》《圣郎曲》《娇女诗》《白石郎曲》《青溪小姑曲》《湖就姑曲》《姑恩曲》等，大约都是那时候扬子江流域旧民族底宗教颂歌，跟《楚辞》中的《九歌》相类；其余《采莲童曲》《明下童曲》《同生曲》等，也都是那时候娱神的民歌：所以总称为《神弦歌》。例如：

> 左亦不佯佯，右亦不翼翼；仙人在郎傍，玉女在郎侧；酒无沙糖味，为他通颜色。
>
> ——《神弦歌·圣郎曲》（例二百十五）

> 蹀躞越桥上，河水东西流；上有神仙，下有西流；鱼行不独自，三三两两俱。
>
> ——《神弦歌·娇女诗》二曲之一（例二百十六）

> 白石郎，临江居；前导江伯后从鱼。
>
> 积石如玉，列松如翠；郎艳独绝，世无其二。
>
> ——《神弦歌·白石郎曲》（例二百十七）

> 开门白水，侧近桥梁；小姑所居，独处无郎。
>
> ——《神弦歌·青溪小姑曲》（例二百十八）

湖就赤山矶；大姑大湖东，小姑居湖西。

——《神弦歌·湖就姑曲》二曲之一（例二百十九）

明姑遵八风，蕃谒云日中；前导陆离兽，后从朱鸟麟凤皇。

——《神弦歌·姑恩曲》二曲之一（例二百二十）

陈孔骄赭白，陆郎乘斑骓；徘徊射堂头，望门不欲归。

——《神弦歌·明下童曲》二曲之一（例二百廿一）

十一曲中所写的神灵，男女两性都有。《白石郎曲》描写男性神灵底美丽，用"积石如玉，列松如翠"的背景来象征他，是极妙的文学手段。我们试想，在"积石如玉，列松如翠"的背景当中，有一位"前导江伯后从鱼"而灵艳独绝的白石郎，是何等境界？不足教人神往吗？对于青溪小姑，也只写她所居的背景和独处的生活，而能使我们仿佛看见一位楚楚可怜、丰神独绝的女神，真是白描圣手！案梁代吴均《续齐谐记》中，有一段关于青溪小姑的神话，就是从《青溪小姑曲》推衍出来的。

会稽赵文韶，宋元嘉中为东扶侍廨；在青溪中桥，秋夜步月，怅然思归，乃倚门唱《乌飞曲》。忽有青衣，年可十五六许，诣门曰："女郎闻歌声有悦人者，逐月游戏，故遣相问。"文韶却不之疑，遂暂邀过。须臾，女郎至，年可十八九许，容色绝妙。谓文韶曰："闻君善歌，能为作一曲否？"文韶即为歌《草生盘石下》，声甚清美。女郎顾青衣取箜篌鼓之，泠泠似楚曲。又令侍婢歌《繁霜》，自脱金簪扣箜篌和之。婢乃歌曰：歌繁霜，繁霜侵晓幕；何意空相守，坐待繁霜落？

> 留连宴寝，将旦别去，以金簪遗文韶；文韶亦赠以
> 银碗及琉璃匕。明日，于青溪庙中得之，乃知所见，青
> 溪神女也。

——梁吴均《续齐谐记》

这段神人互恋的神话，是宋玉高唐神女、曹植洛川神女型的，大约因为《青溪小姑曲》中说她"独处无郎"，所以要使她有郎。但是原曲中一位孤贞幽独的女神，却变为怀春行露的女郎了。据《异苑》说，青溪小姑是蒋侯第三妹；而所谓蒋侯，就是晋代干宝《搜神记》所记，尝为秣陵尉，因击贼受伤而死的广陵蒋子文，被吴主孙权封为中都侯，立庙钟山的。因此，可以知道青溪小姑底被奉为神灵，大约在晋代以前，而《青溪小姑曲》至少是梁代以前的作品了。

从《神弦歌》中，我们可以大略知道那时候杨子江流域旧民族所奉多神教的情形。曲中所描写的神灵底生活，都是些青年男女的生活，跟人生很相接近；而如《白石郎曲》底描写男性美，尤其是其中的特色。

《西曲歌》出于荆郢樊邓之间，它底声节送和，跟吴歌不同，所以名为西曲；有《石城乐》《乌夜啼》《莫愁乐》《估客乐》《襄阳乐》《三洲歌》《襄阳蹋铜蹄》《采桑度》《江陵乐》《青阳度》《青骢白马》《共戏乐》《安东平》《女儿子》《来罗》《那呵滩》《孟珠》《翳乐》《夜度娘》《夜黄》《长松标》《双行缠》《黄督》《黄缨》《平西乐》《攀杨枝》《寻阳乐》《白附鸠》《拔蒲》《寿阳乐》《作蚕丝》《杨叛儿》《西乌夜飞》《月节折杨柳歌》等三十四曲。其中如《襄阳蹋铜

蹄》《白附鸠》等，大约民间原曲不传，而只存着那时梁代贵族们底拟作了。

闻欢远行去，相送方山亭；风吹黄蘗藩，恶闻苦离声。

——无名氏《石城乐》（例二百廿二）

可怜乌臼鸟，强言知天曙；无故三更啼，欢子冒暗去。

远望千里烟，隐当在欢家；欲飞无两翅，当奈独思何！

——无名氏《乌夜啼》（例二百廿三）

闻欢下扬州，相送楚山头；探手抱腰看，江水断不流。

——无名氏《莫愁乐》（例二百廿四）

郎作十里行，侬作九里送；拔侬头上钗，与郎资路用。

有信数寄书，无信心相忆；莫作瓶落井，一去无消息。

——齐释宝月《估客乐》（例二百廿五）

送欢板桥湾，相待三山头；遥见千幅帆，知是逐风流。

——无名氏《三洲歌》（例二百廿六）

伪蚕化作茧，烂漫不成丝；徒劳无所获，养蚕持底为？

——无名氏《采桑度》（例二百廿七）

暂出后园看，见花多忆子；乌乌双双飞，侬欢今何在？

——无名氏《江陵乐》（例二百廿八）

隐机倚不织，寻得烂漫丝；成匹郎莫断，忆侬经绞时。

青荷盖绿水，芙蓉披红鲜；下有并根藕，上生并目莲。

——无名氏《青阳度》（例二百廿九）

凄凄烈烈，北风为雪；船道不通，步道断绝。

吴中细布，阔幅长度；我有一端，与郎作裤。

微物虽轻，拙手所作；余有三丈，为郎别厝。

制为轻巾，以奉故人；不持作好，与郎拭尘。

东平刘生，复感人情；与郎相知，当解千龄。

——无名氏《安东平》（例二百三十）

闻欢下扬州，相送江津湾；愿得篙橹折，交郎到头还。

篙折当更觅，橹折当更安；各自是官人，那得到头还！

百思缠中心，憔悴为所欢；与子结终始，折约在金兰。

——无名氏《那呵滩》（例二百三十一）

新罗绣行缠，足跌如春妍；他人不言好，独我知可怜。

——无名氏《双行缠》（例二百三十二）

春蚕不应老，昼夜常怀丝；何惜微躯尽，缠绵自有时。

——无名氏《作蚕丝》（例二百三十三）

欢欲见莲时，移湖安屋里；芙蓉绕床生，眠卧抱莲子。

——无名氏《杨叛儿》（例二百三十四）

大约《西曲歌》中，送别望远的诗，比《子夜歌》《读曲歌》等《吴声歌曲》中为多；而两者有一相类之点，就是多用双关的修词法。如"理丝入残机，何悟不成匹"；"摛门不安横，无复相关意"；"风吹黄蘗藩，恶闻苦离声""遥见千幅帆，知是逐风流"；以及以丝为思，以莲为怜，以芙蓉为夫容，以梧子为吾子之类，都是那时候盛行的双关修词法。

《西曲歌》分倚歌和舞曲两种。据《古今乐录》说：凡倚歌，悉用铃鼓，无弦有吹。而舞曲都有舞的人数，在《古今乐录》中记明。倚歌底性质如何，现在不很明了，只能知道它不跟舞蹈相配而已。至于《杨叛儿》，据《唐书·乐志》所说，本是童谣歌。

我们读了上列各诗，觉得它们实在比那些贵族文学有趣味得多了。这因为它们都是没有做作，而且有许多都是用那时候的话在口头上的语言所写的。

汉代《铙歌》十八首，本是乐府所采的民间歌谣，编作《鼓吹曲辞》的。但是魏晋以后，直至隋代，所谓《鼓吹曲辞》，却是模仿汉代《铙歌》而失掉它们底本来面目的庙堂文学、贵族文学了。所以六朝底《鼓吹曲辞》中，找不出草野文学、平民文学的作品来。至于《横吹曲辞》中的《汉横吹曲》二十八解，为李延年所造，本是制诗协乐的乐府诗篇，现在原文已经完全不存，只有后来贵族们所摹拟的作品了。独有梁《鼓角横吹曲》中《企喻歌辞》等六十五首和《木兰诗》，却都是北方的草野文学、平民文学了。它们不知因何会成为南方的梁《鼓角横吹曲》，现在已经无可考了。

《横吹曲辞》中梁《鼓角横吹曲》，有《企喻歌》《琅琊王歌》《巨鹿公主歌》《紫骝马歌》《黄淡思歌》《地驱乐歌》《雀劳利歌》《慕容垂歌》《陇头流水歌》《隔谷歌》等三十六曲。

男儿可怜虫，出门怀死忧；尸丧狭谷中，白骨无人收。

——梁《鼓角横吹曲·企喻歌》（例二百三十五）

新买五尺刀，县著中梁柱；一日三摩娑，剧于十五女。

快马高缠鬃，遥知身是龙；谁能骑此马？唯有广平公（按《晋书·载记》：广平公，姚弼兴之子，泓之弟）。

——梁《鼓角横吹曲·琅琊王歌》（例二百三十六）

遥看孟津河，杨柳郁婆娑；我是虏家儿，不作汉儿歌。

健儿须快马，快马须健儿；跹跋黄尘下，然后别雄雌。

——梁《鼓角横吹曲·折杨柳歌》（例二百三十七）

以上三例，都是所谓表现北方的英雄之气的。

侧侧力力，念君无极；枕郎左臂，随郎转侧。

摩捋郎须，看郎颜色；郎不念女，不可与力。

——梁《鼓角横吹曲·地驱乐歌》（例二百三十八）

谁家女子能行步？反著夹襌后裙露；天生男女共一处，愿得两个成翁妪！

华阴山头百丈井，下有流水彻骨冷；可怜女子能照影，不见其余见斜领。

黄桑柘屐蒲子履，中央有丝两头系；小时怜母大怜婿，何不早嫁论家计？

——梁《鼓角横吹曲·捉搦歌》（例二百三十九）

腹中愁不乐，愿作郎马鞭；出入揽郎臂，蹀座郎膝边。

——梁《鼓角横吹曲·折杨柳歌》（例二百四十）

南山自言高，只与北山齐；女儿自言好，故入郎君怀。

黄花郁金色，绿蛇衔珠丹；辞谢床上女，还我十指环。

——梁《鼓角横吹曲·幽州马客吟歌》（例二百四十一）

门前一株枣，岁岁不知老；阿婆不嫁女，那得孙儿抱？

敕敕何力力，女子临窗织；不闻机杼声，只闻女叹息。

问女何所思？问女何所忆？阿婆许嫁女，今年无消息。

——梁《鼓角横吹曲·折杨柳枝歌》（例二百四十二）

以上五例，虽是写儿女之情，而充满了慷慨爽朗的英雄气息，我们一看，就觉得它们跟宛转缠绵的《吴声歌曲》和《西曲

185

歌》不同。

至于《木兰诗》，是一般人所传诵的。它所描写的，是一个北方的英雄女子，而所用的就是那时候的语言。这篇诗底价值，跟《孔雀东南飞》差不多，而笔调却完全两样。但是历来笔记志乘中关于木兰的传说，异说纷纭，莫衷一是。关于姓氏，有以为姓朱的，有以为姓魏的，有以为姓花的。关于时代，有以为梁代人的，有以为北魏时人的，有以为隋代人的。关于籍贯，有以为在湖北黄州黄冈的，有以为在河南光州光山的，有以为在直隶保定完县的，有以为在安徽颍州亳州的，有以为在河南归德商邱的，有以为在甘肃凉州武威的，有以为在突厥启民部落的。近人姚大荣氏，曾经根据诗中的人物（可汗、天子、胡骑）、地理（黄河黑山、燕山、明堂）、岁序（十年、十二年）、时制（策勋十二转、对镜帖花黄）等，考定木兰为姓木名兰，隋末唐初人，属当时被称为解事天子和大度毗伽可汗的梁师都底部下，住在现在甘肃宁夏东北境（详见《东方杂志》二十二卷第二号《木兰从军时地表微》一文）。但是近人徐中舒氏，又加以驳正，以为姚氏疏于考证，不免附会武断；所举证据，都不足证明木兰为梁师都部下之说。他疑心木兰是复姓，是中原的异族。又根据《唐六典》，证明"策勋十二转"，是唐代勋官之制，创始于唐高祖武德七年；而杜甫《草堂诗》"大官喜我来"四韵，是摹仿《木兰诗》"耶娘闻女来"三韵的：所以断定《木兰诗》是作于初唐、盛唐之间。不过木兰究竟是什么地方人，天子、可汗所指何人，不能确定（详见《东方杂志》第二十二卷第十四号《木兰歌再考》一文）。然而姚说固然未必可靠，徐说也未必尽然。因为咱们现在仔细地观察此诗，中间颇有文人修改点窜的痕迹。

　　唧唧复唧唧，木兰当户织；不闻机杼声，唯闻女叹息。问女何所思？问女何所忆？女亦无所思，女亦无所忆。昨夜见军帖，可汗大点兵；军书十二卷，卷卷有爷名。阿爷无大儿，木兰无长兄；愿为市鞍马，从此替爷征！东市买骏马，西市买鞍鞯，南市买辔头，北市买长鞭。旦辞爷娘去，暮宿黄河边；不闻爷娘唤女声，但闻黄河流水鸣溅溅。旦辞黄河去，暮至黑水头；不闻爷娘唤女声，但闻燕山胡骑声啾啾。万里赴戎机，关山度若飞；朔气传金柝，寒光照铁衣；将军百战死，壮士十年归。归来见天子，天子坐明堂；策勋十二转，赏赐百千强。可汗问所欲，木兰不用尚书郎；愿借明驼千里足，送儿还故乡！爷娘闻女来，出郭相扶将；阿姊闻妹来，当户理红妆；小弟闻姊来，磨刀霍霍向猪羊。开我东阁门，坐我西间床；脱我战时袍，著我旧时裳；当窗理云鬓，对镜帖花黄。出门看火伴，火伴皆惊忙；同行十二年，不知木兰是女郎。雄兔脚扑朔，雌兔眼迷离；双兔傍地走，安能辨我是雄雌？

　　——梁《鼓角横吹曲·木兰诗》（例二百四十三）

　　此诗是北方的平民文学，所以所用的是当时的白话。但是现在看起来，前后都是比较地质朴的白话，而中间"万里赴戎机……壮士十年归"六停，却是比较精炼的文言，跟前后截然不同。这显然是经文人修改的。还有一个修改的痕迹，就是诗中对于君主，前后都称可汗，而中间忽称天子。向来解释此诗的人，有以为天子、可汗是指一人的，也有以为是指两人的。其实原文或许都称可汗，而中间经文人改窜，把"归来见可汗，可汗坐明堂"的两个"可汗"给改成"天子"了。并且这一节的四停，紧接前六停；改的人随手改下，所以两个"可汗"都换了"天子"，而前后都不曾改。就是起于唐代初年的"策勋十二转"的官制，又安知不是唐代文人所改？因此，咱们可以认此诗为北方魏周隋间流传于民间的作品，而经唐代文人改窜的。至于此诗跟北歌有源流的关系，也是很显明的。例如前引《折杨柳枝歌》（二百四十二例）后两曲，跟此诗前两节大同小异；《地驱乐歌》底"侧侧力力"，又跟此诗首停（《文苑英华》本作"唧唧何力力"）和《折杨柳枝歌》底"敕敕何力力"略同。又，前引《折杨柳歌辞》（二百三十七例）后曲末停"然后别雄雌"，也跟此诗末停相类。徐中舒氏以这些为《木兰诗》出于北歌之证，是很不错的。

此外描写北方女性底英雄气的，如《魏书》所载的民歌：

李波小妹字雍容，褰裙逐马如卷蓬，左射右射必叠双；妇女尚如此，男子安可逢？

——无名氏《李波小妹歌》（例二百四十四）

北方贵族中，有两篇绝好的作品：其一是北魏胡太后所作的《杨白花》；其二是北齐斛律金所作的《敕勒歌》。

阳春二三月，杨柳齐作花；春风一夜入闺闼，杨花飘荡入南家。含情出户脚无力，拾得杨花泪沾臆；秋去春还双燕子，愿衔杨花入窠里！

——魏胡太后《杨白花》（例二百四十五）

敕勒川，阴山下，天似穹庐，笼盖四野；天苍苍，

188

野茫茫，风吹草低见牛羊。

——齐斛律金《敕勒歌》（例二百四十六）

胡太后是魏拓跋恪（宣武帝）之妾，子拓跋诩（孝明帝）即位以后，称太后，临朝称制；曾逼通武都仇池人杨华（本名白花），杨华怕有祸患，投降南方的梁朝。胡氏很恋念他，作这《杨白花歌》，使宫人连臂蹋足，跳舞歌唱，音节很是凄惋。这是一篇北方女性的恋歌，颇有南方宛转缠绵的气息。斛律金是鲜卑族人。北齐高欢去攻打北周，兵士十成死了四五成，高欢气得害起病来。北周宇文泰下令道："高欢鼠子，亲犯玉壁；剑弩一发，元凶自毙。"高欢听到了，勉强起来坐着，以安部下兵心；并且召集一班贵族，叫斛律金唱这《敕勒歌》，高欢自己也和着他唱。原歌是鲜卑语，现在所引是它底译文。咱们看他把天高野旷、风劲草肥的景物，写得多么苍莽伟大；而英雄气概，自然充满于其间。据说斛律金是一个不识字的异族武夫，却能做出这样好诗，可见他那文学天才之大！咱们虽然不能看见而且懂得它的原文，但是译文也尽够好了！这两篇都是贵族作品而平民化的，都是用当时的白话所写，所以咱们也可当它作平民文学看。

贵族文学，虽然也有南北之分，却还不大显著。平民文学中南北民族性底不同，完全宣露出来了。可见贵族文学是虚伪的，而平民文学是真实的。所以那时候南北两方的贵族文学感动咱们的力量，远不及平民文学。

古代文章，本来没有什么骈体、散体的区别。但因为中国文字，是单音而没有语尾底变化的，所以很容易作成整齐的联和排，而《尚书》《周易》诸经，以及百家子书的文章，常常有联和排错杂于散文之中。前汉底赋辞，本来源出《楚辞》，而像王褒之流，作品中已经多用排偶。但是无韵之文，还是多用单行的语调。后汉文体变迁，论辨文中，也以单行的文气，运用起联排来。到了建安时代，邺下七子的文辞，便多用联排来代单行了。于是骈四俪六的倾向造成，而六朝时代，便为骈文盛行的世界。所以后汉是由散趋骈的时代，三国是以骈代散的时代，而六朝差不多是有骈无散的时代。这种由散趋骈的倾向，不但文辞方面如此，就是诗篇里面，也很显著地可以看出。试看太康以后的诗篇，大抵多用丽辞偶句；能超出这种倾向之外的，可以说只有左思和陶潜。这固然由于时代变迁，风会所趋；但是也由于中国底文字，本来含有骈俪的可能性的缘故。晋宋之间，骈体文已经盛行了。它合散体文底不同，就是应用整齐律（即均等律）、对叠律（即俦偶律也即骈偶律，近来新改为对叠律，分当对律、重叠律两种）。文中虽然也用着抑扬，但还不曾有意识地认识抑扬律。自从齐代永明年间，周颙、沈约、王融、谢朓一班人，确定了四声，创为"宫羽相变，低昂舛节，前有浮声，后须切响，一简之内，音韵尽殊，两句之中，轻重悉异"之论，把它应用到诗文中来；于是骈体文中，便应用着抑扬律，而渐渐严密起来了。所以从外形上看，由散趋骈的倾向，就是文章底诗篇化的倾向。不过咱们当然还要问它们底内容如何。其中写景或抒情的，如鲍照《登大雷岸与妹书》，就是富有诗味的。又如：

> 零雨送秋，轻寒迎节；江枫晓落，林叶初黄。……白云在天，苍波无极；瞻之歧路，眷慨良深。爱护波潮，敬勖光采。
>
> ——梁萧纲《与萧临川书》（例二百四十七）

山川之美，古来共谈；高峰入云，清流见底。……晓雾将歇，猿鸟乱鸣；夕日欲颓，沉鳞竞跃。……

——梁陶弘景《答谢中书书》（例二百四十八）

……虽帐前微笑，涉想犹存；而帏里余香，从风且歇。……心如膏火，独夜自煎；思等流波，终朝不息。……

——梁何逊《为衡山侯与妇书》（例二百四十九）

风烟俱净，天山共色；从流飘荡，任意东西。自富阳至桐庐，一百许里，奇山异水，天下独绝。水皆缥碧，千丈见底；游鱼细石，直视无碍。急湍甚箭，猛浪若奔；夹岸高山，皆生寒树。负势竞上，互相轩邈；争高直指，千百成峰。泉水激石，泠泠作响；好鸟相鸣，嘤嘤成韵。蝉则千转不穷，猿则百叫无绝。……横柯在上，在昼犹昏；疏条交映，有时见日。

——梁吴均《与宋元思书》（例二百五十）

……梅溪之西，有石门山者；森壁争霞，孤峰映日；幽岫含云，深溪蓄翠。蝉吟鹤唳，水响猿啼，英英相杂，绵绵成韵。……

——梁吴均《与顾章书》（例二百五十一）

……想镜中看影，当不含啼；栏外将花，居然俱笑。分杯帐里，却扇床前；故是不思，何时能忆！……

——北周庾信《为梁上黄侯世子与妇书》（例二百五十二）

这些都是能用白描的笔墨，写出自然的景物、想思的情绪来的，合堆砌故实的不同。所以它们底外形和内容，都是诗篇化的。虽然内容不能通体如此，然而这所节取的，谁也不能否认它们诗味底浓厚。

中国底文学批评，向不发达。虽然赵宋以后，诗话、词话、四六话之类很多；魏代曹丕《典论》以后，论文的文字也颇不少；但是都是鳞爪的、片段的，而没有有系统的、说明流变的。比较地能够做到这两点的，至今只有梁代东莞刘勰底《文心雕龙》和颖川钟嵘底《诗品》。

刘勰，字彦和，天监中曾作东宫通事舍人，后来出家做和尚，改名慧地。《文心雕龙》五十篇，自《原道》至《书记》二十五篇，论文章底体制，是文体论。其中自第五篇至第十五篇，为：

  （五）《辨骚》　（六）《明诗》

  （七）《乐府》　（八）《诠赋》

  （九）《颂赞》　（十）《祝盟》

  （一一）《铭箴》　（一二）《诔碑》

  （一三）《哀吊》　（一四）《杂文》

  （一五）《谐讔》

共十一篇，是论那时候所谓"有韵者文"的文的。自第十六篇至第二十五篇，为：

  （一六）《史传》　（一七）《诸子》

  （一八）《论说》　（一九）《诏策》

  （二十）《檄移》　（二一）《封禅》

  （二二）《章表》　（二三）《奏启》

  （二四）《议对》　（二五）《书记》

共十篇，是论那时候所谓"无韵者笔"的笔的。自《神思》至《程器》二十四篇，论文章底工拙，是修辞论和文章论。如果以其中第四十四篇《总术》为纲，可以依他《附会》篇"……以情志为神明，事义为骨髓，辞采为肌肤，宫商为声气"的话，把各篇分为四目，如下：

（二六）《神思》　　（二七）《体性》

（二八）《风骨》　　（二九）《通变》

（三十）《定势》　　（四二）《养气》

是属于情志一目的。

（三二）《镕裁》　　（四三）《附会》

是属于事义一目的。辞采一目，又分两类：

（三四）《章句》　　（三五）《丽辞》

（三九）《练字》

是属于辞的一类的。

（三一）《情采》　　（三六）《比兴》

（三七）《夸饰》　　（三八）《事类》

（四十）《隐秀》　　（四一）《指瑕》

是属于采的一类的。至于属于宫商一目的，只有：

（三三）《声律》

一篇，就是论文章底音节的。其余杂篇，他底《序志》篇中，曾经自说：

崇替于（四五）《时序》，褒贬于（四七）《才略》，怊怅于（四八）《知音》，耿介于（四九）《程器》。

所以《时序》是论时代底变迁的，《才略》是论材性底差异的，而《知音》略论鉴赏，《程器》略论修养。最后《序志》一篇，说明著书的原因，就是他底自序。篇中说：

193

> 盖《文心》之作也，本乎道，师乎圣，体乎经，酌乎纬，变乎骚，文之枢纽，亦云极矣。

所以首列：

> （一）《原道》　（二）《征圣》
>
> （三）《宗经》　（四）《正纬》

四篇，而继之以《辨骚》以下各篇。此各篇作法底大致，他又自有说明：

> ……若乃论文叙笔，则圃别区分；（一）原始以表末；（二）释名以章义；（三）选文以定篇；（四）敷理以举统。

（一）是说明文体底源流；（二）是确定篇名底界说；（三）是举古人作品以示例；（四）是指陈此体底作法。所以此书虽然不能合现代东西洋文学批评论相提并论，而且也不能使咱们满意，但是它确是比较地有系统的，能说明流变的。无怪他说：

> 详观近代之论文者，多矣。至如魏文述《典》，陈思序《书》，应场《文论》，陆机《文赋》，仲洽《流别》，宏范《翰林》，各照隅隙，鲜观衢路；或臧否当时之才，或铨品前修之文，或泛举雅俗之旨，或撮题篇章之意。魏《典》密而不周，陈《书》辨而无当，应《论》华而疏略，陆《赋》巧而碎乱，《流别》精而少功，《翰林》浅而寡要。又君山、公幹之徒，吉甫、士龙之辈，泛议文意，往往间出；并未能振叶以寻根，观澜而索源；不述先哲之诰，无益后生之虑。

在那个时代，固然不愧为空前；就是一千四百年来，它在中国文学批评界中的位置，因为后来者不能居上，还不能不推它为第一。对于这一点，咱们一面推重此书底价值，一面不能不慨叹中国文学批评底不长进了！

钟嵘，字仲伟，曾作临川王底行参军和衡阳王、晋安王底记室。《诗品》三卷，把汉魏至梁初的诗家，分为上、中、下三品，而各各加以评骘。虽然他底品题，不见得完全确当，例如列陶潜于中品，但是他颇能注意各家底源流。它是后来一切诗话底创始者，而后来一切诗话，似乎都不能及它。还有一点，值得咱们注意的，就是他是一个反抗当时的声病论者。他在下卷《自序》中说：

昔曹、刘殆文章之圣，陆、谢为体贰之才；锐精研思，千百年中，而不闻宫商之辨，四声之论。或谓前达偶然不见，岂其然乎？尝试言之：古曰诗颂，皆被之金竹；故非调五音，无以谐会。若"置酒高堂上""明月照高楼"，为韵之首；故三祖之词，文或不工，而韵入歌唱；此重音韵之义也，与世之言宫商异矣。今既不被管弦，亦何取于声律耶？齐有王元长者，尝谓余曰："宫商与二仪俱生，自古词人不知之；惟颜宪子乃云律吕音调，而其实大谬。唯见范晔、谢庄，颇识之耳。"尝欲进《知音论》，未就。王元长创其首，谢朓、沈约扬其波。三贤或贵公子孙，幼有文辩。于是士流景慕，务为精密，襞襀细微，专相陵架；故使文多拘忌，伤其真美。余谓文制本须讽读，不可蹇碍；但令清浊通流，口吻调利，斯为足矣。至平上去入，则余病未能；蜂腰鹤膝，闾里已具。……

《南史》以为他曾经求赞美于沈约，而被沈约所拒绝；所以沈约死后，他就作《诗品》，把沈约列入中品，以报宿憾。这话未免诬蔑他了。因为他那"文多拘忌，伤其真美"的批评，确能指出声病论者底弊窦；而他批评沈约的话，也颇中肯。他又反对堆砌故实，在中卷《自序》中说：

> 夫属辞比事，乃为通谈。若乃经国文符，应资博古；撰德驳奏，宜穷往烈。至乎吟咏情性，亦何贵乎用事？"思君如流水"，既是即目；"高台多悲风"，亦唯所见；"清晨登陇首"，羌无故实；"明月照积雪"，讵出经史？观古今胜语，多非补假，皆由直寻。颜延、谢庄，尤为繁密，于时化之。故大明、泰始中，文章殆同书抄。近任昉、王元长等，词不贵奇，竟须新事；尔来作者，浸以成俗。遂乃句无虚语，语无虚字；拘挛补衲，蠹文已甚。但自然英旨，罕值其人；词既失高，则宜加事义。虽谢天才，且表学问，亦一理乎！……

可见他是主张白描，不爱堆砌的。他这两种文学观，都是合那时候的风尚相反抗，而想力追汉魏的。但是拘牵声病和堆砌故实的流风，已经披靡一世；他虽高唱反对论，也终归无益。足见文学底时代潮流，是不容易制遏的。

文学批评而外，做选辑的工作的，有萧统底《文选》和徐陵底《玉台新咏》。它们远仿《毛诗》《楚辞》，近接挚虞底《古文章类聚》，为后来一切总集底祖宗。《文选》偏重藻采，《玉台》专收艳体，虽然都不无流弊；但是许多古代诗文，得藉此保存，毕竟是其功不可没的！

　　第三期前半的汉人小说，已经完全不存了。但是现在还有好几种称为汉人所撰的小说，如前篇所举出的：《神异经》一卷，《十洲记》一卷，都称为东方朔所撰；《汉武帝故事》一卷，《汉武帝内传》一卷，都称为班固所撰；《汉武洞冥记》四卷，称为郭宪所撰；《西京杂记》六卷，称为刘歆所撰；《飞燕外传》一卷，称为伶玄所撰；而《杂事秘辛》一卷，不题作者姓名，大约也托之于汉人。除《飞燕外传》和《杂事秘辛》都是后出而为《隋书·经籍志》所不载外，其余大约都是六朝时文人方士所伪托。《神异经》和《十洲记》，都摹仿《山海经》，而偏详于志怪。《山海经》虽然汉代已经出现，而晋代才被人注意起来。所以此二书大约是晋代以后的人所作。书中故实，齐梁间文人已经称引，那么，又可知道它们底产生，总在齐梁以前。《汉武帝故事》，唐代张柬之指为南齐时王俭所造。《汉武帝内传》，本不题作者姓名，到明代才属之于班固。书中有袭用《十洲记》和《汉武帝故事》两书的话，可见比两书还要晚出。这两种所记，多系神仙怪异的事情，而都说及西王母；把《山海经》中丑怪的西王母仙女化了。郭宪本是一个光武时的博士；因为有喷酒救火的一件怪事，所以被后来方士们，把怪异的著作，附着于他底身上。并且《洞冥记》在《隋书·经籍志》中，还不过称为郭氏撰，不题明名字；到了五代时刘昫《唐书》，才属之于郭宪。书中所记，也合《神异经》差不多。以上五书，所记的多涉神怪，所以只能当作神话看。《西京杂记》，虽然也杂记怪异，但是大约多记人间琐事。后面有葛洪跋语，称此书是他家藏刘歆所著《汉书》中的一小部分，由他钞出，以补班固《汉书》之缺的；所以《隋书·经籍志》不题作者姓名，而《唐书》便指为葛洪所撰。梁代初年殷芸所撰《小说》，已经多引此书，而葛洪又是以文人而兼方士的，所以此书大约确是葛洪所造。这六种是题为汉人所撰，而实在是六朝人所伪托的。

至于名实都为三国、六朝人所撰的，大约可分为两类：一、志怪类；二、杂录类。志怪类有晋张华底《博物志》，干宝底《搜神记》，陶潜（许是伪托）底《搜神后记》，宋刘敬叔底《异苑》，梁吴均底《续齐谐记》，隋颜之推底《冤魂志》，后秦王嘉底《拾遗记》（明胡应麟指为梁萧绮所撰）。其余如魏曹丕底《列异传》，宋刘义庆底《幽明录》，王琰底《冥祥记》等，都已经亡佚，而遗文或散见于《法苑珠林》《太平御览》等书。此类各书，大约杂记神鬼怪异、经像感应之事，是合儒家鬼神思想和方士、浮屠两教思想杂糅而成的。杂录类现存的只有宋刘义庆底《世说》三十八篇。在它以前的，如晋裴启底《语林》，郭澄之底《郭子》；在它以后的，如梁沈约底《俗说》，殷芸底《小说》，隋邯郸淳底《笑林》，侯白底《启颜录》等，大都亡佚，而只能从《太平御览》《太平广记》中窥见它们底几则遗文了。《世说》所记，多属后汉、东晋间名人遗闻轶事，玄谈隽语，络绎篇中，都是很有趣味的，为后来文人所珍视；而模仿它底体裁的，至今不绝。

这所谓小说，绝不是现代的所谓小说。不过在中国小说底源流上，不能不认它们是大辂椎轮罢了。

中国正式戏剧，发生得很迟。然而溯它底渊源，远起于歌舞乐神的巫觋和调谑娱人的俳优。汉魏以后，杂以角抵幻眩各戏，南北朝都沿袭此风，到隋代而更盛。试看汉代张衡、李尤所赋和隋代薛道衡所咏：

……大驾幸乎平乐，张甲乙而袭翠被。攒珍宝之玩好，纷瑰丽以参靡。临迴望之广场，程角抵之妙戏。乌获扛鼎，都卢寻橦。冲狭燕濯，胸突铦锋。跳丸剑之挥霍，走索上而相逢。华岳峨峨，冈峦参差。神木灵草，朱实离离。总会仙倡，戏豹舞罴。白虎鼓瑟，苍龙吹篪。女娥坐而长歌，声清扬而蟂蛇。洪涯立而指麾，被毛羽之襳襹。度曲未终，云起雪飞。初若飘飘，后遂霏霏。复陆重阁，转石成雷。礔砺激而增响，磅礚象乎天威。巨兽百寻，是为曼延。神山崔巍，欻从背见。熊虎升而拿攫，猿狖超而高援。怪兽陆梁，大雀踠踠。白象行孕，垂鼻辚囷。海麟变而成龙，状蜿蜿以蟬蟬。含利颬颬，化为仙车。骊驾四鹿，芝盖九葩。蟾蜍与龟，水人弄蛇。奇幻倏忽，易貌分形。吞刀吐火，云雾杳冥。画地成川，流渭通泾。东海黄公，赤刀粤祝。冀厌白虎，卒不能救。狭邪作蛊，于是不售。尔乃建戏车，树修旃。倡僮程材，上下翩翻。突倒投而跟絓，譬陨绝而复联。百马同辔，骋足并驰。橦末之伎，态不可弥。弯弓射乎西羌，又顾发乎鲜卑。……

——汉张衡《西京赋》（例二百五十三）

……乃设平乐之显观，章秘玮之奇珍。习禁武之讲捷，厌不羁之遐邻。……尔乃太和隆平，万国肃清。殊方重译，绝域造庭。四表交会，抱珍远并。杂遝归谊，集于春正。玩屈奇之神怪，显逸材之捷武。百僚于时，各命所主。方曲既设，秘戏连叙。逍遥俯仰，节以鞀鼓。戏车高橦，驰骋百马。连翩九仞，离合上下。或以

199

驰骋，覆车颠倒。乌获扛鼎，千钧若羽。吞刃吐火，
燕跃鸟跱。陵高履索，踊跃旋舞。飞丸跳剑，沸渭回
扰。色渝隈一，逾肩相受。有仙驾雀，其形蚴虬。骑驴
驰射，狐兔惊走。侏儒巨人，戏谑为耦。禽鹿六驳，
白鸟朱首。鱼龙曼延，嵬崟山阜。龟螭蟾蜍，挈琴鼓
缶。……

——汉李尤《平乐观赋》（例二百五十四）

京洛重新年，复属月轮圆；云间璧独转，空里镜孤
悬。万方皆集会，百戏尽来前；临衢车不绝，夹道阁相
连。惊鸿出洛水，翔鹤下伊川；艳质回风雪，笙歌韵管
弦。佳丽俨成行，相携入戏场；衣类何平叔，人同张子
房；高高城里髻，峨峨楼上妆；罗裙飞孔雀，绮带垂鸳
鸯；月映班姬扇，风飘韩寿香。竟夕鱼负灯，彻夜龙衔
烛；欢笑无穷已，歌咏还相续；羌笛陇头吟，胡舞龟兹
曲；假面饰金银，盛服摇珠玉。宵深戏未阑，竞为人所
难；卧驱飞玉勒，立骑转银鞍；纵横既跃剑，挥霍复跳
丸。抑扬百兽舞，盘跚五禽戏；狻猊弄斑足，巨象垂长
鼻；青羊跪复跳，白马回旋骑。忽睹罗浮起，俄看郁昌
至；峰岭既崔嵬，林丛亦青翠；麋鹿下腾倚，猴猿或蹲
跂。金徒列旧刻，玉律动新灰；甲莫垂陌柳，残花散苑
梅；繁星渐寥落，斜月尚徘徊；王孙犹劳戏，公子未归
来；共酌琼酥酒，同倾鹦鹉杯；普天逢圣日，兆庶喜康
哉。

——隋薛道衡《和许给事善心戏场转韵》
（例二百五十五）

其中如仙倡底幻作豹罴龙虎，女娥洪涯，以及扮演东海黄公伏虎的故事；如扮演驾雀的仙人，骑驴驰射，以及侏儒巨人，戏谑为偶；如成行的佳丽，欢笑歌咏，戴假面，著盛服，吹羌笛，舞胡舞：都是俳优们底所为，而错杂于角抵百戏之中的。但是这种俳优之戏，还是歌舞调谑和扮演故事分开，不曾合而为一。歌舞和故事联合起来，为后来戏剧底起源的，要算北齐底《代面》和《踏摇娘》和拓跋魏从西域输入的《拨头》。《旧唐书·音乐志》说：

> 《代面》出于北齐。北齐兰陵王长恭，才武而面美，常著假面以对敌。尝击周师金墉城下，勇冠三军；齐人壮之，为此舞以效其指挥击刺之容，谓之《兰陵王入阵曲》。

唐代段安节《乐府杂录》和崔令钦《教坊记》所载略同，不过《教坊记》"代面"作"大面"。《旧唐书·音乐志》又说：

> 《拨头》者，出西域。胡人为猛兽所噬，其子求兽杀之，为此舞以象之也。

《乐府杂录》"拨头"作"钵头"，它说：

> 昔有人父为虎所伤，遂上山寻其父尸。山有八折，故曲八叠。戏者被发素衣，面作啼，盖遭丧之状也。

《魏书·西域传》有拨豆国，而《隋》《唐》二书不载此国。大约《拨头》《钵头》和拨豆，出于译音底略有不同；而《唐书》所谓"出西域"，就是指此戏从拨豆国传来。那么，《拨头》传入中国，或许还在拓跋魏时，而更早于《代面》；《代面》底产生，或许就受《拨头》底影响。《旧唐书·音乐志》又说：

> 踏摇娘生于隋末。隋末河内有人，貌恶而嗜酒，常自号郎中，醉归必殴其妻。其妻色美善歌，为怨苦之辞。河朔演其声而被之弦管，因写其夫之容，妻悲诉，每摇顿其身，故号《踏摇娘》。近代优人改其制度，非旧旨也。

但《乐府杂录》所载《苏中郎》和《教坊记》所载《踏谣娘》，又合《唐书》略有不同。《乐府杂录》说：

> 苏中郎，后周士人苏葩，嗜酒落魄，自号中郎。每有歌场，辄入独舞。今为戏者，著绯带帽，面正赤（案此为后来戏子涂面的起源），盖状其醉也。即有《踏摇娘》。

《教坊记》说：

> 北齐有人姓苏，匏鼻，实不仕而自号为郎中。嗜饮酗酒；每醉，辄殴其妻。妻衔悲，诉于邻里。时人弄之，丈夫著妇人衣，徐步入场行歌。每一叠，旁人齐声和之，云："踏谣和来，踏谣娘苦和来。"以其且步且歌，故谓之"踏谣"；以其称冤，故言"苦"。及其夫至，则作殴斗之状，以为笑乐。今则妇人为之，遂不呼"郎中"，但云"阿叔子"；调弄又加，典库全失旧旨。或呼为"谈容娘"，又非。

三书所载，时代不同。但《教坊记》说得比较详细，或许它说是北齐时人，是比较可靠的。《乐府杂录》所纪，以男子为主角，所以称为《苏中郎》；《教坊记》和《唐书·音乐志》所载，以妇人或丈夫所扮妇人为主角，所以称为《踏谣娘》或《踏摇娘》。如果此戏起于北齐，那么，合《代面》同时，而都在

《拨头》之后。这三种原始的歌舞戏，都是以歌舞和故事底扮演相合，所以可称为后来戏剧底元祖。魏、齐、周等，都是外来的异族，而又处于北方，合西域诸国相接近，交通频繁，容易输入龟兹、天竺等外国音乐。《拨头》一戏，既从西域传来，受了影响，于是《代面》和《踏谣娘》等歌舞戏，便从模仿而进于创造了。这就是吸收了新民族，而使中国文化受了影响，发生文艺上未有的变动。正合后来金元异族入据中国，而产生正式的歌剧，是一例的。所以中国底戏剧，可以说不是中国人自己所产出的。

西洋底戏剧，在希腊时代早经盛行，而中国独不能早早产生戏剧，似乎是一件可怪的事。但是我以为这仍合文言文占据文学正统，是有绝大的关系的。戏剧的表演，不论歌剧、话剧，必须用语言作对话。中国自汉代以后，文学作品，既以文言文为正当的工具，而排斥语体文，所以必须用语言作对话工具的戏剧文学，不能自行产生。一定要等文化低于汉族的鲜卑民族进来，用不惯汉族底文言的，才会创造出原始的戏剧来。试看"踏谣和来，踏谣娘苦和来"的每叠和词，明明是当时的白话，就可知道戏剧底所以不能产生于汉族文人之手，而反产生于外来异族之手的缘故了。到了唐代，汉族文化统一了，戏剧又无甚进步；直到金元异族进来，又是用不惯中国底文言的，戏剧才发达起来。以后证前，这戏剧所以起源于异族的原因，更明显了。所以文言文阻碍中国文化发展的罪恶，虽然不止这一端；而这一端也已经是一宗铁案了。至于最近还有人用文言来翻译西洋戏剧，这真可谓毫无常识，荒谬绝伦了！试想戏剧是把过去的事实，移作现在的事实而当场表演给人们看，歌唱或讲说给人们听的。咱们当面的对话，决没有用"之乎者也"的文言的，怎么重在对话的戏剧，可以用文言来翻译呢？用文言来翻译西洋戏剧，倒不如仍用原文，不去翻译它；虽然不能表演给一般的中国人看，使一般的中国人听懂它，却还可以使懂得原文的中国人或外国人听懂它哩！

第三期后半的文学，可以说正在过脉伏流的时期中。小说和戏剧，固然只是萌芽着而不曾正式产生；就是诗篇（包辞赋骈体文在内），也只是有了一个由散趋律（由无对叠趋对叠律，由无抑扬趋抑扬律）的倾向。所以这半期中的诗篇，除绝小部分外，既不像汉魏古体底浑朴，又不像唐代律体底精密；但是唐代诗篇王国中的崇山峻岭、长江大河，却无不合它有干脉源流的关系，咱们也不可忽视了它。

第六篇　第四期　唐

　　第四期是中国文学史上的一个诗海。咱们在第三期后半游览的时候，正好像在南北不同的两条长江大河中泛舟入海，沿途看了些佳妙的山水、壮阔的原野、雄丽的都市、幽雅的乡村，现在却要"出于涯涘，观于大海"了。

　　周代南北不同的两派文学，经过短期统一的秦代，而入于两汉辞赋的海；东晋、宋、齐、梁、陈五代南北不同的两派文学，也经过短期统一的隋代，而入于唐代诗篇的海：这是大略相同的。

　　诗篇是文学中的花，唐代便是中国文学史上的花海。这如海的万花，它们经过了晋、宋两代的蓓蕾时期，齐、梁、陈三代的苞萼时期，便舒瓣吐蕊，争妍斗艳起来了。咱们在这花海中的游览，是多么地幸福呵！然而咱们还得知道这个花海底来源。

　　南北并峙的时代，南方文学，文胜于质，是肉多而骨少的；北方文学，质重于文，是骨多而肉少的。这都由于地域、民族底不同，而造成这样不同的风会。这种不同的风会，到了南北统一的时期，地域底界限渐渐消除了，民族底质性渐渐融化了，自然会文质互相调剂，而骨肉停匀起来。隋代统一南北以后，如果政治良好，运祚绵长，也未始不能使文学达到这一境。但是因为杨广底荒淫骄暴，以致灭亡很速；而杨坚又只知道做那强迫的文学复古运动，不知道顺着演进的趋势，利用区宇不分的机会，把南北两派文学潮流会合起来，造成一种新的文学倾向。所以这种事业，到唐代才得成功。唐代所以能有此成功，大约有下列数因：

（一）政治的原因。唐代取得帝位的，虽然是李渊（高祖），而完成帝业的，却是李世民（太宗）。李世民在做秦王的时候，已经开馆延宾，把文学合武功并重。即位以后，内则一切割据的，如窦建德、王世充、刘黑闼等，都削平了，外则突厥、吐谷浑、高昌、薛延陀、西域等，都征服了；领土之广，超越汉代，武功之盛，远过刘彻。但是他同时注重文治，设起弘文馆来，藏书二十余万卷，搜罗了许多文学之士，叫他们做弘文馆学士。于是房玄龄、杜如晦、于志宁、苏世长、薛收、褚亮、姚思廉、陆德明、孔颖达、李玄道、李守素、虞世南、蔡允恭、颜相时、许敬宗、薛元敬、盖文达、苏勖等十八人，称为十八学士。虽然其中如陆德明、孔颖达等以训诂名家；姚思廉、李守素等以史谱名家；而房谋杜断，更以相业著称；然而他们却无不兼长文学。所以贞观底政治，固然因此隆盛；而唐代文教底基础，也立定于这个时期了。此后李隆基（玄宗）开元时代的政治，仿佛贞观；他底提倡文学，也是不遗余力，可以媲美李世民的。其余各帝后，也无不擅长文学，能合臣工唱和。如李纯（宪宗）对于白居易，李恒（穆宗）对于元稹，都因为读了他们底诗，识拔他们；而李涵^①（文宗）更因为喜欢五言诗，特置诗学士七十二人。在上者既能提倡文学，在下者自然如响斯应，盛极一时了。况且当时沿袭隋代底选举法，实行科举制度，以诗赋取士，尤其能使一班文人，因为功名心切，而致力于诗赋一途。唐代诗海底造成，不能不归功于政治上的提倡。并且内部固然因为南北统一了，把前代南北不同的风会，经过政治上统一力底一番陶铸，使它们化合起来，成为统一的新文学；外部又因为西北和东南各国，都震于中朝底声威，服属的服属，收入版图的收入版图，所以各种外国音乐上的舞曲歌曲，如《霓裳羽衣曲》《伊州》《甘州》《凉州》《龟兹乐》《菩萨蛮》等，都被输入，而给予文学上以绝大的影响。复次，经贞观、开元两番政治昌明之后，一般诗人文学上的素养早经成就；所以天宝乱事底发生，以及中晚以后藩镇底扰乱，虽然是政治不良的结果，却都能供给诗人们以绝好的抒情和叙事的资料。这些都是唐代政治上使文学发达的原因。

（二）宗教的原因。唐代是一个儒学思潮合浮屠、方士两教思潮合流的时期。儒家虽然不过是周代的一家学说，但是经过汉代刘彻（武帝）利用的尊崇，表章六经，罢黜百家，而且加上些宗教仪式，已经成为一种假装的宗教。历代帝王，因为借此可以愚弄人民，巩固专制政体，所以都利用它。北朝魏、周、齐三代，都是以异族控制中国，更要利用它来做笼络人心的工具。隋代王通，讲学河汾，隐居教授，隐然以孔丘自比。他底门人，后

---

① 李涵：即唐文宗李昂。《旧唐书》本纪第十七载："文宗元圣昭献孝皇帝讳昂，穆宗第二子……初名涵。"

来有许多都做了唐代开国的佐命；一切典章制度，以及朝政底措施，都出于杜如晦、房玄龄、魏徵、王珪、薛收等之手。所以李渊、李世民，都曾经竭力提倡儒学。如李渊立周公、孔子庙于国学；李世民封孔丘为先圣，颜渊为先师；驾幸国子监，行释菜的仪式，叫祭酒博士们讲论经义：都是提倡儒学的表征。当时国学学舍，多至一千二百区，学生多至三千二百余名，而且其中有许多日本、高丽、百济、新罗、高昌、吐蕃等各外国的留学生。但是结果只提倡了些训诂之学，没有什么进步；而它底盛行，还不及浮图、方士两教的思潮。佛教思潮，上承南北朝底流风，李世民以下各帝后，都加以信奉。又有玄奘大师，从印度留学归国，大宏唯识宗风，广翻经论；所以佛教思潮，弥漫于朝野之间。一般贵族和知识阶级，固然都受到了影响，把大乘佛教底理想，写入诗文之中；而缁流中诗僧之多，尤其是前代所未有。至于方士教，差不多也合浮屠教并盛。方士们所奉为教主的老聃，因为姓李的缘故，被李世民认为始祖，特别尊崇；李治（高宗）更尊他为太上玄元皇帝。所以方士教也非常盛行；而神仙怪异的思想，充满于文学作品之中。至于景教、回教等，虽然也经输入，但不及儒、释、道三教底盛行，而影响较少了。

（三）社会的原因。当时君主既然提倡文学，一般贵族名流，也都能宏奖风流，扶掖后进。有一个新诗人出来，无不揄扬推荐，使他成名。至于友朋间宴集唱和，觅句联吟，更是成为风气。下而优伶倡妓之流，也无不爱重文人，如旗亭画壁故事，佳话流传，不一而足。所以唐代的社会，可以说是布满了诗的空气。还有一部分的诗人，都能向社会实况中寻觅题材，所以不论是隆盛时的社会，丧乱时的社会，都能供给他们以歌咏的资料。

所以唐代文学底发达，又由当时社会所造成。

（四）历史的原因。唐代诗篇，有合前代大不同的一点，就是律体合古体底划分。《毛诗》《楚辞》时代，所备具的律声，只有反复律一种。到了汉、魏，五七言诗中，应用了音数底整齐律。建安以后，渐渐有了应用对叠律的倾向，但还只能算是古体。齐、梁之间，因为四声底确定，一班诗人于诗中应用起抑扬律来；而当对律底应用，也比较精密。于是齐、梁、陈三代的诗，成为一种新体；不但合汉、魏不同，而且合晋、宋有异。这种新体诗，虽然已经渐近于律诗，而因为没有应用次第律，也不曾严格地应用抑扬律的缘故，所以还不能算是真正的律诗。那时候的诗，咱们读起来，觉得它既不是古体，又不是完全的律体，颇有不古不今的状态。到了唐代，承受了齐、梁底流风，应用起严格的整齐律、抑扬律、次第律、当对律和反复律来，于是律体完全成熟，和古体分途。在古体方面，又能力追汉、魏，而发扬光大，开出种种新境界，为晋、宋以后所不及，也为汉、魏所未有。中、晚以后，词体发生，更严格地应用参差律，而中国诗篇律声底全部，便完成了。此后五代、宋、元，都不能逃出它底范围，另有所创造。所以唐代真不愧为诗篇王国底极盛时期。但是没有晋、宋底对叠律和齐、梁底抑扬律做它底先声，也不能更进一步而得这样的成功。

然而唐代文学底发达，毕竟是畸形的。所谓畸形，就是偏于诗篇底发达。唐代诗篇底发达，可以说是如日中天。可是在这个太阳周围环绕着的，只有一颗行星——小说。至于戏剧，连小行星还比不上。其实，这也难怪。那个时代的历史，既然承接第三期诗篇演进的历史；而社会底倾向，又偏于诗篇这一方；诗海底波澜，哪得不成为最高的潮流呢？

然而唐代诗篇底发达，却又是极平均的。这又可以分作两点：

（一）古体和律体平均发达。第三期上半，是中国诗篇底古体时期。第三期后半，是由古而渐趋于律的时期。其中又可以分为两节：第一节是三国、晋、宋，是由无对叠而趋于对叠律的时期；第二节是齐、梁、陈三代，是由无抑扬而趋于抑扬律的时期。所以这个时代的诗篇，除极少的一部分外，简直古不成为古，律不成为律；而以第二节中为尤其利害。到了唐代，一方面承接了这个潮流，成为律体的沧海；而别一方面，又能回澜溯古，上探两汉之源，使古体也成为汪洋巨浸。于是律体既成其为律体，古体也成其为古体。换句话说，就是古体还它一个古体的面目，律体还它一个律体的面目；两体分途，平均发展。这是唐代诗篇王国中的一种新气象；由简单而趋于繁复，由浑沌而趋于划分，是合乎演进的原则的。

（二）五言和七言平均发达。第三期前半，是一个五言诗的时期。虽然七言诗已经萌芽，但是仅仅萌芽而已。第三期后半，七言诗虽然渐盛，但是还远不及五言诗底发达。唐代却能使比较幼稚的七言诗，提高程度，合五言诗并驾齐驱地发达起来。不论律体、古体，都使诗篇王国中的两个自由市——五言、七言——利益均沾，毫无偏枯。所以唐代不但完成了五言诗，而且创造了七言诗；不但创造了七言诗，而且同时完成了七言诗。从此先进的五言诗合后起的七言诗，同样地滋长繁荣，而成为诗国中两棵拔地参天、无分轩轾的大树；咱们不能不认识唐代诗人培植七言诗的大树的能力底可惊！

　　这两点做到了，唐代底诗海构成了，也就是中国文学史上的诗海构成了。所以唐代以后各期的诗篇，都不能轶出它底范围，无非于这个诗海中另起几种波澜而已。然而唐代诗海底伟大，还不止此。古体和律体，五言和七言，都平均发达了，而且各尽其能事了；那么，便又难免到了穷的一境了。穷则必变，变而后通，于是诗海中又另开出一种新境界来。这种新境界，就是所谓诗余——词——了。原来所谓五七言律体诗底构成，是应用：（一）齐差律中的整齐律；（二）次第律；（三）抑扬律；（四）反复律；（五）对叠律的。然而齐差律中的参差律，却不曾应用；外形的律声底全部，还不能算是完全无缺。中国律体诗篇每停底音数，所以只取奇数，不取偶数；只取奇数的五音、七音，不取三音以下，九音以上。这原因可以作如下的说明：（一）偶音数的停，分步以后，尽是两音步，有单调的弊病。奇音数的停，分步以后，于两音步中，夹着一个单音步，便不至于单调。（二）偶音数的停，严格地应用抑扬律，只能得到两种调式；再应用腔反复律而把它相间相重起来，便有单调的弊病。奇音数的停，却可以有四种调式；而相间相重起来，不至于单调。（三）一音停和三音停，都太短促了；九音停以上，都太弛缓了；而五音、七音，适得其中，合于人类呼吸底中度，而可以得到停匀的节奏。所以三音和九音以上各奇音停，虽然也可以各各得到四种调式，而不被律诗所采用（也有人曾经作六言律诗、八言律诗、九言律诗和十一言律诗的尝试，而毕竟不能盛行）。但是：（一）一音、三音、九音的各种奇音停，二音、四音、六音、八音的各种偶音停，也各各有它们底调式。整齐地相间相重，固然难免单调；而错综地合五音、七音各奇音停相间相重，便免除了单调的弊病了。（二）拿五音、七音各奇音停，应用整齐律，构成律体诗篇，严格地说起来，也是一种单调的形式，而且形式有穷。如果拿一音以上各停，应用参差律，错综着参用起来，构成新的律体诗篇，既可以免却单调，而又可以得到无穷的新形式。这无穷的新形式，又都有严格的规律，正合乎统一之中有变化，变化之中有统一的美学的原则。于是诗海中便开出一种新境界，而诗余便因此发生了。这就是所谓穷则必变，变而后通。中国诗篇外形律底全部，既因此完成；而唐代诗海底波澜，也因此格外壮阔而奇幻了。

外形律底全部，既经完成了；唐代诗人，更把它应用到文的方面去。于是律体的赋，律体的骈文（即四六文），都成立而发达了。四音停和六音停，虽然各各只有两种调式，构成律诗，难免单调；但是四音停合六音停参用起来，成为四对四、六对六、四六对四六、六四对六四，这样地相间相重，却又可以构成又整齐又参差的律体文。这是诗底外形向文的方面发展，而完成了六朝骈文发展的工作。但是律体的文，既经发达，而反抗律体的散文运动，也因之而起。于是文章方面，也合诗篇一样，古体和律体平均发达；而辞赋之中，古赋、排赋、律赋、文赋，各体具备。如杜牧《阿房宫赋》，竟把散文的法则应用到辞赋里面去，上接《卜居》《渔父》底流风，下开《秋声》《赤壁》底变体，也可谓极尽文章之能事了！

向来论唐诗的，分为初唐、盛唐、中唐、晚唐四期。此说起于宋代严羽底《沧浪诗话》；但他只略分为三期，就是盛唐、大历以还和晚唐。初唐固然不曾说起，而中唐底名目，也还不曾建立。后来元代杨士宏底《唐音始》，才有初、盛、中、晚之分；

而明代高棅底《唐诗品汇》，更把时代底区划，说得比较分明。大约：

（一）初唐——从唐高祖武德元年起，到睿宗太极元年止，就是从公元六一八年，民元前一二九四年起，到公元七一二年，民元前一二〇〇年止，共九十四年。

（二）盛唐——从玄宗开元元年起，到代宗永泰元年止，就是从公元七一三年，民元前一一九九年起，到公元七六五年，民元前一一四七年止，共五十二年。

（三）中唐——从代宗大历元年起，到文宗太和九年止，就是从公元七六六年，民元前一一四六年起，到公元八三五年，民元前一〇七七年止，共六十九年。

（四）晚唐——从文宗开成元年起，到昭宣帝①天祐三年止，就是从公元八三六年，民元前一〇七六年起，到公元九〇六年，民元前一〇〇六年止，共七十年。

不过这个区划，当然不是界线很明晰的。因为：（一）前一期的诗人，常常有延入于后一期的。（二）前一期诗人底作品，有为后一期诗人作品底先声的；而后一期诗人底作品，也有可以媲美前一期诗人底作品的。所以咱们不能十分拘泥这个区划；不过为述说底便利计，不妨沿用这几个名称罢了。

初唐底初年，诗篇体制，还是沿袭齐、梁、陈、隋底余波。李世民曾经戏作宫体诗，要虞世南作和。虞氏拒绝他说：

---

① 昭宣帝：指唐哀帝。昭，底本作"照"。《新唐书》本纪第十载："昭宣光烈孝皇帝讳柷，昭宗第九子……天祐元年八月丙午即皇帝位于枢前……梁开平二年二月遇弑，年十七，谥曰哀帝。后唐明宗追谥昭宣光烈孝皇帝。"

圣作虽工，体制非雅。上之所好，下必随之；此文一行，恐致风靡。而今而后，请不奉诏！

当时李世民很嘉纳他底话；但是虞氏自己底作品，却因为酷慕徐陵的缘故，仍以声律为重，合宫体诗也相差无几。其余如李义府底《堂堂词》，长孙无忌底《新曲》，更都是宫体一流。可见当时风尚，还不曾脱离旧染。但如魏徵底《述怀》，王绩底《古意》，一则为遒峻的律体，一则为隽远的古体，已能作后来风气转移底先导了。

虞世南，字伯施，越州余姚人。曾为弘文馆学士和秘书监。李世民称他有德行、忠直、博学、文词、书翰五绝。李义府，瀛州饶阳人。和司议郎来济，都以文翰见知。李治朝曾为中书令，以罪长流巂州。长孙无忌，字辅机，河南洛阳人。李世民长孙后之兄，以佐命功封齐国公，为尚书仆射。李治朝为太尉，被许敬宗诬构，贬死黔州。魏徵，字玄成，魏州曲城人。李世民朝封郑国公，拜特进。性谅直，能知无不言，为李世民所畏惮。王绩，字无功，绛州龙门人，就是王通之弟。李治朝曾为太乐署丞。后弃官归东皋，号东皋子。

寒闺织素锦，含怨敛双蛾。综新交缕涩，经脆断丝多。衣香逐举袖，钏动应鸣梭。还恐裁缝罢，无信达交河。

——唐虞世南《中妇织流黄》（例二百五十六）

镂月成歌扇，裁云作舞衣。自怜回雪影，好取洛川归。

懒整鸳鸯被，羞裒玳瑁床。春风别有意，密处也寻香。

　　——唐李义府《堂堂词》（例二百五十七）

　　阿侬家住朝歌下，早传名；结伴来游淇水上，旧长情。玉佩金钿随步远，云罗雾縠逐风轻；转目机心悬自许，何许更待听琴声。

　　——唐长孙无忌《新曲》二首之一（例二百五十八）

　　中原初逐鹿，投笔事戎轩；纵横计不就，慷慨志犹存。杖策谒天子，驱马出关门；请缨系南粤，凭轼下东藩。郁纡陟高岫，出没望平原；古木鸣寒鸟，空山啼夜猿。既伤千里目，还惊九折魂；岂不惮艰险？深怀国士恩。季布无二诺，侯嬴重一言；人生感意气，功名谁复论？

　　——唐魏徵《述怀》（例二百五十九）

　　幽人在何所？紫岩有仙躅；月下横宝琴，此外将安欲？材抽峄山干，徽点昆山玉；漆抱蛟龙唇，丝缠凤凰足；前弹《广陵》罢，后以《明光》续；千金买一声，千金传一曲；世无钟子期，谁知心所属？

　　——唐王绩《古意》六首之一（例二百六十）

　　以上五例，前三例都是受到宫体底影响，后两例却脱出宫体底范围了。其中魏徵底作品，虽然不是正式的律体诗篇，却已合律体相近了。

　　沿齐、梁底流波而树律体底先声的，有所谓上官体。上官体是陕州陕人上官仪所创。仪字游韶，李治朝曾为宰相，后来犯罪下狱而死。他底诗绮错婉媚，当时人们多模仿他，称为上官体。他曾创为六对、八对的当对律。所谓六对，是：

（一）正名对　如天地相对，日月相对。

（二）同类对　如花叶和草芽相对。

（三）连珠对　如萧萧和赫赫相对（就是同分相缀）。

（四）双声对　如黄槐和绿柳相对。

（五）叠韵对　如彷徨和放旷相对。

（六）双拟对　如春树春花和秋池秋日相对（两复字在一句中间相隔着再现，就是同分相应）。

所谓八对，是：

（一）的名对　如"送酒东南去，迎琴西北来"。——案东南对西北，就是六对中的正名对。

（二）异类对　如"风织池间字，虫穿草上文"。——案风和虫异类，池和草异类。

（三）双声对　如"秋露香佳菊，春风馥丽兰"。——案佳菊双声，丽兰双声，就是六对中的第四对。

（四）叠韵对　如"放荡千般意，迁延一片心"。——案放荡叠韵，迁延叠韵，就是六对中的第五对。

（五）联绵对　如"残河河若带，初月月如眉"。——案就是六对中的连珠对。

（六）双拟对　如"议月眉欺月，论花颊胜花"。——案就是六对中的第六对。

（七）回文对　如"情新因意得，意得逐情新"。

（八）隔句对　如"相思复相忆，夜夜泪沾衣；空叹复空泣，朝朝君未归"。——这实在是一种排。

六对、八对中，除有五种是相重的以外，实在共计九种。此九种当对律，六朝诗人已经应用着；上官氏不过归纳起来，每种各给它一个定名。但是从此以后，却差不多成为一种正式的规律了。所以他于正式律体底构成，是颇有关系的。并且他底孙女上官婉儿，在武曌、李哲[①]（中宗）两朝，作当时诗坛盟主，沈（佺期）、宋（之问）两人底律体诗篇，多经她底评定，也和律体底构成有关。那么，上官氏祖孙，都是成就律体的功人了。

比上官体更进一步的，便是所谓初唐四杰了。杜甫曾有诗推崇他们说：

> 王杨卢骆当时体，轻薄为文哂未休；尔曹身与名俱
> 灭，不废江河万古流。

因为他们底诗文，虽然上承六朝底遗风，依然不脱绮错的习惯，然而却是比较地波澜老成了。

王勃，字子安，绛州龙门人，就是王通底孙子。六岁时就擅长文辞。曾为沛王府修撰；以游戏文字，被李治废斥。后来因为渡海溺水，惊悸而死，只有二十九岁。他底《滕王阁诗序》，是很负盛名的。其中"落霞与孤鹜齐飞，秋水共长天一色"一联，至今为人所传诵。

杨炯，华阴人。幼年就博学能文；十一岁时，以神童被举为校书郎，崇文馆学士。武曌朝曾为盈川令，死在任上。他曾经

---

① 李哲：即唐中宗李显。《旧唐书》本纪第七载："中宗太和圣昭孝皇帝讳显，高宗第七子……仪凤二年，徙封英王，改名哲。"

说："吾愧在卢前，耻居王后。"因为文辞中喜欢连用古人姓名，有"点鬼簿"的称号。

卢照邻，字昇之，范阳人。幼时已经以博学著称；后来为新都尉，以风疾去官，隐居太白山、东龙门山、具茨山等处。终于因为不堪疾病底困苦，自投颍水而死。曾作《五悲文》以自明。他底《长安古意》一篇，词旨华丽，是后来所师法的。

骆宾王，义乌人。七岁时已经能作文，尤其擅长五言诗。曾作《帝京篇》，当时推为绝唱。以道王府属，转武功主簿和长安主簿。武曌朝，以言事得罪，左迁临海丞，便弃官而去，徐敬业举兵讨武曌，署他为府属。他给敬业草檄，斥武曌罪状。武曌读到"一抔之土未干，六尺之孤何在"一联，便说"宰相安得失此人"。能使被骂者心服他底文才，仿佛曹操底对于陈琳，也是当时传为佳话的。后来敬业兵败，他便亡命，不知所终；但说部中有以为他逃到西湖灵隐寺为僧的传说。他底诗篇中，喜欢用数字相对，所以被当时人嘲笑他，呼为算博士。

关于这四人底优劣，当时崔融曾说：

> 勃文章宏放，非常人所及；炯、照邻可以企之。

张说却说：

> 盈川文如悬河，酌之不竭，优于卢而不减于王。耻
> 居后信然，愧在前谦也。

然而一般批评者，却多以为王、杨、卢、骆底次第，是颇允当的。

四杰底诗，已经开律体的先声。例如：

> 明月沈珠浦，秋风濯锦川。楼台临绝岸，洲渚亘长
> 天。

旅泊成千里，栖遑共百年。穷途唯有泪，还望独潸然。

——唐王勃《重别薛华》（例二百六十一）

贱妾留南楚，征夫向北燕。三秋方一日，少别比千年。

不掩嚬红缕，无论数绿钱。相思明月夜，迢递白云天。

——唐杨炯《有所思》（例二百六十二）

顾步三春晚，田园四望通。游丝横惹树，戏蝶乱依丛。

竹懒偏宜水，花狂不待风。唯余诗酒意，当了一生中。

——唐卢照邻《春晚山庄率题》二首之一
（例二百六十三）

寂寥心事晚，摇落岁时秋。共此伤年发，相看惜去留。

当歌应破体，哀命返穷愁。别后能相忆，东陵有故侯。

——唐骆宾王《秋日送别》（例二百六十四）

但是他们其余律体的诗，还不是完全谐协的。至于沈、宋底律体诗，虽然也间或有不谐协的，可是不过少数罢了；所以律体底成就，不能不归之于沈、宋。

沈佺期，字云卿，相州内黄人。武曌朝，预修《三教珠英》。后来坐交驩张易之，流驩州。神龙中召还，死于开元初年。

宋之问，一名少连，字延清，虢州弘农人。武曌朝，合沈佺期同预修《三教珠英》。后来也因谄附张易之，贬为泷州参军。李治朝，以武三思援引，又为修文馆学士；被李旦（睿宗）赐死。

这两人底人格，是非常卑鄙而且阴险的。然而胚胎于晋、宋，酝酿于齐、梁的律体诗，却成功于他们之手。从此古律划分，为中国诗篇转变的一大关键。不但唐代诗人，都遵守他们底规律；就是后世诗人，也不能轶出他们底范围；就诗言诗，不能不推他们为宗匠。不过律诗底法门既开，后来无数的才杰，都争趋于这一途；仿佛不会做律诗，就不能成为诗人似的。于是千篇一律，只求工巧于字句之间，而很少有雄篇大作出来。就是后来李、杜、韩、苏诸大家，可称为雄篇大作的律体诗，也不过几篇。并且把它们合西洋诗人底雄篇大作比较起来，优劣且丢开不论；单就篇幅底长短，波澜底多寡讲，也是相差很远。总之，自从沈、宋两人，确定了律体底规模，使后来一切诗人，局促于字句声律之间。即使有绝大天才，也不能于这小型短幅之中，发挥他底万大光焰。这虽然由于中国文字合西洋文字不同，本含有构成律体的可能性；但是始作俑者，毕竟是沈、宋两人。所以律体底构成，在中国诗坛，是幸是不幸；沈、宋两人在中国文学史上，是功是罪：确是不能单就一方面而定论的。

前边这一番话，日本人古城贞吉所著《中国文学史》中，大略也是这样说；我以为他颇能道出律诗底弊病。但是我觉得律诗所给与中国文学上的影响，还不止此。（一）律体诗合语言底自然相隔离，比古体诗更远。（二）律体诗不能用以叙事。虽然也有人以排律的形式叙事，但是毕竟很勉强，而没有用古体的那么自由。所以律体诗能使中国诗篇愈趋于贵族化，而且减少了叙事的能力。试看中国底平民文学中，决没有那么严格的律体诗；而中国自唐代以后，叙事诗也并不十分发达。唐代诸诗人要做叙事诗的时候，也只能用古体来做工具，就可知道了。现在把他们底五七言律诗，各举数例如下：

法驾乘春转，神池象汉回。双星移旧石，孤月隐残灰。战鹢逢时去，恩鱼望幸来。

山花缇骑绕，堤柳缦城开。思逸横汾唱，欢留宴镐杯。微臣雕朽质，羞睹豫章材。

——唐沈佺期《奉和晦日驾幸昆明池应制》

（例二百六十五）

春豫灵池会，沧波帐殿开。舟凌石鲸度，槎拂斗牛回。节晦蓂全落，春迟柳暗催。象溟看浴景，烧劫辨沉灰。镐饮周文乐，汾歌汉武才。不愁明月尽，自有夜珠来。

——唐宋之问《奉和晦日驾幸昆明池应制》

（例二百六十六）

相传这两首诗，曾经上官婉儿评定。她说二诗工力悉敌，却从它们底两结联上，判定宋优于沈。以为沈底结联，词气已竭；宋却依然陡健骞举：这批评是很确当的。

十年通大漠，万里出长平。寒日生戈剑，阴云拂旆旌。

饥乌啼旧垒，疲马恋空城。辛苦皋兰北，胡霜损汉兵。

——唐沈佺期《被试出塞》（例二百六十七）

221

度岭方辞国，停轺一望家。魂随南翥鸟，泪尽北枝花。

山雨初含霁，江云欲变霞。但令归有日，不敢恨长沙。

——唐宋之问《度大庾岭》（例二百六十八）

碧水澄潭映远空，紫云香驾御微风。汉家城阙疑天上，秦地山川似镜中。

向浦回舟萍已绿，分林蔽殿槿初红。古来徒美横汾赏，今日宸游圣藻雄。

——唐沈佺期《兴庆池侍宴应制》（例二百六十九）

江雨朝飞挹细尘，阳桥花柳不胜春。金鞍白马来从赵，玉面红妆本姓秦。

妒女犹怜镜中发，侍儿堪感路旁人。荡舟为乐非吾事，自叹空闺梦寐频。

——唐宋之问《和赵员外桂阳桥遇佳人》（例二百七十）

沈、宋以外，当时还有称为文章四友的，就是苏味道、李峤、崔融、杜审言四人。

苏味道，赵州栾城人。李峤，字巨山，赵州赞皇人。二人并称苏李，就是所谓"苏李居前，沈宋比肩"的。苏氏曾于武曌朝居相位，后来坐张易之党，被李治所贬。李氏在武曌朝封赵国公；李治朝，依然贵显。到李旦、李隆基时，才遭贬谪。这两人底人格，也合沈、宋相差无几。他们底诗，声律谐协的也颇多。但李峤却以《汾阴行》一篇，被李隆基叹为真才子。

崔融，字安成，齐州全节人。武曌朝，授著作郎。杜审言，字必简，襄阳人。武曌朝，以著作佐郎迁膳部员外郎。他们合苏、李辈并谄附张易之，终于因此被贬。两人底诗，也合苏、李相似，颇有声律谐协的。

四人中李峤前与王、杨接踵，中与崔、苏齐名，而死在诸人之后，称为文章宿老。他底《汾阴行》，合刘希夷底《公子行》《代悲白头翁》，以及张若虚底《春江花月夜》，都是当时歌行中的名作。刘氏一名庭芝，汝州人。善作从军、闺情诗，词旨悲苦。相传被他底舅父宋之问所害。张若虚，扬州人，曾为兖州兵曹，合贺知章、张旭、包融，称为吴中四士。

初唐诸诗人，大抵承袭陈、隋遗风，还不能有所振拔。但陈子昂却能超出这个潮流，上承魏、晋，下变齐、梁，确立古体的格局。就是文章方面，也能疏朴近古，作韩、柳复古的先声。所以韩愈说：

> 国朝盛文章，子昂始高蹈。

柳宗元也说：

> 张说以著述之余，攻比兴而莫能极；张九龄以比兴之暇，攻著述而不克备；唐兴以来，称是选而不作者，子昂而已。

子昂自己也曾说：

> 文章道弊者五百年。汉、魏风骨，晋、宋不传，然文献犹有足征者。仆尝观齐、梁间诗，彩丽竞繁，兴寄都绝。每永叹而思古人，常恐逶丽颓靡，风雅不作，是为耿耿耳。

他底身世，略后于四杰，而合沈、宋同时。但是沈、宋成就律体，而他却于同一时期中，开创古体。《感遇》三十八篇，上追阮籍《咏怀》，下开张九龄《感遇》、李白《古风》；风骨高骞，更胜于王绩《古意》。推为唐代古体之祖，是无愧的。

> 林居病时久，水木澹孤清；闲卧观物化，悠悠念无生。青春始萌达，朱火已满盈；徂落方自此，感叹何时平。

> 翡翠巢南海，雄雌珠树林；何知美人意，骄爱比黄金！杀身炎州里，委羽玉堂阴；旖旎光首饰，葳蕤烂锦衾。岂不在遐远？虞罗忽见寻；多材信为累，叹息此珍禽！

——唐陈子昂《感遇》诗三十八首之二（例二百七十一）

子昂字伯玉，梓州射洪人。武曌朝，以进士拜麟台正字，迁右拾遗。曾为《神凤颂》《明堂议》，以献媚武曌。后来因事被县令段简所诬，死于狱中。他底人格，虽然合沈、宋相差无几，但是开创古体之功，也不在沈、宋成就律体之下。宋代马端临《文献通考》，曾说：

> 子昂惟诗语高妙，其他文则不脱偶俪卑弱之体。

韩、柳之论，不专称其诗，皆所未喻。

然而他底书疏之类的作品，虽然未能尽除排比的习惯，却已改变初唐文人所沿习的骈丽称缛的徐、庾遗风了。所以韩、柳底推崇他，并非无因的。

扬州张若虚，合贺知章、张旭、包融，并号吴中四士，实为初唐诗人底殿军。他底诗流传不多，而《春江花月夜》一篇，能以丰富的想像，瑰丽的词笔，宛转的声调，合写景抒情为一。他实在能一变初唐轻靡之调，而为纯粹的唐音。我以为它合刘希夷底《代悲白头翁》，都是初唐抒情诗中的佳构。

> 洛阳城东桃李花，飞来飞去落谁家？洛阳女儿好颜

色，坐见落花长叹息。今年花落颜色改，明年花开复谁在？已见松柏摧为薪，更闻桑田变成海。古人无复洛城东，今人还对落花风；年年岁岁花相似，岁岁年年人不同；寄言全盛红颜子，应怜半死白头翁。此翁白头真可怜，伊昔红颜美少年；公子王孙芳树下，清歌妙舞落花前；光禄池台开锦绣，将军楼阁画神仙；一朝卧病无相识，三春行乐在谁边？宛转蛾眉能几时？须臾鹤发乱如丝；但看古来歌舞地，惟有黄昏鸟雀悲。

　　——唐刘希夷《代悲白头翁》（例二百七十二）

春江潮水连海平，海上明月共潮生；滟滟随波千万里，何处春江无月明？江流宛转绕芳甸，月照花林皆似霰；空里流霜不觉飞，汀上白沙看不见。江天一色无纤尘，皎皎空中孤月轮；江畔何人初见月？江月何年初照人？人生代代无穷已，江月年年只相似；不知江月待何人？但见长江送流水。白云一片去悠悠，青枫浦上不胜愁；谁家今夜扁舟子？何处相思明月楼？可怜楼上月徘徊，应照离人玉镜台；遮户帘中卷不去，捣衣砧上拂还来。此时相望不相闻，愿逐月华流照君；鸿雁长飞光不度，鱼龙潜跃水成文。昨夜闲潭梦落花，可怜春半不还家；江水流春去欲尽，江潭落月复西斜。斜月沉沉藏海雾，碣石潇湘无限路；不知乘月几人归？落月摇情满江树。

　　——唐张若虚《春江花月夜》（例二百七十三）

　　陈子昂既以《感遇》诗三十八篇树古体之帜于初唐，于是继起者有盛唐张九龄底《感遇》十二篇。九龄字子寿，韶州曲江人。七岁时就能作文。李隆基朝，为同平章事，直言敢谏，称为贤相；开元治绩底隆盛，很得力于九龄。然而他终于被李林甫所忌，横遭贬谪，相业未竟而死。

> 兰叶春葳蕤，桂华秋皎洁；欣欣此生意，自尔为佳节。
>
> 谁知林栖者，闻风坐相悦？草木有本心，何求美人折？
>
> ——唐张九龄《感遇》十二首之一（例二百七十四）

陈、张《感遇》诗，都是比兴之体，为阮籍《咏怀》、郭璞《游仙》底流亚，而笔力能直追汉、魏。所以后来批评家说："唐初五言古，渐趋于律，风格未遒。子昂起衰而诗品始正；曲江继续，而诗品乃醇。"不过九龄于诗文之外，尤以相业著称，却不是子昂所能企及的。

唐代底政治，一盛于贞观，再盛于开元，到天宝而开一衰不可复盛之局；而诗篇在初唐时代，还不过如云霞出海，曙色初开，到开元、天宝之间，才达到如日中天的隆运。所以初唐还是唐诗幼稚时期，而盛唐便有如壮盛时期。这一时期中，前有开元底承平，而李隆基更是一个极能提倡文艺的君主，使一班诗人都能发挥他们底才性，歌咏升平；后有天宝底祸乱，又供给这班诗人以慷慨悲歌的资料。其间如《霓裳羽衣》底歌舞，以及杨玉环始艳终哀的悲剧，尤其是此后诗人绝好的题材，给唐代诗坛生色不少。所以盛唐诗运之盛，绝非偶然；而唐代著名诗人之多，也以盛唐为最。

在盛唐著名诗人之中，当然要推李、杜为冠冕。其实李、杜不但冠冕盛唐，而且冠冕唐代；不但冠冕唐代，而且冠冕百代。

因为以前的诗人，固然都不及他们底伟大；而以后的诗人，也没有能更出其右的。我以为千古诗坛中，可以合他们底伟大略相仿佛的，只有屈平一人而已。

后来对于李、杜的批评，颇有扬杜而抑李的，也有左李而右杜的。如元稹说：

李白壮浪纵恣，诚亦差肩子美矣。至若铺张终始，排比声韵，大或千言，次犹数百，词气豪迈而风调清深，属对律切而脱弃凡近，则李尚不能历其藩翰，况堂奥乎？

白居易也说：

杜诗贯穿古今，尽工尽善，殆过于李。

这都是以为杜胜于李的。然而韩愈却说：

李杜文章在，光焰万丈长。不知群儿愚，那用故谤伤？蚍蜉撼大树，可笑不自量。

有人说，韩愈此诗，就是所以讥弹元、白的。又如明代杨慎说：

杨诚斋云，"李太白之诗，列子之御风也；杜少陵之诗，灵均之乘桂舟、驾玉车也。无待者，神于诗者欤？有待而未尝有待者，圣于诗者欤？宋则东坡似太白，山谷似少陵"。徐仲车云，"太白之诗，神鹰瞥汉；少陵之诗，骏马绝尘"。二公之评，意同而语亦相近。余谓太白诗仙翁剑客之语，少陵诗雅士骚人之词。比之文，太白则《史记》，少陵则《汉书》也。

杨氏所引杨诚斋、徐仲车两人底话，对于李、杜，还不曾有所左右祖；而他自己底批评，却明明以为李胜于杜了。其实，李、杜两人，风格不同，短长各有，而各不失他们底伟大，正不必有所轩轾。宋代严羽曾说：

> 李、杜二公，正不当优劣。太白有一二妙处，子美不能道；子美有一二妙处，太白不能作。子美不能为太白之飘逸，太白不能为子美之沉郁。太白《梦游天姥吟》《远别离》等，子美不能道；子美《北征》《兵车行》《垂老别》等，太白不能作。……少陵诗法如孙、吴，太白诗法如李广。少陵如节制之师。

我以为严氏此论，是很允当的。总之：李、杜两人，时代相同，声望相同，而才性不同，遭际不同；所以他们在诗篇上的成就，也两不相同。有人以为：李白是诗中之仙，杜甫是诗中之圣；李白如佛家之顿，杜甫如佛家之渐。又有人以为：李白是出世间的，杜甫是入世间的；李白是偏于理想的，杜甫是偏于实际的；李白是受道家底感化的，杜甫是守儒家底绳墨的；李白是豪于气的，杜甫是厚于情的；李白是乐天的，杜甫是悲世的；李白以天才擅胜，杜甫以学力见长；李白放吟于自然之间，杜甫感慨于时事之际。这些批评，也都能各各道出他们底异点。我以为就才性而言，既是李白高明，杜甫沉潜；就遭际而言，又是李白先受李隆基宠眷，虽遭谗放废，而仍赐金遣归，得以浮沉诗酒，放浪湖山；杜甫年垂四十，才以献赋得官，后来遭逢丧乱，颠沛流离，几乎不能自存。所以他们发而为诗，一则高逸纵恣，汗漫自适，一则沉痛哀切，感慨悲凉。至于他们底笔力，李白有如张旭草书，挥毫落纸如云烟；杜甫有如颜鲁公书，字字力透纸背：其间本无优劣之可分。不过李白底诗，好像飞行绝迹的剑侠，很不容易学它；而杜甫细于诗律，处处以金针度人，比较地容易模仿。所以后来学李的少，学杜的多，似乎杜的盛名，有过于李罢了。

李白，字太白，自号青莲居士，陇西成纪人。少有逸才，志气宏放，飘然有超世之心。其初隐居岷山，益州刺史苏颋曾说他"天才英特，可比相如"。天宝初年，到长安见贺知章，贺氏称他为谪仙人，把他荐给李隆基。当时奏颂称旨，李隆基亲自调羹赐食，叫他供奉翰林。后来被高力士所谗，赐金放还，于是浪迹江湖，终日沉饮。李亨（肃宗）即位以后，因为他曾在李璘（永王）幕下，李璘谋乱兵败，而他也坐罪长流夜郎。虽然遇赦得还，李豫（代宗）朝更曾召为左拾遗，而他已经放浪而死了。他是一个罗曼而颓废的诗人。少年时喜欢纵横之术，任侠尚义，曾经因事杀人。他又有知人之明，能识郭子仪于行伍缧绁之中。如果以他底才气，又得李隆基底知遇，而不遭宦官、贵妃底谗沮，不难致身卿相。然而他终于放废以终。他于初次被放以后，曾经请北海高天师给他受道箓于齐州紫极宫。以他这样的绝世英物，而竟似乎深信虚无缥渺的神仙；虽然由于他旷达的本怀，合道家相近，但也许是有托而逃吧。不过正唯他不做卿相，所以能够浪迹江湖，寄情山水，流连诗酒，啸傲风月，而不以功名富贵，声色货利，萦绕他底高旷的怀抱，毕竟成为伟大的诗人；这正是他底大幸，也是中国诗坛底大幸哩。他底《古风》五十九篇，是更驾陈、张《感遇》而上之的。

　　大雅久不作，吾衰竟谁陈！王风委蔓草，战国多荆榛；龙虎相啖食，兵戈逮狂秦；正声何微茫？哀怨起骚人。扬、马激颓波，开流荡无垠；废兴虽万变，宪章亦已沦。自从建安来，绮丽不足珍；圣代复元古，垂衣贵清真；群才属休明，乘运共跃鳞；文质相炳焕，众星罗秋旻。我志在删述，垂辉映千春；希望如有立，绝笔于获麟。

——唐李白《古风》五十九首之一（例二百七十五）

这是他《古风》五十九篇中的第一篇，咱们读了，可以知道他论诗的见地。他曾说：

梁、陈以来，艳薄斯极；沈休文又尚以声律。将复古道，非我而谁欤？

又说：

兴寄深微，五言不如四言，七言又其靡也；况使束于声调俳优哉？

所以他集中律诗很少，而七律尤少。然而说他不工律诗，却又不然。如《宫中行乐词》五律八篇底工丽，《登金陵凤皇台》七律一篇底浑灏，都足以看出他并非专长于古体。

柳色黄金嫩，梨花白雪香；玉楼巢翡翠，金殿锁鸳鸯；选妓随雕辇，征歌出洞房；宫中谁第一，飞燕在昭阳。

——唐李白《宫中行乐词》八首之一（例二百七十六）

凤皇台上凤皇游，凤去台空江自流；吴宫花草埋幽径，晋代衣冠成古丘；三山半落青天外，二水中分白鹭洲；总为浮云能蔽日，长安不见使人愁！

——唐李白《登金陵凤皇台》（例二百七十七）

他底集中，有五律七十多篇，七律十篇。五律如《宫中行乐词》，是很工丽的；然而仍于工丽之中，流露他底英爽之气。七律较少，向来推《登金陵凤皇台》一篇为压卷。虽然工丽不及五律，而且并不拘拘于声律谐协的绳墨，然而这正是他底本色。总之，他是才大如海的人，虽不屑为声律所拘，但是也未尝不能敛才就范。不过他所最擅长，而充分地显出他底本色，极尽他底能事的，毕竟在古体乐府和五七言古诗方面。乐府中如《远别离》《蜀道难》《乌夜啼》《乌栖曲》《将进酒》《前有一樽酒行》诸篇，都是向来被推为杰作的。现在举《乌栖曲》《前有一樽酒行》为例：

　　姑苏台上乌栖时，吴王宫里醉西施；吴歌楚舞欢未毕，青山犹衔半边日；银箭金壶漏水多，起看秋月坠江波，东方渐高奈乐何！

　　　　——唐李白《乌栖曲》（例二百七十八）

　　春风东来忽相过，金樽绿酒生微波；落花纷纷稍觉多，美人欲醉朱颜酡。青轩桃李能几何？流光欺人忽蹉跎。君起舞，日西夕；当年意气不肯倾，白发如丝叹何益！

　　　　——唐李白《前有一樽酒行》二首之一
　　　　　　　　　　　　　　　（例二百七十九）

他底乐府，有仍用旧题的，有自命新题的。但不论新题、旧题，他都自出机杼，绝不沿袭前人底格调。并且笔力骞举，音节劲健，一洗齐、梁以来颓弱之风。所以杜甫用"清新庾开府，俊逸鲍参军"赞美他。他诚然兼有鲍、庾两人清新俊逸的长处，但是"青出于蓝而胜于蓝"，鲍、庾两人又何曾有他那么的风骨呢？五七言古诗，除五言古诗，前边已经举出《古风》一例外；七言古诗如《襄阳歌》《鸣皋歌》《梦游天姥吟留别》《忆旧游寄谯郡元参军》《宣州谢朓楼饯别校书叔云》《把酒问月》等篇，都是兴会标举的名作。

> 弃我去者昨日之日不可留，乱我心者今日之日多烦
> 忧；长风万里送秋雁，对此可以酣高楼。蓬莱文章建安
> 骨，中间小谢又清发；俱怀逸兴壮思飞，欲上青天窥日
> 月。抽刀断水水更流，举杯浇愁愁更愁；人生在世不称
> 意，明朝散发弄扁舟。

——唐李白《宣州谢朓楼饯别校书叔云》

（例二百八十）

> 青天有月来几时，我欲停杯一问之；人攀明月不可
> 得，月行却与人相随。皎如飞镜临丹阙，绿烟灭尽清辉
> 发；但见宵从海上来，宁知晓向云间没。白兔捣药秋复
> 春，嫦娥孤栖与谁邻？今人不见古时月，今月曾经照古
> 人。古人今人若流水，共看明月皆如此；惟愿当歌对酒
> 时，月光长照金樽里！

——唐李白《把酒问月》（例二百八十一）

古诗虽然没有严格的抑扬律，但是抑扬抗坠之间，也须互相调剂，才可以调利口吻，得到自然谐美的音节。汉、魏底五言古诗，不讲什么抑扬律，而能音节自然谐美，于无律之中显出自然的律声来。晋、宋之间的作者，还能守此勿失。到了齐、梁新体诗出来，用了些不曾成熟的抑扬律，于是成为非古非律的诗篇；古律混淆，只暴露它们底颓弱罢了。同样，齐、梁间的七言诗，也受了那种不曾成熟的抑扬律的影响，跟五言诗底颓弱相类似。初唐底五七言诗，都还逃不出这一种颓弱的倾向。到了李白、杜甫两人，才上绍汉、魏，把齐、梁颓弱的音节一扫而空；而不论五言、七言，都成为纯粹的唐音。

他底五七言绝句，导源于六朝的《清商曲辞》；而尤以七言绝句为最长。例如乐府中的《玉阶怨》《洛阳陌》《静夜思》《估客行》（五言），《结袜子》《清平调》（七言）等篇，以及《题情深树寄象公》《送陆判官往琵琶峡》《怨情》《越女词》（五言），《峨眉山月歌》《赠汪伦》《闻王昌龄左迁龙标遥有此寄》《黄鹤楼送孟浩然之广陵》《山中问答》《望天门山》《客中行》《早发白帝城》《秋下荆门》《越中览古》《山中与幽人对酌》（七言）等篇，都能就眼前的景物，口头的语言，而写出弦外之音，使人神远的。试看：

玉阶生白露，夜久侵罗袜；却下水晶帘，玲珑望秋月。

——唐李白《玉阶怨》（例二百八十二）

床前明月光，疑是地上霜；举头望明月，低头思故乡。

——唐李白《静夜思》（例二百八十三）

美人卷珠帘，深坐颦蛾眉；但见泪痕湿，不知心恨谁？

——唐李白《怨情》（例二百八十四）

耶溪采莲女，见客棹歌回；笑入荷花去，佯羞不出来。

——唐李白《越女词》五首之一（例二百八十五）

峨眉山月半轮秋，影入平羌江水流；夜发清溪向三峡，思君不见下渝州。

——唐李白《峨眉山月歌》（例二百八十六）

杨花落尽子规啼，闻说龙标过五溪；我寄愁心与明

233

月，随风直到夜郎西。

> ——唐李白《闻王昌龄左迁龙标遥有此寄》
> （例二百八十七）

故人西辞黄鹤楼，烟花三月下扬州；孤帆远影碧空尽，惟见长江天际流。

——唐李白《黄鹤楼送孟浩然之广陵》（例二百八十八）

朝辞白帝彩云间，千里江陵一日还；两岸猿声啼不住，轻舟已过万重山。

> ——唐李白《白帝下江陵》（例二百八十九）

有人说他底七言绝句，是独步古今，没有敌手的。就前引诸例看来，虽然不必说什么没有敌手，却觉得有虎卧龙跳的笔力，能于尺幅中显现出无限风涛，也可谓能极尽七绝底能事了！

他底辞赋，有仿效汉、魏的，有模拟六朝的；但是纵横恣肆，却仍显出他底本色。所以李阳冰说他：

> 驰驱屈、宋，鞭挞扬、马，千载独步，唯公一人。

虽然未免过誉，然而却也值得赞美的。不过我们总觉得他底辞赋决不能及他底诗篇。

他是向来被称为词体底始创者的。著名的《菩萨蛮》和《忆秦娥》各一阕，很多的选本上，都指为他底作品。现行的《尊前集》中，更载有他底词十二首：计

《连理枝》一首　《清平乐》五首

《菩萨蛮》三首　《清平调》三首

著名的：

> 平林漠漠烟如织，寒山一带伤心碧；暝色入高楼，有人楼上愁。玉阶空伫立，宿鸟归飞急；何处是回程？

长亭接短亭。

——唐无名氏《菩萨蛮》（例二百九十）

就在集中《菩萨蛮》三首之中，而并传的：

> 箫声咽，秦娥梦断秦楼月；秦楼月，年年柳色，灞
> 陵伤别。乐游原上清秋节，咸阳古道音尘绝；音尘绝，
> 西风残照，汉家陵阙。

——唐无名氏《忆秦娥》（例二百九十一）

却不曾采入。此外《全唐诗》中，更载着他底《桂殿秋》两阕，这都是向来称为李白底词的。关于词底起源的问题，要等到后面去讨论，在这里暂且不去说它。现在所要说的，就是这些词是不是李白所做，或者像不像李白底作品的问题。按《古今诗话》引宋代释文莹《湘山野录》说："鼎州沧水驿有《菩萨蛮》云……（词见前），曾子宣家有《古风集》，此词乃太白作也。"但是清代吴衡照《莲子居词话》说：

> 唐词《菩萨蛮》《忆秦娥》二阕，《花庵》（南宋
> 黄昇编《花庵词选》）以后，咸以为出自太白。然太
> 白集本不载；至杨齐贤、萧士赟注，始附益之。胡应麟
> 《笔丛》疑其伪托，未为无见。谓详其意调，绝类温方
> 城，殊不然。如"暝色入高楼，有人楼上愁""西风残
> 照，汉家陵阙"等语，神理高绝，却非金荃手笔所能。

考明代胡应麟《笔丛》说：

> ……予谓太白当时直以风雅自任，即近体盛行，七言
> 律鄙不肯为，宁屑事此？且二词虽工丽，而气衰飒，于太
> 白超然之致，不啻霄壤。藉令真出青莲，必不作如是语。
> 详其意调，绝类温方城辈，盖晚唐词人嫁名太白耳。

那么，依胡、吴二氏所说，对于世传的《菩萨蛮》《忆秦娥》二阕的疑点，可说有三个：（一）李白集中本不载此二词；（二）李白不屑作此；（三）此二词意调不像李白。我们对于这三个疑点，应该作怎样的观察呢？古人集外的逸诗逸词，是常常有的。一定说集中不载，就是嫁名的伪作，那也未必尽然。说李白七言律尚且不肯做，哪里肯作词，这话也只是一种旁面的反证。并且李白也并非绝对不作七言律。如果咱们拿李白肯作《宫中行乐词》那么工丽的五言律，来证明李白也肯作这样工丽的《菩萨蛮》《忆秦娥》，不是也可以取消这第二疑点吗？至于说意调不像李白，而像温庭筠；吴氏底话，已经把胡氏底话驳翻了。不过吴氏也只能消极地说不是温庭筠所能作，不能积极地证明确是李白所作罢了。因此，这三个疑点，都还是有法可以解释的。但是咱们虽然有法可以解释这三个疑点，还不能确认李白曾作此二词。因为除此以外，还有一个不能解释的疑点，就是据唐代苏鹗《杜阳杂编》所载，《菩萨蛮》底曲调，是创制于大中（唐宣宗李忱年号）初年的，盛唐时代的李白，决不能预填此调。那么，《尊前集》（此集不著编者姓名；据《乐府指迷》所说，大约和《花间集》相类，也是五代时人所编）所载的《菩萨蛮》，既然靠不住；《尊前集》所不载的《忆秦娥》，也许比较地更靠不住了。所以合计《尊前集》和《全唐诗》所载的李白底词十五篇（《全唐诗》兼载《忆秦娥》一阕），除《清平调》三篇确为李白所作，不成问题外，其余十二篇，都是未必靠得住的。其中最靠不住的，自然是《菩萨蛮》三篇。至于《连理枝》一篇，《清平乐》五篇，却真可以说"意调绝类温方城辈"的。总之，这些词是否确是李白所作，毕竟是一个疑案。咱们现在不能确定李白不曾作词，咱们也不便很冒昧地给李白上词坛始祖底尊号。

他底依附李璘，当时固然以为有罪，后世因此怀疑而责备他的也有。但是据他诗中自说，其初却是出于被迫胁的。

……帝子许专征，秉旄控强楚；节制非桓文，军师拥熊虎；人心失去就，贼势腾风雨；惟君固房陵，诚节冠终古。仆卧香炉顶，餐霞漱瑶泉；门开九江转，枕下五湖连。半夜水军来，浔阳满旌旃；空名适自误，迫胁上楼船；徒（一作从）赐五百金，弃之若浮烟；辞官不受赏，翻谪夜郎天。……

——唐李白《经乱离后天恩流夜郎忆旧游书怀赠江夏韦太守良宰》（例二百九十二）

这是他自己底辨诉，或许是靠不住的文过饰非的话；但是李璘底迫胁他，应该是当时的事实。既被迫胁以后，他底用意如何呢？这可以从他底《永王东巡歌》中看出。

三川北虏乱如麻，四海南奔似永嘉；但用东山谢安石，为君谈笑静胡沙。

二帝巡游俱未回，五陵松柏使人哀；诸侯不救河南地，更喜贤王远道来。

试借君王玉马鞭，指挥戎虏坐琼筵；南风一扫胡尘静，西入长安到日边。

——唐李白《永王东巡歌》十一首之三（例二百九十三）

诗中"二帝"就是指李隆基、李亨而言。此诗第一篇首句说，"永王正月东出师"，所谓正月，已经是肃宗至德二年底正月。据《唐书》，李璘于天宝十五年，即至德元年十月已经反了；而他诗中开口就称李璘为永王，并称玄宗、肃宗为二帝，要李璘"南风一扫胡尘静，西入长安到日边"，明明唤醒他，说他应该勤王讨贼，恢复京师。可见他并不曾赞助李璘谋反，而止是希望他能静胡沙，迎回二帝，归到日边罢了。这是他在被迫胁中表面上颂扬李璘的诗，而仍旧隐然用正义点醒他；他底不愿从叛，可以想见了。原来他本是一个喜欢纵横之术的。前引《忆旧游书怀》诗中前段曾说：

> ……试涉霸王略，将期轩冕荣；时命乃大谬，弃之海上行。学剑翻自哂，为文竟何成；剑非万人敌，文窃四海声。儿戏不足道，《五噫》出西京；临当欲去时，慷慨泪沾缨。……心知不得语，却欲栖蓬瀛。……弯弧惧天狼，挟矢不敢张；揽涕黄金台，呼天哭昭王；无人贵骏骨，騄耳空腾骧；乐毅傥再生，于今亦奔亡；蹉跎不得意，驱马还贵乡。……

他因为怀才而不见用，蹉跎不得意之极，所以总想碰到一个燕昭王一流人物，一试他底霸王之略。既被李璘迫胁以后，虽然不赞成他底叛逆，但是以为或许可以借此立功，所以有"但用东山谢安石，为君谈笑静胡沙"的话。再看他底《与贾少公书》中说：

> ……白绵疾疲蔺，去期恬退；才微识浅，无足济时；虽中原横溃，将何以济之？王命崇重，大总元戎；辟书三至，人轻礼重；严期迫切，难以固辞；扶力一行，前观进退。且殷源庐岳十载，时人观其起与不起，以卜江左兴亡；谢安高卧东山，苍生属望。白不树矫抗之迹，耻振玄邈之风；混游渔商，隐不绝俗；岂徒贩卖

云壑，要射虚名？方之二子，实有惭德；徒尘忝幕府，终无能为。唯当报国荐贤，持以自免；斯言若谬，天实殛之！……

可知他当初颇想自比于殷源、谢安；后来知道李璘不足有为，便于他未败时先逃还彭泽，不再作梦想了。总之，他虽然皈依道教，好谈神仙，好像敝屣荣利似的，然而实在是一个力图自见、急功近名的人。所以当五十七岁的时候，还曾经代宋若思作表，把自己荐给李亨。他底放浪颓废，正因为"人生在世不称意"，而借此自遣的。然而他并不像贾谊底哭泣以终，毕竟是胸襟高旷，看得破，放得下的好处哩！

李白有不忠的嫌疑，杜甫却是被称为忠爱诗人的。但是李白以殷、谢自期，杜甫更以稷、契自比，想"致君尧舜上"；而他们底结局，却同是蹉跎不得意而终。他们俩所以能成为两个伟大的诗人，不能不说是被环境所玉成的了。

杜甫，字子美，号少陵，本是襄阳人；因为曾祖依艺，曾做河南巩县令，所以住在巩县了。他底祖父，就是文章四友中的杜审言。所以他底诗，也可以说是出于家学；不过他底伟大，却是祖父所万不能及的。他在开元末年，曾应进士试，不中第；天宝十年，献《朝献太清宫赋》《朝享太庙赋》《有事于南郊赋》三篇，被李隆基所赏识，召试文章，授京兆府兵曹参军。天宝十五年，安禄山攻陷京师，李亨即位灵武；他逃往行在，拜左拾遗。后来因为祖护房琯，被贬谪，流寓成州同谷县，处境很困苦。广德二年，剑南节度使严武，奏荐为检校尚书工部员外郎，他便卜居成都浣花里。严武死后，他无所依，辗转流徙；大历中，客游耒阳①，病死于荆楚间。他生性褊躁放恣，傲诞无拘检；曾经侮辱严武，几乎被严武所杀。又曾合李白、高适过汴州，酒酣登吹台，慷慨怀古。在成都时，纵酒啸咏，与田夫野老相狎荡。可见他也是一个罗曼颓废的诗人。不过他底处境，除献赋得官的几年和在严武幕中的几年，生活状况比较地略佳外，其余都是困苦流离的生活，并且经天宝乱离以后，目击当时的乱象，感慨悲愤，不能自已。以他褊急的生性，又不能像李白底达观，借神仙以自遁；所以发而为诗，便成为沉郁顿挫、感喟苍凉的一路，而合李白不同。

元稹对于杜甫底诗，推崇备至。他底《唐故检校工部员外郎杜君墓系铭序》中说：

> 余读诗至杜子美，而知大小之有总萃焉。……唐兴，学官大振。历世之文，能者互出；而又沈、宋之流，研炼精切，稳顺声势，谓之为律诗。由是而后，文体之变极焉。然而莫不好古者遗近，务华者去实；效齐、梁则不逮于魏、晋，工乐府则力屈于五言；律切则骨格不存，闲暇则纤秾莫备。至于子美，盖所谓上薄《风》《雅》，下该沈、宋；言夺苏、李，气吞曹、刘；掩颜、谢之孤高，杂徐、庾之流丽：尽得古人之体势，而兼今人之所独专矣！

宋代秦观《进论》也说：

> 杜子美之于诗，实积众家之长，适当其时而已。昔苏武、李陵之诗，长于高妙；曹植、刘公幹之诗，长

---

① 耒阳：底本作"来阳"。

于豪逸；陶潜、阮籍之诗，长于冲澹；谢灵运、鲍照之
诗，长于峻洁；徐陵、庾信之诗，长于藻丽。于是杜子
美者，穷高妙之格，极豪逸之气，包冲澹之趣，兼峻洁
之姿，备藻丽之态；而诸家之作，所不及焉。然不集诸
家之长，杜氏亦不能独至于斯也；岂非适当其时故耶？

这都是说杜甫底诗，是集古来诗家之大成的。然而他在各种
诗体上，却也"尺有所短"；七言绝句，毕竟非他所长。

李白底乐府，多用古题，而自出新意，自创新调；杜甫却
不用古题，而自制新题，抒写当时的社会实况。最著名的，
如《前出塞》九首、《后出塞》五首、《兵车行》、《哀王
孙》、《哀江头》和"三吏"（《新安吏》《潼关吏》《石壕
吏》）、"三别"（《新婚别》《垂老别》《无家别》）等；
而尤以《兵车行》和"三吏""三别"为最能写出当时兵祸中
人民底痛苦。

车辚辚，马萧萧，行人弓箭各在腰；耶娘妻子走相
送，尘埃不见咸阳桥；牵衣顿足拦道哭，哭声直上干云
霄。道旁过者问行人，行人但云"点行频；或从十五北
防河，便至四十西营田；去时里正与裹头，归来头白还
戍边。边庭流血成海水，武皇开边意未已。君不闻，汉
家山东二百州，千村万落生荆杞。纵有健妇把锄犁，禾
生陇亩无东西；况复秦兵耐苦战，被驱不异犬与鸡"。
"长者虽有问，役夫敢伸恨！且如今年冬，未休关西
卒；县官急索租，租税从何出？""信知生男恶，不如
生女好；生女犹得嫁比邻，生男埋没随百草。君不见，
青海头，古来白骨无人收；新鬼烦冤旧鬼哭，天阴雨湿

声啾啾！"

——唐杜甫《兵车行》（例二百九十四）

这所写的还是天宝末年李隆基穷兵吐蕃、征戍频繁的情状。他借了两个役夫和一个送行的耶娘口中诉出疲于兵役的苦况，使咱们知道李隆基暮年穷兵黩武，以致人民受此苦痛，此时早伏着后来的乱兆了；真不愧为诗史！

暮投石壕村，有吏夜捉人；老翁逾墙走，老妇出门看。吏呼一何怒，妇啼一何苦！听妇前致词："三男邺城戍；一男附书至，二男新战死；存者且偷生，死者长已矣！室中更无人，惟有乳下孙；孙有母未去，出入无完裙。老妪力虽衰，请从吏夜归；急应河阳役，犹得备晨炊！"夜久语声绝，如闻泣幽咽；天明登前途，独与老翁别。

——唐杜甫《石壕吏》（例二百九十五）

这是写安史乱时人民备受兵祸的惨状的。他从投宿石壕村的晚上一瞬间，耳中听到一个老村妇对拉夫的胥吏，寥寥十三句六十五字的悲诉，写出他们阖家苦况：怎样儿子在外当兵战死，怎样弱媳幼孙在家一息仅存，怎样情愿自身被拉充役，——都写得明白如话，凄楚无比。再加以前边老翁一逃，后边合老翁一别，使这一家家破人亡的惨状，完全呈露于咱们底目前。这真是写实的能手，非战文学的上品！在李白集中找不出这一类的作品来，就内容上论，可以说他这一点，确非李白所能及了。

他底五七言古诗和律诗，都是名作如林。五七言古诗以《自京赴奉先县咏怀五百字》《北征》《羌村》《述怀》（五言），《苏端薛复筵简薛华醉歌》《洗兵马》《茅屋为秋风所破歌》

《贫交行》《冬狩行》《古柏行》（七言）等，为最被后人脍炙的。

杜陵有布衣，老大意转拙；许身一何愚，窃比稷与契。居然成濩落，白首甘契阔；盖棺事则已，此志常觊豁。穷年忧黎元，叹息肠内热；取笑同学翁，浩歌弥激烈。非无江海志，萧洒送日月；生逢尧舜君，不忍便永诀。当今廊庙具，构厦岂云缺？葵藿倾太阳，物性固莫夺。顾惟蝼蚁辈，但自求其穴；胡为慕大鲸，辄拟偃溟渤？以兹误生理，独耻事干谒；兀兀遂至今，忍为尘埃没。终愧巢与由，未能易其节；沉饮聊自遣，放歌破愁发。岁暮百草零，疾风高冈裂；天衢阴峥嵘，客子中夜发。霜严衣带断，指直不得结；凌晨过骊山，御榻在嵽嵲。蚩尤塞寒空，蹴踏崖谷滑；瑶池气郁律，羽林相摩戛。君臣留欢娱，乐勤殷胶葛；赐浴皆长缨，与宴非短褐。彤庭所分帛，本自寒女出；鞭挞其夫家，聚敛贡城阙。圣人筐篚恩，实欲邦国活；臣如忽至理，君岂弃此物？多士盈朝廷，仁者宜战栗；况闻内金盘，尽在卫霍室。中堂有神仙，烟雾蒙玉质；暖客貂鼠裘，悲管逐清瑟。劝客驼蹄羹，香橙压金橘；朱门酒肉臭，路有冻死骨。荣枯咫尺异，惆怅难再述。北辕就泾渭，官渡又改辙；群水从西下，极目高崒兀；疑自崆峒来，恐触天柱折。河梁幸未坼，枝撑声窸窣；行李相攀援，川广不可越。老妻寄异县，十口隔风雪；谁能久不顾？庶往共饥渴。入门闻号咷，幼子饿已卒；吾宁舍一哀，里巷亦呜咽。所愧为人父，无食致夭折；岂知秋禾登，贫窭有仓

243

卒？生常免租税，名不隶征伐；抚迹犹酸辛，平人固骚
屑。默思失业徒，因念远戍卒；忧端齐终南，颎洞不可
掇。

——唐杜甫《自京赴奉先县咏怀五百字》（例二百九十六）

此篇首述自己致君尧舜的志愿；中叙自京赴奉先县旅行途
中，对于李隆基流连于华清宫中以及贵戚骄奢淫佚的感慨；末叙
奉先县家中的困苦，而仍不忘国计民生。忠爱之念，充满于字里
行间，真是可以上继《离骚》的。

君不见，东川节度兵马雄，校猎亦似观成功；夜发
猛士三千人，清晨合围步骤同；禽兽已毙十七八，杀声
落日回苍穹；幕前生致九青兕，驼驼嶷垂玄熊；东西
南北百里间，仿佛蹑踏寒山空。有鸟名鹍鹑，力不能高
飞逐走蓬；肉味不足登鼎俎，何为见羁虞罗中？春蒐秋
狩侯得同，使君五马一马骢；况今摄行大将权，号令颇
有前贤风。飘然时危一老翁，十年厌见旌旗红；喜君士
卒甚整肃，为我回辔擒西戎！草中狐兔尽何益？天子不
在咸阳宫；朝廷虽无幽王祸，得不哀痛尘再蒙！呜呼！
得不哀痛尘再蒙！

——唐杜甫《冬狩行》（例二百九十七）

此诗作于李豫（代宗）广德元年十月吐蕃入寇，李豫逃到陕
州去，而诏书征天下诸镇兵入援，没有人应命的时候。其时梓州
刺史章彝留后东川，举行冬狩，而不去勤王；所以诗中末段很责
备他。

他底五七言律诗，不但沉郁顿挫，而且气象阔大。例如：

国破山河在，城春草木深；感时花溅泪，恨别鸟惊

心；烽火连三月，家书抵万金；白头搔更短，浑欲不胜簪。

——唐杜甫《春望》（例二百九十八）

花近高楼伤客心，万方多难此登临；锦江春色来天地，玉垒浮云变古今；北极朝廷终不改，西山寇盗莫相侵；可怜后主还祠庙，日暮聊为《梁父吟》。

——唐杜甫《登楼》（例二百九十九）

其余如《房兵曹胡马》《月夜》《旅夜书怀》《登岳阳楼》（五言），《秋兴》八首、《咏怀古迹》五首、《诸将》、《闻官军收河南河北》、《阁夜》（七言）等都是名作。至于五言排律，妥贴排奡，律切精深，尤为人所不能及。

绝句虽然非他所长，但是也未尝没有佳作。如：

功盖三分国，名成《八阵图》；江流石不转，遗恨失吞吴。

——唐杜甫《八阵图》（例三百）

万国尚防寇，故园今若何？昔归相识少，早已战场多。

——唐杜甫《复愁》十二首之一（例三百零一）

岐王宅里寻常见，崔九堂前几度闻；正是江南好风景，落花时节又逢君。

——唐杜甫《江南逢李龟年》（例三百零二）

锦城丝管日纷纷，半入江风半入云；此曲只应天上有，人间能得几回闻？

——唐杜甫《赠花卿》（例三百零三）

五绝两篇，都能以二十字写出无限的感慨。七绝两篇，前者借一乐工底流落，写尽治乱盛衰之变，而自身底颠沛流离，也自然显出；后者是讥讽花卿，借用天子礼乐，以赞美为贬刺，意在言外；在集中可算是绝句底压卷了。

杜甫底诗，在外形上，还有一种特点，就是有意地多用纽反复律、韵反复律中的同纽相缀、同韵相缀的律声。所以他底诗里面，双声字和叠韵字用得很多，而且常常以双声和双声相对，叠韵和叠韵相对，或双声和叠韵相对。原来同纽相缀和同韵相缀的两种律声，在《毛诗》和《楚辞》里面是用得很多的。但是那时候因为还不曾发生当对律，所以不曾有相对的用法。到了晋、宋之间，当对律发生了，双声叠韵字就常常在诗中发生相对的现象了。例如：

悦怿未交接，晤言用感伤。
咄嗟行至老，僶俛常怀忧。

——晋阮籍《咏怀》（例三百零四）

招摇东北指，大火西南升……丰冰凭川结，零露弥天凝。

——晋陆机《梁甫吟》（例三百零五）

婉娈居人思，纡郁游子情。

——晋陆机《于承明作与士龙》（例三百零六）

逍遥春王圃，蹢躅千亩田。

——晋陆机《答张士然》（例三百零七）

山行穷登顿，水涉尽洄沿；岩峭岭稠叠，洲萦渚连绵。

——宋谢灵运《过始宁墅》（例三百零八）

连障叠巇崿，青翠杳深沉。

　　　　——宋谢灵运《晚出西射堂》（例三百零九）

乱流趋绝岛，孤屿媚中川……想像昆山姿，缅邈区中缘。

　　　　——宋谢灵运《登江中孤屿》（例三百十）

逶迤傍隈隩，迢递陟陉岘……蘋萍泛沉深，菰蒲冒清浅。

　——宋谢灵运《从斤竹涧越岭溪行》（例三百十一）

椅梄芳若斯，葳蕤纷可结。

　　　　　　——齐谢朓《芳树》（例三百十二）

怅望一途阻，参差百虑依。

　　　　——齐谢朓《酬晋安王德源》（例三百十三）

威纡距遥甸，巉岩带远天……怅望心已极，惝恍魂屡迁。

　　　　——齐谢朓《宣城郡内登望》（例三百十四）

适见叶萧条，已复花蓊郁。

苒弱屏风草，潭沱曲池莲。

素沙匝广岸，雄虹冠尖峰。

梦寐无端际，惝恍有分离。

掩映金渊侧，游豫碧山隅。

　　　　——梁江淹《悼室人》（例三百十五）

氤氲非一香，参差多异色；宿昔寒飙举，摧残不可识。

　　　　——梁沈约《芳树》（例三百十六）

飒沓佩吴戈，参差腰夏箭……轻舞信徘徊，前歌且遥衍。

——梁沈约《从齐武帝琅琊城讲武应诏》（例三百十七）

苍茫萦白晕，萧瑟带长风。

——陈徐陵《关山月》（例三百十八）

竹径蒙笼巧，茅斋结构新。

——陈徐陵《山斋》（例三百十九）

滴沥泉浇路，穹窿石卧阶。

——北周庾信《山斋》（例三百二十）

酒正离杯促，歌工别曲凄。

——北周庾信《对宴齐使》（例三百廿一）

高阁千寻起，长廊四注连。

徘徊出桂苑，徙倚就花林。

浅草开长埒，行营绕细厨。

——北周庾信《咏画屏风》（例三百廿二）

从以上诸例看来，可见六朝以来，这种双声叠韵字相对的现象，就是以纽反复律、韵反复律合当对律结合起来而用在诗中的现象，不曾中断。但是杜甫底诗中，却比较地更用得多了。例如：

枕簟入林僻，茶瓜留客迟。

——唐杜甫《巴上人茅斋》（例三百廿三）

所向无空阔，真堪托死生。

——唐杜甫《房兵曹胡马》（例三百廿四）

鼎食分门户，词场继国风。

——唐杜甫《奉寄河南韦尹丈人》（例三百廿五）

青冥却垂翅，蹭蹬无纵鳞……窃效贡公喜，难甘原宪贫。

　　　　——唐杜甫《奉赠韦左丞丈》（例三百廿六）

　　仙李蟠根大，猗兰奕叶光……画手看前辈，吴生远擅场；森罗移地轴，妙绝动宫墙。

——唐杜甫《冬日洛城北谒玄元皇帝庙》（例三百廿七）

　　青冥犹契阔，陵厉不飞翻。

——唐杜甫《奉留赠集贤院崔于二学士》（例三百廿八）

　　奋飞超等级，容易失沉沦；脱略磻溪钓，操持郢匠斤；义声纷感激，败绩自逡巡；途远欲何向？天高难重陈……微生沾忌刻，万事益酸辛。

　　　　——唐杜甫《奉赠鲜于京兆》（例三百廿九）

　　青海无传箭，天山早挂弓……每惜河湟弃，新兼节制通……勋业青冥上，交情气概中……几年春草歇，今日暮途穷。

　　　　——唐杜甫《投赠哥舒开府翰》（例三百三十）

　　侧塞被径花，飘飖委墀柳；艰难世事违，隐遁佳期后；晤语契深心，那能总钳口……泱泱泥污人，狺狺国多狗。

　　　　——唐杜甫《大云寺赞公房》（例三百三十一）

　　早行石上水，暮宿天边烟。

　　　　　——唐杜甫《彭衙行》（例三百三十二）

　　仓皇已就长途往，邂逅无端出饯迟。

——唐杜甫《送郑十八虔贬台州司户》（例三百三十三）

　　昼漏稀闻高阁报，天颜有喜近臣知。

　　　　——唐杜甫《紫宸殿退朝口号》（例三百三十四）

皮干剥落杂泥滓，毛暗萧条连雪霜……见人惨澹若哀诉，失主错莫无晶光。

> ——唐杜甫《瘦马行》（例三百三十五）

支离东北风尘际，飘泊西南天地间……庾信生平最萧瑟，暮年诗赋动江关。

> ——唐杜甫《咏怀古迹》（例三百三十六）

像第三百三十二例和第三百三十三例，他底用法，比六朝诸诗人的用法，更进一步。所以他底诗中应用双声叠韵字，不但增多，而且更变化了。可是从他以后，却没有进步，所以他底应用这种律声，可以算是空前绝后的。

李、杜两人，交情是很厚的，这从他们两人相寄相赠、相怀相送的各诗中可以看出。杜甫底《寄李十二白二十韵》，是当李白长流夜郎时所作的。诗中不但赞美他，而且给他辨明从叛之冤。

昔年有狂客，号尔谪仙人；笔落惊风雨，诗成泣鬼神；声名从此大，汩没一朝伸；文彩承优渥，流传必绝伦。……处士祢衡俊，诸生原宪贫；稻粱求未足，薏苡谤何频！五岭炎蒸地，三危放逐臣；几年遭鹏鸟，独泣向麒麟。苏武元还汉，黄公岂事秦？楚筵辞礼日，梁狱上书辰；已用当时法，谁将此议陈？……

> ——唐杜甫《寄李十二白二十韵》（例三百三十七）

从这诗里可以看出他们交谊之深；而李白底不曾跟着李璘谋反，更可证明了。

光焰万丈的李、杜，在盛唐时代，如日之升，如月之恒，诚然作成了盛唐之盛；然而盛唐之所以为盛，却也并非仅仅仗着有此两人。两人以外，如崔颢、王昌龄、王湾、王之涣、储光羲、李颀、常建、苏颋、李义、郑虔、贾至之流，至少也都是些伴着日月的星辰，不可视同爝火……而王、孟、高、岑四家，更可以称为当时的大星。

这四座大星之中，太原王维，尤为巨擘。清代王士祯，曾以王维合李、杜并称，而以李为仙，以杜为圣，以王为佛。王士祯是根据宋代严羽《沧浪诗话》而创立神韵派的；而王维底诗，合他底主张最为相合，所以所选《唐贤三昧集》以王维为压卷，很显然地奉他为元祖。近代中国诗坛中，有所谓格调、神韵、性灵三派。格调派是古典主义，性灵派是罗曼主义，而神韵派却近乎象征主义。如果拿这三派来判别盛唐的李、杜、王三家，那么，杜氏属于格调，李氏属于性灵，而王氏便无疑地属于神韵。王氏底诗，源出于陶渊明；同时的孟、储，中唐的韦、柳，也都属于这一流。虽然俊爽高华，沉雄浑灏，毕竟不及李、杜，而以自然为宗，有清腴秀远、恬静冲夷之致，也是李、杜集中所不备的一境。所以他在当时，终不失为差足肩随李、杜的一个大家。

王氏字摩诘，曾为尚书右丞。他九岁就能作文；善作草隶，尤长于绘画。宋代苏轼曾批评他底诗画说："维诗中有画，画中有诗。"他得到宋之问底辋川别墅，山水绝胜；所以诗画底取材极富，而人格也被山水陶冶得越趋于萧闲静远的一流了。但是他虽然学陶，而境遇和思想，毕竟合渊明不同，所以诗境也合陶诗有异。他虽不曾得到高官厚禄，却为当时贵族所推重；而思想更是方士、浮屠两教杂糅的，晚年尤笃于奉佛，都合渊明不同。因此，他底学陶，只是在诗底风格上有点类似罢了。

王维很推重襄阳孟浩然，因为浩然底诗也学渊明，两人诗境相近的缘故。浩然少时隐居鹿门山，四十岁时才到京师来，合张九龄、王维为忘形交。王维曾私邀他入禁署，恰值李隆基来看王维，浩然只好躲在床下。王维据实奏明，隆基便叫他出来，背诵他所作的诗。背到"不才明主弃"的一句，隆基不高兴起来说，"你自己不求官做，怎地说我弃你呢"？因此，把他放还了。后来采访使韩朝宗约他同到京师，想给他推荐，而他又合朝宗相忤。当张九龄镇荆州时，虽曾经署他为从事，而毕竟不能得志；开元末年，就疽发背而死了。李白曾有赠他的诗说：

> 吾爱孟夫子，风流天下闻；红颜弃轩冕，白首卧松云；醉月频中圣，迷花不事君；高山安可仰？徒此揖清芬。

王维也有送他归襄阳的诗说：

> 杜门不复出，久与世情疏；以此为良策，劝君归旧庐；醉歌田舍酒，笑读古人书；好是一生事，无劳献《子虚》。

所以他底思想，虽然合渊明不必尽同；而他底境遇，却颇合渊明相类。他底学陶，似乎比王维底学陶更为适宜。但是他底做诗，造意极苦；所得之于陶的，只在闲静一点；力求清远，而往往失之枯淡，不能像王维底腴润：这也是他底才性和境遇使然。

王、孟是学陶的，是以冲淡深粹胜的，在四家中自成一类；高、岑底作风，却又别成一类，是以高迥劲健胜的。

高适，字达夫，渤海人。初举有道科，曾为剑南西川节度使，终于刑部侍郎、散骑常侍，封渤海县侯。开元、天宝间的诗人，能得到高位的，只有他一个人。他年过五十才学作诗，以气质自高。岑参，南阳人。天宝三年举进士，曾为嘉州刺史，杜鸿渐镇西川时，表为从事，以职方郎兼侍御史，领幕职，遂流寓于蜀。他曾参封常清戎幕，居西域颇久，所以多边塞之作。他底诗，辞意清切，迥拔孤秀，多出佳境。高氏每吟一篇，已为好事者传诵；岑氏每一篇出，人竞传写，比之吴均、何逊：所以两人同负盛名。

下马饮君酒，问君何所之？君言不得意，归卧南山陲。但去莫复问，白云无尽时。

——唐王维《送别》（例三百三十八）

渔舟逐水爱山春，两岸桃花夹古津；坐看红树不知远，行尽青溪不见人。山口潜行始隈隩，山开旷望旋平陆；遥看一处攒云树，近入千家散花竹；樵客初传汉姓名，居人未改秦衣服。居人共住武陵源，还从物外起田园；月明松下房栊静，日出云中鸡犬喧。惊闻俗客争来集，竞引还家问都邑；平明闾巷扫花开，薄暮渔樵乘水入。初因避地去人间，及至成仙遂不还；峡里谁知有人事？世中遥望空云山。不疑灵境难闻见，尘心未尽思乡县；出洞无论隔山水，辞家终拟长游衍；自谓经过旧不迷，安知峰壑今来变！当时只记入山深，青溪几曲到云林；春来遍是桃花水，不辨仙源何处寻！

——唐王维《桃源行》（例三百三十九）

中岁颇好道，晚家南山陲；兴来每独往，胜事空自知；行到水穷处，坐看云起时；偶然值林叟，谈笑无还期。

——唐王维《终南别业》（例三百四十）

积雨空林烟火迟，蒸藜炊黍饷东菑；漠漠水田飞白

253

鹭，阴阴夏木啭黄鹂；山中习静观朝槿，松下清斋折露葵；野老与人争席罢，海鸥何事更相疑！

　　　　　　——唐王维《积雨辋川庄》（例三百四十一）

空山不见人，但闻人语响；返景入深林，复照青苔上。

　　　　　　　——唐王维《鹿柴》（例三百四十二）

独坐幽篁里，弹琴复长啸；深林人不知，明月来相照。

　　　　　　——唐王维《竹里馆》（例三百四十三）

独在异乡为异客，每逢佳节倍思亲；遥知兄弟登高处，遍插茱萸少一人。

——唐王维《九月九日忆山东兄弟》（例三百四十四）

渭城朝雨浥轻尘，客舍青青柳色新；劝君更尽一杯酒，西出阳关无故人。

——唐王维《渭城曲／送元二使安西》（例三百四十五）

此诸例中，也有学陶很像的，也有演绎陶诗的；而其中往往有一种意在言外的远韵，这就是所谓神韵了。

夕阳度西岭，群壑倏已暝；松月生夜凉，风泉满清听；樵人归欲尽，烟鸟栖初定；之子期宿来，孤琴候萝径。

——唐孟浩然《宿业师山房期丁大不至》（例三百四十六）

山寺钟鸣昼已昏，渔梁渡头争渡喧；人随沙路向江村，余亦乘舟归鹿门。鹿门月照开烟树，忽到庞公栖隐处；岩扉松径长寂寥，惟有幽人夜来去。

　　　　　　——唐孟浩然《夜归鹿门山歌》（例三百四十七）

木落雁南渡，北风江上寒；我家襄水上，遥隔楚云端；乡泪客中尽，孤帆天际悬；迷津欲有问，平海夕漫漫。

——唐孟浩然《江上思归》（例三百四十八）

迢递三巴路，羁危万里身；乱山残雪夜，孤烛异乡人；渐与骨肉远，转于僮仆亲；那堪正飘泊，来日岁华新！

——唐孟浩然《除夜》（例三百四十九）

移舟泊烟渚，日暮客愁新；野旷天低树，江清月近人。

——唐孟浩然《宿建德江》（例三百五十）

看以上诸例，除三百四十六和三百四十七两例，学陶颇肖，其余都合陶诗不很相类。其实他既造意极苦，便不及陶诗底纯任自然了。

汉家烟尘在东北，汉将辞家破残贼；男儿本自重横行，天子非常赐颜色。拟金伐鼓下榆关，旌旆逶迤碣石间；校尉羽书飞瀚海，单于猎火照狼山。山川萧条极边土，胡骑凭陵杂风雨；战士军前半死生，美人帐下犹歌舞。大漠穷秋塞草腓，孤城落日斗兵稀；身当恩遇恒轻敌，力尽关山未解围。铁衣远戍辛勤久，玉箸应啼别离后；少妇城南欲断肠，征人蓟北空回首；边庭飘飖那可度？绝域苍茫更何有？杀气三时作阵云，寒声一夜传刁斗。相看白刃血纷纷，死节从来岂顾勋？君不见，沙场争战苦，至今犹忆李将军。

——唐高适《燕歌行》（例三百五十一）

君不见，走马川行雪海边，平沙莽莽黄如天。轮台九月风夜吼，一川碎石大如斗，随风满地石乱走。匈奴草黄马正肥，金山西见烟尘飞，汉家大将西出师。将军金甲夜不脱，半夜军行戈相拨，风头如刀面如割。马毛带雪汗气蒸，五花连钱旋作冰，幕中草檄砚水凝。虏骑闻之应胆慑，料知短兵不敢接，车师西门伫献捷。

——唐岑参《走马川行奉送出师西征》（例三百五十二）

高、岑二人底诗，都是笔力健举，风调高骞，即此可见。

当时崔颢能以《黄鹤楼》一诗，使李白阁笔；而王昌龄也以长于七言绝句，合李白并称。崔氏，汴州人；曾为司勋员外郎。昌龄字少伯，京兆人；曾为江宁丞，后贬为龙标尉而死。

昔人已乘黄鹤去，此地空余黄鹤楼；黄鹤一去不复返，白云千载空悠悠。晴川历历汉阳树，芳草萋萋鹦鹉洲；日暮乡关何处是？烟波江上使人愁。

——唐崔颢《黄鹤楼》（例三百五十三）

大漠风尘日色昏，红旗半卷出辕门；前军夜战洮河北，已报生擒吐谷浑。

——唐王昌龄《从军行》（例三百五十四）

秦时明月汉时关，万里长征人未还；但使龙城飞将在，不教胡马度阴山。

——唐王昌龄《出塞》（例三百五十五）

李白见了崔颢底《黄鹤楼》诗，觉得做不过他，就阁笔不作；而《登金陵凤皇台》一诗，就是学崔颢而想胜过崔颢的。但是他终于不能胜过崔颢，所以宋代严羽曾说崔颢《黄鹤楼》诗为唐代七律之冠。至于王昌龄，除前引二绝句外，还有：

寒雨连江夜入吴，平明送客楚山孤；洛阳亲友如相问，一片冰心在玉壶。

——唐王昌龄《芙蓉楼送辛渐》（例三百五十六）

奉帚平明金殿开，强将团扇共徘徊；玉颜不及寒鸦色，犹带昭阳日影来。

——唐王昌龄《长信秋词》（例三百五十七）

二绝句，就是薛用弱《集异记》所记旗亭画壁故事中，合高适底：

开箧泪沾臆，见君前日书；夜台何寂寞？犹是子云居。

——唐高适《哭单父梁九少府》（例三百五十八）

并为登楼会燕的梨园伶官所唱；而同时双鬟佳妓却唱：

黄河远上白云间，一片孤城万仞山；羌笛何须怨杨柳？春风不度玉门关。

——唐王之涣《出塞》（例三百五十九）

因而被王之涣所揶揄的。然而王之涣此一绝句，虽然不弱，却也未必能压倒王昌龄。

王之涣，并州人。他底存诗不多，而《登鹳雀楼》五言绝句，也是气象不凡的。

白日依山尽，黄河入海流；欲穷千里目，更上一层楼。

——唐王之涣《登鹳雀楼》（例三百六十）

王湾，洛阳人，曾为荥阳主簿，终于洛阳尉。他底《次北固山下》（或作《江南意》）一诗，当时推为诗人以来，罕有此作。

客路青山外，行舟绿水前；潮平两岸阔，风正一帆悬；海日生残夜，江春入旧年；乡书何处达？归雁洛阳边。

——唐王湾《次北固山下》（例三百六十一）

其中五、六两停，最为张说所激赏。

储光羲，兖州人，曾为监察御史。他底诗，合孟浩然相类，也是学陶的，但能得陶氏底真朴，而不及孟氏底深远。李颀，东川人，住在颍阳，曾为新乡尉。常建曾为盱眙尉。两人虽然都是沉沦微秩，而当时诗名很盛。

种桑百余树，种黍三十亩；衣食既有余，时时会亲友；夏来菰米饭，秋至菊花酒；孺人喜逢迎，稚子解趋走。日暮闲园里，团团荫榆柳；酤酊乘夜归，凉风吹户牖；清浅望河汉，低昂看北斗；数瓮犹未开，明朝能饮否？

——唐储光羲《田家杂兴》八首之一（例三百六十二）

男儿事长征，少小幽燕客；赌胜马蹄下，由来轻七尺；杀人莫敢前，须如猬毛磔。黄云陇底白云飞，未得报恩不得归。辽东小妇年十五，惯弹琵琶解歌舞；今为羌笛出塞声，使我三军泪如雨。

——唐李颀《古意》（例三百六十三）

清溪深不测，隐处唯孤云；松际露微月，清光犹为君。茅亭宿花影，药院滋苔纹；余亦谢时去，西山鸾鹤群。

——唐常建《宿王昌龄隐居》（例三百六十四）

　　嫖姚北伐时，深入强千里；战余落日黄，军败鼓声
死。尝闻汉飞将，可夺单于垒；今与山鬼邻，残兵哭辽
水。

　　　　——唐常建《吊王将军墓》（例三百六十五）

　　殷璠所选的《河岳英灵集》，以常建为二十四人之冠；而尤
推《吊王将军墓》一篇，以为善叙悲怨，胜于潘岳。

　　唐代政治上的盛衰，以开元、天宝间为分水岭；而诗海潮流
底汹涌，也极盛于开元、天宝间。所以这个时代，被称为盛唐。
盛唐的诗海，远承汉、魏、六朝底来源，经过初唐底渟蓄泛滥而
成。开元年间，政治休明；天宝前期，虽然隐伏着后来的乱源，
也不失升平康乐的气象。当时朝野上下，都乘此闲暇的余裕，致
力于诗篇；而天宝前期李隆基、杨玉环底风流佳话，和天宝后期
安禄山、史思明底扰乱，又供给诗人们以无数绝好的题材。于是
江河也似的天才的李、杜，应运而生，奔流到海，成为洋洋大
观，而又有王、孟、高、岑等许多比较伟大的支川，汇入其中，
给他们推波助澜，把诗海中能有的洪涛巨浪底奇变极幻，都演化
出来了。从此以后，一切诗人，既不能有超出李、杜以上的天
才，只能像百川学海一般，对那洪涛巨浪，加以摹拟，而取法乎
上，不能不仅得乎中了。盛唐诗人底诗，未尝不从摹拟汉、魏、
六朝以及初唐而来；而他们都——尤其是李、杜——能从摹拟中
显出自己底创造力，开出古人未有的伟大的境界。这就是盛唐之
所以为盛；而中唐以后的诗人，只能从盛唐诗人已经开出的境界
中回旋着，各各摹拟他们底一方面，而略略改换新面目罢了。换
句话说，中国诗篇，到了盛唐，已经把五言、七言、古体、律体
中所能有的境界，完全开出；后人倘然不另辟新境界，只能把取

它底一波一澜，略作翻腾而已。所以中唐以后的诗，无论怎样变迁，总不能出盛唐底范围，而不能不另辟词的新境界了。咱们可以这样说，初唐是唐诗底由幼稚而长成的时期；盛唐是唐诗底由长成而壮盛的时期——其实也是中国旧诗篇底壮盛时期；而中唐以后，便是唐诗底由壮盛而渐入于老衰的时期了。不过在这老衰期中，经许多诗人底努力，常常于旧躯体中，注入些新生命，所以能绵延持续，经过一千多年，以至于现在。

然而盛唐、中唐底区划，原是界线不能很明晰的。李豫（代宗）大历以后，习惯上称为中唐。但是盛唐的杜甫，死于大历五年，他底诗作于大历以后的颇多；而如韦应物、刘长卿辈，往往在大历以前，已负诗名。所以为盛为中，决不能执着大历底纪元，作前后划分的鸿沟。不过大历间有所谓十才子的，他们底诗体，渐合盛唐诗人不同；以大历以后为中唐，原因大约在此。

在大历十子以前，盛唐时已负诗名的，有韦应物、刘长卿。韦应物，京兆长安人。曾以三卫郎事李隆基，终于左司郎中、苏州刺史。长于五言诗，闲澹简远，当时比之于陶潜，合王维并称五言底宗匠。刘长卿，字文房，曾为随州刺史。他曾以五言长城自夸；和顾况、丘丹、秦系、皎然辈都为韦氏底入座之宾，相与唱酬。当时有人说，"前有沈、宋、王、杜，后有钱、郎、刘、李"；刘氏便不服说，"李嘉祐、郎士元，哪得合我并称呢"？他因为名盛一时，题诗不称其姓，但署长卿而已。

> 携酒花林下，前有千载坟；于时不共酌，奈此泉下人！始自玩芳物，行当念徂春；聊舒远世踪，坐望还山云；且遂一欢笑，焉知贱与贫！
> ——唐韦应物《与友生野饮效陶体》（例三百六十六）

　　江汉曾为客，相逢每醉还；浮云一别后，流水十年间；欢笑情如旧，萧疏鬓已斑；何因北归去，淮上对秋山？

　　——唐韦应物《淮上喜会梁川故人》（例三百六十七）

　　望君烟水阔，挥手泪沾巾；飞鸟没何处？青山空向人；长江一帆远，落日五湖春；谁见汀洲上，相思愁白蘋！

　　——唐刘长卿《饯别王十一南游》（例三百六十八）

　　故人千里道，沧波一年别；夜上明月楼，相思楚天阔；潇潇清秋暮，袅袅凉风发；湖色淡不流，沙鸥远还灭；烟波日已远，音问日已绝；岁晏空含情，江皋绿芳歇。

　　——唐刘长卿《石梁湖有寄》（例三百六十九）

以上四例，可见韦、刘两家五言诗底一斑。但是他们也并非仅工五言而不工七言的。

　　顾况，字逋翁，苏州人。性诙谐，常常以诗辞戏弄王公贵人。皇甫湜说他："偏于逸歌长句……意外惊人语，非常人所能为……"释皎然，本名昼，俗姓谢氏，长城人，宋代谢灵运十世孙①。《因话录》载：

　　昼……工律诗。尝谒韦苏州，恐诗体不合，乃于舟中抒思，作古体十数篇为贽。韦公全不称赏，昼极失望。明日，写其旧制献之；韦公吟讽，大加叹咏。因语昼云，"师几失声名！何不但以所工见投，而猥希老夫

———————
① 十世孙：底本作"十五世孙"。

261

之意？人各有所得，非卒能致"。昼大服其鉴别之精。

从这段故事中，可见韦氏能注重个性，不以己之所长，去绳墨他人。皎然有《诗式》一卷，杂论作诗之法，颇有见到语。

丘丹，苏州嘉兴人。曾为诸暨令，历尚书郎，归隐临平山。秦系，会稽人，是个不做官的高士。两人底作品，所存的都是些山林隐逸之诗。

所谓大历十才子，据《唐书·文艺传》所载，是卢纶、吉中孚、韩翃、钱起、司空曙、苗发、崔峒、耿沣、夏侯审、李端等十人。但是也有指卢纶、钱起、郎士元、司空曙、李益、李端、李嘉祐、皇甫曾、耿沣、苗发、吉中孚等十一人为大历才子的。宋代严羽《沧浪诗话》，称冷朝阳亦为十才子之一；而清代王士祯又说"夏侯审诗名不甚著，未可与诸子颉颃；且皇甫兄弟齐名，不应有曾而无冉"。其实咱们不必拘拘于十人的数目，也不必拘拘然考定十才子底姓名，只消知道大历间有这些诗人就够了。

这些诗人中，以韩翃、卢纶、钱起、郎士元、李嘉祐、李端、李益、皇甫冉、皇甫曾等为比较有名。

韩翃，字君平，南阳人。曾以驾部郎中知制诰，被李适（德宗）称为诗人韩翃，以别于当时做刺史的韩翃；后来终于中书舍人。他底诗兴致繁富，如芙蓉出水。每一篇出，就为当时朝野所珍视。被李适所讽诵而目为诗人的，就是：

> 春城无处不飞花，寒食东风御柳斜；日暮汉宫传蜡烛，轻烟散入五侯家。
>
> ——唐韩翃《寒食》（例三百七十）

一诗，当时传为佳话。

卢纶，字允言，河中蒲人。曾为监察御史，终于昭应令。他底诗，有如三河年少，风流自赏。他死后，李纯（宪宗）曾访集他底遗文；李涵（文宗）尤其爱重他底诗，曾派宦官到他家里去搜集遗诗五百篇。

钱起，字仲文，吴兴人。曾为秘书省校书郎，终于尚书考功郎中。郎士元，字君胄，中山人。曾为右拾遗，终于郢州刺史。两人齐名，时人比他们于初唐的沈、宋，以为"前有沈、宋，后有钱、郎"。

李嘉祐，字从一，赵州人。曾任秘书正字，终于袁州刺史。诗体丽婉，有齐、梁风。他合刘长卿友善，当时称钱、郎、刘、李。

李端，字正己，赵郡人。曾为校书郎，终于杭州司马。任校书郎时，在驸马郭暧门下，曾于集上连赋两诗，压服钱起，得公主百缣之赏。

李益，字君虞，姑臧人。曾任郑县尉，终于礼部尚书。长于歌诗，与宗人李贺齐名。每作一篇，教坊乐人以赂求取，唱为供奉歌辞。《征人歌》《早行篇》两诗，被好事者画为屏障。

皇甫冉，字茂政；皇甫曾，字孝常：润州丹阳人。冉终于右补阙，曾终于阳翟令。兄弟两人，诗名相上下，时人比之于晋代太康间的张载、张协。

　　暮蝉不可听，落叶岂堪闻？共是悲秋客，那知此路分？荒城背流水，远雁入寒云；陶令门前菊，余花可赠君。

　　　　——唐郎士元《送别钱起》（例三百七十一）

天山雪后海风寒，横笛偏吹《行路难》；碛里征人三十万，一时回首月中看。

　　　　——唐李益《从军北征》（例三百七十二）

回乐峰前沙似雪，受降城外月如霜；不知何处吹芦管？一夜征人尽望乡。

　　　　——唐李益《夜上受降城闻笛》（例三百七十三）

愁心一倍长离忧，夜思千重恋旧游；秦地故人成远梦，楚天凉雨在孤舟；诸溪近海潮皆应，独树边淮叶尽流；别恨转深何处写？前程唯有一登楼。

　　　　——唐李端《宿淮浦忆司空文明》（例三百七十四）

从以上诸例，可以略窥大历诗人作品底一斑。其中李益底七绝，善写边情；明代王世贞说他胜于韩翃，也颇确当。

然而大历以后，也并非没有重振的时期。这似乎合当时的朝政颇有关系。前此初唐、盛唐的文学，基于贞观、开元的盛治，是文学和政治互相消息的明征。李亨至德以后，安、史底叛乱，虽经削平；然而宠任宦官，纵容藩镇，李豫、李适两朝的祸乱，早已伏源于此。大历以后，虽有贤将相，不能任用；内则宦官窃权，藩镇抗命；外则吐蕃回纥，屡次入寇；朝野上下，只图苟安，不能振作；政治上的衰颓，几成一蹶不振之势。大历诗风底不振，也并非无故而然。然而李纯（宪宗）继统，刚明果断，讨灭强藩，一时藩镇慑服，元和的政治，号称中兴。所以元和、长庆间的诗风，又重振起来了。这诗风重振的中坚，不能不推韩愈、白居易两人。

李、杜不但冠冕盛唐，而且冠冕唐代；不但冠冕唐代，而且冠冕百代：这是前边说过的。所以说起中国旧诗篇来，不能不认李、杜为不可超越的两座高峰；而后来的诗人，都不外乎摹拟盛唐而已。但是李白以天才擅胜，他底诗好像绝迹飞行的剑侠，是不容易学的；而杜甫以学力见长，可以从学力上去企及他。所以凡是摹拟盛唐的，多数都趋于学杜的一途。韩愈、白居易，便是中唐学杜的诗人。

杜甫是一个绝伟大的诗人。他底本色，虽然在乎沉郁顿挫，然而他是多方面的。所以后来的学杜者，往往仁者见仁，知者见知，各各取得他底一方面。这些摹拟古人的，学古而不全同于古，大约有四个原因：（一）个人才性和遭遇底不同；（二）学力底不及；（三）于摹拟中显出他底创造力来；（四）避去摹拟的迹象。有此四因，所以各从性之所近的一方面入手；虽然学古而仍能自成一家。不然，学得很像，甚至于全同；那么，有一个所摹拟的古人已足，又何必再有这优孟衣冠的诗人呢？因此，韩、白两人，虽然同是学杜；而韩氏所学，是杜诗底奇崛险奥处，白氏所学，是杜诗底平明和易处。这两种诗，本来为杜集中所兼备；他们各就个人性之所近的一方面去摹拟它，所以能各各显出他们底本来面目。但是他们有意地专从一方面摹拟，便各有所偏。这些偏处，为得为失，且等下面分别判定它。

韩愈，字退之，邓州南阳人。贞元中进士，终于吏部侍郎。他底诗古体多而律体少，七律更少。这一点颇合李白相类，却也正因为律体中不容易显出他底奇崛险奥。所以他并非不工律体，看集中《咏月》《咏雪》诸篇，便可知道。五言中如《南山诗》，七言中如《谒衡岳庙遂宿岳寺题门楼》，都是雄篇；而尤以《南山诗》为最。前人多把它合杜甫《北征诗》相比，并且有以为《南山》底工巧，胜于《北征》的。

韩愈所摹拟的，既然是杜诗奇崛险奥处，他便有心地专从这条路上走，而故意做得奇崛险奥。所以杜甫底奇崛险奥，是才思学力所到，偶然出此；而他却显露出斧凿底痕迹来了。韩诗也并非全是奇崛险奥，看他底七言绝句各篇中，也颇有语体化的。这正如他底力摹典谟雅颂的古文中，不能不露出唐人底本色语来一样。可见时代潮流底不可抗，而矫揉造作底无益了。总之，韩愈是一个文章底复古派；他底不愿做律诗，而专门摹拟杜甫底奇崛险奥，正合他底反抗骈体文，而追摹唐、虞、夏、商、周、秦、西汉的散文，是一致的。其实杜甫底诗，有些固然确是奇崛险奥；但是别一方面，平明和易的作品很多。其中如《兵车行》《新安吏》《石壕吏》诸篇，明明都是语体化的平民诗；不过他不曾有心地树起语体文学的旗帜来罢了。但是有复古癖的韩愈，所取于杜诗的，只在合他底脾胃相投的一方面；而别一方面的摹拟，便让给革新派的白居易了。

白居易，字乐天，自号醉吟先生，又称香山居士，下邽人。贞元中进士，终于刑部尚书。他底诗，在唐代诗人中，数量可以算是最多，现在存在的共计三千八百四十篇，约莫三倍于李、杜底作品。他一味取材于卑近，而出之以坦夷，恰合韩愈底力求奇崛险奥的相反。然而他正是学得杜甫底平明和易处；不过把杜诗底雄浑苍劲，变而为流丽安详罢了。他底作风，力求易解，能说出一般人心中所要说的话；所以流传极广，而不愧为知识阶级中的一个平民诗人。相传他每作一诗，就读给老婆子听，问她懂得否，老婆子说懂得，便把诗稿录存，否则便再行改作。这虽然也许是形容过甚的话，但他底力求通俗，即此可见。当时传诵他底诗的，上自王公贵人，下至野人田妇，无不玩诵；甚至鸡林贾人把他底诗卖给国中宰相，一篇价值一金；而日本嵯峨天皇，也很珍重他底诗。他写给好友元稹的信中说：

> 再来长安，又闻有军使高霞寓者，欲聘倡妓。妓大夸曰："我诵得白学士《长恨歌》，岂同他妓哉？"由是增价。……又昨过汉南日，适遇主人集众乐娱他宾。诸妓见仆来，指而相顾曰："此是《秦中吟》《长恨歌》主耳。"自长安抵江西，三四千里，凡乡校、佛寺、逆旅、行舟之中，往往有题仆诗者；士庶、僧徒、孀妇、处女之口，每有咏仆诗者。……

元稹《白氏长庆集序》说：

> 巴、蜀、江、楚间，洎长安中，少年递相仿效，竞作新词，自谓为元和诗。……二十年间，禁省观寺邮候墙壁之上无不书，王公妾妇牛童马走之口无不道。至于缮写模勒，衒卖于市井，或持之以交酒茗者，处处皆是（原注，"扬、越间多作书模勒乐天及予杂诗，卖之于市肆之中也"）。其甚者，有至于盗窃名姓，苟求是售，杂乱间厕，无可奈何。予于平水市（原注，"镜湖旁草市名"）中，见村校诸童竞习诗，召而问之，皆对曰"先生教我乐天、微之诗"，固亦不知予之为微之也。……自篇章以来，未有如是流传之广者。……

这两段话也并非他们自吹法螺的夸大话，因为还有反对他们的李戡，也是如此说：

> 尝痛自元和以来，有元白者，纤艳不逞，非庄士雅人，多为其破坏。流于民间，疏于墙壁，子父女母，交口教授；淫言媟语，冬寒夏热，入人肌骨，不可除

去。……

————唐杜牧《李戡墓志》述李戡语

那么，白诗流传之广，是无可疑的事实；而所以能流传如此其广，全由于通俗易解。换句话说，白居易是学得杜诗底语体化，而有心地作语体诗的，所以能普及于平民。

白诗长于叙事，如《长恨歌》《琵琶行》，都是较长的叙事诗。《长恨歌》中描写杨妃睡起的一段，《琵琶行》中描写琵琶声的一段，都是绝妙的白描手段。所以他虽然在非语体化的诗篇中，也是用典绝少。他又善作写实的社会问题诗。如《秦中吟》十篇和《新乐府》中的《上阳人》《新丰折臂翁》《道州民》《卖炭翁》等篇，所写的都是那时候的民间疾苦和朝政弊病。从这一点上，可见他底善学杜甫了。

> 五岳祭秩皆三公，四方环镇嵩当中；火维地荒足妖怪，天假神柄专其雄；喷云泄雾藏半腹，虽有绝顶谁能穷！我来正逢秋雨节，阴气晦昧无清风；潜心默祷若有应，岂非正直能感通！须史静扫众峰出，仰见突兀撑青空；紫盖连延接天柱，石廪腾掷堆祝融。森然动魄下马拜，松柏一径趋灵宫；粉墙丹柱动光彩，鬼物图画填青红。丹阶伛偻荐脯酒，欲以菲薄明其衷；庙内老人识神意，睢盱侦伺能鞠躬；手持杯珓导我掷，云此最吉余难同。窜逐蛮荒幸不死，衣食才足甘长终；侯王将相望久绝，神纵欲福难为功。夜投佛寺上高阁，星月掩映云瞳朦；猿鸣钟动不知曙，杲杲寒日生于东。

————唐韩愈《谒衡岳庙遂宿岳寺题门楼》（例三百七十五）

> 漠漠轻阴晚自开，青天白日映楼台；曲江水满花千

树，有底忙时不肯来？

——唐韩愈《同水部张员外曲江春游寄白二十二舍人》
（例三百七十六）

天街小雨润如酥，草色遥看近却无；最是一年春好
处，绝胜烟柳满皇都。

——唐韩愈《早春呈水部张十八员外》二首之一
（例三百七十七）

帝城春欲暮，喧喧车马度；共道牡丹时，相随买花
去；贵贱无常价，酬直看花数；灼灼百朵红，戋戋五束
素；上张幄幕庇，旁织巴篱护；水洒复泥封，移来色如
故；家家习为俗，人人迷不悟。有一田舍翁，偶来买花
处；低头独长叹，此叹无人喻；一丛深色花，十户中人
赋。

——唐白居易《秦中吟·买花》（例三百七十八）

新丰老翁八十八，头鬓眉须皆似雪；玄孙扶向店前
行，左臂凭肩右臂折。问翁臂折来几年，兼问致折何因
缘。翁云贯属新丰县，生逢圣代无征战；惯听梨园歌管
声，不识旗枪与弓箭。无何天宝大征兵，户有三丁点一
丁；点得驱将何处去，五月万里云南行。闻道云南有泸
水，椒花落时瘴烟起；大军徒涉水如汤，未过十人二三
死。村南村北哭声哀，儿别爷娘夫别妻；皆云前后征蛮
者，千万人行无一回。是时翁年二十四，兵部牒中有名
字；夜深不敢使人知，偷将大石捶折臂。张弓簸旗俱不
堪，从兹始免征云南；骨碎筋伤非不苦，且图拣退还乡
土。此臂折来六十年，一肢虽废一身全；至今风雨阴寒

夜，直到天明痛不眠。痛不眠，终不悔，且喜老身今独
在。不然当时泸水头，身死魂孤骨不收；应作云南望乡
鬼，万人冢上哭呦呦。老人言，君听取；君不闻，开元
宰相宋开府，不赏边功防黩武；又不闻，天宝宰相杨国
忠，欲求恩幸立边功；边功未立人生怨，请问新丰折臂
翁！

    ——唐白居易《新乐府·新丰折臂翁》（例三百七十九）

    绿蚁新醅酒，红泥小火炉；晚来天欲雪，能饮一杯
无？

    ——唐白居易《问刘十九》（例三百八十）

    与君前后多迁谪，五度经过此路隅；笑问中庭老桐
树，这回归去免来无？

    ——唐白居易《商山路驿桐树昔与微之前后题名处》

    （例三百八十一）

三百七十五例，诚然有点奇崛险奥；但是三百七十六例和
三百七十七例，便不然了。可见韩氏也不能不为时代所驱迫而归
于语体化。至于白氏四例，前两例都是社会问题诗，合杜甫《兵
车行》等相似；而后两例更显然地是语体化的诗。

从汉代以后，中国文坛上，虽然被文言文学占住了正统，压
住了语体文学，不许它竖起叛旗，摇动它底宝座；但是语体文学
底命脉，依然绵延不绝于草野的平民间。这从前两篇中所举草野
文学平民文学的各例，可以知道。其实它不但能绵延它底命脉于
草野的平民间，而且能诱惑那些庙堂的贵族，使他们收入乐府，
使他们采用，使他们仿效。像汉代《铙歌》十八篇，以及六朝底
《吴声歌曲》《西曲歌》《鼓角横吹曲》等，都是被收入乐府

的；又像汉代王褒底《僮约》，以及六朝贵族们有时也作些《子夜歌》等，都是被采用被仿效的。这可见它常常侵入文坛中，而有占领一席地的势力，是未可轻侮的了；又可见贵族们受着时代潮流底驱迫，而有时不能不俯就语体了。但是那些贵族们，虽然有时俯就，不过偶然游戏出之而已，绝不认为正宗；正好像燕窝鱼翅吃腻了，偶然吃点青菜豆腐罢了。并且他们底青菜豆腐，也是特制的，合寻常百姓们底家常便饭不同。所以他们所认为正宗的，另是一种笔墨，合这些游戏作品不相混合；就是这些游戏作品，也合道地的平民作品不很相同。不过咱们可以知道，离开古代越远，文言和白话底相差也越远；于是他们觉得白话也是一种新鲜有趣的东西。并且他们毕竟是人；人底情绪底表现，是有真切的要求的。咱们平常讲话，所以绝对不用"之乎者也"的文言，而一定用"的了么呢"的白话，固然因为文言违反习惯的自然，但也是因为情绪表现真切的要求。所以他们碰到有情绪表现真切的要求时，也不期然而然地很愿意用新鲜有趣的白话来做工具。这就是语体文学，决不能被传统的文言文学厌迫到无地自容，而反能侵入贵族们底文坛中的原因。然而六朝的贵族们，还不过于燕窝鱼翅吃腻之后，偶然吃点青菜豆腐；而唐代底诗人们，却把两者相混合，而作成青菜烧鱼翅、豆腐炖燕窝了。这个办法，就是使文言白话相混合，而使诗篇趋于语体化。初唐的诗人，上承六朝流风，还不很有这种倾向；到了盛唐，这种倾向便很显著。例如王、孟、李、杜诸大家，都能拿青菜豆腐和燕窝鱼翅作混合的烹调；并且有时竟把纯粹的青菜豆腐制成山家清供，合王、杨、卢、骆、沈、宋、崔、杜辈，专拿燕窝鱼翅请客的不同。这种倾向，既经成就，于是主张复古的韩愈，也不能不受影响；而主张革新的白居易，更是老实挂起平民饭店的招牌，而大做其青菜豆腐的生意了。所以六朝时的乐府中，留下了许多草野文学平民文学，而唐代不然，咱们固然觉得可惜；但是盛唐以后的知识阶级，能造成这种诗篇语体化的倾向，也是使咱们可以满意的。从此以后，诗篇底语体化，有进无退；到了诗变为词，词变为曲，这潮流尤其汹涌而不可遏，竟是语体文学底猖獗时期，骎骎乎合文言文学划疆而王，几乎有"三分天下有其二"的声势了。

韩、白两人，在当时既然各树一帜，于是他们底朋友和门徒，也隐然分为两派。韩氏底朋友有柳宗元、孟郊、贾岛、李贺、卢仝，门弟子有张籍、王建；白氏底朋友有元稹、刘禹锡。其中柳宗元虽然合韩氏为友，而且在文章底复古倾向上是齐名的同志；但是他底诗派，却是超然的。他既不同于韩，也不同于白；而是远宗陶、谢，近同王、孟、储、韦的。至于韩、白两派，虽然倾向不同，而他们都是同时的朋友，常常互相唱和，互相投赠，互相推许；在当时并不标榜门户，互相诋排，所以能共成中唐诗国中兴的局面。

柳宗元，字子厚，河东人。曾为监察御史、尚书礼部员外郎。因为依附李诵（顺宗）时权臣王叔文的缘故，于李纯朝贬为永州司马，迁为柳州刺史而终。他和韩愈，都是反对六朝以来文章骈俪的倾向，而主张以散代骈的，所以两人都是当时文章复古派的首领。但柳氏古文底作风，却又不同韩氏。他是善于描写山水的，如永州八记，颇能用文学手段，描写永州底山水，是韩氏所不及的。他在文章方面，既然如此；所以他底诗篇，也擅长此点，而能上追陶、谢田园文学山水文学底遗风，合王维、韦应物相颉颃。他底诗，以清峭简澹见长，合韩氏底奇崛险奥不同，所以他是于韩、白两家之外，自成一派的。

> 渔翁夜傍西岩宿，晓汲清湘燃楚竹；烟销日出不见人，欸乃一声山水绿；回看天际下中流，岩上无心云相逐。
>
> ——唐柳宗元《渔翁》（例三百八十二）

> 千山鸟飞绝，万径人踪灭；孤舟蓑笠翁，独钓寒江雪。
>
> ——唐柳宗元《江雪》（例三百八十三）

像这两篇，都是描写山水绝佳的作品。

孟郊、贾岛，就是所谓郊寒岛瘦的。孟郊，字东野，湖州武康人。少年时，隐居嵩山。性极孤介，但韩愈合他一见，就结为忘形交。五十岁时才举进士，终于水陆转运判官、兴元节度使参谋。他底诗很有理致，因此为韩愈所推重。但诗多苦吟而成，所以刻苦蹇涩，有"诗囚"的称号。贾岛，字浪仙，范阳人。曾经做过和尚，名为无本。后来韩愈劝他还俗，举进士，终于普州司仓参军。他底诗也多由苦吟而成，所以幽奇奥僻，偏于瘦涩，合孟郊相伯仲。

> 慈母手中线，游子身上衣；临行密密缝，意恐迟迟归；谁言寸草心，报得三春晖！
>
> ——唐孟郊《游子吟》（例三百八十四）

> 十年磨一剑，霜刃未曾试；今日把示君，谁有不平事？
>
> ——唐贾岛《剑客》（例三百八十五）

此两例是不很蹇涩的，但是寒瘦之态，可见一斑了。

李贺、卢仝，是以奇诡著称的。李贺，字长吉，唐宗室郑王之后，曾为协律郎。他七岁时，就能作诗。当时韩愈合他底朋友皇甫湜听见了，还不相信，于是相约到他底家里去看他，叫他做诗。他下笔立就，做了一篇《高轩过》。二人看了，很是惊异，他便从此出名。他底诗务求奇诡，不落寻常畦径，所以当时没有人能学他，有"鬼才"的称号。乐府数十篇，当时伶工都把它配合弦管，以供歌唱。但是他做诗因为刻意求奇，苦吟不息，所以二十七岁时就短命而死。卢仝，范阳人，隐居少室山，自号玉川子。曾经被征为谏议，不肯就。韩愈做河南令的时候，爱他底诗，所以很厚礼他。后来李涵时，因为留宿宰相王涯府第中，误遭甘露之祸而死。他底诗比李贺更为怪诞。

> 华裾织翠青如葱，金环压臂摇玲珑，马蹄隐耳声隆隆，入门下马气如虹；云是东京才子，文章巨公。二十八宿罗心胸，元精耿耿贯当中；殿前作赋声摩空，笔补造化天无功。庞眉书客感秋蓬，谁知死草生华风？我今垂翅附冥鸿，他日不羞蛇作龙。
>
> ——唐李贺《高轩过》（例三百八十六）

> 谁家女儿楼上头？指挥婢子挂帘钩；林花撩乱心之愁，卷却罗袖弹筌篌。筌篌历乱五六弦，罗袖掩面啼向天；相思弦断情不断，落花纷纷心欲穿。心欲穿，凭栏干，相忆柳条绿，相思锦帐寒；直缘感君恩爱一回顾，使我双泪长珊珊。我有娇靥待君笑，我有娇蛾待君埽；莺花烂熳君不来，及至君来花已老；心肠寸断谁得知？玉阶幂历生青草。
>
> ——唐卢仝《楼上女儿曲》（例三百八十七）

这两例都是不很奇诡怪诞的。李贺奇诡的诗，如《神弦曲》等，很多鬼趣；而卢仝以《月蚀诗》最为怪诞，但是使人感不到什么趣味。同时有一个刘叉，也曾作韩愈门下的宾客；而《冰柱》《雪车》两诗，是有意求为奇诡怪诞而不及李、卢的。

李、卢两家底诗，与其取怪诞的卢，毋宁取奇诡的李。因为李氏工于修辞，虽然奇诡，而他底瑰丽的辞藻，颇能引动读者，使人爱不忍释。至于卢氏，如《月蚀诗》之类，只能使人生厌罢了。韩氏爱好他们两人底诗，正因为合他自己奇崛险奥的脾胃相投；就是他底爱好孟、贾两人底诗，也是从这一点出发的。其实这四人底诗，都合韩愈不同，而也都不能及他。我以为在四人中，不能不推李贺为冠首，不但胜于卢仝而已。

但是韩愈底门弟子张籍、王建，却合韩氏奇崛险奥的作风不相同的。张籍是韩氏最亲密的弟子，可是他底作风，却合白居易相近。他合白氏也是要好的朋友，白氏很推重他底乐府。王建也以擅长乐府著称；他底作风，似乎略奇于张籍，但是语体化的诗也很多。张籍，字文昌，苏州吴人，一说是和州乌江人。贞元中进士，曾为水部员外郎、主客郎中，终于国子监司业。王建，字仲初，颖川人。大历中进士；太和中，出为陕州司马，从军塞上，后归咸阳。他有宫词百首，至今传诵。

> 君知妾有夫，赠妾双明珠；感君缠绵意，系在红罗襦。妾家高楼连苑起，良人执戟明光里；知君用心如日月，事夫誓拟同生死。还君明珠双泪垂，何不相逢未嫁时！
>
> ——唐张籍《节妇吟》（例三百八十八）
> 叹息复叹息，园中有枣行人食；贫家女为富家

织，翁母隔墙不得力。水寒手涩丝脆断，续来续去心肠烂；草虫促织机下啼，两日催成一匹半。输官上头有零落，姑未得衣身不著；当窗却羡青楼倡，十指不动衣盈箱。

——唐王建《当窗织》（例三百八十九）

这两篇都是社会问题诗。张氏《节妇吟》，虽然是寄东平李司空师道的却聘诗，是托男女以寓君臣的，但是咱们就诗论诗，其中确含一个男女问题。至于王氏底《当窗织》，却明明含着经济和妇女的两个社会问题了。

韩愈底门弟子，既然都不是合他同样地奇崛险奥，而反合白居易底平明和易相近，可见那时候风会所趋，韩氏又不能强挽；而白氏底革新派，毕竟得到胜利了。

元稹，字微之，河南河内人。初举明经，继应制策，得第一；曾拜同平章事，终于鄂州刺史、武昌军节度使。他少年时就合白居易倡和，并负诗名，当时称为元白，称他们底诗为元和体。他底作风，合白氏相同，但是才力却略逊于白。他除作合白氏相类的新乐府十二篇外，更有古题乐府十九篇；其中如《忆远曲》《夫远征》《织妇词》《田家词》《古筑城曲》等，也都含着社会问题，而是语体化的诗。至于《连昌宫词》，也是咏李隆基、杨玉环宫掖间的故事的；虽然不及白氏底《长恨歌》，但也是一篇有价值的叙事诗。又有《遣悲怀》三首，是他底悼亡诗；从晋代潘岳有名的《悼亡诗》三首以后，要数这三首为绝唱了。

牛咤咤，田确确，旱块敲牛蹄趵趵，种得官仓珠颗谷；六十年来兵簇簇，月月食粮车辘辘。一日官军收海服，驱牛驾车食牛肉；归来收得牛两角，重铸锄犁作斤劚；姑舂妇担去输官，输官不足归卖屋。愿官早胜仇早覆，农死有儿牛有犊，誓不遣官军粮不足。

　　　　——唐元稹《田家词》（例三百九十）

昔日戏言身后意，今朝都到眼前来；衣裳已施行看尽，针线犹存未忍开；尚想旧情怜婢仆，也曾因梦送钱财；诚知此恨人人有，贫贱夫妻百事哀！

　　　　——唐元稹《遣悲怀》三首之一（例三百九十一）

《田家词》写农民供应军输的苦痛，非常痛切；而《遣悲怀》写尽夫妇间儿女深情，尤其是不可多得的抒情诗。

白居易晚年，又合刘梦得相唱和，所以元稹死后，当时又以刘白并称。刘禹锡，字梦得，彭城人。贞元间举进士，又登博学宏词科，为监察御史；以王叔文党，与柳宗元等同被贬，出为朗州司马，改连州刺史，终于太子宾客分司、检校礼部尚书。白居易序他底诗说："彭城刘梦得，诗豪者也。其锋森然，少敢当者；余不量力，往往犯之。"又说他底诗可谓神妙，以为"在在处处，应有灵物护持"，这可谓极端的推重了。案《新唐书》本传说：

　　……斥朗州司马，州接夜郎诸夷，风俗陋甚，家喜巫鬼。每祠，歌《竹枝》，鼓吹裴回，其声伧儜。禹锡谓屈原居沅湘间，作《九歌》，使楚人以迎送神；乃倚其声，作《竹枝辞》十余篇。于是武陵夷俚悉歌之。

但是现在他底诗集中，有《竹枝词》二首，又九首；九首前边的《引语》说：

　　……岁正月，余来建平，里中儿联歌《竹枝》，吹短笛击鼓以赴节。歌者扬袂睢舞，以曲多为贤。聆其音，中黄钟之羽，卒章激讦如吴声。虽伶�不可分，而含思宛转，有《淇奥》之艳音。昔屈原居沅湘间，其民迎神，词多鄙陋，乃为作《九歌》；到于今，荆楚歌舞之。故余亦作《竹枝》九篇，俾善歌扬之，附于末。后之聆巴歈，知变风之自焉。

查朗州在现在湖南常德；建平就是唐代底夔州，现在的四川巫山县。所以他底《竹枝辞》九首，是做夔州刺史时所作，不是做朗州司马时所作。他因为被贬谪多年，牢骚抑郁都寄托于诗，所以诗以穷而越工。如《西塞山怀古》《金陵五题》等，固然是他底名作；但他底写各处地方风土、民间生活的诗，如《插田歌》《畬田行》《蛮子歌》《淮阴行》《竹枝词》等，似乎更足动人。

冈头花草齐，燕子东西飞；田塍望如线，白水光参差；农妇白纻裙，农父绿蓑衣，齐唱《郢中歌》，嘤伫如《竹枝》；但闻怨响音，不辨俚语词；时时一大笑，此必相嘲嗤。水平苗漠漠，烟火生墟落；黄犬往复还，赤鸡鸣且啄。路傍谁家郎？乌帽衫袖长；自言"上计吏，年幼离帝乡"。田夫语计吏："君家侬定谙，一来长安道，眼大不相参。"计吏笑致辞："长安真大处，省门高轲峨，侬入无度数。昨来补卫士，唯用筒竹布；君看二三年，我作官人去。"

——唐刘禹锡《插田歌》（例三百九十二）

杨柳青青江水平，闻郎江上唱歌声；东边日出西边雨，道是无晴却有晴。

——唐刘禹锡《竹枝词》二首之一（例三百九十三）

山桃红花满上头，蜀江春水拍山流；花红易衰似郎意，水流无限似侬愁。

城西门前滟滪堆，年年波浪不能摧；懊恼人心不如石，少时东去复西来。

瞿塘嘈嘈十二滩，人言道路古来难；长恨人心不如水，等闲平地起波澜。

巫峡苍苍烟雨时，清猿啼在最高枝；个里愁人肠自断，由来不是此声悲。

——唐刘禹锡《竹枝词》九首之四（例三百九十四）

《插田歌》是做连州刺史的时候所作，据他底《引语》说：

连州城下，俯接村墟；偶登郡楼，适有所感，遂书其事为俚歌……

看他前半写出农民底田间生活、风景和人物底动作，已经写得很生动。后半写出一个乡下妄人底自夸，滑稽无比，有如活画出来，真是写生能手！至于那些《竹枝词》，借巴蜀一带的人情风俗，写出他底不平来；而修辞方法，也能深得《吴声歌曲》和《西曲歌》底遗意。

中唐时代，有了白居易、元稹、刘禹锡等几个有意把诗篇语体化的诗人；他们底作品，虽然毕竟是知识阶级的作品，也勉强可以弥补唐代平民文学亡失的缺陷了。

然而有一件似乎可怪的事，就是白居易、元稹、刘禹锡等，一面竭力使诗篇语体化，而一面却合韩、柳等都是古文家。白、刘两人，还不过自作古文；而元稹却于知制诰的时候，变更诏书体裁，务求纯厚明切，竟把古文应用到向来被骈体文占领着的诏书里面去。那么，他们底诗派，既合韩氏不同，为什么文章复古这一点，竟合韩、柳相同呢？这个问题，既经提出，咱们且趁此把唐代文体复古运动这一件大事，附带着一说罢。

中国底文字，因为衍形而单音的缘故，所以在身段上可以使它作整齐的对称和叠置，而有所谓对叠律底发生。这种当对和重叠的方法，在诗文中原是"古已有之"的；不过那时候只是于散体的诗文中偶然夹杂着几个当对和重叠的联排罢了。三国以后，这种倾向渐渐盛起来，于是诗文两方，同时都渐趋于骈俪。但是当对律如果不合抑扬律相结合，还不能算是严格的当对律，而有时只能算是重叠律。到了齐、梁间，四声既经确定；沈约、王融、周颙、谢朓之流，便创造了抑扬律，把它合当对律相结合，而用在诗文里面。但是那时候的抑扬律，因为次第律和腔反复律等还没有确立，所以还不能成为严格的抑扬律。因此，六朝时候，虽然骈俪的诗文盛极一时，究竟还不能算是完全的律体诗文。到了唐代，律体诗固然完全成立了，而律体文也完全成立起来，有所谓律赋和四六文。文章底成为律体，也就是文章底诗篇化。但是一方面律体成立，而一方面散体运动——就是复古运动，也继续着周、隋间不曾成功的运动而同时起来。这因为：（一）诗文底外形，越趋于律体，便合语言底自然相去越远；（二）诗文既合语言底自然相去越远，便越趋于贵族，而合平民底需要相去越远。所以非完全律体的诗（古诗）和散体文（古文），虽然还是用文言做工具，但是毕竟渐近于语言底自然，而比较地减少了贵族化的程度。诗文复古运动底起来，和白、元、刘三人一面使诗篇语体化，一面却合韩、柳等同做古文，就是为此。试看白氏底《祭弟文》，其中竟是参用着许多白话，就可以证明此点。所以咱们可以说文章方面由律体而解放为散体的要求，合诗篇方面从文言而解放为语体化的要求，是同一个出发点的。不过诗篇已经从文言走向语体去，而文章却依然滞留于文言路上罢了。这文章底所以滞留于文言路上，是因为诗篇早受了平民文学底诱惑，而文章却被庙堂台阁底架子所束缚，被科举制度、历史关系所维持，平民文学底力量，还不能侵入文言所占领的壁垒。总之，咱们要认识这个时候，贵族文学的壁垒，已经动摇了。诗篇方面，差不多大部分动摇，而文章方面，也动摇了一部分。

　　然而这时候所谓文章复古运动，果然是真的复古吗？他们所复的，自然是周、秦、汉、魏的古，甚而至于是唐、虞、夏、商的古。因为那时候盛行的骈体文，是起于晋代以后的，合汉、魏以前不同，所以不做骈文而做散文，便算是复古。但是所谓文言，原来不过是周、秦以前在人们口头上说着的白话。那时候口头上怎么说，纸面上就怎么写，原是没有什么分别的。到了汉代，口头上的语言已经变迁了；而纸面上的文章，因为不曾统一的语言，不便用作工具，于是只好仍旧借用周、秦以前的白话，而文字便合语言分离了。可是以汉代人借用了周、秦以前的白话，来做文章，好比天津人学北京话一样，总是难免蓝青了。所以汉、魏时代的散文，已经受了汉、魏底时代性底影响，不能合周、秦时代的散文完全一样，而终于是汉、魏人底散文了。换句话说，后世所谓汉、魏底古文，已经不是真正的古文，而是冒充的古文了。晋代以后，从这种冒充古文中，又走了一条岔路，岔到骈文的一方面去。这骈体文盛行的时代，经过了五百多年，岔断了唐代合周、秦、汉、魏的时代变迁底关系，使它们隔开得越远了。于是唐代人学起周、秦时代的古文来，比汉、魏人格外艰难；正合南方的江、浙、闽、粤人学北京话一样，不能不格外蓝青了。所以唐代人所复的，何尝是真正的古？只是做些蓝青古文罢了。然而它们虽然蓝青，一方面总比骈体文近于古，一方面也比骈体文近于语言底自然。所以这文章复古的动机，实在合革新的——就是语体化的——动机差不多。不过革新派所不满意的，是贵族文学；而复古派所不满意的，只是贵族文学中比较地格外贵族的骈体文罢了。因此，革新派的首领白居易，一面使诗篇语体化，一面跟韩愈、柳宗元做散文，而散文中就也有语体化的文章，例如他底《祭弟文》。

有人说白居易底散文语体化，是受了禅宗的和尚们底影响。因为那时候的禅宗和尚们，已经用白话做语录，而白氏常常合和尚们往来的缘故。但是白氏所往来的和尚们，未必一定是禅宗的；而且当时合和尚们往来的文人很多，不止白氏一人，何以旁人不受影响而他独受影响呢？所以白氏《祭弟文》底语体化，只是要图表情真切恳挚的缘故，不必有旁的什么影响。不过那时候禅宗的和尚们用白话做语录，正合文章复古运动是同时，确是一件事实。这件事实，更足证明文章语体化和文章复古的时代倾向，动机是差不多的。

当时的文人们，因为要表情真切恳挚，所以做了些语体诗篇，并且有时于散文中夹些语体化的文句；当时的禅宗和尚们，因为要说理明白正确，所以做成语体的语录。语体的语录，为什么起于禅宗呢？这因为他们本来是要竭力打破文字障的。他们底哲理，本来是"不可说"的；不可说而对于他们底门徒，有时又不能不有所开示，于是不得已而说下几句话。他们底门徒，以为如果把它写成文言，经过一番翻译，便会弄得不明白不确正，于是就把它依师傅口头上所说的照样的记了下来，做它一丝不走，这便是所谓语录，这便是禅宗底语录所以用语体的一个原因。其次，禅宗底六祖惠能，本是一个不识字的人。他底历史和法语，经他底门徒法海如实地记了下来，便是所谓《六祖坛经》，便是最初的白话语录。于是后来禅宗的语录，便都依着这部最初的语录而一律写成白话了；这便是禅宗语录所以用语体的又一个原因。他们所以用白话做写语录的工具，正因为白话能合于他们说理明白正确的要求。后来宋代的儒家，要写起语录来，便也受了他们底影响，有了这种觉悟，而自然地采用了白话。咱们所觉得可惜的，就是唐代盛行的唯识宗，几位大师们如玄奘、窥基之流，没有这种觉悟，不知道用白话来翻译经论、注释经论；否则最有系统的唯识宗，它底哲理，一定格外容易使人了解了。但是这也许一则为时代所限，一则他们不像禅宗是一个革命的宗派，所以不能做这革新的事业呢。

中国纯文学史

金受申 著　李根亮 整理

前　言

　　金受申（1906—1968），原名文佩，后改名文需，字泽生，满族，原籍黑龙江宁安，出生于北京。金受申自幼在家念书，《百家姓》《三字经》《千字文》《弟子规》《六言杂字》五本书对他影响甚大，后在东城老君堂小学（后来改为东四十二条小学）读书。20世纪20年代初期，金受申在市立第一中学（北京一中）读书，老舍是该中学的国文教员。1923年，17岁的金受申出版了《〈古今伪书考〉考释》，开始用"受申"二字署名，其原名却被世人淡忘。"受申"二字是一位算命先生为他批命时所赠的名字，暗喻挨骂、招说、挨瞪、被捋等含义。金受申接受这个名字，可见其性格的洒脱。1924年中学毕业后，金受申做过一段时间的小学教师，后考入华北大学读书，21岁考入北京大学研究所国学门研读。1926年起一直从事中学教育工作，还做过华北大学的讲师。1929年，金受申加入基督教，曾在教会学校崇实中学教书，后又到市立第一中学教书，他的《中国纯文学史》应是在中学教书期间写成。1939年，金受申为了生计，参加北京中医考询并位居榜首，开始行医，同时为《立言画刊》撰稿、编辑，开设《北京通》栏目。1950年，金受申在老舍的帮助下进入北京文联工作，在《北京文艺》做编辑。1968 年病逝。

金受申在北京一中读书期间就展现出一定的学术天赋，并深受清代汉学风气影响，出版了《〈古今伪书考〉考释》一书，此后还编撰了《国故概要》《公孙龙子释》《稷下派之研究》等书。清代姚际恒著有《古今伪书考》影响甚大，民国学者对其颇为关注，1923 年金受申著《〈古今伪书考〉考释》出版，对姚著进行了再考证辨析。但金受申对于该书并不满意，如他在《公孙龙子释》中说："予于民国十一年撰《〈古今伪书考〉考释》时，亦未深察，仓卒出版，二版无期，空贻笑于时贤而已。"①不过从学术上讲，金受申的《〈古今伪书考〉考释》确有一定的开创意义。此后 1928 年顾实撰《重考〈古今伪书考〉》、1932 年黄云眉撰写《〈古今伪书考〉补正》均对姚著进行了补充考证。

金受申的《公孙龙子释》也值得注意。姚际恒《古今伪书考》"公孙龙子条"载："恒按《汉志》所载，《隋志》无之，其为后人伪作奚疑？"姚际恒认为《公孙龙子》是伪书，这引起了金受申的注意，金受申于是撰写了《公孙龙子释》一书，并于 1927 年初版、1931 年再版。1930 年秋，金受申任教于崇实中学，将梁启超、章太炎编辑的《中国学术论著辑要》删节整理为《国故概要》，以作为国文教材副本。《国故概要》前有金受申撰写的《公孙龙考》一文，指出历史上有两个公孙龙，其中一个是《史记》所载孔子弟子公孙龙，另一个是周慎靓王、周郝王时

---

① 金受申：《公孙龙子释》，商务印书馆1935年版，第66页。

代的公孙龙，即与平原君同时的公孙龙，但因为二人同名，张守节《史记正义》将二人混淆，后世遂误为一人。1930年，金受申还撰写了《稷下派之研究》，由商务印书馆作为国学小丛书之一出版。金受申在该书序言中指出了他研究稷下派的原因，即探寻先秦思想发展的脉络，"辨明儒、道、墨所以转入名、法的痕迹"[1]。在民国思想史著作中，《稷下派之研究》具有独特的学术价值。另外，金受申还著有《清代诗学概论》《晚清两大平民诗家》《仄韵楼诗话》《墨经札记》等。

基于各方面原因，金受申的国学研究并没有一直延续下去。1938年，金受申开始在《立言画刊》上开辟《北京通》专栏，发表了三百多篇研究清末民初北京民俗的文章，因而被称为"北京通"。中华人民共和国成立后，金受申在作家老舍的帮助下进入北京文联，一直研究北京地方民俗，改编和整理民间故事，具体包括：

《儿女英雄传》（节本），通俗文艺出版社1955年版。

《闹花灯》（评书），通俗文艺出版社1956年版。

《贾家楼》（评书），通俗文艺出版社1956年版。

《北京的传说》（第一集），通俗文艺出版社1957年版。

《北京的传说》（第二集），北京出版社1959年版。

《北京话语汇》，商务印书馆1961年版。

《李广智退匈奴兵》，中国少年儿童出版社1961年版。

《女娟救父》，中国少年儿童出版社1962年版。

金受申的《中国纯文学史》初版于1933年，由北平文化学

---

[1]　金受申：《稷下派之研究》，商务印书馆1930年版，序第2页。

社印刷。据 1931 年北大易社出版的金受申《国故概要》封底的广告，当时其《中国纯文学史》已经由北平中华印书局印刷，可知金受申的书稿已经完成，但目前一直没有发现有关的印本。现在能看到的只有北平文化学社印刷的《中国纯文学史》上册，下册不知所终。

金受申在该书序言、绪论中谈到了编书的目的，并说当时"找一本可以为高级中学讲述而且合适的就很少"，于是决心编写一部在高级中学讲授的讲义。尽管是为中学生讲授文学史的讲义，金受申在编写体例的安排上却是严谨的。受到西方文学观念的影响，金受申将纯文学与中国传统的杂文学作了区别，指出"纯文学就是有情感的文学"，是"活文学、力的文学"。金受申强调传统目录学家"把讲哲理的文字、载道的文字"拉入文学范围之内，是极大的错误。基于这种纯文学观念，金受申批评民国文学史著作在材料方面失于太繁或太简，在组织方面不求因果、不纯文学、取材太滥、无鉴别力。金受申在绪论中特别指出"文学的遭变本不是突然的，是有因果可寻的"，所以他编写文学史就是要寻求文学的系统、研究文学史上的因果关系，并推翻以经史入文学史的先例。如在第二篇第四章，金受申从文学进化的因果关系角度认识谢灵运的文学地位，指出谢灵运是当时诗歌发展的枢纽和转关人物。但是，金受申反对以经史入文学史，对于先秦诸子、《史记》的文学价值全面否定，这样其实也不完全客观。在评价唐代诗人韦应物时，认为韦应物是除了李杜以外的大家，这种评价也值得商榷。

此后在民国出版的文学史著作中，以"纯文学"命名的还有刘经庵编著的《中国纯文学史纲》，1935 年北平著者书店初版，晚于金受申的《中国纯文学史》。刘经庵也反对将文学的范畴扩大，因而其文学史仅仅谈及诗歌、词、戏曲及小说，对于辞赋、散文均略而不论。

这次整理以北平文化学社 1933 年初版为底本，忠于原作，对于明显的知识性错误酌情校改并用脚注加以说明。原文中使用破折号、省略号较多，根据上下文和现代标点规范酌情加以处理。原文中引用的文字、诗词，另起一行时一律改为楷体字。原文中图表基本保持不变，表中说明文字作横排处理。

目　录

序

　　我编这本《中国纯文学史》的动机，不是什么著述家的一家言，也不是和现在如"过江之鲫"的文学史家凑趣。老实来说是为我需要而编的，是为我作讲义而编的，所以似乎是教本式[①]的。

　　这本书的目的有两点：

　　一讲纯文学。凡是卫道的文学、替天行道的文字，都不来采入，也不必牵强拉《易经》、《书经》、古文学……与文学有直系尊亲属的关系。也不必分硬性、软性，根本我们就不讲硬性，岂不更直接了当呢！

　　二求文学系统。文学变化、文学史演进，都不是凭空掉下来的，都是有因果关系的。我们试看现在出版的文学史，多一半是所谓"分期的断烂朝报"，前后毫不相关，这样没系统，怎能使人对于文学史有明确的概念呢？所以这本书是要求文学系统。

　　目的是如此，成功否，不可知，自己努力，读者批评，求这目的的达到。

一九三三，七，二四。金受申于北平

[①] 式：底本作"是"。

绪　论

　　现在我们研究中国纯文学史，应该先知道什么是纯文学。纯文学就是有情感的文学——活文学、力的文学。中国文学的分类家，把讲哲理的文字、载道的文字——死文学、硬性文学、知的文学、杂文学——都拉入文学范围之内，这是一件极大的错误。纯文学是挚情流露、毫不文饰、毫不虚伪的。掷地金石声的孟荀论性、韩愈《原道》，那只是哲理妙论、道统文章，是杂文学，不是纯文学。那"宫徵靡曼，情灵摇荡"的《楚辞》《孔雀东南飞》，才是真正的纯文学呢！我们为廓清界限，明了中国真正文学，所以来讲纯文学史。

　　中国文学史的作品，可以说是汗牛充栋了，大半都是抄集各本文学史，另成一新本文学史，辗转稗贩，毫无创见，就是找一本可以为高级中学讲述而且合适的就很少。现在中国文学史的通病，归纳起来，可以分为几种：

　　1. 材料方面

　　A. 失于太繁，如《中国文学史大纲》《中国大文学史》。

　　B. 失于太简，如《中国文学小史》《中国文学史略》。

2.组织方面

A.不求因果。文学的遭变本不是突然的，是有因果可寻的；但是文学史家却偏偏不重这一点，给读文学史的一种没目的的盲求，没线索的材料。

B.不纯文学。周秦诸子，经史道学，多一半是讲哲理的，《诗经》是例外，但是被羽翼六经的文学史家强拉入文学史范围，所以有"诸子文学""易经文学"的论调，真是相差太远了！

C.取材太滥。文学史作家每多炫耀才能，什么牛溲马勃都拿来充数，结果好的材料没有加入，没有价值的材料占满了篇幅。例如有一本文学史曾把极无聊的小说《青楼梦》引入，于此可见一般了！

D.无鉴别力。文人通病人云亦云，鉴别力很小。但是作文学史的，既要对于古人负责，还要对未来者和自己都要负责任的。现在文学史家采取成说，只要经名人谈过，便奉为金科玉律，价值毫无。例如关于《红楼梦》问题，我们都知道蔡元培的《石头记索隐》是靠不住的，但是在盐谷温的《中国文学概论讲话》里，便极力推崇这个书。最可笑他的理由是："蔡氏为我在德国留学中相识之人，南方派的重要人物，第一次革命任教育总长，现为北京大学校长。学问淹博，识见高迈。"文学史作家有这样不合逻辑的话，真是可为长叹了！

我们现在讲文学史，就是要"繁简适中，研究文学史上的因果关系；推翻以经史入文学史的往例"。不过这种工作是不容易做的，所以同时要大家共同努力！

第一篇　先秦期

第一章　北派文学——《诗经》

中国古代的文学作品，并不只《诗经》《楚辞》两书，零星的作品，散见各书的也是很多。如同《击壤歌》《卿云歌》《楚聘歌》《越人歌》，在先秦期文学史中也占得位置的，不过能代表时代，而较有统系的，只有《诗经》《楚辞》罢了！因为《诗经》的产地多在北，《楚辞》的产地多在南，所以以南北区分《诗经》《楚辞》，也是较比可靠些。不过《楚辞》作品，有的作在纪元前第一世纪——汉中叶——不是完全属前秦期，现在为求有统系起见，汉代《楚辞》作品，也附在本篇来讲。现在先讲《诗经》。

《诗经》是纪元前第三四世纪到第六世纪的民间歌谣总集，并不是经天纬地的圣经贤传，后来被翼道的人们，把美好的结婚歌恋歌，硬拉入"后妃之德也""刺时也"，以致后来没有人敢把《诗经》来亵渎了。甚至于许多学问家看他作古代信史，那真是雾里看花了。

《诗经》现存的有三百零五篇，据《史记·孔子世家》说：

"古者诗三千余篇。及至孔子，去其重，取可施于礼义，上采契、后稷，中述殷、周之盛，至幽、厉之缺，三百五篇。"不过经过汉唐学者的研究，已然证明孔子没有删过诗。现存的三百零五篇是：

甲　国风，十五国，一百六十篇。

　　一　周南十一篇，《关雎》《葛覃》《卷耳》等。

　　二　召南十四篇，《鹊巢》《草虫》等。

　　三　邶风十九篇，《柏舟》《燕燕》等。

　　四　鄘风十篇，《墙有茨》《桑中》等。

　　五　卫风十篇，《淇奥①》《硕人》等。

　　六　王风十篇，《黍离》《君子于役》等。

　　七　郑风二十一篇，《将仲子》《子衿》等。

　　八　齐风十一篇，《鸡鸣》《东方未明》等。

　　九　魏风七篇，《园有桃》《葛屦》等。

　　十　唐风十二篇，《蟋蟀》《山有枢》等。

　　十一　秦风十篇，《车邻》《蒹葭》等。

　　十二　陈风十篇，《东门之杨》《月出》等。

　　十三　桧风四篇，《羔裘》《素冠》等。

　　十四　曹风四篇，《蜉蝣》《鸤鸠》等。

　　十五　豳风七篇，《七月》《鸱鸮》等。

乙　雅，小雅七十四篇，大雅三十一篇。

　A. 小雅

　　一　鹿鸣之什十篇，《鹿鸣》《四牡》等。

---

① 淇奥：底本作"淇淇"。

二　南有嘉鱼之什十篇，《南有嘉鱼》《湛露》等。

三　鸿雁之什十篇，《鸿雁》《黄鸟》等。

四　节南山之什十篇，《节南山》《正月》等。

五　谷风之什十篇，《谷风》《蓼莪》等。

六　甫田之什十篇，《甫田》《大田》等。

七　鱼藻之什十四篇，《鱼藻》《采菽》等。

B. 大雅

一　文王之什十篇，《文王》《大明》等。

二　生民之什十篇，《生民》《既醉》等。

三　荡之什十一篇，《荡》《抑》等。

丙　颂，周颂三十一篇，鲁颂四篇，商颂五篇。

A. 周颂

一　清庙之什十篇，《清庙》《维天》等。

二　臣工之什十篇，《臣工》《振鹭》等。

三　闵予小子之什十一篇，《闵予小子》《小毖》等。

B. 鲁颂

一　駉之什四篇，《駉》《有駜》等。

C. 商颂

一　那之什五篇，《那》《烈祖》等。

据旧的分法以"风""小雅""大雅""颂"算作四诗，经学家说他是"四始"。梁任公说四诗是南、风、雅、颂，由《国风》里提出《周南》《召南》来独立，而把《小雅》《大雅》合并一起，是很有见解的。《诗经》是古代民间歌谣，对于政治上的不平、男女间的相悦，都有深刻的描写，所以研究中国文学史的第一要先研究的。以文学的眼光来区分全部《诗经》，可分一恋歌，二结婚歌，三悼歌，四农歌，五宗庙乐歌，六颂神乐歌，七宴会歌，八田猎歌，九战事歌等。优美文字，不一而足。并且《诗经》多一半可以歌唱，有人主张完全可以歌唱。风、雅、颂是乐调的名目，古人区分《诗经》为风、雅、颂，并不是以思想方面来定的。如郑樵《乐府总序》说："古之达乐三，一曰风，二曰雅，三曰颂，所谓金石丝竹匏土革木，皆主此三者以成乐。"梁任公先生释"南"，也引《左传》的"象箾南籥"、《毛诗传》的"南夷之乐曰南"、《礼记·文王世子》的"胥鼓南"、《诗经·鼓钟》篇的"以雅以南"，可见"南"也是诗乐一种。那么南、风、雅、颂四种，完全是乐调名字了！

《诗经》在文学史上的价值很大，一描写当时战争流离、人民不满意的态度很是深刻，如《硕鼠》《伐檀》。二抒情文字，旖旎宛转，令人神往，如《静女》《蒹葭》《子衿》。其他像写祀神的庄严、结婚的状况都是有价值的。我们研究《诗经》就要这样去研究，至于《诗序》所说某诗为某事作、某诗作于何时，甚至于宋儒的臆解，如《凯风》朱熹硬说有七个儿子的老太婆还不安于室，都不应当去管他。诗音的今古，诗序的真伪，那都是经学家的责任，研究文学的人不必越俎代庖。

《诗经》的艺术手腕，更是很好，如《燕燕》一诗前三节则分瞻望弗及为三种心理，一泣涕如雨，二伫立以泣，三实劳我心。最后一节是说送别后的回思。由这一个例可以见得《诗经》的艺术如何超越！

《诗经》我们知道终结在公元前第三四世纪前后，那时候南方新兴民族的楚国，已然开疆拓土，文化也一天一天高起来，例如《诗经》里的南方作品，也有几首，如《汉广》《江汉》。南方水多，思想灵动，因之文学方面也就渐渐由现实变入幻想，形式由规则的渐渐变到不规则的，这是一种自然的现象。屈原生在纪元前第三世纪，受了这种文学自然演变的趋势，加上他环境的薰陶，才产生千古绝调的《离骚》。同时宋玉首先蒙他的影响，为一代文学发扬光辉，并开了汉代诗赋的先河。《诗经》对于后来文学的影响，不仅仅是《楚辞》、骚赋，由抒情诗（风）演变下来的是骚赋和诗，由叙事诗（雅）演变下来的是历史小说传奇，由剧诗（颂）演变下来的是杂剧大曲。《诗经》不能不说他是一切文学的先导了。

第二章　南派文学——《楚辞》

　　《楚辞》是一部继续《诗经》引起汉代文学的南方诗歌总集，也可以说是文学总集。我们知道文学是以真挚的情感为主体的，《楚辞》大部分能从想象力里表现出作者的真挚情感，他和《诗经》的抒情诗、感想诗不同，所以也可以说是"象征文学"始祖。《楚辞》的年代后于《诗经》，并且被当时的学者不看作圣经贤传，因此保存些本来面目。虽然后来有人把《离骚》单提出称《离骚经》，但是终被目录学家分入集部。《楚辞》在西汉以前没有这个名字，只单称《屈原赋》二十五篇，《唐勒赋》四篇，《宋玉赋》十六篇。在《汉书·艺文志》里著录屈赋二十家三百六十一篇，被刘向编辑以后，才有《楚辞》的名字。他的内容是：

　　甲　汉以前作，三十八篇。

　　　一　《离骚》一篇，屈原作。

　　　二　《九歌》十一篇，屈原作。

　　　三　《天问》一篇，屈原作。

　　　四　《九章》九篇，屈原作。

　　　五　《远游》一篇，屈原作。

　　　六　《卜居》一篇，屈原作。

　　　七　《渔父》一篇，屈原作。

　　　八　《九辩》十一篇，宋玉作。

　　　九　《招魂》一篇，宋玉作。

　　　十　《大招》一篇，屈原作，或云景差作。

乙　汉以后作，三十七篇。

一　《惜誓》一篇，贾谊作。

二　《招隐士》一篇，淮南小山作。

三　《七谏》七篇，东方朔作。

四　《哀时命》一篇，严忌作。

五　《九怀》九篇，王褒作。

六　《九叹》九篇，刘向作。

七　《九思》九篇，王逸作。

这是现传的《楚辞》篇次，朱熹的《楚辞集注》在屈原的作品上都加上"离骚"二字，不是屈原的作品上都加"续离骚"三字。把《七谏①》《九怀》《九思》《九叹》删去，加上贾谊的《吊屈原》和《鵩鸟赋》。其实这些作品所以称为楚辞的缘故，也是因屈原是楚人，并且创了楚调的新声，所以屈原不单是作了伟大的文学作品，还是自创新格的作家。屈原的事迹《史记》有《屈原列传》，撮记起来他是：

一　原为楚同姓贵族。

二　原事楚怀王，官左徒，曾大被信任。

三　原为同列上大夫所排，遂被疏远，然犹尝任齐使。

四　怀王十六年（前三一三），秦张仪谲诈怀王绝齐交，破合纵之局，原请杀张仪。

五　怀王三十年（前二九九），秦昭王诱怀王会武关，原谏不听。王遂被胁留，客死于秦。

六　顷襄王立（前二九八），原为令尹子兰所谮，王怒而迁

---

① 七谏：底本作"九谏"。

305

放，遂自沉。

《楚辞》笔致激越，表情回荡。《离骚》非常奇诡，不过人们都说美人香草是忠君爱国的象征，这话是不完全可靠的。有人说汉赋典故太多，《离骚》奇字怪句和奇诡的事实甚夥，都不是好文学作品。这实在是不明白时代文学和文学真价值的人的浅见。我觉得《离骚》和《西游记》一样，《西游记》愈显孙悟空神通广大，愈觉得文章变化无穷，《离骚》也是这样，愈显灵均行动奇诡，愈觉得《离骚》文学价值高。《九章》也是屈原的杰作，在《九章》作品中很可见出屈原的丰富的想象力、幽沉的悲思，更可由《九章》中看得屈原的思想具体些。《天问》《远游》《卜居》《渔父》，在屈原作品中是有疑问的。《九歌》十一篇有人说是楚地的歌谣，有人说是屈原作的祀神之曲。不过我们可以断定是屈原时代的楚人作品。《九歌》文字美丽，如同《湘夫人》和《山鬼》《湘君》，都是不朽的名作。

在《楚辞》的作者中，次于屈原的就是宋玉，宋玉不但是《九辩》《招魂》的作者，并且还是大赋家，《汉书·艺文志》著录宋玉赋十六篇。郑振铎的《文学大纲》以为《文选》中有《风赋》《高唐赋》《神女赋》《登徒子好色赋》四篇，加起《古文苑》中的《笛赋》《大言赋》《小言赋》《讽赋》《钓赋》《舞赋》六篇[①]，和《九辩》《招魂》共十二篇。假如《九辩》算九篇，共二十篇，和《艺文志》的十六篇数目都不合。顾实的《汉书艺文志讲疏》说："《楚辞》——《九辩》十一篇、《招魂》一篇，《文选》——《风赋》《高唐赋》《神女赋》

---

① 六篇：底本"六篇"前衍一"的"字。

《登徒子好色赋》四篇，凡十六篇。《古文苑》等载《讽赋》《笛赋》《钓赋》《大言赋》《小言赋》五篇，非宋玉作。"梁任公说《九辩》只是一篇，王逸分十一篇，朱熹分九篇，都是不对的。宋玉赋十六篇的子目，我们不去管他，不过《九辩》——我承认梁先生说——《招魂》是宋玉作的，是没有问题的。宋玉的生平，没有详细记载，据《屈原传》来考查，大约生在公元前二百九十年（周赧王二十五年）左右，死在公元前^①二百二十年（周赧王卒后三十三年）以前。他的作品和屈原不同的地方，就是屈原尚隐约，宋玉比喻多以滑稽出之，实开汉赋的先河。

至于《大招》是屈原作或是景差作，现在不能断定。再从《惜誓》以下三十七篇，都是汉人作品。因为文体相同，所以列入《楚辞》，至能不能像汉代楚调的《房中乐》能歌唱，现在是不能知道的。先秦期的文学，和汉代文学演进的关系，可以列一个简单的表：

---

① 公元前：底本作"公元"，缺一"前"字。

（远古文学）

风谣
｜
歌谣
｜
古诗三千？

南　风　雅　颂

屈赋

祀神之曲

宋玉赋

汉赋　汉诗　乐府

第二篇　汉魏六朝期

第一章　汉赋在汉代文学中之价值及其作家

我们研究学术史的，第一要知道思潮的演进，才能研究出学问的因果来。研究文学史的，也是要知道时代的背景、时代的演进，才能算是研究文学史。文章在晚周战国体制齐备，这是我们大家知道的。汉魏六朝文学是一方面承继以前的遗产，也可以说是破产，一方面受屈宋的影响，创兴新文学——诗、赋、乐府。现在研究汉赋在汉代文学中价值。

赋是古诗的苗裔，《大隧》《狐裘》是赋的雏形，进一步是出于屈原《离骚》、荀子《赋》等，不过赋的大成，只可说是汉代了。汉赋发达的原因，大约有二端，一受屈宋的影响，二受汉代思想界的提倡。我们知道汉代思想提倡有两方面，一方面是官家的提倡，如设十四博士，设乐府；一方面是私家的提倡——淮南学派的提倡。淮南学派除《鸿烈传》外，大半作品都在骚赋上面，如《淮南王赋》八十二篇，《淮南王群臣赋》四十四篇，淮南小山作《招隐士》一篇，都可为汉赋发达的主因。汉赋被现在文学家鄙视的，就是因为汉赋用典太多，有类辞源。不过我们知道汉赋的妙处，也正在典丽上面。并且汉赋的组织也是很名贵，词句的浑成，气势的一贯，声调的铿锵，都是他的特点。进一步说古代的典章文物，神话的传说，社会进化史上的痕迹，往往藉汉赋保存的很多。所以汉赋在文学史中也有他相当的位置。汉赋的作品很多，《汉书·艺文志》载赋七十八家，一千零四篇，内中除却少数先秦作品外，大半是汉代作品。《文选》载赋五十七篇，除却几篇先秦和建安以后作品，大半是汉代作品。

汉赋既然知道出于屈原，汉赋的分类，在《汉书·艺文志》里也就以屈陆荀杂为区别。屈原赋主抒情，陆贾赋主说辞，荀卿赋主效物，杂赋多杂诙谐。《汉志》所录屈原赋二十家，三百六十一篇；陆贾赋二十一家，二百七十四篇；荀卿赋二十五家，一百三十六篇；杂赋十二家，二百三十三篇。《艺文志》赋现在仅存的，以汉代为限，屈原赋有庄夫子《赋残》，贾谊《赋残》，枚乘《赋残》，司马相如《赋残》，淮南王《赋残》，淮南王群臣《赋残》，刘向《赋残》，王褒《赋残》。陆贾赋只有残缺的司马迁赋和完好的扬雄赋。荀卿赋、杂赋一篇也没有了。本来历来文学史家就看不起介于诗文之间的赋，赋在中国文学上既不能入诗，又不能入文，所以《文心雕龙》把诗赋分作《明诗》《诠赋》。汉赋蒙了这种不白之冤，被人轻看，以致残缺。现在可供我们研究的只有屈赋的贾谊、枚乘、司马相如、刘向，陆赋的扬雄，和那未列入《艺文志》的几个作家。

贾谊，洛阳人，生于公元前二百年，死在公元前一百六十八年。少年抑郁不得志，所作有《吊屈原赋》《旱云赋》《簴赋》《鵩鸟赋》等。贾谊生当汉初，最服膺屈原，他作的《惜誓》也列入《楚辞》之内。所以他在汉赋中可以算是开山祖。他和屈原赋有直接关系，屈原赋在汉代能发扬光大的，也大半是贾谊的力量。

枚乘，字叔，淮阴人，生年不可考，死在公元前一百四十一年。《艺文志》所载的枚乘赋九篇，现存的只有《文选》枚乘《七发》一篇，《西京杂记》《柳赋》一篇，《古文苑》《梁王菟园赋》一篇，存目的有《临霸池远诀赋》。枚乘赋在汉赋中，可以说是堆砌的始祖，不过他在堆砌之中还有情理，比起木玄虚《海赋》差的太远。枚乘为现在研究中国文学史所争论的就是古诗十九首的问题，和五言诗发生的问题，因为徐陵的《玉台新咏》认为古诗十九首中有八首是枚乘作的，因此引起五言诗是汉初发生的说法。不过《汉书》本传和《艺文志》都不曾说枚乘作过这样诗。《文选》录古诗十九首，也不曾谈到枚乘作上面。我们以时代文学的眼光来看，至低限度在汉武帝以前不能有这种完好的五言诗。

司马相如，字长卿，蜀郡成都人，生于公元前一百七十九年，死于公元前一百十七年。在汉代可以说是最大的赋家，作风较比枚乘更绮靡宏丽。所作有《天子游猎赋》《大人赋》《哀秦二世赋》《长门赋》《子虚赋》《上林赋》等。《长门赋》最有名，写情感真是像陆机说的"情瞳眬而弥鲜"了。不过《子虚赋》堆砌的太过，但是后来班固、张衡、左思受他影响很大的。司马相如平生最得意的就是卓文君的一件事，后来传说也很多。

刘向，字子政，汉朝的宗室，生在公元前八十年，死在公元前九年①。在汉朝是个大赋家并且是论文家，汉代以往的古书，经他亲手编辑很多。他所作的赋，《汉志》说是三十三篇，现在所存的，不过《楚辞》里一篇罢了！和他同时有王褒，褒有赋十六篇，现存的只有《楚辞》中的《九怀》，以外《洞箫赋》《四子让德论》《甘泉宫颂》都很有名。

扬雄，字子云，蜀郡成都人，生在纪元前五十三年，死在公元后十八年。善于作赋，《汉书·艺文志》把他列入陆贾赋中。他和司马相如同学景差，不过司马相如年岁较大点便了！他作赋骚，都多一年摹仿古人，例如《反离骚》《广骚》学《楚辞》，在《汉魏六朝百三家集》中没有《广骚》，《解嘲》学《答客难》。讲哲理的著作，也是仿古，例如《太玄》仿《易经》，《法言》仿《论语》。所作赋有《太玄赋》《长杨赋》《河东赋》《羽猎赋》《逐贫赋》《甘泉赋》《酒赋》等，以《长杨》《羽猎》《甘泉》为最好，不过堆砌太多，反失灵性。他集中以箴为最多，大概有三十五篇。扬雄赋辞意整练、温柔敦雅。

以外东汉诸赋家，也是很有名望的！

班固，字孟坚，有《两都赋》甚有名。

张衡，字平子，有《西都赋》《东都赋》《南都赋》《周天大象赋》《思玄赋》《冢赋》《髑髅赋》。又有《七谏》等文。张衡最有名的是《四愁诗》：

一思曰：我所思兮在太山，欲往从之梁父艰，侧身东望涕沾翰。美人赠我金错刀，何以报之英琼瑶。路远

---

① 关于刘向的生卒年，有多种说法。此为一说。又一说，生于元凤四年（公元前77年），卒于建平元年（公元前6年）。

莫致倚逍遥，何为怀忧心烦劳。

二思曰：我所思兮在桂林，欲往从之湘水深，侧身南望涕沾襟。美人赠我金琅玕，何以报之双玉盘。路远莫致倚惆怅，何为怀忧心烦伤。

三思曰：我所思兮在汉阳，欲往从之陇阪长，侧身西望涕沾裳。美人赠我貂襜褕，何以报之明月①珠。路远莫致倚踟蹰，何为怀忧心烦纡。

四思曰：我所思兮在雁门，欲往从之雪纷纷，侧身北望涕沾巾。美人赠我锦绣段，何以报之青玉案。路远莫致倚增叹，何为怀忧心烦惋。

能以情感华丽，来描写忠君仁义，实在难得。他序说："屈原以美人为君子，以珍宝为仁义，以水深雪氛为小人，思以道术相报，贻于时君，而惧谗邪不得以通。"这样也可见张衡诗源出于《离骚》，不过稍有整齐的调子罢了。

以外王逸、马融、蔡邕都是有名的赋家，不必详细记载，据张惠言《七十家赋钞》所论，参加已见列表说明汉赋的流别。

---

① 月：底本作"目"，据《文选》及通行本改。

这个表把《汉志》赋家四个流别，除荀卿赋外，都已包括差不多了。陈钟凡先生《中国韵文通论》笃信张惠言之说过甚，扬雄赋明明属于陆贾赋，何能拉到屈原赋里去。鲍照有《井字诗》，大概是和杂赋中的《隐书》是有关系的，所以也另起个系统的。

第二章 音乐文学——乐府

在汉代的正统文学作品，不是汉赋，却是属于音乐文学的乐府。乐府的本原本是民间风乐演进来的，在周朝有《房中乐》，秦朝叫作《寿人》，汉朝的《房中乐》是唐山夫人作，孝[①]惠二年更名《安世乐》。到了武帝时，定郊祀礼，才成立乐府，采集赵、代、秦、楚的歌曲，以李延年为叶律都尉。举司马相如等数十人造为《诗赋略》，论律吕以合八音，从此才有乐府的名称。可见乐府也是《诗经》一流的产物了。后来的唐人绝句，宋元词曲，都是乐府。胡应麟说：“乐府之体，古凡三变：汉魏古词，一变也；唐人绝句，一变也；宋元词曲，一变也。六朝声偶，变唐之渐乎；五季诗余，变宋之渐乎？”现在所论只限汉魏古词，汉魏古词分类不一，集其大成的总集，却是郭茂倩的《乐府诗集》了，现在把他分类写在下面。

[①] 孝：底本作“考”。据《汉书·礼乐志》：“高祖乐楚声，故《房中乐》楚声也。孝惠二年，使乐府令夏侯宽备其箫管，更名曰《安世乐》。”

《乐府诗集》分	汉明帝时分	《文章辨体》分	《宋书·乐志二》引蔡邕叙汉乐	《晋书·乐志》	唐吴兢《乐府古题要解》
①郊庙歌辞	① 太予乐，典郊庙上陵之乐	①祭祀，用之郊庙	①郊庙神灵	②宗庙之乐 ③社稷之乐	
②燕射歌辞	② 雅颂乐，辟雍飨射之所用	②王礼，用之朝会		④辟雍之乐	
③鼓吹歌辞	③黄门鼓吹乐，天子宴群臣时之所用	③鼓吹，用之宫中宴会及军旅	②天子享宴 ③大射辟雍	⑤黄门之乐	
④横吹歌辞	④短箫铙歌乐，军中之所用		④短箫铙歌	⑥短箫之乐	④铙歌 ⑤横吹曲
⑤相和歌辞		⑥相和，用之相和歌，民间俚谣居多			①相和歌

《乐府诗集》分	汉明帝时分	《文章辨体》分	《宋书·乐志二》引蔡邕叙汉乐	《晋书·乐志》	唐吴兢《乐府古题要解》
⑥清商曲辞		⑦清商，名清乐，九代之遗声，江南吴歌、荆楚西曲之属			③白纻歌⑥清商曲
⑦舞曲歌辞		④乐歌，舞用之			②拂舞歌
⑧琴曲歌辞		⑤琴歌，琴用之			⑧琴曲
⑨杂曲歌辞		⑧杂曲，古歌谣之类		①五方之乐	⑦杂题
⑩近代曲辞					
⑪杂歌谣辞					
⑫新乐府辞		⑨新曲，唐人之新作也			

总起以上三种分类，在汉魏间只有三种大分别：一相和歌辞，二鼓吹曲辞，三横吹曲辞。其中只有相和歌辞是中国乐，鼓

吹、横吹全是胡乐。相和歌辞是从周代三调——平调、清调、瑟调——和楚调、侧调相和成的。他的组织是艳在曲之前，趋乱在曲之后。相和歌辞描写包括写情、社会、征战、神秘、颓废、历史等。包括之广恐怕在任何诗歌中不能比到的。鼓吹曲辞多半是军歌，横吹曲辞是马上所奏的军乐。宋郑樵《通志》有《乐略》二卷，以一正声之一比风雅之声，二正声之二以比颂声，三别声（非正乐之用），四正声之余，五别声之余，六遗声以比逸诗，来强分五十三类，其中牵强的地方，当然不免了。乐府和诗的区分是乐府可歌，诗不能歌。乐府多杂以三言四言以至九言，古诗则专五七言。乐府主纪功，古诗主言情。乐府遒深劲绝，古诗温裕纯雅（见郎廷槐《师友诗传录》）。乐府命题分十二类：歌、行、歌行、引、曲、吟、辞、篇、唱、调、怨、叹。

乐府词句妙美宛转，在文学上价值极高，今选录数首，以资欣赏。

> 江南可采莲，莲叶何田田，鱼戏莲叶间。鱼戏莲叶东，鱼戏莲叶西，鱼戏莲叶南，鱼戏莲叶北。
>
> ——《相和曲·江南》[①]

> 青青园中葵，朝露待日晞。阳春布德泽，万物生光辉。常恐秋节至，焜黄华叶衰。百川东到海，何时复西归。少壮不努力，老大徒伤悲。
>
> ——《平调曲·长歌行》

> 相逢狭路间，道隘不容车。不知何年少，夹毂问君家。君家诚易知，易知复难忘。黄金为君门，白玉为君

---

① 《相和曲·江南》：底本作"《江南·相和曲》"。

堂。堂上置尊①酒，作使邯郸倡。中庭生桂树，华灯何煌煌。兄弟两三人，中子为侍郎。五日一来归，道上自生光。黄金络马头，观者盈道傍。入门时左顾，但见双鸳鸯。鸳鸯②七十二，罗列自成行。音声何噰噰，鹤鸣东西厢。大妇织绮罗，中妇织流黄。小妇无所为，挟瑟上高堂。丈人且安坐，调丝方未央。

——《清调曲·相逢行》

青青河畔草，绵绵思远道。远道不可思，夙昔梦见之。梦见在我傍，忽觉在他乡。他乡各异县，展转不可见。枯桑知天风，海水知天寒。入门各自媚，谁肯相为言！客从远方来，遗我双鲤鱼。呼童烹鲤鱼，中有尺素书。长跪读素书，书中竟何如？上言加餐食，下言长相忆。

——《瑟调曲·饮马长城窟行》

至于乐府的歌法，今已不可考，在唐代有二十八调，宋代只有十二调。现在约略可见的，只有散声、和曲、送声三种歌法罢了。至于以风格分典正派、绮丽派、悲慨派、劲健派、奥涩派、俚质派，似乎不是乐府尚实的本旨了。

① 尊：《乐府诗集》作"樽"。
② 鸳鸯：底本作"鸯鸯"，据《玉台新咏》《乐府诗集》改。

第三章　建安文学及汉魏文学的转关

我们若要研究汉魏文学的转关，先要明了建安文学的大势，和他蜕变的原因。我们知道文学的变迁，可以分背景和外形两种。外形的变迁，《文心雕龙·通变篇》说："楚汉侈而艳，魏晋浅而绮。"又《明诗篇》说："古诗佳丽……直而不野；正始明道，诗杂仙心。"这不多可以包括汉魏文学外形变迁了。至于他背景的关系，最大原因，则为建安天下大乱，人心趋于厌世，以至演成晋代清谈。文学作品，也因为玄风所被，改典雅古拙之音，为绮丽靡靡之调了！总起来说，可分三端：

1. 时势纷乱的影响；

2. 学术变迁的影响；

3. 流俗文学的影响。

建安群雄并起，曹孟德运筹帷幄，思想文章渐渐的趋向综核名实，上承淮南学派的文字，下开援引故实的风气，因此酝酿成含蓄渊厚、质直深刻的建安文学。至于学术的变迁，最大原因是我国文章和学术不分，所以学术变迁，关于文学很大。汉武帝以后融合陆贾、严安、贾谊诸家炜谲华靡、意深语质的文风，建设了建安文学。至于文学由古拙变绮靡，大半受了流俗文学的影响。自后汉以来，流俗的风尚，一是喜集训诂奇异字来写入文章，一是喜作游戏不经的词赋。文学界经了这样变化，才演出建安的文学。建安文学作家很多，现在我们只取三曹七子作代表。

《文心雕龙·时序篇》说："自献帝播迁，文学蓬转，建安之末，区宇方辑。魏武以相王之尊，雅爱诗章；文帝以副君之重，妙善词赋；陈思以公子之豪，下笔琳琅，并体貌英逸，故俊才云蒸。"曹氏父子的诗歌在建安文学中占绝大势力，曹孟德的作品在当时可执牛耳。《诗品》列曹子建为上品、子恒中品，列曹孟德为下品，只有区区的"曹公古直，甚有悲凉之句"几句批评，未免不公允了！现在分论三曹七子。

曹操，字孟德，沛国谯人，生于公元一百五十五年，死在公元二百二十年，任侠好客，后掌兵权，专汉政。孟德最擅长的是四言古诗，《短歌行》《碣石篇》意境纯朴，《北上行》一首，更是名贵之品。《薤露》《蒿里行》写汉末大乱的大乱[1]情形，很是凄凉悲壮，以古题咏时事，开唐代新乐府的先声。至于他令议等作，短简隽永，常有超人的思想。

曹丕，字子恒，代汉为魏文帝，所作乐府清越可读。《诗品》说："其源出于李陵。颇有仲宣之体，则新奇。百许篇率皆鄙直如偶语。[2]惟'西北有浮云'十余句，殊美瞻可玩，始见其工矣。不然，何以铨衡群彦，对扬厥弟者耶！"如《芙蓉池作》等诗，都可以看出他的风格。又作《典论》十二篇，现在只存《序》和《论文》一篇，评论七子，陈述文章风格，见解很是不同于俗。中国文学批评的文学，最古的只有这篇《论文》和《文心雕龙》了！

曹植，字子建，生在公元一百九十二年，死在公元二百三十二年，封陈思王。诗赋乐府，都是有永久价值的作品。

---

[1] 第二个"大乱"疑为衍文。

[2] 颇有仲宣之体，则新奇。百许篇率皆鄙直如偶语：此处引用《诗品》文字，今通行本断句不一，也作"颇有仲宣之体则，新奇百许篇，率皆鄙直如偶语"。

《诗品》说："其源出于国风。骨气奇高，词彩华茂，情兼雅怨，体被文质，粲溢今古，卓尔不群……故孔氏之门如用诗，则公幹升堂，思王入室，景阳潘陆自可坐于廊庑之间矣！"钟嵘说他体被文质，实是的论，子建乐府，以文被质，开后来华丽之风，《箜篌引》《白马篇》《美女篇》都可以见出他以文被质的才力来。《七哀》《杂诗》《赠丁仪》《送应氏》《公宴》的情绪真挚，悲凉悱恻，辞句的华美，在当时可称入室之作了。他对炼字，严羽所谓字眼，也是很讲求的，实是有佳句可摘的谢灵运的先导了。最重要而普通人不注意的，就是正始玄风，曹子建也是他的导源者，如《髑髅篇》，这是研究文学史值得注意的。

三曹以后，便是孔融、陈琳、王粲、徐幹、阮瑀、应玚、刘桢七子。七子之中，最为人称赞的是王粲、孔融、陈琳。章太炎《国故论衡·明诗》说："王粲……诸家，其气可以抗浮云，其诚可以比金石，终之上念国政，下悲小己，与十五国风同流，其时未有雅也。"至于建安文学的提倡，多半由于曹氏父子的崇尚文学，曹子恒又常和群臣游宴，欢乐之极，美的文学才产生出来。《文心雕龙·明诗》叙述建安文学的起源和风骨，很是明显，说："暨建安之初，五言腾踊，文帝陈思，纵辔以骋节；王徐应刘，望路而争驱。并怜风月，狎池苑，述恩荣，叙酣宴；慷慨以任气，磊落以使才。造怀指事，不求纤密之巧；驱辞逐貌，唯取昭晰之能。"七子的略历是：

孔融，字文举，鲁国人，生于公元一百五十三年，死于二百零八年，有《孔少府集》，文章气体高妙，但是不能持辩。以主张非孝，被曹操所杀。

陈琳，字孔璋，广陵人，有《陈记室集》，声调铿锵是他作品的特长，曾任袁本初书记，奔走四方，叙述丧乱的作品很多。

王粲，字仲宣，山阳人，有《王侍中集》，遭乱流离，伤感作品最多，《初征》《登楼》《槐赋》《征思》最有名。有《七哀诗》，和曹植同题；曹植有《三良诗》，和王粲同题。

徐幹，字伟长，北海人，无集，对于仕路，很是淡泊。《玄猿赋》《漏卮赋》《团扇赋》，很有名。又著《中论》。

阮瑀，字元瑜，陈留人，有《阮元瑜集》，职任书记。文章诗歌，雍容大雅，言辞优渥。

应玚，字德琏，汝南人，有《应德琏集》，流离世故，诗歌中常表现出他飘泊的态度来。他喜用巧思作文章，所以就失之纤巧了！

刘桢，字公幹，东平人，有《刘公幹集》，文章壮而不密。

在七子以外还有杨修、繁钦、诸葛亮诸人，文学造诣，有的地方超过七子，不过论建安文学的，每把他们屏出系统之外，所以这里也割爱了！附建安文学的由来和汉代学术关系表。

第四章　诗歌的转关人物——谢灵运及两晋六朝文学作家

　　编两晋六朝文学史的人，向来以时代区分它，或以文学的分类区分它。这个《中国纯文学史》的编制，是以文学进化的因果关系作目标，所以才用谢灵运作枢纽，分论他前后的文学作家。我们研究文学史诗歌史的人，都知五七言诗由汉代已然成立，律诗绝句，直到唐代才成立，为什么若干年不变，一日忽然变化呢？这个当然是文学的进化，一方面是外形的变化，一方面是内容的演进的关系。但是两晋六朝时期文学的变化，除却外形、内容当然的变化以外，还有一个最有关系的人物，便是诗有佳句可摘的谢灵运。在谢灵运以前，诗歌浑成，无佳句可摘；谢灵运以后，诗歌才有佳句可摘，因此才演成唐代的律诗绝句。至于谢灵运以前的文学变化，对于他也有极大关系。现在把五七言古诗演成五七言律绝的外形变化，和内容的演变，列表说明，并藉以证明谢灵运的位子。

两汉五七言古诗	1. 自柏梁列韵，作者才注重声韵。
	2. 因注重声韵，所以才有东汉的新声。
建安	3. 因东汉文学超于典实游戏，所以才有建安文学。
	4. 因建安时代大乱，文学作家趋向出世，才演成正始玄风。
晋	5. 因为清谈大盛，文学作家改变方向，走向华丽一方。
	6. 因趋重华丽，才研究字句的好坏。
晋	7. 至谢灵运始有佳句可摘。
宋齐	8. 因有佳句可摘，作家才走向以句为单位的诗歌上面。
梁	9. 沈约才讲四声八病。
陈隋	10. 因有四声八病之说，才趋重格律。
隋	11. 因趋重格律，才造成自然的律诗。（陈隋）
唐代五七言律绝	12. 因有自然的律诗，才确定唐代近体诗。（律诗绝句）

看这个表可以见出文学的内容、外形的变化，和在这个五七言诗演进中谢灵运的位子。关于谢灵运文学的大概留在后面讨论。在谢灵运以前建安以后的文学作家有嵇康、阮籍、张华、傅玄、陆机、陆云、张载、张协、张亢、潘岳、潘尼、左思、刘琨、郭璞诸人。若用诗派来分，可分"正始体""太康体""永嘉以后体"。嵇、阮属于"正始体"，不在两晋之内，现在不来讲他。分述"太康体""永嘉以后体"的作家。

谢灵运以前文学作家

谢灵运以前的思想界，除却承受了建安校练名实的风气以外，受直接关系的，便是被"竹林七贤"——阮籍、嵇康、向秀、山涛、刘伶、阮咸、王戎——的出世思想所支配。所以《文心雕龙·明诗篇》说："晋世群才，稍入轻绮，张潘左陆，比肩诗衢。采缛于正始，力柔于建安。或柞文以为妙，或流靡以自妍。"《谢灵运传论》说："在晋中兴，玄风独盛，为学穷于柱下，博物止乎七篇，驰骋文辞，义殚乎此。自建武暨于义熙，历载将百，虽比响联辞，波属云委，莫不寄言上德，托意玄珠，遒丽之辞，无闻焉尔！"由这里可以看出谢灵运以前文学作家的大势来，更可以看出受玄风的影响。那时候的作家在二陆三张两潘一左的先导者，便是张华、傅玄。

张华，字茂先，范阳方城人，生在公元二百三十二年，死在公元三百年。所作有《博物志》十篇。文学作品，多在抒情方面，钟嵘批评他说："其源出于王粲。其体华艳，兴托不奇。巧用文字，务为妍合。虽名高曩代，而疏亮之士，犹恨其儿女情多，风云气少。谢康乐云：'张公虽复千篇，一体耳。'今置之中品，疑弱；处之下科恨少，在季孟之间矣。"著《鹪鹩赋》，有名于一时。由他的《情诗》中，便可看到他的资格。

　　清风动帷帘，晨月照幽房。佳人处遐远，兰室无容光①。襟怀拥灵景，轻衾覆空床。居欢惕夜促，在戚怨

---

① 光：底本作"先"，据《文选》改。

327

宵长。拊枕独啸叹，感慨心内伤。

——《情诗》二录一

傅玄，字休奕，泥阳人，生在公元二百十七年，死在公元二百七十八年。作《傅子》若干卷，郑振铎称为百余卷，并称为有特见的论文家。不过我们认较精确的本子，要属叶德辉的辑本三卷，并且没有论文的文章，不知郑先生何所据而云然。文字质朴，屏除华丽，颇有建安遗风，实可为晋诗先导。《短歌行》《艳歌行》《长歌行》《秋胡行》《云门篇》都是他有名的作品。也是晋乐府诗有名的作家。

陆机，字士衡，吴郡人，有异才，工诗文。《晋书》说："陆机天才绮练。"《宋书·谢灵运传论》："降及元康，潘陆特秀……缛旨星绸，繁文绮合。"《诗品》说他诗出于曹子建，气势不如公幹，文章劣于仲宣。作《文赋》对于文学原理上有缜密的研究。

甲　原理部分

1. 文学定义——沈辞怫悦，浮藻联翩。

2. 文学特性——A. 永久性：宣风声于不泯。B. 普通性：涂无远而不弥。

3. 情绪——情曈昽而弥鲜。

4. 描写——物昭晰而互进。

乙　诠释文体部分

1. 诗缘情而绮靡。2. 赋体物而浏亮。3. 碑披文以相质。4. 诔缠绵而凄怆。5. 铭博约而温润。6. 箴顿挫而清庄。7. 颂优游以彬蔚。8. 论精微而朗畅。9. 奏平彻以闲雅。10. 说炜晔而谲诳。——虽区分之在兹，亦禁邪而制放，要辞达而理举，故无取乎冗长。

机的弟弟陆云，字士龙，也有文名。他们的祖父抗，曾任吴大司马。陆机年二十吴亡，退居与云勤学。努力了十一年，造的名誉很好，征作太子洗马。和陆云一同入洛。太康末，成都王颖表为平原内史，后被害。

潘岳，字安仁，荥阳中牟人，工诗。李充《翰林论》说："潘安仁为文，犹翔禽之羽毛，衣被之绡縠。"《世说·文学篇》注引孙兴公说："潘文浅而净，陆文深而芜。"《晋阳秋》说："岳善属文，清绮绝世。"所作有《西征赋》《闲居赋》很有名，最好的是《悼亡诗》，真挚的情感，一时无两。

荏苒冬春谢，寒暑忽流易。之子归穷泉，重壤永幽隔。私怀谁克从，淹留亦何益。僶俛恭朝命，回心反初役。望庐思其人，入室想所历。帷屏无仿佛，翰墨有余迹。流芳未及歇，遗挂犹在壁。怅恍如或存，周遑忡惊惕。

凛凛凉风升，始觉夏衾单。岂曰无重纩，谁与同岁寒。岁寒无与同，朗月何朦胧。展转眄枕席，长簟竟床空。床空委清尘，室虚来悲风。独无李氏灵，仿佛睹尔容。抚衿长叹①息，不觉涕沾胸。沾胸安能已，悲怀从中起。寝兴目存形，遗言犹在耳。

——《悼亡诗》节录二首

潘岳从子潘尼，字正叔，文辞温雅。《诗品》说："正叔《绿繁》之良，虽不具美，而文彩高丽，并得虬龙片甲，凤凰一

---

① 叹：底本作"歌"，据《文选》改。

毛，事同驳圣，宜居中品。"

张载，字孟阳，安平人；弟协字景阳，亢字季阳。《晋书》说："协与兄载齐名。时天下已乱，遂屏居草泽，以属咏自娱于家。"三张之中，除季阳文学逊于其兄外，孟阳、景阳没有上下的分别。张载的《剑阁铭》、张协的《杂诗》都很有名。《文心雕龙·体性篇》说："孟阳、景阳才绮而相埒。"《诗品》说景阳："其源出于王粲，文体华净少病累，又巧构形似之言。"

> 秋夜凉风起，清气荡暄浊。蜻蚓吟阶下，飞蛾拂明烛。君子从远役，佳人守茕独。离居几何时，钻燧忽改木。房栊无行迹，庭草凄以绿。青苔依空墙，蜘蛛网四屋。感物多所怀，沉忧结心曲。

——景阳《杂诗》录一

左思，字太冲，临淄人，与潘、陆同时，不好交游，不善言谈，曾被征为秘书郎。才华高妙，所作《齐都赋》《三都赋》很有名。《文心雕龙·才略篇》说："左思奇才，业深覃思，尽锐于《三都》，拔萃于《咏史》。"《诗品》说："其源出于公幹，文典以怨，颇为精切，深得讽谕之致。虽野于陆机，而深于潘岳。谢康乐尝言：'左太冲、潘安仁诗，古今难比。'"左太冲《咏史》，和陶渊明《读山海经》相等，立意大半和本题没有关系，郑振铎《文学大纲》谓《咏史》没有什么意义，反说《招隐诗》的"非必丝与竹，山水有清音，何事待啸歌，灌[①]木自悲

[①] 灌：底本作"泼"。上海书店1992年再版郑振铎《文学大纲》原文："若如'非必丝与竹，山水有清音。何事待啸歌，泼木自悲吟'（《招隐》）之句，乃真为其可传之作耳。"《文学大纲》原文引用《招隐》诗句有误。据《文选》及通行本，"泼"应为"灌"。

吟"是可传之作。那《咏史》的"自非攀龙客，何为欻来游。被褐出阊阖，高步追许由。振衣千仞冈，濯足万里流"又怎能说没有价值呢！十稔而成的《三都赋》，虽然仿佛辞典一样，但是以汉代特别的赋体，记载三都掌故，对于汉赋上，对于文献上，都有极大的功劳，是不可磨灭的。

东晋以后，溺于清谈之风，《诗品序》说："永嘉时贵黄老，稍尚虚谈。于时篇什，理过其辞，淡乎寡味。爰及江表，微波尚传。孙绰、许询、桓、庾诸公，诗皆平典，似道德论，建安风力尽矣。先是郭景纯用隽上之才，变创其体；刘越石仗清刚之气，赞成厥美。然彼众我寡，未能动俗。"因东晋如此的颓废，所以才演成陶渊明的种豆采菊的田园文学、谢灵运的山水文学，所以这时候的作家，虽然淡乎寡味，也有介绍的价值。

刘琨，字越石，中山魏昌人，永嘉初为并州刺史，历迁大将军等职。饱经乱离，所以他的作品，凄凉悲壮，《答卢谌诗》《扶风歌》都很名贵。卢谌，字子谅，范阳涿人，任刘琨司空主簿。他的《赠刘琨诗》《览古诗》《时兴诗》，寄托尚为清远，但究不如刘琨的悲壮。《诗品》评他们说："其源出王粲，善为凄戾之词，自有清拔之气。琨既体良才，又罹厄运，故善叙丧乱，多感恨之词①。中郎——指卢谌——仰之，微不逮者矣。"如：

　　据鞍长叹息，泪下如流泉。系马长松下，发鞍高岳头。烈烈悲风起，冷冷涧水流。挥手长相谢，哽咽不能

---

① 此处引用《诗品》"故善叙丧乱，多感恨之词"，底本原无"恨"字，今补。

331

言。浮云为我结，归鸟为我旋。去家日已远，安知存与亡。慷慨穷林中，抱膝独摧藏。

——越石

郭璞，字景纯，河东人，好经学，注《尔雅》《方言》《穆天子传》《山海经》，都是极精湛的作品。四言诗、五言诗，都很有名。诗得力嵇叔夜。在东晋可以说是执牛耳的。《诗品》说他："宪章潘岳，文体相辉，彪炳可玩，始变永嘉平淡之体，故称中兴第一。"如：

翡翠戏兰苕，容色更相鲜。绿萝结高林，蒙笼盖一山。中有冥寂士，静啸抚清弦。放情凌霄外，嚼蕊挹飞泉。赤松临上游，驾鸿乘紫烟。左挹浮丘袖，右拍洪崖肩。借问蜉蝣辈，宁知龟鹤年。

——景纯《游仙诗》十四录一

刘琨、卢谌、郭璞以后，《晋书》认为的文学作家是曹毗、庾阐。我们现在归纳起来，还有孙绰、许询、袁宏、殷仲文、葛洪诸人，不一一的细说了！

刘宋时代第一文学作家，要属陶潜了！在两晋六朝中，能不流为靡丽的，只是陶公一人，谢灵运的山水诗是赶不上他的。

陶潜，字渊明，或谓名元亮，字深明；又有说名渊明，字元亮。浔阳柴桑人。晋大司马陶侃的曾孙，不喜荣利，有高致。《诗品》说："其源出于应璩，又协左思风力，文体省静，殆无长语，笃意真古，辞兴婉惬。每观其文，想其人德。世叹其质直，至如'欢言酌春酒''日暮天无云'，风华清靡，岂直为田家语耶？古今隐逸诗人之宗也。"推崇极盛，不过列入中品，令人殊不满意。古直的《钟记室诗品笺》根据《太平御览》

五百八十六所引《诗品》，证明原本《诗品》，陶渊明是属上品的。渊明曾任彭泽令，不为五斗米折腰，作《归去来辞》，去官不作。所作诗文，以田园诗为最多。后来学他的，在唐有王维、孟浩然、韦应物，在宋有东坡兄弟和范成大，学的最好的要算范成大。最讨厌的是明代焦竑，仅学了渊明的皮相。渊明诗歌不用典，不用深刻艰涩的文字，能在衷集训诂之书的诗歌风气里扎挣，是不容易的。所以也可以说是平民文学作家，自然主义的文学作家。他实是承前启后的文学作家，在文学史上有极大的关系的。

　　少无适俗韵，性本爱丘山。误落尘网中，一去三十年。羁马恋旧林，池鱼思故渊。开荒南野际，守拙归田园。方宅十余亩，草屋八九间。榆柳荫后檐，桃李罗堂前。暧暧远人村，依依墟里烟。狗吠深巷中，鸡鸣桑树颠。户庭无尘杂，虚室有余闲。久在樊笼里，复得返[1]自然。

　　种豆南山下，草盛豆苗稀。晨兴理荒秽，带月荷锄归。道狭草木长，夕露沾我衣。衣沾不足惜，但使愿无违。

　　孟夏草木长，绕屋树扶疏。众鸟欣有托，吾亦爱吾庐。既耕亦已种，时还读我书。穷巷隔深辙，颇回故人车。欢然酌春酒，摘我园中蔬。微雨从东来，好风与之

---

　　① 返：底本作"反"，据袁行霈《陶渊明集笺注》改。

俱。泛览周王传，流观①《山海图》。俯仰终宇宙，不
乐复何如？

——《读山海经》

谢灵运

谢灵运在两晋六朝文学中的价值，在前面已然谈到，谢灵运
《宋书》本传说："谢灵运，陈郡阳夏人也。祖玄，晋车骑将
军。父瑛，生而不慧，为秘书郎，早亡。灵运幼便颖悟，玄甚异
之。……袭封康乐公，食邑二千户，以国公例，除员外散骑侍
郎，不就。为琅琊王大司马行参军。"山水文学的优美，在两晋
六朝中没有比得上他的。《诗品》列他为上品，叙述他诗的来
源，很是详尽："其源出于陈思，杂有景阳之体，故尚巧似，而
逸荡过之，颇以繁芜为累。嵘谓若其人兴多才高，内无乏思，外
无遗物，其繁富宜哉！然名章迥句，处处间起；丽典新声，络绎
奔会。譬犹青松之拔灌木，白玉之映尘沙，未足贬其高洁也。"
谢灵运的名章迥句，实足以转关两晋六朝的文学，他的佳句很
多，例如："池塘②生春草，园柳变鸣禽。"（《登池上楼》）
"积石竦两溪，飞泉倒三山。"（《登归濑三瀑布望两溪》）并
可由他的名章迥句中，更可见到他的佳句是基于对偶的。《文心
雕龙·明诗》说："宋初文咏，体有因革，庄老告退，而山水方
滋；俪采百字之偶，争价一句之奇，情必极貌以写物，辞必穷力
而追新。"有佳句可摘，讲求对偶，由这里可以见到是宋初谢灵

---

① 观：底本作"欢"，据袁行霈《陶渊明集笺注》改。
② 塘：底本作"堂"，据《文选》改。

运的了。谢灵运的从叔谢混、从兄谢瞻、弟惠连都是很有文名的。《宋书》说："谢瞻词采，与族叔混、弟灵运抗。"还有和灵运作山泽之游的四友是东海何长瑜、颍川荀雍、太山羊璿之。

　　潜虬媚幽姿，飞鸿响远音。薄霄愧云浮，栖川怍[①]渊沉。进德智所拙，退耕力不任。徇禄反穷海，卧疴对空林。衾枕昧节候，褰开暂窥临。倾耳聆波澜，举目眺岖嵚。初景革绪风，新阳改故阴。池塘生春草，园柳变鸣禽。祁祁伤豳歌，萋萋感楚吟。索居易永久，离群难处心。持操岂独古，无闷徵在今。

——《登池上楼》

　　清旦索幽异，放舟越坰郊。苺苺兰渚急，藐藐苔岭高。石室冠林陬，飞泉发山椒。虚泛径千载，峥嵘非一朝。乡村绝闻见，樵苏限风霄。微戎无远览，总笄羡升乔。灵域久韬隐，如与心赏交。合欢不容言，摘芳弄寒条。

——《石室山诗》

谢灵运以后文学作家

　　两晋文学经陶谢结束以后，以对偶为工、缛丽为上、注重声律的六朝文学，经谢灵运倡导之后，有颜延之、鲍照一些人在那里维持这个局面，今分述如下。

　　颜延之本比谢灵运早生一年，应列在灵运之前；但延之死在

---

　　① 作：底本作"作"，据《文选》改。

灵运以后，所以在这里来讲，较比妥当一点。《宋书》本传说："颜延之，字延年，琅邪临沂人也。……少孤贫，居负郭，室巷甚陋，好读书，无所不览，文章之美，冠绝当时。……孝建三年卒，时年七十三，追赠散骑常侍，特进金紫光禄大夫如故，谥曰宪子。延之与陈郡谢灵运，俱以词采齐名，自潘岳、陆机之后，文士莫及也，江左称颜谢焉。"现在传世的有《颜光禄集》，所作诗赋，赋理不胜辞，诗格近于纤巧，《诗品》说他得于陆机。我们细看他所作诗歌的风味，有的超于陆机以上，直薄建安的地方。《诗品》说："其源出于陆机，尚巧似，体裁绮密，情喻渊深，动无虚散，一字一句，皆致意焉！又喜用古事，弥见拘束，虽乖秀逸，是经纶文，雅才雅才，减若人则蹈于困踬矣①。汤惠休曰：'谢诗如芙蓉出水，颜如错彩镂金。'颜终身病之。"谢、颜一雕琢，一自然，在《南史》里，鲍照也是这样批评他们。我们研究文学史的人，两晋六朝文学，到颜延之，是下行的，是渐次衰落的。陶渊明、谢灵运是以往的结晶品。但颜延之以后许多人，所以如此雕琢的，谢灵运的有佳句可摘，是不能辞其咎的。例如《三月三日曲水诗序》，以对仗求工，结果只有"竞气繁声，合变争节"八个字是他的妙论。颜延之庙堂气太盛，谢灵运湖海气太盛。延之乐府，有几首很好：

> 嗟余怨行役，三陟穷晨暮。严驾越风寒，解鞍犯霜露。原隰多悲凉，回飙卷高树。离兽起荒蹊，惊鸟纵横

---

① 虽乖秀逸，是经纶文，雅才雅才，减若人则蹈于困踬矣：此处引用文字与今通行本《诗品》标点不同，今本多作"虽乖秀逸，是经纶文雅才。雅才减若人，则蹈于困踬矣"。

去。悲哉游宦子，劳此山川路。

　　高张生绝弦，声急由调起。自昔枉光尘，结言固终始。如何久为别，百行愆诸己。君子失名义，谁与偕没齿。愧彼《行露》诗，甘之长川汜。

——乐府《秋胡行》九录二

　　在颜延之以后的，便是鲍照，鲍照据《宋书·临川王道规传》说：“鲍照，字明远，东海人，文辞瞻逸，尝为古乐府，文甚遒丽……临海王子顼为荆州，照为前军参军，掌书记之任，后顼败，为乱兵所杀。”在当时文学家有袁淑、陆展、何长瑜等，鲍照在其中是杰出的。陈振孙《直斋书录解题》说：“照，东海人，唐人避武后讳，改为昭，云上党人非也。”所作诗赋，张惠言说出于“屈原赋”，但据《字谜》等篇来看，又仿佛出于“杂赋”似的，表见第二章。《诗品》说：“其源出于二张，善制形状写物之词。得景阳之俶诡，含茂先之靡嫚。骨节强于谢混，驱迈疾于颜延；总四家而擅美，跨两代而孤出，嗟其才秀人微，故取湮当代。然贵尚巧似，不避危仄，颇伤清雅之调，故言险俗者，多以附照。”我总觉得六朝文学里颜延之的板滞，只求对仗，和鲍照的纤仄，都是末流之失的源泉。《南齐书·文学传论》批评鲍照很好：“次则发唱惊挺，操调险急，雕藻淫艳，倾炫心魂。亦犹五色之有红紫，八音之有郑卫，斯鲍照之遗烈也。”张溥很恭维鲍照，甚至说鲍照的乐府五言，是李杜的高曾。鲍照作品，最有名的是《芜城赋》《河清颂》《登大雷岸与妹书》等。他的妹令晖也是文学很好的。

　　木落江渡寒，雁还风送秋。临流断商弦，瞰川悲棹讴。适郢无东辕，还夏有西浮。三崖隐丹磴，九派引沧流。泪竹感湘别，弄珠怀汉游。岂伊药饵泰，得夺旅人忧。

——《登黄鹤矶》

双鹤俱起时，徘徊沧海间。长弄若天汉，轻躯似云悬。幽客时结侣，提携游三山。青缴凌瑶台，丹罗笼紫烟。海上悲风急，三山多云雾。散乱一相失，惊孤不得住。缅然日月驰，远矣绝音仪。有愿而不遂，无怨以生离。鹿鸣在深草，蝉鸣隐高枝。心自有所存，旁人那不知！

——《代别鹤操》

在永明之前，颜、鲍二大家之后，尚有袁淑、王微、王僧达、谢庄等人。袁淑，《宋书》说："袁淑，字阳源[1]，陈郡阳夏人，历仕至太子左卫率[2]。"王微，字景玄，琅琊临沂人。王僧达，琅琊临沂人。《诗品》评他们："徽[3]君（王微）、太尉（袁淑），可托乘后车。征虏（王僧达）卓卓，殆欲度骅骝前。"谢庄，《宋书》说："谢庄，字希逸，陈郡阳夏人，仕至散骑常侍、金紫光禄大夫，卒。"《诗品》说他："希逸诗气候清雅，不逮于王、袁，然兴属闲长，良无鄙促也。"他的作品，最有名的是《月赋》《赤鹦鹉赋》。他的诗不多，短章可爱。

夕天霁晚气，轻霞澄暮阴。微风清幽幌，余日照青林。收光渐窗歇，穷园自荒深。绿池翻素景，秋槐响寒

---

① 源：底本作"原"。
② 底本原无"率"字。
③ 徽：底本作"微"。

音。伊人傥同爱，弦酒共栖寻。

——《北宅秘园》

谢庄诗除有应制臭味以外，在六朝诗中，也算清逸的一种。例如《北宅秘园》一诗，仿佛陈散原的作品，隽永有余味。在六朝时代，有一种音乐文学，便是南方的吴声歌曲，北方的乐府歌辞。在宋齐之间，是这种文学最盛的时期。本应放在永明文学以前讲，为完成本章统系起见，在下一章另设专章来讲。

永明是齐武帝年号，起自公元四百八十三年，终于四百九十三年，大家称他为永明体。这个时期的文学作家沈约最有名。沈约对于文学的见解和声调的研求，是受谢灵运直接变化的，也是谢灵运以后在文学转关上有价值的人物。他的四声八病之说，给后人不少的影响。

沈约，字休文，吴兴武康人，幼好学，创四声八病之说，范围了后世千余年。《梁书》本传说："所著《晋书》百一十卷，《宋书》百卷，《齐纪》二十卷，《高祖纪》十四卷，《迩言》十卷，《谥例》十卷，《宋文章志》二十卷，文集一百卷，皆行于世，又撰《四声谱》，以为在昔词人，累千载而不寤，而独得胸衿，穷其妙旨，自谓入神之作。高祖雅不好焉，常问周舍曰：'何谓四声？'舍曰：'天子圣哲是也。'然帝竟不遵用。"本来沈约的四声八病，是受了谢灵运有佳句可摘的影响。四声之说还是声律上的当然趋势，八病之说就未免牵强了。刘大白先生考证订正宋魏庆之《诗人玉屑》所引的八病之说，很是可靠。

一平头　第一、二字不得与第六、七字同声。

二上尾　第五字不得与第十字同声。

三蜂腰　第三字不得与第八字同声（原为第二字不得与第五

字同声）。

四鹤膝　第四字不得与第九字同声（原为第二字不得与第十五字同声）。

五大韵　前九字不得与第十字同韵，惟第五字有时是例外。

六小韵　除本①一字外，九字中不得有两字同韵。

七正纽　十字中不得有正纽双声字（原为不得有叠韵字）。

八旁纽　十字中不得有旁纽双声字（原为不得有双声字）。

总起来说，前四条是平对平，仄对仄，平仄应当调和的。后四条未免太没道理。他对于声韵的主张，可以从他答陆厥书里看出来一部分：

> 宫商之声有五，文字之别累万；以累万之繁，配五声之约，高下低昂，非思力所举，又非止若斯而已也。十字之文，颠倒相配，字不过十，巧历已不能尽，何况复过于此者乎？……若以文章之音韵，同弦管之声曲，则美恶妍蚩，不得顿相乖反。……故知天机启则律吕自调，六情滞则音律顿殊也。

——《答陆厥问声韵书》

沈约以音乐的规律，作诗歌规律，是很有见解的。本来音乐、跳舞、诗歌，最初是一件事。《诗品》说他："观休文众制，五言最优。详其文体，察其余论，固知宪章鲍明远。所以不闲于经论，而长于清怨。……故当词密于范，意浅于江也。"沈约的乐府，在当时可称独步，看他的《江南弄》四首，似乎是可以歌唱，候下一章讨论。《四时白纻歌》是很旖

---

① 本：底本作"未"。

旎的:

> 兰叶参差桃半红,飞芳舞縠戏春风。如娇如怨状不同,含笑流眄满堂中。翡翠群飞飞不息,愿在人间长比翼。佩服瑶草驻容色,舜日尧年欢无极。(后二句梁武帝作)
>
> ——《春白纻》

> 寒闺昼密罗幌垂,婉容丽色心相知。双去双飞誓不移,长袖拂面为君施。翡翠群飞飞不息,愿在云间长比翼。佩服瑶草驻容色,舜日尧年欢无极。
>
> ——《冬白纻》

和沈约同时的人很多,除竟陵八友外——梁武帝、王融、谢朓、任昉、沈约、陆倕、范云、萧琛——还有陆厥、周颙、张融、孔稚圭、刘绘等人。

谢朓,字玄晖,陈郡阳夏人,为随王子隆镇西功曹,累迁尚书吏部郎。五言诗在当时独擅其美。梁武帝说:"三日不读,即觉口臭。"梁简文帝推为文章冠冕。沈约说:"二百年无此诗。"《诗品》说:"其源出于谢混,微伤细密,颇在不伦,一章之中,自有玉石。然奇章秀句往往警遒,足使叔源失步,明远变色。善自发端,而末篇多踬,此意锐而才弱也。"李白《宣州谢朓楼饯别诗》:"蓬莱文章建安骨,中间小谢又清发。俱怀逸兴壮思飞,欲上青天览日[1]月。"推崇可谓无以复加了!所以王渔阳《论诗》绝句说李白"一生低首谢宣城"了。

> 秋夜促织鸣,南邻捣衣急。思君隔九重,夜夜空伫

---

[1] 日:一作"明"。

立。北窗轻幔^①垂，西户月光入。何知白露下，坐视阶前湿。谁能长分居，秋尽冬复及。

——《秋夜》

山中上芳月，故人清樽赏。远山翠百重，回流映千丈。花枝聚如雪，芜丝散犹网。别后能相思，何嗟异封壤。

——《与江水曹至滨干戏^②》

在竟陵八友以外，还有张融，字思光，吴郡人；周颙，字彦伦，汝南人；孔稚圭，字德璋，山阴人；刘绘，字士璋，彭城人。都是有名的文学家，死在齐世的。但是这时候文学的提倡者，是齐武帝的第二子萧子良。据本传说："竟陵文宣王子良字云英，武帝第二子也。幼聪敏……集学士抄五经百家，依《皇览》列为《四部要略》千卷……所著《内外文笔》数十卷，虽无文采，多是劝戒。"本传所说《内外文笔》数十卷现在不传，现存的《竟陵王集》只有启七首，表二首，书九首，《净住子序》一首，《净住子净行法门》一首，《净住子》三十一条，《宾僚七要》一首，诗五首。竟陵王思想本乎佛法，他的大功，是总集天下词客。他的诗歌只有一首，很可玩味：

月殿风转，层台气寒。高云敛色，遥露已团。式诏

---

① 幔：底本作"慢"，据通行本改。

② 该诗题有多种写法，《玉台新咏》作"别江水曹"，曾国藩《十八家诗钞》作"与江水曹至干滨戏"，朱自清《十四家诗钞》作"与江水曹至滨干戏"。底本作"与江水曹至滨千戏"，"千"字误，当作"干"。

司警，言庶秋峦。轻觞时荐，落英可餐。

——《九月侍宴》

梁代的文学家，帝王家有梁武帝萧衍、昭明太子萧统、简文帝萧纲、元帝萧绎，以外江淹、范云、任昉、王僧孺、庾肩吾、何逊、邱迟、吴均、徐陵等。同时北朝有庾信、王褒等。

梁武帝、简文帝、元帝中，除元帝著《孝[①]德传》《忠臣传》各三十卷外，武帝、简文帝都喜作浓词艳语。昭明太子萧统，字德施，是武帝的长子，曾筑文选楼选集古今诗文为《文选》三十卷，又选集五言诗为《文章英华》二十卷。《文选》选集标准很好，所录文体也很好，清代文章家承《文选》的余绪，号为选体。他的《文选序》说：

> 若夫姬公之籍，孔父之书，与日月俱悬，鬼神争奥；孝敬之准式，人伦之师友，岂可重以芟夷，加之以剪截。老庄之作，管孟之流，盖以立意为宗，不以能文为本，今之所撰，又以略诸。若贤人之美词，忠臣之抗直，谋夫之话，辩士之端，冰释泉涌，金相玉振。所谓坐狙丘，议稷下，仲连之却秦军，食其之下齐国，留侯之发八难，曲逆之吐六奇。盖乃事美一时，语流千载，概见坟籍，旁出子史，若斯之流，又亦繁博，虽传之简牍，而事异篇章，今之所集，亦所不取。至于纪事之文，系年之书，所以褒贬是非，纪别异同，方之篇翰，亦已不同。若其赞论之综辑辞采，序述之错比文华，事

---

① 孝：底本作"考"。

343

出于沉思，义归乎翰藻，故与夫篇什，杂而集之。

——《文选序》

昭明太子的标准，就是如此。"沉思翰藻"是《文选》的目标。《文选》到现在仍然是一部很有势力的选本。

江淹，字文通，济阳考城人，宋时为吴兴令，齐时为骁骑将军，仕梁迁金紫光禄大夫，改封醴陵侯卒。著作宏富，自编为前后集，前集二十卷，后集十卷，又撰《齐史》十志。所作《恨赋》《别赋》很有名，诗歌尚能用自然的笔调来抒写，所以在六朝文学中，还可以算是难能可贵的一个人。《诗品》说他："文通诗体总杂，善于摹拟，筋力于王微，成就于谢朓。初淹罢宣城郡，遂宿冶亭，梦一美丈夫自称郭璞，谓淹曰：'吾有笔在卿处多年矣，可以见还。'淹探怀中，得五色笔以授之，尔后为诗，不复成语，故世传江郎才尽。"这故事虽然是荒诞之谈，但是江淹暮年，正值梁武帝即位之时，不敢以文陵主意，所以就得了才尽的讥诮，其实是荒诞的。

范云，字彦龙，南乡舞阴人，有文集三十卷。《诗品》说他的诗："范诗清便宛转，如流风回雪。"

丘迟，字希范，吴兴乌程人。《梁书》说："高祖践阼，拜散骑侍郎，迁中书侍郎，卒。"有集十一卷。《诗品》说他："丘诗点缀映媚，似落花依草。故当浅于江淹，而秀于任昉。"

庾肩吾，字子慎，新野人，作诗整练，开后来崇尚律句的先河。有《书品论》九首，共二十二人，所论诸人皆后世不以书名的，他在美术史上的价值，可见一斑了！例如他的"别前秋叶落，别后春花芳；雷叹一声响，雨泪忽成行"（《有所思》）。他诗惯用对句。

吴均，字叔庠，吴兴故鄣[①]人，文章清越，在六朝中，可以说是第一。《文中子》说他："吴均、孔珪，古之狂者也，其文怪以怒。"张溥说他："诗什累累，乐府尤高。"[②]他的短赋小简，令人神往。《与顾章书》《与朱元思书》《与施从事书》《吴城赋》《橘赋》，写景如画。

> 故人杯酒别，天清明月亮。露下寒葭中，风起秋江
> 上。衣染漯渥泪，棹犯参差浪。匕首直千金，七宝雕华
> 装。生离何用表，赖此持相饷。

——《酬别》

徐陵，字孝穆，东海郯[③]人。张溥说他"历观骈体，前有江、任，后有徐、庾，皆生气见高"。诗歌清艳。所编《玉台新咏》香艳华丽，《疑雨集》是他的后裔了！《山斋诗》的"山寒微有雪，石路本无尘。……砌水何年溜，檐桐几度春"，都是他的佳句。

在陈时文学家除徐陵以外，还有江总、阴铿、姚察、虞荔、虞寄、顾野王、周弘让、张正见，最有名的是江总、阴铿、周弘让。现在以江总作代表。

江总，字总持，济阳考城人，是陈后主的狎客，陈亡仕隋。所作诗文，多近狎亵，亦有清脱地方。他长于七言诗，是在六朝中不多见的。如《姬人怨》：

> 天寒海水惯相知，空床明月不相宜。庭中芳桂憔悴

---

① 鄣：底本作"彰"。
② 据张溥《吴朝请集题词》，此处引用文字应为"诗什累累，乐府尤高"，底本少一"累"字，今补。
③ 郯：底本作"剡"。

叶，井上梧桐零落枝。寒灯作花羞夜短，霜雁多情恒结
伴。非为陇水望秦川，直置思君肠自断。

我们看了绮靡华贵的南朝文学，现在再研究北朝文学，《北
史·文苑传序》说的很好："江左宫商发越，贵于清绮。河朔词
义贞刚，重乎气质。气质则理胜其词，清绮则文过其意。理深者
便于时用，文华者宜于咏歌，此其南北诗人得失之大较也。"北
朝文学作家，可以分为两部分：一部分南朝的人在北朝作官，一
部分是纯北朝人。第一部分的有庾信、王褒；第二部分有高允、
温子昇、王德、邢邵、魏收、萧悫、高昂、颜之推等，又有袁
曜、裴敬宪、卢观、封肃、邢臧、裴伯茂、邢昕等。现在我们第
一部分录庾信，第二部分录邢邵、魏收、颜之推。

庾信，字子山，庾肩吾子，梁元帝时奉使于周，被留在长
安。后来陈周通好，南北流寓的人互相遣回，独庾信和王褒不
放，庾信作《哀江南赋》，写他的悲哀。诗歌淳厚凄惋。周滕王
逌批评他"子山妙擅文词，尤工诗赋，诔潘安而碑蔡邕，箴扬雄
而书阮籍也"。史评他"绮艳"，杜工部说他"清新老成"，但
是我总觉得他的作品兴会太少。

> 千金高堰合，百顷浚源开。翻逢积翠浪，更识昆明
> 灰。猿啸风还急，鸡鸣潮水来。时看青雀舫，遥逐桂舟
> 回。

> ——《奉和浚池初成清晨临泛》

秋光丽晚天，鹢舸泛中川。密菱①障浴鸟，高荷没

---

① 菱：底本作"陵"，据通行本改。

钓船。碎珠萦断菊，残丝绕折莲。落花催斗酒，栖乌送
一弦。

——《游昆明池》二录一

北朝的文学家，大都以淳朴为主。有"苍紫千重分项背，元
黄一气转鸿蒙"的气概，没有"暮春三月，江南草长，杂花生
树，群莺乱飞"的风韵。不染南朝浮华艳丽的习气，是北朝文学
的好处，那名耀千古的《敕勒歌》："敕勒川，阴山下，天似穹
庐，笼盖四野。天苍苍，野茫茫，风吹草低见牛羊。"就是这时
候的产品。当时作家，有魏高允、温子昇，北齐邢邵、魏收等人
最有名。

高允，字伯恭，渤海人，据本传说："清河崔玄伯见而异
之，叹曰：'高子黄中内润，文明外照[1]，必为一代伟器，但恐
吾不见耳！'曾作《塞上翁》诗，有混欣戚遗得丧之致……允所
制诗赋诔颂箴论表赞，《左氏公羊释》，《毛诗拾遗》……允明
算法，为《算术》三卷。"游广平论高伯恭："宽中似卓公，洪
量似文饶，风节似汲长孺。"张溥以为开疆邢（邵）魏（收），
是很对的。现存的《高令公集》统计不过三十二篇诗文，余均不
传。曾作《罗敷行》，本之"日出东南隅"，但是他的风味，的
确是北朝本色。

温子昇，字鹏举，太原人。据本传说："晋大将军峤之后，
世居江左。……子昇初受学于崔灵思、刘兰，精勤以夜继昼，昼
夜不倦，长乃博览百家，文章清婉……子昇外恬静，与物无竞，
言有准的，不妄毁誉；而内深险，事故之际，好预其间。"子昇

---

① 照：底本作"昭"，据魏收《魏书》改。

撰《永安记》三卷，宋游道给他集《文笔》三十五卷。现存的除碑表诏敕外只有乐府七首，诗四首，张溥很恭维他的诗。如他的《咏花蝶》："素蝶向林飞，红花逐风散。花蝶俱不息，红素还相乱。"描写很是质直的。

邢邵，字子才，河间鄭人。本传说："魏太常贞之后，父虬，魏光禄卿。邵小字吉，人方之王粲。……有书甚多，而不甚雠校，见人校书，常笑曰：'何愚之甚！天下书至死读不可遍，焉能始复校此？且误书思之，更是一适。'……有集三十卷，见行于世。"杨遵彦《文德论》云："古今词人，皆负才遗行，唯邢子才、王元景、温子昇彬彬有德素。"诗今只存七首，乐府一首。所作《新宫赋》也是六朝赋里不讲藻丽的一种，如同"若密云之乍举，似鹏翼之中垂。布菱华之与莲蒂，咸反植而倒施。若承露而将转，似含①风而欲披"。在象征文学盛行的六朝中，很是少见的罢。乐府《思公子》："绮罗日减带，桃李无颜色。思君君未归，归来岂相识。"旖旎有风致。

魏收，字伯起，小字佛助，巨鹿下曲阳人。本传说："收年十五，颇已属文。"有《魏书》一百三十卷，集七十卷。《魏书》多有失实的地方，但收录的太多，所以保存史料不少。例如《释老志》是研究佛教史的极好的史料。《月下秋宴》诗："此夕甘言宴，月照雾方涂。使星疑向蜀，剑气不关吴。"颇有盛唐的声调。

我们研究中国文学史的，都知道北朝文学家受了南朝文学家的薰染，不是纯粹北音。这时候更因为政治上的推遷，隋朝统一

---

① 含：底本作"合"，据康金声、唐海静《邢邵集笺校全译》改。

天下，所以文学的趋势，一方面由于自然的演进，一方面由于政治的促成，便造成隋代文学，并且开了唐代文学的端倪，在第三篇第一章再讲。

第五章　六朝音乐文学

上一章所讲两晋六朝文学，大半都是有名的作家，并且这些作家都是有系统可寻的。在六朝时民间一般的音乐文学，才真是这时期有价值的文字。六朝音乐文学可以分：

甲　南方文学——A. 吴越文学，B. 荆楚文学。

乙　北方文学——A. 外国文学。

吴越文学包括的地带在江苏、浙江一带，就是所谓吴声歌曲。大部分是恋歌，如《子夜歌》《子夜四时歌》《懊侬歌》《华山畿》《读曲歌》。其描写神的歌曲更是很多，如《道君曲》《娇女诗》《青溪小姑曲》。吴越文学的妙处有几点，一抒写爱情，二写神女性化，三可以歌唱。现在举几个例：

　　朝思出前门，暮思还后渚。语笑向谁道？腹中阴忆汝。

　　郎愁侬亦惨，郎笑我便喜。不见连理树，异根同条起。

　　别后涕流连，相思情悲满。忆子腹糜烂，肝肠尺寸断。

　　　　　　　　　　　　　　　　——《子夜歌》录三首

　　梅花落已尽，柳花随风散。叹我当春年，无人相要唤。

　　初寒八九月，独缠自络丝。寒衣尚未了，郎唤侬底为。

　　　　　　　　　　　　　　　　——《子夜四时歌》录二首

《子夜歌》，《唐书·乐志》说："晋有女子，名子夜，造此声，声过哀苦。"《乐府解题》说："后人更为四时行乐之词，谓之《子夜四时歌》。又有《大子夜歌》《子夜警歌》《子夜恋歌》。"《华山畿》是故事诗。最简短的是《青溪小姑曲》："开门白水，侧近桥梁。小姑所居，独处无郎。"

荆楚文学的地带在湖北一带，就是《清商曲》里的《西曲歌》。这一类的歌，大半描写商人生活的。句子参差，和《吴声歌曲》的一样不整齐。如《莫愁乐》《石城乐》《乌夜啼》《寿阳乐》《三洲歌》《折杨柳》《采桑度》《那呵滩》《估客乐》等。

> 郎作十里行，侬作九里送。拔侬头上钗，与郎资路用。有信数寄书，无信心相忆。莫作瓶落井，一去无消息。
>
> ——《估客乐》
>
> 闻欢下扬州，相送楚江头。探手抱腰看，江水断不流。
>
> ——《莫愁乐》

北方文学在上一章北朝文学里已然谈过。北方文学是豪爽痛快，决不委婉回荡。北方文学产生的国家，是鲜卑、吐谷浑、部落稽三国，完全是马上乐。后魏乐府，才有北歌，随时和《西凉乐》杂奏。《木兰辞》就是这时代的产物。

> 黄桑柘屐蒲子履，中央有丝两头系。小时怜母大怜婿，何不早嫁论家计？

谁家女子能行步，反著夹禅^①后裙露。天生男女共一处，愿得两个成翁妪。

——《捉搦歌》

当时有名的作家，集中也常见有歌曲，但是是以作诗为主，不以歌唱为主，所以不加入这一章来讲。

---

① 禅：底本作"裆"，据《乐府诗集》改。

第六章　汉魏六朝文学批评史

我们研究文学批评史的，大都以曹子桓《典论·论文》、《文心雕龙》、《诗品》、《文章缘起》为最初作品。所以《四库全书》分诗文评作五类：

1.究文体之源流，而评其工拙者——《文心雕龙》。

2.第作者之甲乙，而溯厥师承者——《诗品》。

3.备陈法律者——皎然《诗式》。

4.旁采故事者——孟棨《本事诗》。

5.体兼说部者——欧阳修《六一诗话》。

据《文史通义·诗话篇》，考证诗文评的起源很古，说："诗话之源，本于钟嵘《诗品》，然考之经传，如云：'为此诗者，其知道乎？'又云：'未之思也，何远之有？'此论诗而及事也。又如：'吉甫作诵，穆如清风。''其诗孔硕，其风肆好。'此论诗而及辞也。事有是非，辞有工拙，触类旁通，启发实多。江河始于滥觞，后世诗话家言，虽曰本于钟嵘，要其流别滋繁，不可一端尽矣！"但是在汉代有一位文学批评大家王充，却少有人注意。在《文史通义》中取举的，只是片段的文学批评文字。所以我们由王充《论衡》起，魏代举《典论·论文》，六朝举《文心雕龙》、《诗品》、颜之推《颜氏家训》。现在分论如下。

王充，字仲任①，会稽人，东汉建武三年生，和帝永元中

---

① 任：底本作"壬"。

卒，著《论衡》八十五篇。王充是中国怀疑派哲学家的始祖，他是主张文学作品要"为世用者，百篇无害；不为用者，一章无补"（《自纪篇》），不主张以文学的修饰为标准，要以实用为标准。他对文章的分别有五种，见于《佚文篇》："（一）五经六艺之文，（二）诸子传说之文，（三）造论著说之文，（四）上书奏记之文，（五）文德之操之文。立五文在世，皆当贤也。"[①]又说："造论著说之文，尤宜劳焉。何则？发胸中之思，论世俗之事，非徒讽古经续故文也。论发胸臆，文成手中，非说经艺之人所能为也。"他对于自己文笔的赞美有五点，同时也就是他对于文学的见解：

1. 形露易观，以其文浅易明，观者易知也。

2. 违诡于俗，其诗论不同流俗也。

3. 不能纯美，主于悟俗，故不尚修饰其词也。

4. 不类前人，其论多自己，不依效前人也。

5. 文重其论，贵反覆明意，故不嫌繁文也。（《自纪篇》）

这虽然是偏乎答问，但也可以看出他主张文学实用来，同时可以见到他对于当代流俗文学的一种反响。

曹丕的文学在前面已然讲过，他的《典论·论文》，的确是七子评传。他说："今之文人，鲁国孔融文举，广陵陈琳孔璋，山阳王粲仲宣，北海徐幹伟长，陈留阮瑀元瑜，汝南应场德琏，东平刘桢公幹……王粲长于辞赋，徐幹时有齐气，然粲之匹也。

---

① 引文中的括号及数字均为原作者所加。此处引用《论衡·佚文篇》的原文是："文人宜遵五经六艺为文，诸子传书为文，造论著说为文，上书奏记为文，文德之操为文。立五文在世，皆当贤也。"

如粲之《初征》《登楼》《槐赋》《征思》，幹之《玄猿》《漏
卮》《圆扇》《橘赋》……虽张、蔡不过也。然于他文，未能称
是。琳、瑀之章表书记，今之隽也。应场和而不壮，刘桢壮而不
密，孔融体气高妙，有过人者，然不能持论，理不胜辞，以至乎
杂以嘲戏，及其所善，扬、班俦也。"他对文章上的气、意的主
张是："文以气为主，气之清浊有体，不可力强而致。譬诸音
乐，曲度虽均，节奏同检，至于引气不齐，巧拙有素，虽在父
兄，不能以移子弟。"文章以气为主的，《典论·论文》实在是
第一，为这个问题，争论了一千多年，到现在还没有一个结论。

中国唯一的文学批评家，要属刘勰了。刘勰不但只是文学批
评，还是文学流别的记述者，所以值得我们研究。刘勰，据《南
史》本传说："刘勰，字彦和，东莞莒人也。父尚，越骑校尉。
勰早孤，笃志好学，家贫不婚娶，依沙门僧祐居，遂博通经论。
因区别部类，录而序之。定林寺经藏，勰所定也。……深被昭
明太子爱接。初，勰撰《文心雕龙》五十篇，论古今文体。其
《序》略云：'自生灵以来，未有如夫子者也。敷赞圣旨，莫若
注经。而马、郑诸儒，弘之已精，就有深解，未足立家。唯文章
之用，实经典枝条，五礼资之以成，六典因之致用。于是搦笔和
墨，乃始论文，其为文用四十九篇而已。'……约（沈约）取
读，大重之，谓深得文理，常陈诸几案。"《文心雕龙》现传的
五十篇，分为十卷，前五卷论文章的流别，下五卷论文章的风格
和修辞。原本只分上下篇，并不分卷。区分《文心雕龙》内容的
有梁绳祎君的《文学批评家刘彦和评传》、范文澜君的《文心雕
龙讲疏》，不过范君把文章流别强纳入五经、谶纬、诸子的壳中
未免沾滞。现在修改两家的分法如下：

355

1. 文学本原论:《原道》《征圣》《宗经》《正纬》《诸子》,五篇。谐^①

2. 文章流别论:《论说》(《易》),《诏策》,《章表》,《奏启》,《议对》,《书记》(《书》),《明诗》,《乐府》,《颂赞》(《诗》),《辨骚》,《诠赋》,《杂文》,《谐隐^②》(《诗》的支流),《祝盟》,《铭箴》,《诔碑》,《封禅》,《哀吊》(《礼》),《史传》,《檄移》(《春秋》),二十篇。

3. 文学家功力论:《神思》《物色》《养气》,三篇。

4. 修辞分论:《情采^③》《丽辞^④》《夸饰》《镕裁》等,十六篇。

5. 文学家的品格和器用:《程器》,一篇。

6. 文学的批评观:《知音》《体性》,二篇。

7. 文学的环境与作者的才情:《时序》《才略》,二篇。

8. 批评宣言:《序志》,一篇。

刘勰有这样一部有组织的鸿著,可以说卓绝千古了。《文心雕龙》的基本观念有三:

1. 为矫正当时雕琢淫滥的作风,所以提倡自然抒写的文学。

2. 为矫正当时无病呻吟的作风,所以提倡真实的文学。

3. 为矫正当时剽窃因袭的作风,所以提倡文学创造。

至于他极客观的批评文学,更是难得。他主张批评家自己先

---

① 谐:疑为衍文。
② 谐隐:底本作"阶隐"。
③ 情采:底本作"情彩"。
④ 丽辞:底本作"丽词"。

要博学，要用纯客观有时代性的眼光，科学分析的手腕来批评文学。并且关于文学的社会背景和作者的环境，都是十分注意的。

　　钟嵘，字仲伟，颍川长社人，齐永明中为国子生，到了梁时为晋安王记室。作《诗品》，一名《诗评》，三卷，论列古今五言诗，三卷分三品，以上中下区别作者的优劣，每品之中以时代先后为次序，所评简当，但也有不公允的地方。例如曹操列下品，陶渊明列中品，是历来诗家不满意的。最近古直先生的《钟记室诗品笺》，据《太平御览》五百八十六证明陶渊明原来在上品，由此可以知道《诗品》是经过后人窜益的。《诗品序》原分三段，列在每品之前，现行本合成一序，序中关于诗体的升降，讨论的很详尽。钟嵘《诗品》最大的妙处是在一百二十三人中，重要的人物，差不多都陈述他们的师承。《四库提要》说："其论某人源出某人，若一一亲见其师承，则不免附会耳。"是有一部分理由的。钟嵘对于诗的根本见解是：

　　1.诗以感动心灵为主。

　　2.四时景物全是诗的材料。

　　3.反对以词句堆砌的诗。

　　4.反对四声八病。

　　由《诗品》中辑出有师承的来，列为一表：

357

在这表以外的，没有师承可寻，所以从略。表内虚线的是我的假定，不是钟嵘所记。根据这个表，可以看出两晋六朝诗歌的遭变来，并可看出《楚辞》的势力在六朝时是比《诗经》大的。

颜之推，字介，北齐琅琊临沂人，博学有才辩，工尺牍，有《颜氏家训》二十卷行世。颜之推对于文学的批评，在《颜氏家训》论列很详，总起来是：

1.文章原出《五经》："诏命策檄，生于《书》者也；序述论议，生于《易》者也；歌咏赋颂，生于《诗》者也；祭祀哀诔，生于《礼》者也；书奏箴铭，生于《春秋》者也。"

2.文章以理致为主："文章当以理致为心肾，气调为筋骨，事义为皮肤，华丽为冠冕。"

　　大旨是这样，他对于个人的批评，也是从作品中批评，不以主观见解为标准。加汉魏六朝文学批评大略是这样。至如零散的作品，有的见于第四章，就不举了。

第三篇　隋唐五代期

第一章　隋代文学概观

本来文学史以政治变化的朝代来区分，是不可靠的一件事，所以近来编文学史的，极力不用朝代来区分文学史。但是有时候，也因朝代的变迁，前后文学有很显明的分别。这在上一编已然讲过，隋代文学便是总结前代、启诱后代的一个时期。因为年代不很长，所以看不出和前代的大差别来。这时代的文学，在文学史的价值可以分三点：

1. 律诗的完成。

2. 音乐文学的改进和乐曲的删订。

3. 唐代古文的先导者。

我们知道律诗的起源，是远在谢灵运的有佳句可摘了。但是经过许多年进步，最后的成功，前有阴铿，后有薛道衡罢了！

薛道衡，字元卿，河东汾阴①人，所著有《薛司隶集》，现存的诗有十六首，乐府有四首，文章赋表只有九篇。他最有名的

---

① 汾阴：底本作"汾阳"。

是乐府《昔昔盐》，并且因《昔昔盐》中有"暗牖悬蛛网，空梁落燕泥"等句，被炀帝妒杀了。他的诗很有许多合律诗不差的，例如："征途非白马，水势类黄牛。跳波鸣石碛，溅沫拥沙洲。"（《入郴江》）对仗平仄，完全像唐人律诗，并且还有的时候，因对仗用字很牵强，例如《梅夏应教》诗："集凤桐花散，胜龟莲叶开。"他的《人日思归》，是被人传诵不置的：

> 入春才七日，离家已二年。人归落雁后，思发在花前。

律诗的完成，除去薛道衡以外，炀帝也是很讲求律句的，不过他的诗歌，以淫艳为主，是少差的了。

第二我们研究隋代文学的，当然知道隋代是音乐文学改进的时期。这一点可以分为几部来讲：一关于乐曲的删订；二关于戏曲的改进。关于乐曲的删订有二：（一）隋时删订操弄古曲，以诗为本，参考古调，定一百零四个曲，并召集天下善音乐的来一齐演奏。（二）炀帝改定七部乐，成《清乐》《西凉》《龟兹》《天竺》《康国》《疏勒》《安国》《高丽》《礼毕》九部乐。关于戏曲的改进有二：（一）炀帝骋他的作文章诗歌的天才，作了许多淫靡的诗歌，不合乐律的诗歌，令乐工按辞填曲。据《隋书·乐志》来记有《万岁乐》《藏钩乐》《七夕相逢乐》《投壶乐》《舞席同心髻》《玉女行觞》《神仙留客》《掷砖续命》《斗鸡子》《斗百草》《泛龙舟》《还旧宫》《长乐花》《十二时》等曲。现在存的只有《泛龙舟》一篇：

> 舳舻千里泛归舟，言旋旧镇下扬州。借问扬州在何处？淮南江北海西头。六缕聊停御百丈，暂罢开山歌棹讴。讵似江东掌间地，独自称言鉴里游。

因炀帝如此提倡，所以后来诗歌渐渐走到可以歌唱时代。唐代音乐文学作品，就是七言绝句，新乐府反到不能歌唱。（二）炀帝因每年元旦万国来朝，就由上元节起，在端门外建国门内，列为戏场，长有八里多地，演唱歌舞，到月末才完。歌舞的多半是女人，有三万多人，奏乐的有一万八千多人。戏剧经过这样提倡以后，所以才渐行发达。宋元戏曲虽不完全和他有关系，但不能说这不是戏曲发达原因之一。

第三说隋代文学是唐代古文的先导者，有人觉得很是奇怪。因为隋代虽然是继往开来，但是六朝流风还在，怎能说是唐代古文先导呢？因隋代统一南北以后，渐觉得六朝艳丽文字的非是，所以文章的趋向，就走进了朴质一途。文帝并且在上提倡，严厉施行。炀帝虽然崇尚骈丽，不过时势所趋，炀帝死后，便逐渐的改变，于是唐代文章便造成古文领域。这是文学史上自然的演进，并不是韩愈有什么特别能力，来创造古文啊！

第二章　初唐诗文

唐初的诗歌文章，秉承六朝、隋代的遗风，变化很少，虽以诗歌著名唐代，也不过在那里萌芽改进。区分唐代诗歌的，分唐代为初盛中晚四个时期。初唐是自唐高祖武德元年起，大约有一百年。盛唐是自玄宗开元元年以后五十年间。中唐是自代宗大历元年以后大约八十年。晚唐是自宣宗大中元年以后，到唐末。现在讲初唐的诗文。

初唐的诗家，以王勃、杨炯、卢照邻、骆宾王、陈子昂等最有名。王勃，字子安，绛州龙门人，少年即有才名，十七岁到南昌，滕王阁席上，当时作得以"落霞与孤鹜齐飞，秋水共长天一色"著名的《滕王阁序》。他的诗歌，典丽华美，足以代表初唐的风味。杨炯，华阴人，诗歌较王勃遒劲，如"河流才辨马，岩路不容车……露文沾细草，风影转高花"。他自负很高，曾说："愧在卢前，耻居王后。"卢照邻，字昇之，范阳人，幼从王义方学《苍雅》，很喜读书，后官邓①王府典签，又迁新都尉。中风去官，住太白山，又住东龙门山，一手废去，足病不能转动，作《五悲文》来表明他的态度，投颍水而死。骆宾王，义乌人，五言诗擅绝一时，在四杰中是最有气魄的，小品文字更是很出名。他曾作《讨武氏檄》，历斥武后之恶，被人传诵不绝。总起来说，王、杨、卢、骆的诗歌文章精切优美，不是没有本原的。有人批评他们是唐初小调，是不知他们的，杜甫、韩愈都是很恭

---

① 邓：底本作"邵"。

维他们的。

> 九秋凉风肃，千里月华开。圆光随雾湛，碎影逐波来。似霜明玉砌，如镜写珠胎。晓色依关近，边声杂吹哀。离居分照耀，怨绪共徘徊。自绕南飞羽，空[①]乔北堂才。

——骆宾王《望月有所思》

在四杰同时的，还有上官仪和四友——苏味道、李峤、崔融、杜审言，并有张九龄、陈子昂、沈佺期、宋之问等家。

上官仪，字游韶，陕州人，他对于诗很有研究。据《诗苑类格》说上官仪分诗为六对和八对，作律诗深一步的探讨。

（一）正名对——天地日月。

（二）同类对——花叶草芽。

（三）连珠对——萧萧赫赫。

（四）双声对——黄槐绿柳。

（五）叠韵对——彷徨放旷。

（六）双拟对——春树秋池。

——诗的六对

（一）的名对——送酒东南去，迎琴西北来。

（二）异类对——风织池间树，虫穿草上文。

（三）双声对——秋露香佳菊，春风馥丽兰。

（四）叠韵对——放荡千般意，迁延一介心。

（五）联绵对——残河若带，初月如眉。

（六）双拟对——议月眉欺月，论花颊胜花。

---

① 空：底本作"自"，据陈熙晋《骆临海集笺注》改。

（七）回文对——情新因意得，意得逐情新。

（八）隔句对——相思复相忆，夜夜泪沾衣。空艰复空泣，朝朝君未归。

上官仪论诗以属对工整算是最好，他的诗妩媚风流，字斟句酌，颇有趣味，如"密树风烟积，回塘荷芰新。雨霁虹桥晚，花落凤台春"。上官仪的孙上官昭容，在武后和中宗时也很有诗名。

沈骐的《诗体明辨序》说："陈子昂特以澹古雄健振一代之势。杜审言、刘希夷、沈佺期、宋之问、张说、张九龄，亦各全浑厚之气于音节疏畅中。"

第三章　文体改革——古文的创兴

建安以后，文体由淳朴雄厚的两汉文，渐渐的走上了华丽一途。文章到了梁、陈，颓靡已极。隋初经文帝来提倡质朴的文章，但不久又恢复了旧态。唐初文章，虽然承受了陈、隋的遗韵，仍然作他们典雅文字，可是纤巧浮华的风格，已然一扫而空，到了韩愈，才公然倡起单行文字，不尚骈俪。他的复古的动机，一方因时势所趋，到了废骈时期；一方因燕许和独孤及、梁肃的提倡。

开元初年的时候，苏颋，字廷硕，封许①国公；张说，字道济，封燕②国公。燕许对于文章，提倡复三代以上之文体，所作诏诰，浑厚有古风，当时称为"燕许大手笔"。韩愈承了这种的遗风。并且在大历、贞元前后，有独孤及、梁肃，文章效扬雄、董仲舒，极力复古。韩愈便出于他们门下。韩愈，字退之，邓州南阳人，官吏部侍郎。他自以为文章自汉司马相如、司马迁、刘向、扬雄后，没有文章，所以他起八代之衰，来恢复古文。后来谈文章的，认为《原道》《原性》《师说》等篇，能和孟、荀作表里，这实在是过誉之奖。韩愈文章固然深闳，但是说理的地方，每每不能自圆③其说，亦以"气盛则言之短长与声之高下皆宜"，来拥护他的主张，他的门徒李翱、李汉、皇甫湜和孟郊、张籍等，都是自名一时的。当时对于韩愈称赞的很多：

---

① 许：底本作"燕"。
② 燕：底本作"许"。
③ 圆：底本作"原"。

　　高山无穷，太华削成。人文无穷，夫子挺生。鸾凤一鸣，蜩螗革音。手持文柄，高视寰海。权衡低昂，瞻我所在。三十余年，声名塞天。①

——刘梦得

　　建武以还，文卑质丧。气萎体败，剽剥不让。拨去其华，得起本根。包刘越嬴，并武同殷。六经之风，绝而复新。学者有归，大变于文。②

——李习之

　　先生之作，无圆无方。至是归工，抉经之心。执圣之权，尚友作者。跋邪抵异，以扶孔氏。存皇之极，茹古涵今。无有端涯，鲸铿春丽。惊耀天下，粟密窈眇，章句安适，精能之至，鬼入神出。姬氏以来，一人而

---

① 据孙丽编著《刘禹锡诗全集》，刘禹锡《祭韩吏部文》原文为："高山无穷，太华削成。人文无穷，夫子挺生。典训为徒，百家抗行。当时勃者，皆出其下。古人中求，为敌盖寡。贞元之中，帝鼓薰琴。奕奕金马，文章如林。君自幽谷，升于高岑。鸾凤一鸣，蜩螗革音。手持文柄，高视寰海。权衡低昂，瞻我所在。三十余年，声名塞天。"削，底本作"敝"。手，底本作"平"。均据通行本改。

② 据《古文辞类纂》，李习之《祭韩侍郎文》原文为："建武以还，文卑质丧，气萎体败，剽剥不让。俪花斗叶，颠倒相上。及兄之为，思动鬼神，拨去其华，得起本根。开合怪骇，驱涛涌云，包刘越嬴，并武同殷。六经之风，绝而复新，学者有归，大变于文。"

已。①

——皇甫湜

文章到了韩愈，改变已到极点，现在有许多人要讨论的，便是韩愈这种起八代之衰的古文运动，他在文学上的贡献，是维新，还是复古，我们这里，可以用棱形图，解释这个。

---

① 底本引用皇甫湜文与通行本有较大差异。据郭绍虞《中国历代文论选》，皇甫湜《韩文公墓志铭》原文为："先生之作，无圆无方，至是归工。抉经之心，执圣之权，尚友作者，跂邪抵异，以扶孔氏，存皇之极。知与罪非我计，茹古涵今，无有端涯，浑浑灏灏，不可窥校。及其酣放，豪曲快字，凌纸怪发，鲸铿春丽，惊耀天下。然而栗密窈眇，章妥句适，精能之至，入神出天。呜呼极矣！后人无以加之矣，姬氏以来，一人而已矣。"至，底本作"主"。友，底本作"有"。茹，底本作"茄"。密，底本作"蜜"。以上文字均据通行本改。

图中两端，代表古文——单行文字——的极点，中间是代表骈文的极点。由西汉到陈是由古文渐渐变到骈文，以陈为极点。由陈到韩愈是骈文渐渐变到古文。中间隋炀帝为什么反在隋初之前呢？因隋初曾以国家命令，提倡单行文字，到了炀帝又极力趋步陈的后尘，走向华丽之一途。我们由这个图看来，可以知道韩愈是复古的。在他自己文章之中，也常见有复古的证据：

1.《原道》中的"尧以是传之舜……轲之死，不得其传焉"。此段可以见出他自居续孟子之后，恢复道统。

2.《进学解》中最明显复古的话"障百川而东之，挽狂澜于既倒"。

3.《师说》中"余嘉其能行古道"。

4.《原道》中"噫！后之人虽欲闻仁义道德之说，其孰从而听之"。

由这几点看来，也可以见得是复古的。再如他《祭十二郎文》，本来是缠绵悱恻的祭文，多半典丽宏壮。但是他却别开生面的用散体文来作，并且风骨遒劲，又岂是那"霣碎春红，霜凋夏绿"的六朝文人所能梦见的呢？

韩愈的古文，经他门徒传扬之后，社会上也承认这种新文体。宋代摹略韩文的很多，但都不能得韩愈的好处。明归有光、清曾国藩才算上接韩愈遗响，俟下文再讲。和韩愈同时的有柳宗元，字子厚，河东人，文章多半是描写山水，清丽之至，不是韩愈的老气横秋的文章所可比拟的。子厚的文章，以到永州以后为最工，所以有说得山水之助的。子厚的诗，远出韩愈之上，这俟下一章再说。

第四章　盛中晚三期诗学概观

初唐的诗学，在第二章已然讨论过。唐代诗学呢，初唐是继续六朝风韵的，晚唐诗学是纤巧靡缛的。真正唐代诗学，是要以盛唐、中唐为最好的。盛唐的诗人要以李白、杜甫为巨擘的。

李白，字太白，陇西人，他是放荡不羁的一个人，饮酒、杀人、狎妓，都是他的生活。他的生活我们若分析起来，他在人类生活之中（物质生活、精神生活），他是极端反对精神生活的，完全在物质生活之中，求他的现实快乐，是颓废的，是求感官刺激的。

$$\text{李白物质生活}\begin{cases}\text{视觉——崇拜美人}\\ \text{听觉——音乐——美人的箫管}\\ \text{触觉——劣等的肉感，肉身的快乐}\\ \text{味觉——强刺激之物——酒}\end{cases}$$

李白是任侠的，善于纵横的，在他物质生活以外的抒写，多半是任侠，描写社会，反对战争的。李白的文学手腕很高，他作品中，多半是不经意的作品。但是激越之情，不拘格式的诗调，已然能到至美至善的地步。所以有人说："太白仙才，长吉鬼才。"不过太白集中伪的作品，恐怕很多。龚定庵认为李白诗十之五六是伪的，只是一百廿二篇是真的，这话不是没有根据的。关于李白的遗事很多，这里不记载。

杜甫，字子美，襄阳人。他和李白同为唐代诗人领袖。他生于唐玄宗太极元年（公元七百十二年），卒于唐代宗大历五年

（公元七百七十年）。他少年很是贫苦，他祖父杜审言，他父杜闲，在唐代都是有名的人。他和李白很要好，韩愈诗说："李杜文章在，光芒万丈长。"他终身奔走在外，又值安禄山之乱，所以他的诗多半描写人民疾苦。有许多人认为是"诗史"，大都附会的话。北大研究院同学吴静渊先生研究杜诗，作《杜诗谱》，从杜甫诗中寻出杜甫全人格，打破历来研究杜诗从杜甫年谱入手的积习，是很有价值的著作。但是杜甫平生的经历，也是我们值得注意的。

公元七一二，杜甫生。开元中游吴越。赴京师应进士试不第。游齐赵间，父为兖州司马，与李白为友。

公元七五五，安禄山反，杜甫被捕，拘在长安城中。至凤翔见肃宗，官拜左拾遗。被出华州司功参军。弃官客秦州。入蜀，流落成都，营草堂在成都城西浣花溪。依严武为节度参谋，检校尚书工部员外郎。

公元七六六，蜀中大乱，携家避夔州。作《秋兴》八首。出三峡，游沅湘，登衡山，客耒阳。

公元七七〇，杜甫卒。

杜甫写当时乱杂苦况，如《石壕吏》《兵车行》《无家别》《垂老别》《出塞》；伤时思家的作品，如《春望》《哀江南》《秋兴》。杜甫诗至情流露，诗的艺术尤高，诗律之细，属对切当，足以范围百世。研究杜诗、批评杜诗的作品很多，沈德潜在他的《唐诗别裁集》凡例里，写的很好：

五言古诗：少陵材力标举，篇幅恢张，纵横挥霍，诗品又一变矣……诗之变，情之正者也。

七言古诗：杜工部沉雄激壮，奔放险幻，如万宝杂陈，千军竞逐，天地浑奥之气，至此尽泄。

五言律诗：杜少陵独开生面，寓纵横颠倒于整密中，故应超然拔萃。

七言律诗：少陵胸次阔阔，议论开辟，一时尽掩诸家。

和杜甫同时有名的诗家，如王维、孟浩然、韦应物、柳宗元、王昌龄、高适、岑参等，全都名贵一时，造成盛唐、中唐的诗风。王、孟、韦、柳，通称唐四大家。四家诗的成就，多半学陶渊明，一般评论家，都以为绍陶渊明余绪的只是王维，不过我们仔细研究，王维得陶的清，而没得他的静；孟浩然、柳宗元只得陶的皮相，还能擅其清幽之笔。得陶渊明真传，清静并得的，恐怕要属韦应物了。王维，字摩诘，太原人，生于圣历二年（公元六九九），卒于乾元二年（公元七五九）[①]。他对于唐诗的贡献有二：（一）能绍陶渊明；（二）五律开唐诗正格。如"明月松间照，清泉石上流"，自然之中寓工整。王维善画，后人称他"诗中有画，画中有诗"。现在举他几首五律：

建礼高秋夜，承明候晓过。九门寒漏彻，万井曙钟多。月回藏珠斗，云消出绛河。更惭衰朽质，南陌共鸣珂。

——《同崔员外秋宵寓直》

竹径从初地，莲峰出化城。窗中三楚尽，林上九江

---

① 关于王维的生卒年，有多种说法。此为一说。又一说，生于长安元年（公元701年），卒于上元二年（公元761年）。

平。软草承趺坐，长松响梵声。空居法云外，观世得无

生。

——《游辨觉寺》

　　王维与弟缙均有才名，安禄山反，被拘，赋诗悲苦。但是他只有"晚年唯好静，万事不关心"的诗歌，没有杜甫那样描写人民痛苦的。和王维齐名是孟浩然。浩然，襄阳人，生于武后垂拱五年（公元六八九）[①]，卒于开元二十八年（公元七四〇）。少年隐于鹿门山，年四十才到京师。他的诗极淡远，洗尽铅华，评他诗的说："浩然诗伫兴而作，造意极苦，篇什既成，洗削凡近，超然独妙。虽气象清远，而采秀内映，藻思所不及。当明皇时，章句之风，大得建安体，论者推李、杜为尤。介其间能不愧者，浩然也。"浩然以五言古诗得名，清人学诗者，五古多似浩然。

　　山光忽西落，池月渐东上。散发乘夕凉，开轩卧闲敞。荷花送香气，竹露滴清响。欲取鸣琴弹，恨无知音赏。感此怀故人，中宵劳梦想。

——《夏日南亭怀辛大》

　　秋空明月悬，光彩露沾湿。惊鹊栖未定，飞萤卷帘入。庭槐寒影疏，邻杵夜声急。佳期旷何许，望望空伫立。

——《秋宵月下有怀》

　　韦应物，唐史不载他行事，所以他的生卒经历，不可考察。

---

　　① 孟浩然生于唐垂拱五年，即公元689年。底本误作"垂拱四年（公元六六九）"。

据林宝《姓纂》说："周逍遥公敻之后，左仆射、扶阳公待价生司门郎中令仪，令仪生銮，銮生应物，应物生监察御史、河东节度掌书记庆复。"李肇《国史补》说："为性高洁，鲜食寡欲，所居焚香扫地而坐。其为诗驰骤建安已还，各得风韵。"韦应物的诗歌，完全由静入手，铸词深刻，不是浅人所能懂的。我以为唐代之中除李、杜外，韦应物要算一个大家。可是许多研究文学史的人，都不去研究他。例如他的"凄凄去亲爱，泛泛入烟雾。归棹洛阳人，残钟广陵树。今朝此为别，何处还相遇。世事波上舟，沿洄安得住"，真渊明的嫡传啊！

柳宗元的小传，前面已然记过，他的诗清浅有余，余味不足，他的《江雪》《渔翁》，是他的杰作。和他们同时的有李贺、贾岛、孟郊，李贺更有名。

李贺，字长吉，唐郑王后，生于贞元六年（公元七九〇），卒于元和十一年（公元八一六）。能苦吟疾书，世称鬼才。李商隐的《李贺小传》，杜牧的《李贺歌诗序》，叙述李贺的性格很好。《十二月乐词》《雁门太守行》等篇，自是绝调。

贾岛，字阆仙，范阳人。生于大历十四年（公元七七九）[1]，卒于会昌三年（公元八四三）。初为僧，韩愈劝他还俗举进士，并赠他诗有"天恐文章中断绝，再生贾岛在人间"。苏绛《贾岛墓志铭》："所著文篇，不以新句绮靡为意，淡然蹑陶谢之纵；片云独鹤，高步尘表。"他的诗以瘦名，所以说"郊寒岛瘦"。

---

[1] 贾岛生于唐大历十四年，即公元779年。底本误作"贞元四年（公元七八八）"。

　　孟郊，字东野，湖州武康人，生于公元七五一年[①]（天宝十年），卒于公元八一四年（元和九年），为诗孤瘦。李翱《荐孟东野书》说："郊为五言诗，自前汉李都尉、苏属国，及建安诸子，南朝二谢，郊能兼其体而有之。"李观批评东野说："郊之五言诗，其高处在古无上，其平处下顾两谢。"如《灞上轻薄行》："长安无缓步，况值天景暮[②]。相逢灞浐间，亲戚不相顾。自叹方拙身，忽随轻薄伦。常恐失所避，化为车辙尘。此中生白发，疾走亦未歇。"韩愈最知东野，给贾岛诗说："孟郊死葬北邙山，日月星辰顿觉闲。"可说恭维极了！当时卢纶、吉中孚、韩翃[③]、钱起、司空曙、苗发、崔峒、耿沣、夏侯审、李端等十人称大历十才子，以外刘义、卢仝、皇甫冉、戴叔纶、李益、刘禹锡、元稹、白居易、张籍、王建，并称中唐健者。我们除李、孟、贾外，再研究元、白。

　　元稹，字微之，河南人，官左拾遗，生于公元七七九年（大历十四年），卒于公元八三一年（太和五年），长于诗，与白居易齐名，号元和体。以《连昌宫词》名于时，有《元氏长庆集》。

　　白居易，字乐天，号香山居上，太原人，生于公元七七二年（大历七年），卒于公元八四六年（会昌六年）。他对于当时乱世情形，非常关心，作新乐府，讽刺当世。《卖炭翁》《新丰折臂翁》《秦中吟》是千古杰作。有《白氏长庆集》约八百首，

[①] 孟郊生于唐天宝十载，即公元751年。底本误作"五七一年"。
[②] 暮：底本作"莫"，据《全唐诗》及通行本改。
[③] 韩翃：底本作"韩翊"，据《旧唐书》《新唐书》改。

分：

甲　讽喻诗：自武德至元和，因事立题，共百五十首，题为《新乐府》。

乙　闲适诗：退公独处，移病闲居，知足保和，吟玩性情者，共一百首。

丙　感伤诗：事物牵于外，情理动于内，随感遇而形于叹咏者，共一百首。

丁　杂律诗：五言七言，长句绝句，自百韵至两韵者，共四百余首。

晚唐杜、李、温并名于时。陆龟蒙、司空图、杜荀鹤、皮日休、郑谷、许浑，亦是有诗名的。

杜牧，字牧之，京兆万年人，生于公元八〇三年（贞元十九年），卒于八五二年（大中六年），诗歌多慷慨悲凉之作，对于元、白，多不满意，说元、白"喜为淫言媟语，鼓扇浮嚣"。实在牧之的诗，也有妖艳的地方，但是风骨是比元、白高的。论者以与杜甫齐名，称小杜来分别。如《江南春》："千里莺啼绿映红，水村山郭酒旗风。南朝四百八十寺，多少楼台烟雨中。"都是名贵之作。

温庭筠，本名岐，太原人，字飞卿，工于辞章，然好作艳词，行检不修。诗歌以艳丽为主，开晚唐五代风气。并工于词，有《温飞卿集》行世。宋代西昆体，实是温、李的支裔。如："霏霏雾雨杏花天，帘外春寒著罗幕。""簇簇金梭万缕红，鸳鸯艳锦初成匹。锦中百结皆同心，蕊乱云盘相间深。"都是有名的佳句。

李商隐，字义山，号玉溪生，怀州河内人。生于公元八一三年（元和八年），卒于公元八五八年（大中十二年）。作诗与温庭筠齐名，《唐书·艺文传》说："温、李虽齐名，词皆缛丽，然庭筠多绮罗脂粉之词，而商隐感时伤事，尚颇得风人之旨。"范元实《诗眼》："义山诗，世人但称其巧丽与温庭筠齐名，盖俗学只见皮肤，其高情远意皆不识也。"葛常之《韵语阳秋》批评他，也可以说恭维他，更进一步说："杨文公尝论义山诗：以包蕴密致，演绎平畅，味无穷而炙愈出，钻弥坚而酌不竭。使学者少窥其一斑，若涤肠而浣胃，知是文公之诗，皆得于义山者多矣。"《义山诗集》系编年诗，细按年谱，都可以找出他的脉络来。诗中典实太多，非注有不可解处，故读义山诗的，必须年谱诗注合读。《四库全书》说他的无题诗，确有寄托，实在不错。义山诗最大的长处，是能摹写人之形状，揣摩人的心理。如《韩碑》："愈拜稽首蹈且舞，金石刻画臣能为。古者世称大手笔，此事不系于职司。当仁自古有不让，言讫屡颔天子颐。公退斋戒坐小阁，濡染大笔何淋漓。点窜《尧典》《舜典》字，涂改《清庙》《生民》诗。文成破体书在纸，清晨再拜铺丹墀。表曰臣愈昧死上，咏神圣功书之碑。"形容韩愈，维妙维肖，用记事体作古诗而题是《韩碑》，自是绝作。《无题》一首，用几个时期来描写幼女心理的变化，真是绝妙好词：

> 八岁偷照镜，长眉已能画。十岁去踏青，芙蓉作裙衩。十二学弹筝，银甲不曾卸。十四藏六亲[1]，悬知犹未嫁。十五泣春风，背面秋千下。

---

[1] 十四藏六亲：底本作"十四六藏亲"，据通行本改。

　　总起来说唐代诗歌，总结前代，开启未来，无论古近体、长短篇，唐人全能写到好处。我们研究文学史的，对诗歌黄金时代的唐代，真是不能不注意啊。

第五章　词的萌芽

在音乐文学系统以内，自然继唐乐府——绝句以后的，当然是词了。词的起源，大半起于齐梁，大成于隋世，改进于五代，鼎盛于两宋，复兴于清代。韩偓《海山记》说："隋炀帝起西苑，凿五湖，作湖上八曲曰《望江南》，令宫中美人歌之。"但究不能以词名的，后来到了晚唐，才有专门词家。张惠言曾论古今词人，说：

> 自唐之词人，李白为首。其后韦应物、王建、韩翃[1]、白居易、刘禹锡、皇甫松[2]、司空图、韩偓，并有述造；而温庭筠最高，其言深美闳约。

这时候的词，格律平仄声调，全不讲求，并且有不是词而被后人认为词的。如白居易的《花非花》，本是诗，因为首句"花非花"，句子并不整齐，所以本着这个调，做起词来，其实算不得词的。这时候的词是庄严有余，典丽不足，和宋代词是迥乎不同的。

第一期：唐五代词，如黄钟大吕，如冕旒衣冠——其音正。

第二期：北宋，如荷蕢闻歌，如粗布直缀——其气直。

第三期：南宋，如玉人清韵，如锦衾绣帐——其韵婉。

第四期：宋以后，如小曲散调，如绣履花巾——其格散。

---

[1] 韩翃：底本作"韩翌"，据《旧唐书》《新唐书》及张惠言《词选序》改。

[2] 皇甫松：生卒不详，唐代文人皇甫湜之子，花间词人之一。此处"松"字，底本作"淞"，据《花间集》改。

所以词除了五代、北宋外，几乎无好词了。唐人词要以李白、温庭筠为大家。兹分述之如下。

李白，李白的传略在前章已然有了。黄升庵《词选》说："李氏《菩萨蛮》《忆秦娥》二词，为百代词曲之祖。"刘熙载说："太白《菩萨蛮》《忆秦娥》两阕，足抵少陵《秋兴》八首，想其情境，殆作于明皇西幸后乎？"

> 平林漠漠烟如织，寒山一带伤心碧。暝色入高楼，有人楼上愁。　　玉阶空伫立，宿鸟归飞急。何处是归程，长亭更短亭。

—— 《菩萨蛮》

> 箫声咽，秦娥梦断秦楼月。秦楼月，年年柳色，灞陵伤别。　　乐游原上清秋节，咸阳古道音尘绝。音尘绝[①]，西风残照，汉家陵阙。

—— 《忆秦娥》

王国维批评太白说："太白纯以气象胜，'西风残照，汉家陵阙'，寥寥八字，遂关千古登临之口。后世唯范文正之《渔家傲》、夏英公之《喜迁莺》，差足继武，然气象已不逮矣。"（《人间词话》）现在的人吴衡照《莲子居词话》说："唐词《菩萨蛮》《忆秦娥》二阕，花庵以后，咸以为出自太白，然太白本集不载，至杨齐贤、萧士赟注始附益之。胡应麟《笔丛》疑其伪托，未为无见，谓详其意调，绝类温方城，殊不然。如'暝色入高楼，有人楼上愁''西风残照，汉家陵阙'等语，神理高绝，确非金荃手笔所能。"

---

① 底本无"音尘绝"三字，今补。

温庭筠词于端庄之中寓抒情，张惠言说："温方城《菩萨蛮》，亦是感士不遇之意。"现在录温庭筠词最多的，要属《花间集》了。《人间词话》说他："张皋文谓飞卿之词'深美闳约'，余谓此四字唯冯正中足以当之。刘融斋谓飞卿'精艳绝人'，差近之耳。"又说："'画屏金鹧鸪'，飞卿语也，其词品似之。"又说："温飞卿之词，句秀也。韦端己之词，骨秀也。李重光之词，神秀也。"批评可谓精到了。《花间集》有飞卿词六十六首。

　　小山重叠金明灭，鬓云欲度香腮雪。懒起画娥眉，弄妆梳洗迟。　　照花前后镜，花面交相映。新帖绣罗襦，双双金鹧鸪。

——《菩萨蛮》

　　孤庙对寒潮，西陵风雨萧萧。谢娘惆怅倚栏桡，泪流玉箸千条。　　暮天愁听思归乐，早梅香满山郭。回首两情萧索，离魂何处飘泊。

——《河渎神》

第六章　五代词家

五代词上承温、李，下开两宋，是词的大盛时代。南唐二主、韦庄、冯延巳，都是卓绝千古的作家。其余的韩偓、皇甫松、牛峤、和凝、牛希济、薛昭蕴、顾敻、鹿虔扆、魏承班、李珣、欧阳炯、阎选、张泌、毛熙震、尹鹗、孙光宪诸家，也能各鸣一时。赵崇祚《花间集》搜罗晚唐五代词五百阕，除南唐二主及冯延巳外，差不多包罗尽致，是五代词第一部好选本。近人管效先编订《南唐二主全集》，考证精详，是南唐二主集中版本最好的。

南唐中主李璟，字伯玉，生于唐昭宗天祐十三年（公元九一六），公元九四三年即帝位，改元保大，九六一年卒。《十国春秋》说他："中主好读书，能诗，多才艺，便骑善射。"《唐余纪传》说："中主接群臣如布衣交，间御小殿，以燕服见学士，必先遣中使谢曰：'小疾，不能著帻；欲冠褐，可乎？'其待士有礼如此。"中主词有"南朝天子尽风流"之概，可惜只存五阕，但字字珠玉，句句真情，令人低回不置。与后主共称词家之祖。

> 菡萏香销翠叶残，西风愁起绿波间。远与容光共憔悴，不堪看！　细雨梦回鸡塞远，小楼吹彻玉笙寒。多少泪珠何限恨，寄阑干。
>
> ——《摊破浣溪沙》

南唐后主李煜，字重光，生于南唐烈祖昇元初年（公元九三七），九六一年即位，九七六年国破入宋，九七八年死。

《十国春秋》说："后主为人仁惠有慧性，雅善属文，工书画，知音律。文献太子恶其有奇表，后主避祸，惟覃思经籍。"后主善书法，世谓"金错刀""摄襟书"。后主词挚情流露，胜于中主。后主词一部分是和小周后的恋爱史，一部分是亡国恨。金圣叹说，文章是纯粹表示情感的，并且是表现男女情感的。这话固然不尽合文学原理，但我们知道，诗的成分中有经验，词就纯用情感了。王国维在他的《人间词话》里，极力称赞后主，就是以为后主词纯是血泪罢了。《古今词话》说："后主'铜簧韵脆''花明月黯'两词，为继立周后作也。"词名《菩萨蛮》："花明月黯飞轻雾，今朝好向郎边去。划袜出香阶，手提金缕鞋。画堂南畔见，一向偎人颤。'奴为出来难，教君恣意怜。'"至于亡国恨的词，如《浪淘沙》《虞美人》《相见欢》《破阵子》，凄惋欲绝。

> 四十年来家国，三千里地山河。凤阁龙楼连霄汉，玉树琼枝作烟萝，几曾识干戈？　　一旦归为臣虏，沈腰潘鬓销磨。最是仓皇辞庙日，教坊犹奏别离歌，垂泪对宫娥。
>
> ——《破阵子》

这阕[①]词，很受了许多人批评，但是梁绍壬《两般秋雨庵随笔》辨证的议论很好："南唐李后主词：'最是仓皇辞庙日，不堪重听教坊歌，挥泪对宫娥。'讥之者曰：仓皇辞庙，不挥泪于宗社，而挥泪于宫娥，其失业也宜矣。……若以填词之法绳后主，则此泪对宫娥挥为有情，对宗社挥为乏味也。此与宋蓉塘讥

---

① 阕：底本作"阙"，据上下文，当作"阕"。

白香山诗，谓忆妓多于忆民，同一腐论。"梁先生说的填词之法，正是所谓文学原理啊！除南唐二主外，我们举韦庄、冯延巳代表五代词。

韦庄，字端己，词为《花间》上选，世人多赞许。张炎《词源①》说："今曲当以《花间集》中韦庄、温飞卿为则。"韦庄的词，是以清丽为标准的，所以周济《介存斋论词》说："端己词清丽绝伦，初日芙蓉春月柳，使人想见风度。"论韦庄的词品，只有王国维《人间词话》具体些："'画屏金鹧鸪'，飞卿语也，其词品似之。'弦上黄莺语'，端己语也，其词品亦似之。"著有《浣花集》《秦妇吟》，长诗最有名，近由敦煌石室发现，成为文学史上高等史料。他的词多有白描的：

> 四月十七，正是去年今日别君时。忍泪佯低面，含羞半敛眉。　　不知魂已断，空有梦相随，除却天边月，没人知。
>
> ——《女冠子》

冯延巳，字正中，词雍容大雅，渐变晚唐庙堂词风气，开北宋词的先河。有《阳春集》，冯煦叙说："公俯仰身世，所怀万端，缪悠其辞，若显若晦。揆之六义，比兴为多，若《三台令》《归国谣》《蝶恋花》诸作，其旨隐，其辞微，类劳人、思妇、羁臣、屏子郁伊怆恍之所为。"陈世修叙说："冯公乐府，思深词丽，韵律调新，真清奇飘逸之才。"《谒金门》一词最有名："风乍起，吹皱一池春水。闲引鸳鸯芳径里，手挼红杏蕊。斗鸭阑干独倚，碧玉搔头斜坠。终日望君君不至，举头闻鹊喜。"

---

① 源：底本作"原"。

在马令《南唐书》本传说："元宗尝戏延巳曰：'吹皱一池春水，干卿何事？'延巳曰：'未若陛下小楼吹彻玉笙寒。'元宗悦。"

附　录

根据 1933 年初版目录及版权页，下卷在下册，目前未发现下册的刊印本，疑未印刷。附下卷目录如下：